MW01614287

COLLECTION FOLIO

Ian McEwan

Solaire

Traduit de l'anglais
par France Camus-Pichon

Gallimard

Titre original :

SOLAR

© *Ian McEwan, 2010.*
© *Éditions Gallimard, 2011, pour la traduction française.*

Ian McEwan est né en Angleterre en 1948. Il a reçu le Somerset Maugham Award en 1976 pour son premier recueil de nouvelles, *Premier amour, derniers rites*. Depuis il a publié, entre autres, *Le jardin de ciment, Un bonheur de rencontre* et *L'innocent,* tous accueillis par une presse enthousiaste. Publié en 1987 en Angleterre, *L'enfant volé* a reçu le prestigieux Whitbread Novel of the Year Award et, en France, le prix Femina étranger 1993. En 1998, il a reçu le Booker Prize pour *Amsterdam. Expiation,* paru en 2001, a été adapté au cinéma sous le titre *Reviens-moi.*

À Polly Bide
1949-2003

« Cela lui procure du plaisir, à Rabbit, ça l'aide à se sentir riche, de contempler le gaspillage du monde, de savoir que la Terre est mortelle, elle aussi. »

Rabbit est riche,

JOHN UPDIKE
(traduit par Maurice Rambaud,
Gallimard, 1983)

PREMIÈRE PARTIE

2000

Il appartenait à cette classe d'hommes — peu avenants, souvent chauves, petits et gros, intelligents — que certaines belles femmes trouvaient inexplicablement séduisants. Du moins le croyait-il, ce qui semblait suffire à en faire une réalité. Que ces femmes le prennent pour un génie ayant besoin qu'on le materne jouait en sa faveur. Mais le Michael Beard de cette période était un homme aux facultés intellectuelles amoindries, un monomaniaque anhédonique et blessé. Alors que son cinquième mariage se désintégrait, il aurait dû savoir que faire, prendre du recul, reconnaître sa part de responsabilité. Les mariages, les siens en tout cas, ne ressemblaient-ils pas aux marées, refluant avant l'arrivée du suivant ? Or celui-ci était différent. Michael Beard ne savait que faire, prendre du recul lui coûtait et, pour une fois, il ne se reconnaissait aucune responsabilité. C'est sa femme qui avait une liaison, au grand jour de surcroît, une liaison punitive et sûrement sans remords. Il se sentait en proie, entre autres émotions, à d'intenses accès de honte et de désir. Patrice voyait un maçon, leur maçon, celui-là même qui avait rejointoyé leurs murs, aménagé leur cuisine, refait le carrelage de leur salle de bains, ce type épais qui, un jour, devant une tasse de thé, avait montré à Michael une photo de sa maison simili Tudor rénovée et tudorisée par ses soins, avec un bateau posé sur sa remorque sous un réverbère de style victorien au milieu de l'allée bétonnée, et un emplacement où ériger une cabine téléphonique rouge à usage décoratif. Beard découvrait avec étonnement la difficulté d'être cocu. Le malheur n'avait rien de simple. Et qu'on ne vienne pas dire que son âge le mettait à l'abri de nouvelles expériences !

Il l'avait bien cherché. Ses quatre ex-femmes — Maisie, Ruth, Eleanor et Karen —, qui, toutes, s'intéressaient encore vaguement à son sort, auraient exulté, et il espérait qu'elles n'en sauraient rien. Aucun de ses mariages n'avait duré plus de six ans. Au moins était-il parvenu à rester sans enfant. Ses épouses ayant très vite compris quel père médiocre, voire épouvantable, il ferait, elles avaient préféré se protéger et partir. Il aimait se dire que s'il les avait fait souffrir, ça n'avait jamais été bien long, et d'ailleurs il restait en bons termes avec elles.

Pas avec son épouse actuelle, néanmoins. En d'autres temps il se serait plutôt vu jouer un double jeu viril, donner libre cours à sa fureur, faire la scène du mari jaloux et pris de boisson errant la nuit dans le jardin, ou détruire la voiture de Patrice, tout en courtisant délibérément une femme plus jeune pour renverser le temple conjugal à la manière d'un Samson. Au lieu de quoi il se retrouvait paralysé par la honte, par l'ampleur de son humiliation. Pis, il se surprenait à éprouver un désir incongru pour Patrice. En ce moment, ce désir lui tombait dessus sans prévenir comme une crampe d'estomac. Il lui fallait s'asseoir seul dans un coin et attendre que ça passe. Apparemment, certains maris se plaisaient à imaginer leur épouse avec d'autres hommes. Le genre de types capables de se faire ligoter, bâillonner et enfermer dans la penderie de la chambre à coucher, pendant qu'à trois mètres d'eux leur moitié s'envoyait en l'air. Beard aurait-il enfin identifié chez lui-même une aptitude au masochisme ? Aucune femme ne lui avait jamais semblé aussi désirable que celle dont il était soudain privé. Il partit ostensiblement retrouver une ancienne compagne à Lisbonne, mais ce furent trois nuits sans joie. Il voulait récupérer sa femme, pas la faire fuir par des cris, des menaces ou des coups d'éclat. Il n'était pas non plus du genre à supplier. Il se sentait pétrifié, avili, prisonnier de son idée fixe. La première fois qu'elle lui avait laissé un mot — « Passerai la nuit chez R. Bisous. P. » — avait-il foncé jusqu'à la modeste maison transformée en manoir Tudor, avec son hors-bord sous une bâche et son jacuzzi dans un jardin grand comme un mouchoir de poche, pour exploser le crâne du coupable avec sa propre clé à molette ? Non, il avait regardé la télé pendant cinq heures d'affilée sans quitter son manteau, bu deux bouteilles de vin et tenté de ne penser à rien. En vain.

Penser était pourtant la seule chose qui lui restait. Lorsqu'elles avaient découvert ses liaisons, ses précédentes épouses avaient réagi par une colère froide ou une crise de larmes, imposé de longues discussions dès l'aube pour exposer leurs réflexions sur la confiance trahie, puis leur demande de séparation et tout ce qui s'ensuivrait. Mais quand Patrice tomba sur quelques courriels de Suzanne Reuben, une mathématicienne de l'université Humboldt de Berlin, elle fut saisie d'une étrange euphorie. L'après-midi même, elle emporta tous ses vêtements dans la chambre d'amis. Il eut un choc en ouvrant la penderie pour en avoir confirmation. Ces rangées de robes en soie ou en coton avaient représenté un luxe et une consolation, comprit-il, différentes versions de Patrice alignées pour lui plaire. Terminé. Même les cintres avaient disparu. Le soir même, au dîner, elle lui expliqua avec le sourire qu'elle aussi entendait être « libre », et moins d'une semaine plus tard elle le trompait. Que faire ? Il présenta ses excuses un matin au petit déjeuner, affirma que son faux pas ne signifiait rien, se fendit de promesses solennelles, qu'il se croyait sincèrement capable de tenir. Il la suppliait presque. Patrice répondit qu'elle ne lui en voulait pas. Elle l'informait simplement de ses intentions — c'est alors qu'elle lui révéla l'identité de son amant, ce maçon au nom sinistre de Rodney Tarpin, quinze centimètres de plus et vingt ans de moins que le mari cocu, et dont l'unique lecture, se vantait-il du temps où il jouait servilement de la gâche et de la truelle pour les Beard, était la rubrique sports d'un tabloïd.

Un signe avant-coureur du désarroi de Beard fut sa dysmorphie. Ou plutôt le fait qu'il en était soudainement guéri. Il se voyait enfin tel qu'il était. Apercevant au sortir de la douche une masse rosâtre en forme de cône dans le grand miroir embué, il essuya la condensation, se redressa et jeta au reflet un regard incrédule. Comment avait-il pu se convaincre durant tant d'années qu'il offrait un spectacle séduisant ? Cette ridicule touffe de poils sur le lobe de l'oreille soulignait sa calvitie, ce nouveau pli de chair flasque sous chaque aisselle, cette couche de graisse imbécile sur son ventre et son postérieur... Naguère, il pouvait améliorer l'image que lui renvoyait le miroir en rejetant les épaules en arrière, en se tenant bien droit, en contractant ses abdominaux. À présent ses efforts étaient drapés dans une sorte de blanc de baleine. Comment retenir une jeune femme aussi belle que Patrice ? Croyait-il honnêtement que sa notoriété suffirait, que son prix Nobel la ramènerait dans son lit ? Nu, il avait l'air ridicule, débile, mollasson. Faire huit malheureuses pompes était au-dessus de ses forces. Alors que Tarpin, lui, pouvait monter quatre à quatre l'escalier conduisant à leur chambre avec un sac de cinquante kilos de ciment sous le bras. Cinquante kilos ? À peu près le poids de Patrice.

Elle le tenait à distance par une redoutable bonne humeur. Ses bonjours mélodieux, l'énumération matinale de ses tâches domestiques et de ses projets pour la soirée étaient autant d'insultes supplémentaires, mais rien de tout cela n'aurait eu d'importance s'il lui en avait voulu au point de souhaiter se débarrasser d'elle. Alors ils auraient pu s'attaquer au bref et sanglant démantèlement de cinq ans de mariage sans enfant. Bien sûr qu'elle le punissait, mais s'il lui en faisait la remarque, elle déclarait avec un haussement d'épaules qu'elle aurait pu dire la même chose de lui. En fait, répliquait-il, elle avait guetté l'occasion, ce à quoi elle répondait en riant que, dans ce cas, merci de la lui avoir fournie.

Niant l'évidence, il était convaincu, alors même qu'il allait la perdre, d'avoir trouvé la femme idéale. En cet été 2000 elle s'habillait différemment, avait changé d'apparence à la maison : jean moulant et délavé, tongs, vieux gilet fuchsia sur un T-shirt, cheveux blonds coupés court, yeux pâles d'un bleu plus profond, plus incertain. De taille menue, elle ressemblait désormais à une adolescente. À la vue du papier de soie et des élégants sacs laissés en évidence, vides, sur la table de la cuisine, il comprit qu'elle s'offrait de nouveaux dessous que Tarpin aurait le plaisir d'enlever. À trente-quatre ans, elle gardait le teint rose et crémeux de ses vingt ans. Au lieu de le taquiner, de le provoquer, de le titiller, ce qui aurait au moins été une forme de communication, elle cultivait l'indifférence radieuse avec laquelle elle comptait le rayer de son existence.

Il fallait qu'il cesse de la désirer, mais ça ne marchait pas comme ça. Il *voulait* la désirer. Par une nuit étouffante, allongé nu sur le lit, il tenta de se délivrer en se masturbant. L'impossibilité d'apercevoir ses parties génitales sans avoir la tête surélevée par deux oreillers le contrariait, et ses fantasmes étaient sans cesse interrompus par Tarpin qui, tel un machiniste ignare muni de son seau et de son échelle, entrait en scène sans crier gare. Existait-il sur la planète un autre homme que Beard en train de fantasmer sur sa propre épouse, laquelle se trouvait à moins de dix mètres de lui, à l'autre bout du couloir ? Cette question doucha son désir. Par ailleurs il faisait trop chaud.

Des amis lui avaient souvent dit que Patrice ressemblait à Marilyn Monroe, du moins sous certains angles et certains éclairages. Il s'était réjoui de cette comparaison flatteuse, sans jamais la trouver vraiment justifiée. Maintenant, si. Patrice avait changé. Il y avait une sensualité nouvelle dans sa moue, une coquetterie prometteuse dans son regard baissé, et ses cheveux courts bouclaient sur sa nuque avec un charme désuet. Elle était sans doute encore plus belle que Marilyn, lorsqu'elle traversait la maison ou le jardin pendant le week-end dans un halo blond, bleu, rose. Quelle idée de se laisser séduire par ces couleurs adolescentes ! À son âge !

Il avait eu cinquante-trois ans en juillet dernier, et naturellement elle avait oublié son anniversaire, puis feint avec son insouciance nouvelle de s'en souvenir trois jours plus tard. Elle lui avait offert une large cravate vert fluo, affirmant qu'on en « refaisait ». Oui, les week-ends étaient bien ce qu'il y avait de pire. Elle entrait dans une pièce où il se trouvait, peut-être moins par envie de parler que par souci d'être vue, regardait autour d'elle d'un air vaguement surpris, avant de ressortir. Elle considérait tout sous un jour nouveau, pas seulement lui. Il l'apercevait sous le marronnier au fond du jardin, allongée dans l'herbe avec les journaux, attendant à l'ombre que sa soirée commence. Elle regagnait alors la chambre d'amis pour se doucher, s'habiller, se maquiller, se parfumer. Comme si elle lisait dans ses pensées, elle recouvrait ses lèvres d'une épaisse couche de rouge. Peut-être Rodney Tarpin l'encourageait-il à cultiver la ressemblance avec Marilyn — fantasme que Beard devait désormais partager.

S'il n'était pas parti avant elle — il se donnait le plus grand mal pour occuper ses soirées —, il ne pouvait s'empêcher de calmer son désir et ses souffrances en la regardant, posté à une fenêtre de l'étage, sortir dans l'air vespéral de Belsize Park, longer l'allée du jardin — quelle traîtrise, de la part de la vieille grille rouillée, de grincer comme si de rien n'était ! — et grimper dans sa voiture, une petite Peugeot aguicheuse aux accélérations vicieuses. Mais son impatience, lorsqu'elle faisait rugir le moteur pour quitter sa place de stationnement, redoublait la douleur de Beard, car il savait qu'elle se savait observée. Son absence planait ensuite dans le crépuscule estival telle la fumée d'un feu de joie, charge érotique de particules invisibles qui le figeait absurdement sur place durant de longues minutes. Ce n'était pas vraiment la folie, se répétait-il, mais il croyait en sentir le goût amer.

Ce qui l'impressionnait, c'était son incapacité à chasser Patrice de son esprit. Lorsqu'il lisait ou donnait une conférence, il ne pensait qu'à elle, avec ou sans Tarpin. Mauvaise idée de rester à la maison quand elle était chez le maçon, mais, depuis Lisbonne, il n'avait plus envie de revoir d'anciennes amies. Il accepta donc de faire une série de conférences sur la théorie du quantum de champ au siège de la Royal Geographical Society, de participer à des débats radiophoniques ou télévisés, de remplacer au pied levé un collègue souffrant. Les épistémologistes avaient beau se persuader du contraire, la physique échappait à toute souillure humaine ; elle décrivait un monde qui continuerait d'exister même sans les hommes, les femmes et leurs malheurs. Il rejoignait Einstein sur ce point.

Pourtant, même après avoir dîné avec des amis, il était généralement rentré avant Patrice et contraint d'attendre bon gré mal gré son retour, même si rien ne se produisait alors. Elle montait directement dans sa chambre et lui restait dans la sienne, préférant ne pas la croiser sur le palier dans un état de somnolence postcoïtale. C'était presque mieux lorsqu'elle dormait chez Tarpin. Presque, car ça lui coûtait une nuit de sommeil.

À deux heures du matin, une nuit de la fin juillet, allongé en peignoir sur son lit, il écoutait la radio quand il entendit Patrice rentrer et imagina aussitôt, sans préméditation, un scénario susceptible de la rendre jalouse, la déstabiliser et la ramener vers lui. Sur les ondes du BBC World Service, une femme évoquait l'effet des traditions rurales sur la vie quotidienne des Kurdes de Turquie, litanie d'actes de cruauté, d'injustices, d'absurdités. Baissant le volume sans lâcher le bouton, Beard entonna le début d'une comptine. De sa chambre, Patrice entendrait sûrement sa voix, mais pas les paroles. Sa phrase terminée, il remonta quelques secondes le son de la radio, interrompit la femme par une citation de la conférence qu'il avait donnée ce soir-là, puis la laissa répondre longuement. Il poursuivit ce manège cinq minutes : sa voix, puis celle de cette femme, superposant parfois les deux avec art. La maison était silencieuse, à l'écoute bien sûr. Il se dirigea vers la salle de bains, où il ouvrit un robinet, tira la chasse d'eau, éclata de rire. Il fallait que Patrice sache que sa maîtresse avait de l'esprit. Il émit ensuite un cri de plaisir. Il fallait qu'elle sache qu'il prenait du bon temps.

Il dormit peu cette nuit-là. À quatre heures, après un long silence évocateur d'un moment d'intimité, il poussa la porte de sa chambre en produisant un murmure insistant et descendit l'escalier à reculons, le dos courbé pour imiter en tapant avec ses paumes le bruit des pas de sa compagne imaginaire, avec un temps de retard sur les siens. Stratagème digne d'un fou. Après avoir raccompagné sa compagne dans l'entrée, pris congé d'elle entre deux baisers muets et refermé la porte derrière elle avec une fermeté retentissante, il regagna sa chambre, où il s'assoupit enfin à plus de six heures du matin en se répétant : « Qu'on me juge à mes résultats. » Une heure plus tard, il se levait pour croiser Patrice avant qu'elle aille travailler et bien lui montrer sa bonne humeur soudaine.

Elle marqua une pause devant la porte d'entrée, clés de voiture à la main, la bandoulière de son cartable empli de livres cisaillant l'épaule de son chemisier à fleurs. À n'en pas douter elle était anéantie, et pourtant sa voix était aussi enjouée que d'habitude. Elle lui annonça qu'elle comptait inviter Rodney à dîner ce soir-là, qu'il resterait sans doute pour la nuit, et qu'elle apprécierait que lui, Michael, n'approche pas de la cuisine.

Or c'était le jour où il se rendait au Centre, à Reading. Abruti de fatigue, il passa le début du trajet à contempler par la vitre sale du train les banlieues londoniennes, improbable assemblage de monotonie et de chaos, et à maudire sa folie. À son tour d'épier des voix à travers la cloison ? Impossible. Il dormirait ailleurs. Chassé de sa propre maison par l'amant de sa femme ? Impossible. Il resterait pour dire ses quatre vérités au maçon. Une bagarre avec Tarpin ? Impossible. Il serait roué de coups de pied sur le parquet de l'entrée. À l'évidence il n'était pas en état de prendre des décisions ni d'élaborer des stratagèmes ; il lui fallait désormais tenir compte de sa fragilité psychique et agir de façon conventionnelle, passive, honnête, sans enfreindre les règles ni tomber dans l'excès.

Des mois plus tard, il violerait chacune de ces bonnes résolutions, mais déjà, dès la fin de la journée, il les oublia car Patrice rentra du travail sans provisions — le réfrigérateur était vide — et le maçon ne vint pas dîner. Beard ne la vit qu'une seule fois dans la soirée, traversant le couloir une tasse de thé à la main, l'air accablé et le teint gris, ressemblant moins à une icône de Hollywood qu'à une institutrice surmenée dont la vie privée allait à vau-l'eau. Avait-il eu tort de se sermonner dans le train ? Son plan marcherait-il finalement ? En proie au remords avait-elle tout annulé ?

Au souvenir de la nuit passée, et après une vie d'infidélités, il trouva extraordinaire que cet intermède avec une maîtresse imaginaire ne l'excite pas davantage. Pour la première fois depuis des semaines, il se sentait presque joyeux, sifflotait même ostensiblement en mettant son dîner dans le four à micro-ondes et, lorsqu'il se vit dans le miroir en forme de soleil doré à l'or fin qui ornait le dressing du rez-de-chaussée, son visage lui parut un peu moins gras et un peu plus volontaire, avec une ombre naissante sous les pommettes ; à la lumière des trente watts de l'ampoule, il présentait même une certaine noblesse, effet possible du yaourt anti-cholestérol trop sucré qu'il se forçait à boire tous les matins. Quand il alla se coucher, il laissa la radio éteinte et la lumière au minimum, guettant de son lit le toc-toc contrit des ongles de Patrice sur sa porte.

Rien ne vint, mais il n'en fut pas affecté. Qu'elle passe donc une nuit blanche à réfléchir sur le sens de son existence ; qu'elle mette donc en balance la valeur humaine d'un Tarpin avec ses mains bala-deuses et son hors-bord sous bâche, et celle d'un Beard à l'esprit élevé et à la renommée planétaire. Les cinq soirs suivants, pour autant qu'il ait pu en juger, elle ne quitta pas la maison, alors que lui-même était pris par ses conférences, colloques et autres dîners, et à son retour, souvent après minuit, il espérait que son pas assuré sonnait dans la demeure assombrie comme celui d'un homme rentrant d'un rendez-vous galant.

Le sixième soir, où il était libre, elle choisit de sortir, après avoir passé plus de temps que d'habi-tude sous la douche et le sèche-cheveux. De son poste d'observation, une petite fenêtre dissimulée dans un angle du palier du premier étage, il la regarda une fois encore longer l'allée du jardin et s'arrêter près des hautes tiges des roses trémières vermillon, comme si elle partait à regret, puis approcher la main d'une fleur pour l'examiner. Elle la cueillit, la serra entre les ongles fraîchement vernis de son pouce et de son index, la considéra quelques instants, la laissa tomber à ses pieds. Sa robe d'été en soie beige, avec un simple pli au creux des reins, était neuve, indice qu'il ne sut comment interpréter. Tandis qu'elle continuait son chemin jusqu'à la grille, il crut déceler une certaine lourdeur dans son pas, ou du moins un ralentissement de son impatience coutumière, et elle quitta sa place de stationnement sans faire rugir le moteur de la Peugeot.

Il eut moins de plaisir à attendre son retour cette nuit-là, s'interrogeant de nouveau sur ses capacités de jugement, se donnant finalement raison : son canular avec la radio avait tout gâché. Pour s'aider à réfléchir, il se versa un whisky et regarda le foot à la télé. En guise de dîner, il avala un demi-litre de glace à la fraise et décortiqua une livre de pistaches. Agité, troublé par un désir sans objet, il conclut qu'il ferait mieux de se lancer dans une vraie liaison ou d'en ranimer une. Il feuilleta son carnet d'adresses, contempla longuement son téléphone, mais n'appela personne.

Il but la moitié de la bouteille de whisky, s'endormit tout habillé sur son lit avant vingt-trois heures, plafonnier allumé, et se demanda pendant quelques secondes où il était quand, quelques heures plus tard, il fut tiré du sommeil par une voix au rez-de-chaussée. Le réveil à son chevet indiquait deux heures et demie. Patrice parlait à Tarpin, et Beard, encore sous l'effet de la boisson, eut envie de lui dire deux mots. Titubant au milieu de la chambre, il rentra sa chemise dans son pantalon. Il ouvrit la porte sans bruit. Toutes les lampes de la maison étaient allumées, tant mieux. Déjà il descendait l'escalier sans penser aux conséquences. Patrice parlait toujours et, traversant l'entrée en direction de la porte ouverte du salon, Beard crut l'entendre rire, ou chanter, et se prépara à jouer les trouble-fête.

Or elle était seule, en larmes, recroquevillée sur le canapé, ses chaussures gisant sur la longue table basse en verre. Elle produisait un son funèbre, étouffé, inhabituel. Si elle avait jamais pleuré ainsi à cause de lui, c'était en son absence. Il s'immobilisa dans l'embrasure de la porte, et dans un premier temps elle ne le vit pas. Elle offrait un triste spectacle, avec son mouchoir ou son kleenex roulé en boule dans sa main, ses minces épaules secouées par les sanglots. Il fut pris de pitié. Une réconciliation était possible ; il suffirait d'une caresse, d'un mot gentil, sans poser de question, pour qu'elle se blottisse contre lui, qu'il l'emmène à l'étage, bien que, même mû par un élan de compassion, il sût qu'il serait incapable de la porter dans ses bras.

Lorsqu'il s'avança dans la pièce, une lame de parquet grinça et elle leva les yeux. Leurs regards se croisèrent, mais une fraction de seconde seulement, car elle enfouit son visage dans ses mains en se détournant. Il murmura son prénom et elle secoua la tête. Maladroitement, toujours le dos tourné, elle se leva et, marchant presque en crabe, elle trébucha sur la peau d'ours blanc qui avait tendance à glisser sur le parquet ciré. Lui-même avait failli un jour se casser la cheville et, depuis, il se méfiait de cette carpette. En outre, il détestait la gueule béante, inquiétante de l'ours, ses crocs jaunis par l'exposition à la lumière. Ils n'avaient jamais tenté de la fixer au sol, et pas question de s'en débarrasser : c'était un cadeau de mariage du père de Patrice. Elle se rétablit, pensa à récupérer ses chaussures, recouvrit ses yeux de sa main libre, passa près de lui à toute vitesse, tressaillit quand il lui effleura le bras et se remit à pleurer, plus fort cette fois, en montant l'escalier quatre à quatre.

Il éteignit dans le salon et s'allongea sur le canapé. Inutile de la suivre, puisqu'elle ne voulait pas de lui, et d'ailleurs c'était sans importance, car il avait très bien vu. La main de Patrice n'avait pas pu cacher, sous l'œil droit, l'ecchymose qui s'étendait jusque sur la pommette, allant du noir au rouge vif sur les bords, ni la paupière inférieure trop enflée pour s'ouvrir. Il poussa un soupir de résignation. Impossible d'y couper, il savait où était son devoir : monter sur-le-champ dans sa voiture, se rendre à Cricklewood, sonner jusqu'à ce que Tarpin sorte du lit, et lui régler son compte sous le lampadaire victorien, surprenant ce rival haï par une démonstration stupéfiante de rapidité et de détermination. Paupières mi-closes, il fit défiler une deuxième fois toute la séquence, s'attardant sur le moment où son poing droit explosait la cloison nasale de Tarpin, puis, après quelques corrections mineures, il se repassa le film les yeux fermés et ne bougea plus jusqu'au lendemain matin, où il se réveilla au son de la porte d'entrée fermée par Patrice qui partait travailler.

*

Il détenait une chaire honoraire à l'université de Genève sans y enseigner, prêtait son nom, son titre de professeur, de lauréat du prix Nobel à des comités et à des instituts, s'associait à des « initiatives » internationales, siégeait dans une commission royale de financement de la recherche scientifique, parlait à la radio, en termes accessibles à tous, d'Einstein, de photons ou de mécanique quantique, appuyait des demandes de subventions, était le consultant attitré de trois revues universitaires, commentait les ouvrages de ses collègues, s'intéressait aux potins et intrigues de la communauté scientifique, à ses prises de position, à ses plaidoyers, à son nationalisme terrifiant, aux sommes colossales qu'elle soutirait à des ministres et à des bureaucrates ignares pour l'achat d'un énième accélérateur de particules ou la location d'un espace dans un nouveau satellite, intervenait dans de gigantesques colloques aux États-Unis — onze mille physiciens au même endroit ! —, écoutait de jeunes docteurs en physique expliquer leurs recherches, donnait à quelques détails près la même série de conférences sur les calculs étayant la colligation Beard-Einstein qui lui avait valu son prix Nobel, décernait lui-même des prix et des médailles, acceptait des diplômes honoraires, prononçait les discours de clôture des dîners, faisait l'éloge de ses collègues partant en retraite ou sur le point d'être incinérés. Dans ce monde fermé, spécialisé, il était une célébrité grâce à Stockholm et traversait les années en roue libre, vaguement lassé de lui-même, privé d'alternatives. Toute l'excitation, tout l'imprévu se trouvait dans sa vie privée. Peut-être cela suffisait-il ; peut-être avait-il atteint son apogée dès sa jeunesse au cours d'un génial été. Seule certitude : voilà deux décennies qu'il ne s'était pas assis des heures durant dans le silence et la solitude, crayon et bloc-notes à la main, pour réfléchir, formuler une hypothèse originale, jouer avec elle, la poursuivre, lui donner vie. L'occasion ne se présentait jamais — non, piè-tre excuse. Il lui manquait la volonté, le matériau ; il lui manquait l'étincelle. Il n'avait plus d'idées nouvelles.

En revanche était apparu à la périphérie de Reading un nouveau centre de recherche financé par le gouvernement, exposé au vrombissement de la voie autoroutière allant vers l'est et aux odeurs de houblon d'une brasserie locale les jours de vent. Censé ressembler au Laboratoire national des énergies renouvelables de Golden, Colorado, près de Denver, ce centre avait les mêmes objectifs, mais pas le même cadre ni les mêmes moyens financiers. Michael Beard en était le premier directeur, bien qu'un haut fonctionnaire du nom de Jock Braby fît l'essentiel du travail. Les bâtiments adminis-tratifs, dont certaines cloisons contenaient de l'amiante, n'étaient pas plus neufs que les labora-toires, qui avaient autrefois servi à tester la toxicité des matériaux de construction. L'unique nou-veauté, une clôture haute de trois mètres, faite de poteaux en béton et de barbelés, avec des pancar-tes interdisant à intervalles réguliers l'accès au cen-tre, avait été érigée sur tout le périmètre sans le consentement de Beard ni de Braby. Elle repré-sentait, découvrirent-ils très vite, dix-sept pour cent de leur premier budget annuel. Un champ marécageux d'une dizaine d'hectares avait été acheté à un agriculteur local, et des travaux de drainage allaient commencer.

Beard ne se montrait pas entièrement sceptique face au changement climatique. C'était l'un des nombreux désastres annoncés qui formaient la toile de fond de l'actualité, et il lisait des articles sur le sujet, déplorait vaguement la situation, espérait que les gouvernements se concerteraient et prendraient des mesures. Bien sûr, il savait que les molécules de dioxyde de carbone absorbaient une partie du rayonnement infrarouge, et que l'humanité rejetait une quantité significative de ces molécules dans l'atmosphère. Personnellement, il avait d'autres sujets de préoccupation. Et il ne se laissait pas impressionner par certains commentaires délirants selon lesquels le monde serait en « péril », l'humanité courrait à sa perte, les villes côtières disparaîtraient sous les vagues, les récoltes diminueraient, et des centaines de millions de réfugiés erreraient d'un pays ou d'un continent à l'autre, chassés par la sécheresse, les inondations, la famine, les cyclones, les guerres incessantes causées par la diminution des ressources. Cet écho des fléaux de l'Ancien Testament, avec ses pestes et ses pluies de grenouilles, illustrait une profonde tendance, réactivée au fil des siècles, à croire que la planète vivait ses derniers jours, que la fin de chacun était liée de manière imminente à celle du monde, ce qui la chargeait de sens, ou la rendait un peu moins absurde. L'apocalypse n'était jamais pour aujourd'hui, où l'on aurait pu démasquer l'imposture, mais toujours pour demain et, quand elle n'arrivait pas, une nouvelle menace, une nouvelle date avaient tôt fait de la remplacer. Le vieux monde purifié par une violence incendiaire, lavé dans le sang des pécheurs, telle était la vision des sectes chrétiennes millénaristes : mort aux infidèles ! Celle, aussi, des communistes soviétiques : mort aux koulaks ! Et celle des nazis pour le Reich millénaire : mort aux Juifs ! Et, enfin, l'équivalent démocratique contemporain, la guerre nucléaire planétaire : mort au monde entier ! Quand celle-ci n'eut pas lieu, après l'effondrement de l'empire soviétique dévoré par ses contradictions internes, et en l'absence de problème d'envergure autre qu'une pauvreté mondiale, irrémédiable et ennuyeuse, la tendance apocalyptique accoucha d'un nouveau monstre.

Beard, quant à lui, était toujours à l'affût d'un poste officiel grassement rétribué. Deux longues sinécures venaient de prendre fin, et son salaire d'universitaire, bien qu'augmenté des sommes que lui valaient ses conférences et ses apparitions dans les médias, ne lui suffisait pas tout à fait. Par chance le gouvernement Blair, soucieux en cette fin de siècle de lutter concrètement contre le réchauffement climatique, ou du moins d'en donner l'impression, avait annoncé une série d'initiatives, dont la création du Centre, établissement de recherche fondamentale, qui avait besoin, à sa tête, d'un individu encore auréolé de la gloire du Nobel. Sur le plan politique, un nouveau ministre venait d'être nommé, un natif de Manchester aux accents populistes, fier du passé industriel de sa ville, qui avait annoncé lors d'une conférence de presse son intention de « solliciter le génie des Britanniques » en les invitant à soumettre leurs idées et leurs projets en matière d'énergie propre. Devant les caméras, il avait promis de répondre à chaque proposition. L'équipe de Braby — une demi-douzaine de jeunes chercheurs sous-payés, installés dans quatre préfabriqués au milieu d'une mer de boue — avait reçu plusieurs centaines de contributions en six semaines. La plupart émanaient d'amateurs travaillant en solitaire dans leur cabane à outils, quelques-unes de start-up aux logos colorés, avec « brevets déposés ».

Durant l'hiver 1999, lors de ses visites hebdomadaires au Centre, Beard parcourait du regard les piles alignées sur une table de fortune. De cette avalanche de rêves plusieurs motifs émergeaient. Certaines contributions utilisaient l'eau comme carburant automobile et recyclaient les émissions (la vapeur d'eau) pour refroidir le moteur ; d'autres proposaient des versions de moteur électrique ou de générateur produisant plus d'électricité qu'ils n'en consommaient, et semblant fonctionner à partir de l'énergie prétendument contenue dans un espace vide, ce que Beard considérait comme une violation de la loi de Lenz. Toutes étaient des variantes du moteur à mouvement perpétuel. Ces inventeurs autodidactes ne semblaient pas conscients de la longue histoire de leurs machines ni du fait que, si elles marchaient vraiment, elles détruiraient les fondements de la physique moderne. Ils enfreignaient le premier et le deuxième principe de la thermodynamique, un mur de plomb. L'un des jeunes chercheurs suggéra de répartir leurs idées selon les principes enfreints : le premier, le deuxième, ou les deux.

Autre caractéristique commune, certaines enveloppes ne contenaient aucun schéma, seulement une lettre, longue d'une demi-page ou de dix. L'auteur y expliquait avec regret qu'il — c'était toujours un homme — refusait de joindre des plans détaillés, car chacun savait que les organismes gouvernementaux avaient tout à craindre de l'énergie gratuite que produirait son moteur, puisqu'elle tarirait une importante source de recettes fiscales. À moins que les forces armées ne s'emparent de l'idée, la déclarent secret défense et l'exploitent à leur profit. Ou que les habituels fournisseurs d'énergie n'envoient des hommes de main tabasser l'inventeur pour maintenir leur suprématie dans le secteur. Ou même que quelqu'un ne s'attribue l'idée pour faire fortune. On connaissait des exemples célèbres pour chaque cas, ajoutait parfois l'auteur. Les schémas en question ne pouvaient donc être vus qu'à une adresse précise, par une personne du Centre non accompagnée, et seulement en présence d'un observateur impartial.

La table du préfabriqué numéro deux, faite de cinq planches reposant sur des tréteaux, ployait sous mille six cents lettres et courriels imprimés, classés par ordre chronologique. Pour éviter au ministre de perdre la face, tous devaient recevoir une réponse. Braby, à la haute silhouette voûtée et à la mâchoire saillante, était furieux de cette perte de temps. Furieux, mais obéissant. Beard était d'avis de tout faire suivre au ministère à Londres, avec quelques réponses types. Or Braby se croyait sur le point d'être anobli, Mme Braby en rêvait, et contrarier un ministre qu'on savait proche du 10 Downing Street pouvait tout faire capoter. On mit donc les jeunes chercheurs au travail, et le premier projet du Centre (la conception d'une éolienne destinée à être installée sur les toits en ville) fut retardé de plusieurs mois.

Beard, pas encore sorti du bras de fer plus ou moins muet qui l'opposait à sa cinquième épouse, eut tout le temps de s'intéresser aux « génies », ainsi surnommés par les jeunes chercheurs. Il était attiré par les relents d'obsession, de paranoïa, d'insomnie, et surtout de pathos qui flottaient au-dessus des piles. Ne trouvait-il pas une autre version de lui-même dans certaines de ces lettres, un double de Michael Beard, qui, à cause de la boisson, d'une sexualité débridée, de la drogue ou tout simplement de la malchance, aurait été privé d'une éducation dans les règles en maths et en physique ? Un double inculte, et néanmoins avide de réfléchir, de bricoler, de contribuer. Certains de ces hommes étaient réellement intelligents, mais leur folle ambition leur imposait de réinventer la roue, puis, cent vingt ans après Nikola Tesla, le moteur à induction, avant d'étudier sans bien la comprendre, et avec des attentes démesurées, la théorie du quantum de champ pour trouver leur carburant ésotérique juste sous leur nez, dans les espaces vides de leur cabane à outils ou de leur chambre d'amis : l'énergie négative.

La mécanique quantique... Quel réceptacle, quel dépôt d'aspirations humaines que cette zone intermédiaire où la rigueur mathématique mettait le bon sens en échec, où raison et imaginaire se mêlaient de façon irrationnelle. Les esprits mystiques pouvaient trouver là tout ce qu'ils cherchaient, avec la caution de la science. Aux oreilles de ces ingénieurs du dimanche, quelle douce mélodie céleste — « asymétrie spectrale », « résonances », « entrelacs », « oscillateurs harmoniques quantiques » —, quelle vieille ritournelle envoûtante que cette musique des sphères capable de transformer le plomb en or, de créer un moteur à particules virtuelles et aux émissions sans danger, qui pourrait à la fois alimenter l'humanité en énergie et la sauver. Beard était ému par l'ambition de ces solitaires. D'ailleurs pourquoi « solitaires » ? Ce n'était pas de la condescendance, enfin, pas seulement. Ils n'en savaient pas assez long, mais trop quand même pour trouver des interlocuteurs. Quel copain de pub ou de la British Legion, quelle épouse accaparée par son emploi et ses enfants les suivraient dans l'entonnoir du continuum spatio-temporel, dans ce trou de ver, ce raccourci vers l'unique réponse définitive à la crise mondiale de l'énergie ?

Beard créa une rubrique inspirée par l'US Patent Office, qui rappelait aux génies que tout projet de mouvement perpétuel ou de moteur asynchrone devait être accompagné d'un proto-type en état de marche — aucun ne l'était. N'oubliant pas ses propres ambitions, Braby sur-veillait de près les jeunes chercheurs qui éplu-chaient le contenu des piles. Chaque contribution appelait une réponse personnalisée, motivée, polie. Or sur les tables à tréteaux il n'y avait rien de nouveau, ou du moins rien d'utile. L'inventeur solitaire révolutionnant la science était un fan-tasme de la littérature populaire — et du ministre.

Avec une lenteur désespérante, le Centre com-mença à prendre forme. On recouvrit la boue de caillebotis — immense pas en avant — puis la boue fut terrassée, engazonnée ; l'été suivant il y avait des pelouses et des allées, et au fil du temps l'endroit se mit à ressembler à tous les instituts du monde. Les laboratoires furent rénovés, les préfa-briqués enfin évacués. Le champ voisin fut drainé, on creusa des fondations et les travaux de construc-tion débutèrent. On embaucha du personnel :

gardiens, agents d'entretien, cadres administratifs, techniciens de maintenance, même des chercheurs, et une équipe chargée des ressources humaines pour recruter tout ce monde. Quand l'effectif atteignit un seuil critique, on ouvrit une cantine. Et dans un élégant pavillon de brique jouxtant la barrière rouge et blanche à l'entrée, on installa une douzaine de vigiles en uniforme bleu marine qui se montraient cordiaux entre eux et froids avec presque tout le reste du personnel, comme s'ils croyaient que l'endroit leur appartenait et que les autres étaient des intrus.

Durant tout ce temps, aucun des six jeunes chercheurs ne décrocha de poste mieux payé au MIT ou à Caltech. Dans un domaine regorgeant de prodiges de toutes sortes, leur CV n'avait rien d'exceptionnel. Longtemps, Beard, peu physionomiste, surtout lorsqu'il s'agissait d'hommes, n'avait pas pu, ou pas voulu, mettre un nom sur chacun de leurs visages. Ils avaient entre vingt-six et vingt-huit ans, mesuraient tous plus d'un mètre quatre-vingts. Deux avaient un catogan, quatre des lunettes identiques, sans monture ; deux s'appelaient Mike ; deux avaient l'accent écossais, trois un bracelet en tissu coloré au poignet ; tous portaient un jean délavé, des baskets et une veste de survêtement. Autant garder ses distances avec eux, ou les traiter comme s'ils étaient une seule et même personne. Mieux valait ne pas insulter l'un des deux Mike en reprenant une conversation entamée avec l'autre, ou alors considérer que le type à lunettes et à catogan avec l'accent écossais, mais sans bracelet, était unique ou ne s'appelait pas

Mike. Même Jock Braby les surnommait tous les six, collectivement, « les catogans ».

Aucun de ces jeunes gens ne semblait aussi impressionné par Michael Beard, lauréat du Nobel, qu'ils auraient dû l'être aux yeux de l'intéressé. De toute évidence ils connaissaient ses travaux, mais n'y faisaient référence pendant les réunions qu'en passant, entre parenthèses, avec un grognement méprisant comme si la colligation Beard-Einstein était depuis longtemps dépassée, alors qu'elle figurait dans tous les manuels, inattaquable, irréfutable. Avant leur licence, les catogans avaient sûrement assisté à une démonstration du « plaid de Feynman » illustrant l'essence topologique des travaux de Beard. Mais lors de rencontres informelles à la cantine, ces enfants géants devenaient des pionniers de la physique théorique, reléguaient la colligation au rang d'une formule poussiéreuse de sir Humphry Davy, et faisaient des allusions elliptiques au BLG, aux arcanes de la M-théorie ou de l'algèbre ternaire de Nambu-Lie sans avoir l'air de changer de sujet. Là était le problème. La plupart du temps, Beard ne comprenait pas ce que disaient les catogans. Ils parlaient à toute vitesse, toujours sur un ton interrogatif, au son duquel sa gorge se serrait chaque fois. Ils n'articulaient pas, avaient à peine exposé une idée que l'un des six autres marmonnait : « Exact ! », après quoi ils passaient à l'unité de sens suivante — difficile d'appeler ça une phrase.

Il y avait pire. Certaines évolutions de la physique, qui pour eux allaient de soi, lui étaient peu familières. Lorsqu'il y jetait un coup d'œil chez lui, il était agacé par la longueur et la complexité des calculs. Il se voyait volontiers comme un physicien chevronné pour qui la théorie des cordes et ses principales variantes n'avaient pas de secret. Mais ces temps-ci les addenda et les modifications se multipliaient. Quand il avait douze ans, au collège, son professeur de mathématiques avait dit à tous les élèves de sa classe que s'ils obtenaient un résultat de onze dix-neuvièmes ou de treize vingt-septièmes dans un devoir, c'était forcément faux. Trop approximatif pour être juste. Sourcils froncés pendant deux heures d'affilée, au point que des lignes roses lui barraient encore le front le lendemain matin, il lisait des articles sur les dernières théories en date, sur Bagger, Lambert et Gustavsson — évidemment ! BLG n'était pas un nom de sandwich ! — et leur description des M2-branes coïncidentes. Que Dieu ait joué aux dés ou non, il n'était sûrement ni si intelligent ni si frimeur. Le monde physique ne pouvait pas être aussi compliqué.

*

Contrairement à la vie quotidienne. De tous les mariages ratés de Beard, aucun n'avait traîné si bêtement en longueur — par sa faute —, aucun ne l'avait autant diminué ni n'avait engendré de fantasmes, de prise de poids et d'accès de folie aussi ridicules que celui-ci, son cinquième et dernier. Durant toutes ces semaines, jamais il ne se sentit vraiment lui-même, et d'ailleurs il ne tarda pas à oublier son moi pour s'installer durablement dans un état plus ou moins psychotique. Il entendait des voix, après tout, et voyait des aspects de la situation

— la soudaine beauté chatoyante de Patrice, par exemple — dont il niait ensuite l'existence. Les conséquences somatiques semblaient extraites d'un manuel. Une série d'affections mineures se jouait du système immunitaire qui était censé le protéger. Des hordes de germes pathogènes traversaient les douves de ses défenses et montaient à l'assaut des remparts, armés de boutons de fièvre, d'aphtes, de coups de fatigue, de douleurs articulaires, de diarrhées, de couperose, de blépharite — une nouveauté, celle-là, capable de le défigurer, une inflammation des paupières, qui se couvraient d'orgelets à points blancs, mini monts Fuji appuyant sur ses globes oculaires et lui brouillant la vue. L'insomnie et la monomanie déformaient son jugement et, avant de sombrer dans le sommeil, quand celui-ci venait enfin, il entendait la voix d'un présentateur du journal télévisé lui rappeler son triste sort, en des mots qu'il ne comprenait pas vraiment. Par ailleurs il était en proie au désespoir rationnel du mari trompé, dont l'épouse, malgré son œil au beurre noir en voie de guérison, continuait à s'affairer dans la maison avec un air triomphant, faussement enjoué, s'éclipsant dès qu'il tentait d'entreprendre une discussion sérieuse. La bouche est notoirement surreprésentée dans le cerveau, et il percevait une minuscule plaie due à une gerçure au centre de sa lèvre inférieure comme une cicatrice hideuse, emblème de son malheur. Comment Patrice pourrait-elle jamais l'embrasser à nouveau ? De toute façon, elle refusait d'engager la conversation, d'être questionnée ou accusée ; elle refusait d'être aimée, par lui en tout cas.

Certes, coureur et menteur, il avait bien cherché ce qui lui arrivait, mais à présent qu'était-il censé faire, hormis accepter le châtiment ? À quel dieu devait-il présenter ses excuses ? Il en avait assez. Après s'être cramponné avec morosité à des espoirs stupides, il se mit à surveiller sa boîte aux lettres et sa messagerie électronique, guettant l'invitation qui l'emmènerait loin de Belsize Park et redonnerait un semblant de vie à son corps délabré. Toute l'année il en recevait une demi-douzaine par semaine mais, jusqu'alors, aucune incitation à faire des conférences sur les rives d'un lac ploutocratique d'Italie du Nord, ou dans un austère château germanique, n'avait retenu son attention, et il se sentait encore trop faible, trop écorché vif pour discuter de la colligation dans un énième colloque réunissant ses collègues à New Delhi ou à Los Angeles. Il n'avait pas la moindre idée de ce qu'il souhaitait, mais le saurait sans doute le moment venu.

Dans l'intervalle, il trouvait un certain apaisement à prendre, un matin par semaine, le train crasseux de Paddington à Reading, d'être attendu dans cette gare victorienne coincée entre des immeubles trapus, puis conduit en prototype Prius au Centre distant de quelques kilomètres par l'un des catogans interchangeables. Il partait de chez lui tendu comme une corde vibrant sur une seule note, dont les oscillations diminuaient à mesure qu'il s'éloignait de son domicile et se rapprochait du coûteux périmètre de sécurité. Les vibrations cessaient au moment où il répondait d'un signe de l'index au salut amical des vigiles — comme ils aimaient ce rituel ! — et passait sous la barrière rouge et blanche qui se levait devant lui. Braby venait généralement à sa rencontre et, laissant à peine transparaître une touche d'ironie mandarinale, lui ouvrait même la portière, car il s'agissait de l'arrivée non pas d'un mari cocu mais d'un visiteur de marque, le Chef sur qui on comptait pour défendre les intérêts du Centre dans la presse, encourager les industriels à s'y intéresser, et soutirer deux cent cinquante mille livres supplémentaires au ministre populiste.

Les deux hommes prenaient le café ensemble pour commencer la journée. Ils recensaient les progrès, les retards, et Beard notait ce qu'on attendait de lui, après quoi il faisait le tour du site. Il avait laissé entendre d'emblée qu'il serait plus facile d'obtenir des subventions s'il pouvait invoquer un projet séduisant, compréhensible par le contribuable et par les médias. D'où le lancement de l'EUUD, Éolienne urbaine à usage domestique, gadget que tout père de famille pourrait installer sur son toit afin de produire assez de courant pour réduire de manière significative ses factures d'électricité. Le vent ne soufflant pas sur les toits des villes avec la même constance que sur les éoliennes géantes en rase campagne, on demanda aux physiciens et aux ingénieurs de rechercher pour les pales un design optimal en cas de turbulences. Beard avait obtenu l'accès à une soufflerie par l'intermédiaire d'un vieux copain du Royal Aircraft Establishment de Farnborough, mais il fallait d'abord se plonger dans des formules mathématiques complexes et dans l'aérodynamique, branche de la théorie du chaos qu'il trouvait personnellement d'un ennui profond. La technologie l'intéressait encore moins que la climatologie. Il croyait qu'il suffirait de faire les calculs nécessaires, de construire trois ou quatre prototypes, de les tester en soufflerie. Or il fallut engager du personnel à mesure que surgissaient des difficultés annexes : vibrations, bruit, taille, effort de cisaillement, précession gyroscopique, tension cyclique, résistance du toit, matériaux, transmission, efficacité, raccordement au réseau, autorisations d'installation. Ce qui semblait une invention toute simple s'était transformé en monstre dévorant l'attention et les ressources du Centre à demi construit. Et trop tard pour revenir en arrière.

Beard préférait inspecter seul les lieux pour constater avec remords les conséquences de sa suggestion anodine. Au début de l'été 2000, chaque jeune chercheur avait son petit local. L'éclatement du groupe facilitait les choses, tout comme les plaques nominatives sur les portes, mais c'était surtout à lui-même que Beard attribuait le mérite de pouvoir, au bout de sept ou huit mois, reconnaître chacun des jeunes gens. Il n'avait fait qu'une demi-douzaine de trajets en Prius depuis la gare de Reading quand, levant les yeux du discours qu'il devait prononcer ce soir-là à Oxford, il s'aperçut que, naturellement, on lui envoyait toujours le même chauffeur : l'un des deux chercheurs qui avaient bel et bien un catogan, un type élancé au visage étroit, avec une bouche aux dents trop grandes et un sourire niais. Il était originaire des environs de Swaffham dans le Norfolk, apprit Beard lors de ce premier vrai tête-à-tête ; il avait fait ses études à l'Imperial College, puis à Cambridge, avant de passer deux ans à Caltech à Pasadena, et aucun de ces établissements légendaires n'avait dilué la pureté de son accent rural, ses inflexions innocentes et son intonation perpétuellement ascendante, évocatrices pour Beard de haies vives et de meules de foin. Il s'appelait Tom Aldous. Il confia au Chef, durant ce premier échange, qu'il avait postulé pour un emploi au Centre parce qu'il croyait la planète en danger, et pensait que ses recherches en physique des particules se révéleraient utiles ; en découvrant que Beard en personne, de la colligation Beard-Einstein, dirigeait l'équipe, lui, Tom Aldous, avait conclu avec enthousiasme que le Centre ferait de l'énergie solaire une priorité, en particulier la photosynthèse artificielle et ce qu'il appelait le nano-solaire, dont, il en était convaincu...

« L'énergie solaire ? » dit doucement Beard. Il savait parfaitement de quoi il retournait, mais quand même, ce terme avait des connotations douteuses : des images de druides New Age en robe blanche, dansant au crépuscule autour de Stonehenge lors du solstice d'été. Il se méfiait en outre de toute personne parlant de la « planète » pour prouver son envergure intellectuelle.

« Oui ! » Dans le rétroviseur, Aldous souriait de toutes ses grandes dents. Il ne lui venait pas à l'esprit que le Chef n'était pas expert dans ce domaine. « Elle est là, attendant qu'on sache s'en servir, et quand on y arrivera, on se demandera comment on a pu avoir l'idée d'utiliser le charbon, le pétrole et le reste comme combustibles. »

Beard était fasciné par l'accent d'Aldous, qui semblait tourner en dérision les explications du jeune homme. Ils roulaient sur une rocade à quatre

voies dont le terre-plein central était planté
d'aubépines en fleur qui diffusaient inutilement
leur parfum vers ce défilé de véhicules. La veille
au soir, certain de ne pas trouver le sommeil, il
avait lu en peignoir sur son lit tandis que Patrice
passait la nuit dehors. Une série de lettres inédites,
adressées à plusieurs collègues par Paul Dirac, un
homme tout entier dévoué à la science, qui n'avait
aucune conversation ni autre aptitude à la vie en
société. À six heures quarante-cinq, Beard avait
posé le tapuscrit et était allé se raser dans la salle
de bains. Les rayons du soleil, qui perçaient déjà
à travers le bouleau, devant la maison, couvraient
d'arabesques le sol en marbre sous ses pieds. Quel
gâchis, quel gaspillage de laisser le soleil si haut
dans le ciel à cette heure matinale ! Donnant, pour
se rajeunir, un coup de rasoir à la touffe de poils
qui croissait entre ses sourcils, Beard se refusa à
compter toutes les heures de lumière solaire qu'il
avait ratées chaque été. Mais qu'y pouvait-il alors,
que pouvait faire un jeune homme à sept heures
du matin n'importe quel jour de l'année, si ce n'est
dormir ou se mettre au travail ? À présent il manquait de sommeil depuis des semaines.

« Vous croyez vraiment qu'on pourrait un jour
se passer du charbon, du pétrole et du gaz naturel ? » dit-il en étouffant un bâillement.

Aldous s'engageait à grande vitesse sur un rond-
point géant, presque aussi vaste et fréquenté qu'un
circuit automobile, qui les propulsa sous l'effet de
la force centrifuge, et par une bretelle descen-
dante, sur l'autoroute, dans le double rugissement
des voitures et des camions longs comme cinq maisons, lancés vers Bristol à cent vingt kilomètres-

heure et doublés par tout le monde. En effet : combien de temps cela pouvait-il durer ? Beard, fragilisé par sa nuit blanche, éprouva un sentiment d'infériorité. L'autoroute M4 témoignait d'un appétit de vivre face auquel il ne se sentait plus de taille. Il préférait les routes de campagne, les voitures à cheval, les sentiers forestiers. Recroquevillé dans sa veste en tweed, il écoutait Tom Aldous parler avec l'assurance enjouée d'un élève modèle croyant donner à son professeur les réponses attendues.

« Le charbon et le pétrole ont fait notre civilisation, mais on sait maintenant qu'ils vont nous détruire. Il nous faut une nouvelle source d'énergie, sinon on échoue, on coule. Et on n'y coupera pas : l'avenir repose sur l'électricité et l'hydrogène, les deux seuls vecteurs connus d'énergie propre au moment de l'utilisation.

— Donc encore plus de nucléaire. »

Le jeune homme quitta l'autoroute des yeux pour croiser le regard de Beard dans le rétroviseur, mais trop longuement, et son aîné, serrant les dents sur la banquette arrière, se détourna pour l'inciter à se concentrer de nouveau sur la circulation anarchique.

« Polluant, dangereux, coûteux... En fait on a déjà une centrale nucléaire bien située, à cent cinquante millions de kilomètres d'ici, qui produit sans risque une énergie propre en convertissant gratuitement l'hydrogène en hélium. Vous savez ce que je me dis toujours, professeur Beard ? Si un extraterrestre arrivait sur terre et voyait tout ce rayonnement solaire, il serait stupéfait d'apprendre qu'on a des problèmes d'énergie. Le photovoltaïque ! J'ai lu Einstein sur le sujet ; je vous ai lu, vous. La colligation est géniale. Et le plus beau cadeau que Dieu nous ait fait est sûrement celui-ci : en frappant un semi-conducteur, un photon libère un électron. Les lois de la physique sont tellement bienveillantes, tellement généreuses. Écoutez plutôt. Un type est dans une forêt sous la pluie, et il meurt de soif. Il a une hache ; il se met à abattre les arbres pour en boire la sève. Une gorgée par arbre. Il se retrouve entouré d'un désert sans vie, et il sait qu'à cause de lui la forêt disparaît à toute vitesse. Alors pourquoi n'ouvre-t-il pas la bouche pour boire la pluie ? Parce qu'il abat très bien les arbres, qu'il a toujours fait ainsi, et qu'il se méfie des gens qui lui conseillent de boire la pluie. Cette pluie, c'est notre soleil, professeur Beard. Il inonde notre planète, perpétue son climat et sa vie. Une douce pluie de photons, et on n'a qu'à tendre nos verres ! Vous savez, j'ai lu qu'un type aurait dit que moins d'une heure du rayonnement solaire parvenant sur terre satisferait pendant un an les besoins du monde entier. »

Imperturbable, Beard demanda : « Et à combien ce type évaluait-il le rayonnement solaire ?

— À un quart de la constante solaire.

— Trop optimiste. À diviser par deux.

— Mon raisonnement se tient quand même, professeur Beard. Des panneaux solaires sur une infime partie des déserts du monde donneraient tout le courant dont on a besoin. »

Le ton bucolique de ce garçon du Norfolk, si mal assorti à son propos, commençait à agacer sérieusement Beard. « À condition de pouvoir le distribuer, rétorqua-t-il.

— Oui. Avec de nouvelles lignes à haute tension ! Il faut juste de l'argent et quelques efforts. Ça vaut le coup pour la planète ! Pour notre avenir, professeur Beard ! »

Celui-ci rassembla sèchement les pages de son discours pour mettre un terme à la conversation. Le propre d'un excentrique était d'abord de croire que tous les problèmes du monde se résumaient à un seul et pouvaient se résoudre, et ensuite d'en parler non stop.

Mais Tom Aldous n'en avait pas terminé. Alors qu'ils arrivaient au Centre et que la barrière se levait devant eux, il déclara, comme si la discussion n'avait jamais été interrompue : « Voilà pourquoi, enfin, sans vouloir vous manquer de respect, voilà pourquoi je crois que nous perdons notre temps avec cette histoire de microéolienne. La technologie est au point. Le gouvernement n'a plus qu'à la rendre attrayante pour le public : c'est un problème de design, le marché fera le reste. Il y a tellement d'argent à gagner. Alors que le solaire — les dernières expériences sur la photosynthèse artificielle —, il y a des recherches passionnantes à faire sur les nanotechnologies. Ça pourrait être pour nous, professeur ! »

Aldous tenait la portière ouverte et Beard descendit sans entrain. « Merci de vos idées. Mais vous feriez mieux de ne pas trop quitter la route des yeux. » Et il tourna les talons pour échanger une poignée de main avec Braby.

Durant ses visites hebdomadaires, il espérait ne pas se retrouver seul avec Aldous, qui essayait toujours de le convaincre de l'utilité du photovoltaïque, ou de son explication quantique du photovoltaïque, ou de le noyer sous des démonstrations d'amitié et d'enthousiasme ; le jeune homme semblait ignorer la mauvaise humeur de Beard chaque fois qu'il revenait à la charge pour le convaincre de renoncer à l'EUUD. Bien sûr qu'il fallait renoncer, puisque cette éolienne engloutissait presque tout leur budget, présentait des complications croissantes pour un intérêt de plus en plus mince. Mais c'était l'idée de Beard, et revenir en arrière serait une défaite personnelle. Il en arrivait à détester ce garçon, son visage osseux aux narines frémissantes, son catogan, la tresse crasseuse de fils verts et rouges qui lui tenait lieu de bracelet, son alimentation diététiquement correcte à base de salades et de yaourts, son habitude de s'installer, à la cantine, avec son plateau, sans y avoir été invité, le plus près possible du Chef forcément déprimé d'apprendre qu'il avait défendu les couleurs du Norfolk sur un ring dans plusieurs tournois régionaux, celles de son collège de Cambridge à la rame, et fini septième d'un marathon à San Francisco. Sans parler des romans qu'Aldous voulait lui faire lire — des romans ! —, des récentes évolutions de la musique contemporaine dont Aldous pensait qu'il devait avoir connaissance, des films présentant un intérêt particulier, des documentaires sur le changement climatique qu'Aldous avait vus au moins deux fois, mais reverrait volontiers s'il y avait une chance pour que le Chef l'accompagne. Le jeune chercheur avait l'esprit ainsi fait que, par le truchement d'un accent du Norfolk, il donnait inlassablement des conseils, émettait des suggestions, appelait à des changements, et même son enthousiasme pour un voyage, des vacances, un livre ou une vitamine sonnait comme une exhortation. Rien n'exaspérait davantage Beard que de s'entendre dire une fois encore qu'il devrait passer un mois dans la vallée de Swat.

Dans le bâtiment où était autrefois testée l'absence de nocivité de la poussière de brique et de la fibre de verre, il allait d'un laboratoire à l'autre, écoutant les rapports des ingénieurs, des designers, et ceux de mystérieux « consultants en énergie » à qui on devait un long document intitulé « Recherches sur la microéolienne 4.2 », dont lui-même n'avait pas réussi à lire le premier paragraphe. Cet été-là, le département des ressources humaines nouvellement créé recruta tant de personnel que, chaque semaine, Beard devait expliquer qui il était à une demi-douzaine d'inconnus. Rares étaient ceux qui ne travaillaient pas sur l'éolienne, et à chaque visite le découragement le gagnait un peu plus. Malgré tant d'efforts, rien n'était prêt pour commencer les essais à Farnborough : le problème des turbulences n'était pas réglé, et personne ne s'inquiétait des conséquences d'une éventuelle absence de vent, faute de savoir comment conserver l'électricité efficacement et à moindres frais. Concevoir une batterie assez puissante pour stocker la production domestique : voilà un projet novateur, mais qui arrivait trop tard, maintenant que tout le monde se consacrait à l'EUUD, et, par ailleurs, les recherches sur les batteries électriques étaient une suggestion de Tom Aldous. Mieux valait construire une centrale nucléaire haut de gamme sur la côte jurassique du Dorset que d'abîmer un million de toits à cause du cisaillement, des vibrations, des phénomènes de résistance, de rotation et de torsion d'un gadget sans valeur, sur lequel le vent soufflerait rarement assez fort pour qu'il produise du courant en quantité suffisante.

Comment se pouvait-il, songeait Beard avec une pointe d'apitoiement sur son sort, quittant un laboratoire pour se rendre d'un pas lourd dans le suivant, qu'une banale remarque de sa part ait suffi à entraîner tout le monde dans cette quête absurde ? La réponse était simple. Sa suggestion avait suscité des mémos, une série de propositions détaillées longue de cent quatre-vingt-dix-sept pages, des budgets prévisionnels et des tableaux qu'il avait tous approuvés en les contresignant sans les lire. Et pourquoi cela ? Parce que Patrice entamait sa liaison avec Tarpin et qu'il était incapable de penser à autre chose.

Il reprit le couloir en sens inverse, dépassa le bureau de Braby pour aller s'entretenir avec un spécialiste des matériaux, quand soudain il tomba sur Braby en personne, qui l'attendait dans l'embrasure de sa porte, et l'invita à entrer d'un geste enthousiaste. Derrière lui, un des deux catogans prénommés Mike fixait avec du scotch un schéma sur un tableau blanc.

« Je crois qu'on a du nouveau, déclara Braby en fermant la porte derrière lui. Mike vient d'apporter ça.

— Ne vous méprenez pas, professeur Beard, dit Mike. Ce n'est pas moi qui l'ai dessiné. Je l'ai trouvé. »

Braby tira sur la manche de Beard pour qu'il s'approche du tableau.

« Jetez-y un coup d'œil. J'ai besoin de votre opinion. »

Sur une grande feuille, un schéma exécuté dans les règles de l'art et entouré d'une demi-douzaine d'esquisses : le genre de croquis d'un seul trait tremblotant qu'on a trouvé dans les carnets de Léonard de Vinci. Sous le regard attentif des deux autres, Beard contemplait le schéma central, large colonne contenant un fouillis de lignes qui aboutissaient à une hélice à quatre pales tournant sur elle-même, avec, à sa base, moins détaillé, le dessin d'un générateur de forme cubique. L'un des croquis représentait un toit avec une antenne télé et l'hélice sur un petit support vertical attaché à la cheminée voisine — dispositif peu satisfaisant. Pendant deux longues minutes, Beard resta muet.

« Alors ? demanda Braby.

— Alors c'est quelque chose. »

Braby éclata de rire. « C'est bien ce que je pensais. J'ignore comment ça marche, mais c'est quelque chose.

— Une variante de la machine de Darrieus, le vieux fouet à battre les œufs. » Du temps où il était encore un mari heureux, ou moins obsessionnel, Beard s'était documenté tout un après-midi sur l'histoire des éoliennes. À l'époque, la physique lui paraissait relativement simple. « À cette différence près qu'ici les pales de l'hélice ont une courbure de soixante degrés. Et qu'elles sont au nombre de quatre pour accélérer la rotation, peut-être aussi pour favoriser un redémarrage automatique. À condition d'améliorer l'effet de portance, ça pourrait marcher sur un toit, on ne sait jamais. Alors, qui est l'auteur ? »

Mais il connaissait déjà la réponse et sa lassitude redoubla. Écouter le barde de Swaffham se féliciter de sa trouvaille et de l'avènement d'une nouvelle génération d'éoliennes était au-dessus de ses forces ce jour-là. Ça attendrait la semaine suivante, car à cet instant précis il n'avait envie que d'une chose : s'asseoir au calme pour penser à Patrice, réveiller son désir — en vain. Voilà à quoi il en était réduit.

Mike se gratta la nuque sous son catogan où ressortaient, telle la trame d'une couverture, quelques fils gris rebelles. « C'était sur la table de Tom. Il avait dû le laisser en évidence. On était emballés, mais impossible de trouver Tom. On a fait une photocopie pour les ingénieurs, et ça leur plaît déjà. »

Jock Braby fit nerveusement le tour de la pièce, alla à son bureau, récupéra sa veste sur le dossier d'une chaise. Le snob se réveilla en Beard : il aurait voulu prendre à part le haut fonctionnaire pour lui dire que depuis Bletchley, ou du moins depuis sa propre entrée à l'université, plus personne n'avait un assortiment de stylos bille dans la poche poitrine de sa veste. Mais il gardait toujours ses conseils pour lui.

Calme et digne malgré son enthousiasme, Braby s'inclina de toute sa hauteur vers ses compagnons et annonça posément d'une voix rauque, comme si, touché par une épée, il venait de mettre un genou en terre sur un coussin royal : « Je vais parler à Aldous, et ensuite je l'emmènerai au bureau d'études. Il nous faut des plans dignes de ce nom. Ils pourront se mettre autour d'une table et commencer à travailler. Pendant ce temps-là, Mike, vous pourrez faire les calculs avec le reste de l'équipe, la loi de Brecht et ainsi de suite.

— La loi de Betz.

— Exact. » Et il disparut.

Sa tournée d'inspection terminée, Beard s'installa seul avec une assiette de biscuits au chocolat et une tasse de café qui avait mijoté dans un pot au milieu de la salle commune déserte, derrière la cantine, longtemps l'unique endroit confortable du Centre, et il laissa ses pensées revenir à l'objet de ses obsessions, s'arrêtant, avec une lourdeur presque agréable dans les membres, sur certains détails qu'il avait négligés ces derniers temps. Mais il dut d'abord s'extirper de son fauteuil et traverser la pièce pour éteindre la télévision ronronnante, réglée en permanence sur une chaîne d'information. Bush contre Gore, accaparant la précieuse attention d'une majorité asservie de la population mondiale. Il se rassit et s'attaqua à son assiette de petits gâteaux.

Patrice était de loin la plus belle de toutes ses épouses, ou plus exactement, lui semblait-il à présent, elle était, à sa manière blonde et anguleuse, la seule belle épouse qu'il ait jamais eue. Les quatre autres avaient raté la beauté de quelques millimètres — un nez trop mince, une bouche trop large, un menton ou un front légèrement imparfait ou fuyant — et elles ne lui plaisaient, ces épouses de second ordre, que sous un certain angle, au prix d'un effort de volonté ou d'imagination, ou bien sous l'effet d'un désir trompeur. Certains détails, donc, concernant Patrice. L'étroitesse de ses hanches, par exemple. De sa grande main il pouvait lui recouvrir les fesses. Ou la texture lisse et crémeuse de sa peau entre les os saillants de son bassin. Le polymorphisme stupéfiant à l'origine de sa toison pubienne d'une blondeur soyeuse. Reverrait-il jamais ces trésors ? Et maintenant il y avait cet œil au beurre noir, si peu sensuel. Patrice refusait de lui en parler, et sans doute ne connaîtrait-il jamais la vérité. Il ne pouvait qu'émettre des hypothèses. Admettons que son plan ait marché, que cette femme imaginaire, dans sa chambre, dont il avait imité les pas en frappant les marches avec ses paumes, ait non pas indigné, mais attendri Patrice, qu'elle l'ait rapprochée de lui et, lui faisant prendre conscience de ce qu'elle allait perdre, l'ait incitée à dire à Tarpin que tout était fini entre eux, qu'elle retournait vivre avec son mari — et que cela ait provoqué la fureur du maçon. Dans ce cas, l'œil au beurre noir signifiait qu'elle était presque à nouveau sienne. Trop beau pour être vrai. Quoi, alors ?

Mécaniquement, il transférait les biscuits de l'assiette à sa bouche. Peut-être toute cette histoire suivrait-elle un cours improbable. La plupart des choses étaient improbables. Certaines femmes battues, meurtries, ne pouvaient se passer de leur mari violent. Les responsables des foyers d'accueil déploraient souvent une telle anomalie de la nature humaine. Si Patrice était dépendante de cette relation, elle recevrait d'autres coups. Sa belle Patrice. Insupportable. Inconcevable. Mais quoi, alors ? Dégoûtée par la compassion de Michael autant que par la violence de Rodney, elle pouvait très bien souhaiter se débarrasser des deux hommes à la fois. À moins qu'il entre un soir dans sa chambre et qu'elle soit là à l'attendre, nue au milieu du lit conjugal, sur le dos comme naguère, jambes écartées, et il s'avançait vers elle, murmurait son prénom, se retrouvait nu lui aussi. Tout allait être facile, il se penchait vers elle, prenait son sein gauche dans... Mais il n'était plus seul, et nul besoin de lever les yeux pour savoir qui avait surgi dans l'embrasure de la porte.

Sans même se servir un café — il s'interdisait les excitants et conseillait à Beard de l'imiter —, Aldous vint s'asseoir près du Chef et déclara sans autres préliminaires : « Je vous incite vivement à lire l'article sur les membranes photovoltaïques dans le dernier numéro de *Nature*. »

Une partie du sang qui aurait dû irriguer le cerveau de Beard se trouvait encore dans son membre viril — bien que refluant rapidement —, sinon il aurait eu la présence d'esprit de prier Aldous de partir.

Au lieu de quoi il répondit : « Braby vous cherche.

— C'est ce qu'on m'a dit. Vous avez tous vu mon projet d'éolienne.

— Braby doit être revenu dans son bureau. »

Pour bien montrer qu'il était épuisé, Aldous enleva d'un geste théâtral sa casquette de base-ball, s'affala dans un fauteuil et ferma les yeux. « J'aurais dû détruire ce dessin.

— Il est pourtant prometteur », concéda Beard malgré lui. Il se méfiait de tout individu portant une casquette de base-ball ailleurs que sur un terrain de base-ball, que la visière soit devant ou derrière.

« Justement. Il est même révolutionnaire. Parlez d'aérodynamisme ! Angle d'attaque optimal quelle que soit la direction du vent. Problème des turbulences résolu. Ne vous y trompez pas, professeur Beard, il est génial. Mais, vous savez, si le Centre s'en charge, il perdra trois ans à faire un travail dont une firme privée pourrait se charger pour gagner de l'argent. Et le jeu n'en vaut pas la chandelle, les microéoliennes ne résoudront pas le problème, professeur. Le vent ne souffle pas assez fort dans les villes. Notre civilisation a besoin d'une nouvelle source d'énergie. Le temps presse vraiment. On devrait déjà être en train de travailler sur le solaire, avant que les Allemands et les Japonais ne s'en emparent, avant que les Américains ne se réveillent. J'ai quelques idées. Même sous notre climat merdique, il y a un rayonnement infrarouge. Pourquoi je raconte tout ça, et à vous en plus ? Il faut étudier la photosynthèse de plus près, voir ce qu'on peut apprendre. Là aussi, j'ai quelques idées intéressantes. Je suis même en train de vous préparer un dossier. Et voilà que j'aperçois M. Braby en route vers le bureau d'études, avec mon dessin idiot à la main. Seigneur ! »

Il plaqua sa paume sur ses yeux fermés — autre geste théâtral, cette fois pour montrer qu'il endurait stoïquement des souffrances imméritées.

« Je suis un homme simple, professeur. Je veux juste agir pour le bien de la planète.

— Je vois », dit Beard, soudain incapable d'affronter le dernier biscuit qu'il venait de saisir. Il le reposa sur l'assiette et se leva lourdement de son fauteuil. « Il faut que je rentre. Vous allez devoir me reconduire à la gare.

— Inutile. » Aldous bondit de son siège, traversa la pièce en trois enjambées pour allumer la télé, puis s'immobilisa, attendit le sujet suivant et monta le son. On aurait dit qu'il avait manigancé ce fait divers, avait réduit un couple de vieillards à la misère et au désespoir, puis les avait convaincus de se jeter main dans la main sous les roues du train Londres-Oxford. Le reportage de la chaîne régionale ne montrait rien de sanglant, seulement des files de passagers mécontents d'avoir été refoulés, à la gare de Reading, et d'autres attendant des autocars spécialement affrétés qui n'arrivaient pas.

Le jeune homme guida Beard vers la porte comme il aurait emmené un malade mental prendre son bain. « J'habite près de Belsize Park et je rentre en voiture. Ce n'est pas une Prius, mais elle vous déposera à votre porte. »

Beard se demanda comment Aldous connaissait son adresse, mais jugea inutile de poser la question. Et comme il souhaitait rentrer chez lui, retrouver le quartier général de son malheur, il n'avait aucun intérêt à envoyer Aldous voir Jock Braby.

Quelques minutes plus tard, assis à l'avant d'une Ford Escort rouillée, il feignait d'écouter ce qu'on pouvait s'attendre à trouver, d'après quelqu'un du sérail, dans le rapport de la prochaine Conférence internationale sur le réchauffement climatique. Cette fois le conducteur pivotait carrément à quatre-vingt-dix degrés pour s'adresser à son passager, quittant parfois la route des yeux pendant de longues secondes, durant lesquelles, selon les calculs de Beard, ils parcouraient plusieurs centaines de mètres. Vous pouvez me parler sans me regarder, avait-il envie de dire, surveillant le flot de véhicules devant eux pour tenter de prédire à quel moment il allait devoir attraper le volant. Pourtant, même Beard avait du mal à critiquer un homme qui le transportait gratuitement — son hôte, en fait. Plutôt mourir ou mener une morne vie de tétraplégique qu'être impoli.

Après avoir résumé le contenu prévisible du troisième rapport de la Conférence, Aldous rappela à Beard — il était la cinquantième personne à le faire en un an — que les dix dernières années du XXe siècle avaient été les dix plus chaudes, à moins que ce ne soient les neuf, jamais enregistrées. Puis il se lança dans des considérations sur la variabilité du climat, la hausse des températures, liées au doublement de la teneur en dioxyde de carbone depuis la révolution industrielle. Lorsqu'ils entrèrent dans Londres, ce fut le forçage radiatif, et ensuite la litanie familière de la fonte des glaciers, de l'extension des déserts, de la mort des récifs coralliens, de la perturbation des courants océaniques, de la montée du niveau de la mer, de la disparition de telle ou telle espèce, et ainsi de suite, tandis que Beard s'enfonçait dans une inattention lugubre, non pas à cause de la « planète » en péril — encore ce terme débile — mais à cause de l'enthousiasme avec lequel on lui en parlait. Voilà ce qu'il détestait chez les militants : les injustices et les calamités les stimulaient, c'était leur sève, leur sang, leur jouissance.

Le réchauffement climatique habitait donc Tom Aldous. Avait-il d'autres sujets de préoccupation ? Oui. Inquiet des émissions de gaz d'échappement de sa voiture, il avait trouvé un ingénieur de Dagenham qui l'aiderait à la convertir en véhicule électrique. La transmission était bonne, le problème venait de la batterie : il faudrait la recharger tous les cinquante kilomètres. Il pourrait tout juste se rendre au Centre, à condition de ne pas dépasser les trente kilomètres-heure. Finalement, Beard le ramena sur terre en lui demandant où il vivait. Dans un studio au fond du jardin de son oncle à Hampstead. Le week-end, il allait en voiture à Swaffham voir son père atteint d'une infection pulmonaire. Sa mère était morte depuis longtemps.

Il allait raconter l'histoire de sa mère quand ils s'arrêtèrent devant la maison. Beard l'interrompit pour le remercier, pressé de mettre un terme à cet échange, mais Aldous faisait déjà le tour de la voiture pour lui ouvrir la portière et l'aider à descendre.

« Je peux me débrouiller, je peux me débrouiller », dit Beard d'un ton agacé, mais, à cause de sa récente prise de poids, il n'y arrivait pas, tant les sièges étaient bas dans cette maudite bagnole. Aldous remonta l'allée avec lui, toujours à la manière d'un infirmier psychiatrique, et, une fois devant la porte, tandis que Beard cherchait sa clé, il demanda la permission d'utiliser les toilettes. Comment refuser ? Alors qu'ils entraient dans la maison, Beard se rappela que Patrice ne travaillait pas cet après-midi-là, et justement elle apparut en haut de l'escalier, pansement bleu sur l'œil, en jean moulant et pull cachemire vert pâle, babouches aux pieds, descendit à leur rencontre tout sourires et proposa un café dès que son mari eut fait les présentations.

Ils passèrent vingt minutes assis autour de la table de la cuisine, et elle fut aimable, inclina courtoisement la tête pour écouter l'histoire de la mère de Tom Aldous, posa des questions avec sollicitude et raconta l'histoire de sa propre mère, également morte jeune. Puis la conversation prit un tour plus léger. Patrice croisait le regard de Beard chaque fois qu'elle riait, l'incluait, écoutait avec un demi-sourire quand il parlait, semblait s'amuser de ses plaisanteries, posa même la main sur la sienne pour l'interrompre. Tom Aldous, soudain capable d'exubérance et d'humour, les divertit en leur dressant un portrait de son père, redoutable professeur d'histoire devenu un invalide acariâtre, qui nourrissait avec son déjeuner d'hôpital un milan affamé. Aldous se tournait sans cesse vers l'un ou l'autre avec un large sourire, portait timidement la main à son catogan. À aucun moment il ne se souvint que la planète était en péril.

Ainsi les deux époux reçurent-ils dans la plus parfaite harmonie ce jeune homme enjoué et, lorsqu'il se leva pour prendre congé, de toute évidence quelque chose de merveilleux s'était produit : l'attitude de Patrice envers son mari avait fondamentalement changé. Après avoir raccompagné Aldous à sa voiture, Beard, n'osant croire que son imitation des pas d'une femme dans l'escalier ait marché, s'empressa de regagner la maison pour en savoir plus. Mais la cuisine était déserte, les tasses et leur fond de café attendaient à leur place sur la table, la maison avait retrouvé son silence. Patrice s'était retirée dans sa chambre et, quand il monta frapper à sa porte, elle le pria sans ménagement de partir. Elle l'avait seulement alléché en lui faisant entrevoir leur vie d'avant. C'était son absence qu'elle voulait qu'il déguste.

Il ne la revit pas avant le lendemain soir, où elle

quitta la maison, laissant dans son sillage un parfum inconnu.

*

Les semaines se suivaient et presque rien ne changeait. La seconde moitié du semestre commençait à l'école de Patrice. En fin d'après-midi elle corrigeait des devoirs et préparait ses cours ; trois ou quatre fois par semaine elle quittait la maison vers dix-neuf ou vingt heures pour aller chez Tarpin. Fin octobre, après le passage à l'heure d'hiver, lorsqu'elle empruntait dans le noir l'allée du jardin, son absence était encore plus complète. Son intention d'inviter son amant à dîner ne se concrétisa pas, du moins pas quand Beard était là. Des colloques éloignaient parfois celui-ci de la ville pour la nuit, et à son retour il ne voyait pas trace de la présence de Tarpin, hormis dans l'éclat plus intense de la table en chêne de la salle à manger, ou dans la cuisine impeccable avec ses casseroles exceptionnellement rangées dans leur placard.

Mais début novembre, il alla chercher une ampoule dans le cellier au fond de la maison, près de la porte de derrière. C'était une pièce froide aux murs aveugles, avec des étagères en brique où différents appareils électroménagers, des objets au rebut et des cadeaux abandonnés avaient envahi l'espace destiné aux provisions. Le mur du fond était percé d'un unique soupirail, par lequel quelques rais de lumière tombaient sur un sac de toile crasseux posé à même le sol. En proie à une indignation croissante, Beard se pencha et, voyant la fermeture défaite, ouvrit le sac du pied. Il contenait des outils : marteaux de différentes tailles, planches et lourds tournevis, le tout surmonté d'un emballage de barre chocolatée, d'un trognon de pomme marron, d'un peigne et, au grand dégoût de Beard, d'un kleenex sale. Ce sac n'avait pu être oublié après les travaux dans la salle de bains, car ceux-ci remontaient à plusieurs mois, et Beard s'en serait aperçu. Pendant qu'il était à Paris ou à Édimbourg, le maçon serait venu voir Patrice directement après le travail, aurait oublié ses outils le lendemain matin ou n'en n'aurait pas eu besoin, et elle les avait rangés là. Beard eut envie de les jeter, mais les poignées du sac étaient noires et grasses, et il éprouvait de la répulsion à l'idée de toucher quelque chose appartenant à Tarpin. Il prit son ampoule, alla dans la cuisine se verser un whisky. Il était trois heures de l'après-midi.

De bonne heure le lendemain, un dimanche glacial, il trouva l'adresse de Rodney Tarpin sur une facture et, après avoir décidé de ne pas se raser, bu trois tasses de café, enfilé une paire de vieilles bottes en cuir qui le grandissaient de deux centimètres et demi, et une chemise en épais drap de laine qui lui faisait des biceps, il alla à Cricklewood. En voiture, il écouta la radio : uniquement des informations sur les États-Unis. Les commentateurs s'interrogeaient encore sur l'explosion du mois précédent à bord de l'*USS Cole*, œuvre d'un groupe du nom d'Al Qaida, mais le principal sujet était toujours le même ; il en avait été question tout l'été et tout l'automne, et Beard n'en pouvait plus. Bush contre Gore. Il n'était pas citoyen américain, ne voterait pas, donc ne départagerait pas les deux candidats, et pourtant le service public d'information, auquel il versait une redevance, l'obligeait à suivre chaque épisode, aussi inintéressant fût-il. Il était agressivement apolitique — jusqu'au bout des ongles, disait-il volontiers. Il détestait ces faux débats passionnés, les efforts de chacune des parties pour caricaturer le point de vue adverse, l'amnésie qui guettait, sitôt un « problème » soulevé. Pour Beard, les États-Unis représentaient une entité fascinante qui possédait les trois quarts de la science mondiale. Le reste n'était que futilités et, dans ce cas précis, un affrontement au sein d'une même élite : le fils privilégié d'un ancien président au coude à coude avec le fils bien-né d'un sénateur. Alors que les bureaux de vote étaient apparemment fermés depuis longtemps, Gore avait appelé Bush pour revenir sur son aveu de défaite ; en Floride les résultats étaient trop serrés, il allait falloir recompter. « Les circonstances ont changé depuis mon premier appel », avait dit Gore par euphémisme.

Une fois en exercice, les deux hommes seraient liés par les mêmes contraintes, réduits à l'impuissance par les mêmes réalités, par des conseillers issus des mêmes universités, où on les avait initiés à la même pensée unique — Beard ne faisait pas dans le détail. Ça ne changerait pas grand-chose pour le reste du monde, conclut-il en traversant Swiss Cottage, si Bush plutôt que Gore, Tweedledum plutôt que Tweedledee, devenait président durant les quatre ou les huit premières années du XXIᵉ siècle.

Les whiskys de l'après-midi et de la soirée de la veille lui avaient légué une redoutable lucidité doublée d'une agréable sensation d'invincibilité. Il avait dramatisé l'infidélité de sa femme. Une de perdue ? Dix de retrouvées ! Cricklewood donnait une impression de paix et d'hébétude avec ses rares passants, et cette tranquillité dominicale lui rappela que sa mission était seulement de satisfaire sa curiosité. Il avait le droit de savoir où Patrice passait la moitié de la semaine et comment vivait son rival. Un kilomètre et demi plus loin, après une série de tours et de détours, la rue qu'habitait Tarpin se révéla être une tangentielle à quatre voies, longue d'environ deux kilomètres et reliant deux routes à grande circulation — un lieu impro-bable, aléatoire, où les maisons jumelles construi-tes avant guerre semblaient sur la défensive, balayées par le vent. Beard se gara à l'entrée de l'allée et contempla l'endroit, qu'il n'avait vu qu'en photo : les lattes de pin teinté, chevillées dans la façade pour imiter les colombages, le hors-bord inconfortablement installé sur sa remorque — on aurait pu le prendre pour une barque, sous sa bâche en plastique lacérée par le vent —, le réver-bère sur son pied noir près de la porte d'entrée qui était, elle, de style géorgien, et, pour couronner le tout, couchée sur le béton, entourée de plates-bandes soigneusement désherbées, la cabine télé-phonique rouge. Entre les lattes presque noires, la maison avait été peinte d'un blanc éclatant, et les rideaux froncés en tissu fleuri étaient tirés derrière les fenêtres à verre cathédrale.

Beard n'avait pas d'idées arrêtées en matière de décoration intérieure ou extérieure, ni de préjugés contre les réverbères et autres ornements de jar-din, et cette tentative pour donner à un pavillon de banlieue des années trente l'apparence d'une maison élisabéthaine lui semblait innocemment patriotique. Sans sa haine pour Rodney Tarpin, il aurait pensé que l'endroit évoquait le respect des convenances, le travail, un optimisme naïf. De conversations déjà lointaines, il avait retenu que Mme Tarpin était partie l'année d'avant avec les trois enfants et vivait sur la Costa Brava avec un métreur gallois ; le soin avec lequel Rodney entretenait les lieux avait donc quelque chose de pathétique. Mais c'était ici que Patrice venait régulièrement se faire baiser, et tous les détails, même le petit puits à margelle et les sept nains de jardin assemblés près de la manivelle, lui paraissaient hostiles. Il les haïssait en retour. Tarpin allait-il ériger la cabine téléphonique en l'honneur de Patrice ? Beard entendait d'ici sa femme feindre d'adorer. « C'est si original, mon chéri, si créatif... » Assez ! Il descendit de voiture.

Parce que sa femme l'avait si souvent fait avant lui, et parce que lui-même avait été l'employeur de Tarpin, il longea l'allée sereinement, sûr de son bon droit. D'une gouttière laquée de noir lui parvenait le tintement de l'eau qui ruisselait, et, à sa base, de la vapeur s'échappait dans l'air de novembre. Le maître de maison faisait ses ablutions, effaçait de son corps l'ADN de Mme Beard. La porte d'entrée sous son porche néoclassique semblant inutilisée, Beard suivit un étroit sentier en béton, coincé entre la maison et une palissade, jusqu'à une porte latérale, puis pénétra dans le jardin par une grille ouverte. Il avait un jour entendu Tarpin se vanter de posséder un jacuzzi et voulait en avoir le cœur net. Que Patrice l'ait essayé ou pas, il ferait les choses à fond, il voulait tout savoir.

Une pelouse en friche et sans arbre était séparée des voisins sur trois côtés par un grillage, derrière lequel un pylône électrique enjambait l'espace exigu entre les maisons, et Beard entendit le grésillement rassurant des lignes à haute tension. Les électrons : si durables, si fondamentaux. Il leur avait consacré une bonne partie de sa jeunesse. À vingt et un ans, émerveillé, il avait lu dans sa version complète l'équation de Dirac de 1928, qui prédisait le spin d'un électron. Une pure beauté, cette équation, l'une des plus grandes prouesses intellectuelles jamais accomplies, imposant à la nature l'existence d'antiparticules et déployant sous les yeux du jeune lecteur les vastes horizons de la mer de Dirac. À l'époque, Beard était un scientifique et non pas, comme aujourd'hui, un bureaucrate qui ne pensait plus aux électrons. Au milieu des années quatre-vingt-dix, il faisait partie du petit groupe en présence duquel, à l'abbaye de Westminster, Stephen Hawking avait prononcé un discours devant l'équation gravée dans la pierre à la mémoire de Dirac, sous une forme d'une exquise concision, $i\gamma.\delta\psi = m\psi$, et pour la dernière fois il avait senti se réveiller la passion d'antan. Du passé, tout ça.

Près de la maison, sur une terrasse carrée, se trouvaient un séchoir à linge, des pièces détachées de réfrigérateur, des chaises de jardin blanches empilées, et c'était là, au ras de la pile : un grand coffre en bois dur, environ deux mètres sur deux, avec un couvercle cadenassé sur lequel on avait posé un tuyau d'arrosage noir enroulé sur lui-même. Au grand soulagement de Beard, ce jacuzzi ne ressemblait en rien au rêve californien auquel il s'attendait : ni séquoias ni cigales, ni Sierra Nevada. Il repartit pourtant vers la porte latérale aussi malheureux qu'avant, car il en avait à présent la confirmation : c'était forcément pour le sexe. Sinon, qu'est-ce qui aurait attiré Patrice sur ce lopin minable ? Mais n'en était-il pas à un stade où il se complaisait dans le malheur ?

Alors qu'il s'interrogeait, un déclic lui fit lever la tête et il vit une fenêtre métallique aux vitres embuées s'ouvrir au premier étage, puis le visage humide et rose de Rodney Tarpin.

« Hé là ! »

Le visage disparut aussitôt et la fenêtre resta ouverte, laissant la vapeur d'eau de la douche sortir en tourbillons, tandis que de l'intérieur de la maison arrivait un bruit sourd de pieds nus dévalant un escalier moquetté. Posté près de la porte, bras croisés, Beard n'avait aucun plan, aucune idée de ce qu'il allait dire. Il avait trop ressassé, trop attendu, et il fallait maintenant qu'il se passe quelque chose. Peu importait quoi.

Deux verrous furent tirés, la poignée d'aluminium s'abaissa, la porte se rabattit vers l'intérieur, et l'amant de sa femme apparut devant lui sur le seuil.

Beard préféra parler le premier : « Monsieur Tarpin ? Bonjour.

— Vous ? Qu'est-ce que vous voulez, bordel ? » Tarpin avait une serviette-éponge rouge, pas immense, enroulée autour de son ventre proéminent. Des gouttes d'eau tombaient de sa tête sur ses épaules et slalomaient à la manière d'une boule de flipper entre les poils recouvrant son torse.

« Je suis venu voir les lieux.

— Ah bon ? Vous entrez ici comme chez vous ?

— Ma femme le fait bien. »

Tarpin parut dérouté par la franchise de cette allusion, comme s'il la trouvait injuste, un peu insultante. Encore nimbé d'un halo de vapeur, il avança dans l'allée, oubliant visiblement le froid — deux degrés centigrades, d'après l'affichage digital de la voiture. À deux mètres de là, toujours les bras croisés, un mètre soixante-cinq droit dans ses bottes, Beard ne recula pas quand Tarpin vint se planter devant lui. Même pieds nus, c'était un solide gaillard, robuste au-dessus de la ceinture, mais aux jambes maigres — une charpente de maçon — et aux pectoraux un peu flasques sous une récente couche de graisse, avec un ventre de buveur de bière et de mangeur de hamburgers bien plus imposant que celui de Beard. La serviette-éponge tenait à peine. Que faisait Patrice avec ce genre d'individu, si elle ne recherchait pas une version parfaite, idéale, de la silhouette de son mari ? Le visage de Tarpin était une curiosité. On aurait dit celui d'un rongeur, pas totalement dépourvu de charme, mais trop petit pour son crâne. L'air inquisiteur et les fines moustaches d'un homme menu avaient été plaqués sur un espace qu'ils ne pouvaient remplir. Il vous regardait du fond de ses orbites comme s'il portait un tchador trop grand. Depuis la dernière fois que Beard l'avait vu, il avait perdu une dent, une incisive supérieure. Grosse déception : pas de tatouage, ni serpent, ni moto, ni hommage à sa mère. Mais le physicien, comme il se l'avoua fugitivement, voyait les choses en bourgeois vieillissant, prisonnier des habituels stéréotypes. Tarpin était trop vieux pour les body piercings ; au-dessus d'une clavicule, pourtant, dépassant d'un bon centimètre, trônait une excroissance qui rappelait une oreille humaine en réduction ou un perroquet miniature sur l'épaule d'un marin. Un ou deux tours de fil dentaire bien serré et en une semaine elle aurait disparu, mais peut-être les femmes étaient-elles émues par ce type d'imperfection, par une telle vulnérabilité chez un tel géant ayant sa propre affaire et trois ouvriers sous ses ordres. La langue de Patrice en avait sûrement exploré les minuscules replis.

« Ce que je fais avec votre femme, c'est mon affaire », lança Tarpin, riant de sa boutade. « Et vous pouvez aller vous faire voir ailleurs. »

Cette saillie réduisit Beard au silence, et il prit alors conscience que ce qu'il voulait faire, non, ce qu'il allait faire d'une seconde à l'autre, c'était flanquer un bon coup de pied dans le tibia de Tarpin, assez fort pour lui briser l'os. Cette perspective le ravit et son cœur se mit à battre plus vite. Impossible de se souvenir si c'étaient ces bottes-là qui avaient une coque en métal, ou d'autres, qu'il avait jetées voilà longtemps. Aucune importance. Étrange, qu'un homme auquel il en avait absurdement voulu de faire intrusion dans la paix de son foyer avec sa perceuse, les airs discordants qu'il sifflotait, sa production ininterrompue de poussière et le bavardage puéril diffusé à longueur d'après-midi par son transistor, étrange que ce tâcheron doive à présent se battre d'égal à égal avec lui. Beard aurait bien été le seul à parler d'égalité. Voilà des années que ses collègues notaient, parfois avec désespoir, qu'en cas de confrontation — la physique fondamentale en avait son lot — il pouvait se montrer téméraire, voire inconscient.

« Vous avez frappé ma femme », dit-il, le souffle court.

Il avait déjà jeté un coup d'œil au plan incliné du tibia de Tarpin, blanc, semé de poils noirs comme la peau d'une dinde mal plumée. Et le voilà, lui, ancien sportif, en dépit de sa petite taille, qui prenait appui sur son pied gauche. Ne pas oublier d'ouvrir grand les bras pour garder l'équilibre et, s'il y avait le temps, peut-être pivoter légèrement pour écraser un orteil d'un coup de talon.

Il ne se rendit pas compte à quel point on voyait qu'il allait attaquer. Son torse se bombait, ses bras minces se tendaient et son visage se crispait, perdu dans le solipsisme d'un projet exaltant. Tarpin avait sûrement été mêlé à beaucoup de bagarres dans sa vie d'adulte. Avant que Beard ait pu se baisser, il déploya le bras et gifla de toutes ses forces l'oreille et la joue droites de son aîné. La conscience de Beard explosa derrière ses yeux, et pendant plusieurs secondes le monde se réduisit à un vide blanc et bourdonnant. Lorsqu'il reprit forme, Tarpin était toujours là, retenant la serviette qui venait de se desserrer.

« La prochaine va faire mal », dit-il.

C'était le genre de traitement que les vieux héros de cinéma infligeaient à la femme qu'ils aimaient pour la calmer. Aux yeux du maçon, Beard n'était pas digne d'un vrai coup de poing, mais d'autres gifles allaient clairement suivre. Par chance, du jardin voisin arrivèrent au même moment des voix d'enfants remontant le sentier, des exclamations et des gloussements étouffés à la vue du gros voisin presque nu. Puis trois visages timides apparurent à différentes hauteurs et trois paires d'yeux marron fixèrent les deux rivaux par-dessus la palissade. Tarpin disparut précipitamment chez lui. Sans doute était-il allé chercher une plus grande serviette ou un manteau, et Beard se dit qu'il tenait une occasion de partir. Mais il avait sa fierté, et ne voulait pas donner l'impression de prendre la fuite. Tandis qu'il descendait l'allée, laissant derrière lui le bateau au fond de son berceau et la cabine téléphonique en position couchée, sa joue le piquait et le brûlait dans l'air froid — cette gifle avait vraiment fait mal —, un bruit de perceuse lui vrillait l'oreille et, quand il atteignit sa voiture, la tête lui tournait et il était à moitié sourd. Il jeta un coup d'œil du côté de la maison en mettant le contact, et, bien entendu, Tarpin en survêtement et baskets aux lacets défaits marchait vers lui à grandes enjambées. Beard ne vit aucune raison valable de s'attarder à Cricklewood.

*

Durant les trois dernières semaines de l'année, tout s'accéléra. Une invitation pour le pôle Nord arriva — du moins la décrivit-il ainsi aux autres et à lui-même. En réalité, sa destination se trouvait bien en dessous du 80e parallèle et, promettait la brochure, il séjournerait à bord d'un « confortable vaisseau bien chauffé, aux couloirs lambrissés, aux moquettes profondes et à l'éclairage tamisé », un navire trônant placidement au milieu des glaces d'un fjord reculé, accessible au terme d'un long trajet en motoneige au nord de Longyearbyen sur l'île du Spitzberg. Les trois difficultés seraient la taille de sa cabine, l'accès limité à sa messagerie électronique et une carte des vins réduite à un « vin de pays » nord-africain. Le groupe comprendrait vingt artistes et chercheurs travaillant sur le réchauffement climatique, et justement, à trente-cinq kilomètres de là, reculant à une vitesse spectaculaire, se trouvait un glacier aux falaises lisses et bleues dont des blocs gros comme des manoirs s'écrasaient régulièrement sur les rives du fjord. Un chef italien de « renommée internationale » officierait aux cuisines et, en cas de danger, les ours blancs seraient abattus par un guide armé d'une carabine de fort calibre. Beard ne serait pas astreint à donner des conférences — sa présence suffirait — et la fondation prendrait tous les frais à sa charge. Quant aux coupables émissions de dioxyde de carbone causées par vingt vols aller-retour, vingt trajets en motoneige et soixante repas quotidiens servis chaud dans ce froid polaire, on les compenserait en plantant trois mille arbres au Venezuela dès qu'on aurait identifié un site et acheté les responsables locaux.

Au Centre, le bruit courut que Beard partait pour le pôle Nord « constater par lui-même les effets du réchauffement climatique », et certains racontèrent qu'il se déplacerait en traîneau tiré par des chiens, d'autres qu'il tirerait lui-même son traîneau. Gêné, l'intéressé fit savoir qu'il était peu probable qu'il aille jusqu'au pôle, et qu'il passerait la majeure partie de son temps au « camp de base ». Impressionné par cet engagement militant, Jock Braby proposa d'organiser une soirée d'adieu dans la salle commune.

La semaine où arriva l'invitation au pôle, Beard eut une aventure avec une comptable plus très jeune qu'il avait rencontrée dans un train et invitée à dîner. Elle était agréablement terne, travaillait pour une marque d'engrais, et tout fut terminé en trois semaines. Point crucial, toutefois, le désir obsessionnel que lui inspirait sa femme s'émoussait — légèrement et par intermittence, mais Beard savait qu'il avait franchi une étape. L'idée qu'il finirait par ne plus désirer Patrice du tout l'attristait, car elle l'obligeait à regarder la vérité en face : tout était déjà fini, il faudrait partager leur confortable maison et leurs biens, et un an ou deux après il ne la reverrait sans doute plus. La visite chez Tarpin avait contribué à enclencher ce processus de désamour. Comment pouvait-il continuer d'aimer une femme amoureuse d'un type pareil ? Pourquoi se punissait-elle ainsi à seule fin d'offenser son mari ?

Qu'ignorait-il d'autre ? La réponse vint juste avant Noël, lors d'une conversation qu'ils avaient longtemps remise à plus tard, et qui se transforma en scène finale d'une grande froideur. Patrice savait depuis six mois que Suzanne Reuben, la mathématicienne de l'université Humboldt, représentait à peine un dixième de l'histoire. Elle connaissait presque toute la vérité, et, marchant de long en large, saccageant le parquet du salon avec ses talons aiguille, elle énuméra sèchement les noms, les lieux, les dates approximatives, dossier mémorisé avec une précision obsessionnelle qui égalait celle de Beard. La bonne humeur qu'elle affichait à la maison ne visait qu'à masquer son désarroi, déclara-t-elle, et sa liaison avec Tarpin était censée lui épargner une humiliation totale.

Elle voulut savoir comment il expliquait ses onze liaisons en cinq ans. Au moment où il allait faire référence à sa propre mère, dont le score était encore plus élevé, Patrice quitta la pièce. Elle était venue pour parler, pas pour écouter. La voilà donc enfin, cette confrontation qu'il attendait depuis des mois. Il se demandait bien pourquoi. Affalé sur le canapé, les pieds sur le plateau en verre de la table basse, il ferma les yeux, impatient pour la première fois de respirer l'air pur et glacial de la banquise.

Fin février, il s'arrangea pour se rendre directement du Centre à l'aéroport d'Heathrow, aussi la soirée d'adieu dans la salle commune eut-elle lieu alors que son taxi était déjà là, et que son sac de voyage rempli de ses vieilles tenues de ski attendait près de la porte. Le Centre employait désormais soixante et une personnes à plein temps, dont la plupart se rassemblèrent pour écouter le discours de Jock Braby, car, plus qu'une simple soirée d'adieu, cette manifestation était l'occasion de fêter l'objet de métal étincelant exposé sur deux caisses au centre de la pièce, prototype dessiné et construit en un temps record, prêt à être testé dans les souffleries de Farnborough : l'éolienne de Tom Aldous, avec son hélice à quatre pales. Beaucoup notèrent la ressemblance, en plus complexe, avec la structure en double hélice de Crick et Watson, moins les paires de base ; d'autres citèrent de mémoire la célèbre phrase de Rosalind Franklin disant que c'était trop beau pour ne pas être vrai et ne pas fonctionner. Dans son discours, Braby rappela à son équipe qu'il était trop tôt pour se féliciter, qu'il restait énormément de travail à

76

accomplir, mais qu'il voulait que tout le monde voie l'avancement du projet et son caractère révolutionnaire. Avec un lyrisme inhabituel, il évoqua l'image d'une ville vue d'une colline voisine, les cinq mille toits reflétant le coucher du soleil au rythme des rotations de leurs éoliennes argentées — spectacle bien plus beau, selon lui, que celui des antennes télé qui avaient transformé le paysage urbain dans les années cinquante.

Jusqu'à la fin, Tom Aldous resta au fond de la salle comme pour éviter Beard, ce qui valait mieux, puisque les deux hommes savaient le projet condamné, et que leur connivence aurait été de mauvais goût dans la bonne humeur ambiante. Braby s'adressa ensuite à Beard pour lui souhaiter bonne chance durant ces huit semaines, qui seraient sûrement semées d'épreuves et de dangers. D'après les modélisations des climatologues, rappela-t-il à son équipe, les signes les plus précoces et les plus extrêmes du réchauffement climatique s'observeraient dans l'Arctique, et il se déclara fier que le « Chef » du Centre en personne — nombreux rires complices — s'en aille braver les éléments pour constater la gravité de la situation.

Beard s'avança alors pour dire quelques mots. Il ignorait d'où Braby tenait l'idée qu'il s'absentait huit semaines. Il ne partait que six jours, mais on ne contredisait pas un collègue en public. Il ne mentionna pas davantage le navire bien chauffé ni l'éclairage tamisé, avouant à la place sa fierté et son enthousiasme de savoir son sort lié à celui d'une institution vouée à réaliser « de grandes choses » — il se refusait à être plus précis — et il prédit que leur Centre surpasserait un jour son rival américain de Golden, au Colorado. Toast, tonnerre d'applaudissements, suite rapide de poignées de main, de claques dans le dos ; déjà Beard se dirigeait vers son taxi, son sac porté par Jock Braby soi-même, et quand le véhicule démarra, les catogans l'acclamèrent, tapèrent sur le toit, mais Aldous n'était pas du nombre.

*

Malgré toutes les heures qu'il passait à voyager, Beard faisait un piètre globe-trotter, non par peur ou par manque d'organisation, mais parce qu'un long trajet le confrontait toujours à une forme de déficience mentale, à un vide, un ennui maladif qui exprimait, songea-t-il en bouclant sa ceinture, son moi authentique, habituellement occulté par les tâches quotidiennes ou le sommeil. Il était incapable de lire sérieusement en avion. Même sur la terre ferme, jamais il ne dévorait un livre d'une traite. Il était de ces voyageurs qui regardent par le hublot quelle que soit la vue, contemplent le siège devant eux ou feuillettent en commençant par la fin un magazine distribué en vol. Au mieux, il lisait des revues scientifiques de vulgarisation comme le *Scientific American*, qu'il avait à la main, pour se tenir au courant, en des termes accessibles au profane, des évolutions de la physique. Même dans ce cas sa concentration était troublée, car, prisonnier d'une habitude gênante, il passait sa vie à l'affût de son nom. Comme si celui-ci était imprimé en gras, il pouvait lui sauter aux yeux dans une double page en petits caractères, et il le sentait parfois venir dès le bas de la page précédente. Autre source de distraction : sa conscience exacerbée de l'emplacement exact du chariot des boissons dans l'allée centrale, de son tintement discret et de son approche asymptotique. Et qu'il ait ou non un verre à la main, en altitude il se perdait volontiers dans ses souvenirs ou ses fantasmes sexuels, ou dans un mélange des deux.

Mais avec les acclamations de ses collègues qui résonnaient encore à ses oreilles, il s'efforça, tandis que son avion mettait le cap au nord, de se plonger résolument dans la lecture d'un article sur les photons et l'antimatière accompagné d'illustrations colorées, et cinq minutes plus tard il ressentit bien entendu un agréable coup au cœur en découvrant quatre mots entre parenthèses : « la colligation Beard-Einstein ». Pas la condensation de Bose-Einstein, ni le paradoxe Einstein-Podolsky-Rosen, ni Einstein tout seul, mais l'original, et, tout à sa joie, il attendit d'autant plus impatiemment le chariot, encore distant de deux mètres et demi. Certes, on pouvait s'étonner que le minuscule véhicule du talent de Beard, disons un tricycle d'enfant, se soit retrouvé à la remorque du poids lourd d'un génie de l'histoire du monde. Einstein avait fait progresser la compréhension humaine de la lumière, de la gravité, de l'espace, du temps, de la matière et de l'énergie ; il avait jeté les bases de la cosmologie moderne, défendu la démocratie, parlé de Dieu ou de son absence, pris position pour la Bombe, puis contre elle, joué du violon, fait de la voile, eu des enfants, donné à sa première épouse l'argent de son prix Nobel, inventé un réfrigérateur. Beard n'avait rien de plus que sa colligation, ou la moitié qui lui revenait. Tel un naufragé, il s'était cramponné à cette planche de salut en s'estimant heureux. Comment avait-elle surgi ? Il était sans doute vrai que le comité Nobel, incapable de départager ses trois premiers favoris, se soit rabattu sur le quatrième. Quelle que soit la façon dont le nom de Beard s'était imposé, on considérait généralement que la physique britannique méritait une récompense, bien que, dans les salles de repos de certains centres de recherche, il se murmurât que le comité, cherchant un compromis, avait confondu Michael Beard avec sir Michael Bird, génial pianiste amateur qui travaillait sur la spectroscopie des neutrons.

Ces rumeurs mesquines mises à part, quel bref état de grâce que ces mois bénis de calculs et de corrections frénétiques dans le vieux presbytère des South Downs, avec en fond sonore les récriminations de Maisie, sa première épouse, et les pleurs incessants des bébés jumeaux des propriétaires ! Quel chef-d'œuvre de concentration ! C'était si loin, si difficile de se rappeler l'individu passionné qu'il avait été ou la texture exacte de ces journées. Il lui semblait parfois avoir surfé toute sa vie sur le travail d'un jeune homme obscur, d'un physicien bien plus intelligent et dévoué qu'il ne le serait jamais. Il fallait le reconnaître : ce chercheur de vingt et un ans était un génie. Mais où était-il passé ? Était-ce vraiment le Michael Beard dont la communication avait enthousiasmé Richard Feynman, au point de lui faire interrompre les travaux de la conférence de Solvay en 1972 ? Se souvenait-on, s'intéressait-on encore à ce célèbre « moment magique » de Solvay ? Quant aux jumeaux braillards, Beard avait constaté l'année précédente, au mariage de l'un d'eux, qu'ils étaient devenus des trentenaires grassouillets, respectivement dentiste et conseiller financier, aussi suffisants l'un que l'autre. Ils avaient le même âge que la colligation.

Après l'apéritif, le déjeuner, le digestif, il laissa son magazine lui glisser des genoux et, contemplant le bouton qui maintenait en place la têtière du siège devant lui — il n'avait pas eu de place près d'un hublot —, il s'abandonna à ses rêveries familières, et le fait que Patrice n'en soit plus l'unique objet lui parut de bon augure pour sa santé mentale. Il avait reçu les notices biographiques, les photos de ses compagnons de séjour sur le fjord gelé, et été impressionné par le sourire de Stella Polkinghorne, artiste conceptuelle connue, même de lui. Sa dernière apparition dans les médias était liée à une plainte pour violation du droit de reproduction qui avait tourné court. Elle avait construit pour la Tate Modern un jeu de Monopoly géant sur un terrain de sport de Catford, avec un plateau en bois peint de cent mètres de côté sur lequel on pouvait se promener et pénétrer dans les maisons, presque grandeur nature, de Park Lane et d'Old Kent Road pour constater le partage inégal des richesses. Tapisseries, gravures de Dürer et bouteilles de champagne vides dans les demeures désertes des nantis de Mayfair ; emballages de hamburgers, seringues usagées et téléviseur diffusant des feuilletons mélo chez les pauvres de l'East End. Les dés faisaient deux mètres de section ; les cartes de la Caisse de communauté avaient été placées par une grue ; les billets écornés en contreplaqué formaient des piles branlantes de vingt-cinq mètres de haut sur la pelouse. Le tout, apparemment, pour dénoncer une civilisation obsédée par l'argent. Le « Ne passez pas par la case Départ » était célébré, vilipendé, photographié du ciel par les passagers durant la descente de leur avion vers Heathrow. Les enfants aimaient traverser le plateau en troupeau, se glisser à l'intérieur du jeton représentant un haut-de-forme. Les fabricants du jeu avaient intenté une action en justice, à laquelle ils renoncèrent devant les sarcasmes du public et la hausse des ventes. L'association des commerçants d'Old Kent Road avait également porté plainte, ou déclaré vouloir le faire, sans jamais donner suite.

Le sourire désincarné de Stella Polkinghorne présida aux réflexions mélancoliques de Beard sur la fin de son cinquième mariage. Il passait avec complaisance d'un mélange de tristesse, de colère et de nostalgie — les premiers mois avaient été idylliques — à un sentiment d'échec. Et de répétition. Cinq fois suffisaient. Jamais plus il ne s'infligerait cela, pensée qui s'accompagnait d'une sensation familière de liberté retrouvée. Sitôt le divorce prononcé, il s'achèterait un petit appartement à Londres, ne s'occuperait que de lui-même, défendrait férocement son indépendance, et se guérirait de cette étrange habitude de se marier qu'il avait eue toute sa vie. C'était de maîtresses, et non d'épouses, qu'il avait besoin.

Passivement, il se laissa transporter d'Oslo à Trondheim. Le vol à destination de Longyearbyen avait deux heures et demie de retard, qu'il mit à profit pour lire, dans une chaise en plastique moulé, le *Herald Tribune* avec une concentration totale, mais sans rien retenir. Il était trois heures du matin lorsque son taxi s'arrêta entre deux congères géantes devant son hôtel. Il n'avait rien mangé depuis des heures. Vêtu d'un pull, d'un anorak et d'un caleçon long, il se mit au lit, cerné sur trois côtés par des planches en bois massif, et engloutit tous les biscuits apéritif du minibar, puis tous les gâteaux secs, et quand la réception le réveilla à huit heures le lendemain matin pour lui dire que le groupe l'attendait en bas, il avait encore un emballage de barre Mars dans son poing fermé.

Son premier souci fut d'étancher sa soif, mais l'eau du robinet du lavabo était si glacée, lui mettant les lèvres en feu, et il en but de si longues gorgées, qu'il fut pris au visage et aux tempes de douleurs lancinantes, qui n'avaient pas cédé lorsque, encore hébété à cause du manque de sommeil, il descendit avec son sac dans le hall pour faire la connaissance des autres — déjà passés par la salle du petit déjeuner, déjà d'humeur joyeuse, déjà en train de fermer leur combinaison spéciale moto-neige. Dans le hall faiblement éclairé à l'énergie solaire, au milieu de ces corps emmitouflés, il ne vit pas trace de Stella Polkinghorne. Oui, ça lui revenait à présent : l'espièglerie maladive des Anglais voyageant en groupe. Des quatre coins du hall trop rempli s'élevaient à l'unisson des hurlements de rire et des gloussements. Et il n'était que huit heures vingt. Se forçant crânement à sourire pour masquer son appréhension, il serra beaucoup de mains et entendit beaucoup de noms sans en mémoriser aucun, car il ne pensait qu'au café, pour lequel il arrivait trop tard. Comment allait-il pouvoir commencer sa journée ? La cafetière était vide, la table du petit déjeuner desservie par une jeune fille ne parlant pas anglais, ne comprenant pas un mot aussi universel que « café », même prononcé à forte et intelligible voix, et voilà qu'un des organisateurs, un certain Jan, fort comme un élan, lui expliquait qu'il était trop tard pour le café et l'entraînait vers son propre tas de vêtements d'extérieur en lui demandant de se presser, car une tempête de neige était annoncée d'ici deux heures et le groupe devait se mettre en route.

Le hall se vidait, et Beard n'était pas prêt. Quelqu'un de très âgé, avec de la neige dans la barbe, cigarette éteinte et mouillée au coin de la bouche, entra en bougonnant, s'empara du sac de Beard, le porta jusqu'à un traîneau attaché à une motoneige et démarra. La serveuse et Jan ayant tous deux disparu, Beard se retrouva seul dans le hall. Une expérience qui lui rappelait ses lointaines années d'école, non seulement le fait d'être en retard, mais de se sentir ignorant, incompétent et malheureux, alors que les autres semblaient mystérieusement tout savoir, comme s'ils s'étaient ligués contre lui. Le gros Beard, toujours le dernier, bon à rien dans les sports collectifs. Ce souvenir le rendit encore plus maladroit et indécis. Alors qu'il avait déjà plusieurs épaisseurs de vêtements de ski, il était censé se glisser dans cette peau supplémentaire, et même ajouter une paire d'après-ski par-dessus ses chaussures. Il y avait des gants géants et des sous-gants, une épaisse cagoule en feutre à enfiler sur la sienne, plus des lunettes spéciales et un casque de moto.

Il revêtit la combinaison — elle devait peser dix kilos —, mit la cagoule poussiéreuse, se coiffa laborieusement du casque, enfila les gants, s'aperçut qu'il ne pouvait plus mettre ses lunettes, retira les gants, fixa les lunettes, remit les gants et se rappela alors qu'il devait trouver un endroit où ranger ses propres lunettes et gants de ski, sa gourde et son stick protecteur pour les lèvres, restés sur le siège près de lui. De nouveau il retira ses gants, fourra ses affaires dans une poche intérieure de son anorak et, après s'être débattu avec la fermeture éclair de sa combinaison, remit une fois encore ses gants, puis découvrit que, dans l'air moite du hall et à cause de la transpiration due à l'énervement, ses lunettes s'embuaient. Exaspéré par la chaleur et la fatigue, un mauvais mélange, il se redressa brusquement, se retourna et percuta une poutre ou un pilier — il ne voyait rien — dans un craquement retentissant. Une chance que le lauréat du Nobel ait porté un casque ! Son crâne n'avait pas souffert, mais une fêlure barrait désormais le verre gauche de ses lunettes spéciales, ligne presque droite qui reflétait et diffusait la faible lumière jaune du hall. Avant de pouvoir se débarrasser du casque, de la cagoule et des lunettes pour essuyer la condensation sur ces dernières, il fallait qu'il retire une troisième fois ses gants et, maintenant qu'il avait les mains en sueur, la tâche était malaisée. Les lunettes enlevées, il n'y avait plus qu'à les poser sur la table du petit déjeuner presque desservie, à prendre une serviette en papier usagée, mais pas trop, et à frotter les verres. Du beurre, à moins que ce ne fût du porridge ou de la marmelade, souilla le plastique déjà fissuré, mais au moins la condensation avait-elle disparu, et il lui fut relativement simple, après avoir passé la cagoule, de fixer les lunettes autour du casque, d'enfoncer celui-ci sur sa tête, de remettre les gants et de se relever, enfin prêt à braver les éléments.

S'il n'avait pas eu la vue brouillée par la marmelade du petit déjeuner, il aurait découvert plus tôt les après-ski renversés sous sa chaise. De nouveau enlever les gants, ne pas s'énerver, puis tenter de desserrer les lacets ; au fond, il verrait mieux sans lunettes. À l'œil nu les après-ski se révélèrent bien trop petits, au moins de trois pointures, et il se consola en se disant qu'il n'était pas seul à être incompétent. Beau joueur, il voulut faire une dernière tentative, et c'est ainsi que Jan, s'engouffrant dans le hall avec une rafale d'air glacial, le trouva en train d'essayer de faire entrer de force son pied déjà chaussé dans un après-ski doublé de fourrure.

« Mon Dieu ! Vous êtes débile, ou quoi ? »

L'homme-élan s'agenouilla devant lui, tira avec agacement sur ses chaussures de marche, noua les lacets ensemble, lui passa le tout autour du cou.

« Essayez, maintenant. »

Les pieds de Beard s'enfoncèrent dans les après-ski ; Jan les laça sommairement et se releva.

« Allez, mon vieux. On y va ! »

Sans doute sous l'effet de la gêne, les lunettes de Beard s'embuèrent une nouvelle fois, mais il savait à peu près dans quelle direction était la porte et avait le contour des épaules de Jan pour le guider.

« Vous avez déjà conduit une motoneige ?

— Bien sûr ! mentit Beard.

— Parfait. Je veux rattraper les autres.

— Combien de kilomètres jusqu'au bateau ?

— Cent quinze. »

Lorsqu'ils sortirent, le vent gifla le visage de

Beard aussi fort que Tarpin l'avait fait et lui laissa la même sensation de brûlure. La condensation à l'intérieur de ses lunettes se transforma instantanément en givre, à l'exception d'une petite surface enduite d'un vernis de marmelade, à travers lequel il ne voyait que la silhouette de Jan s'éloigner sur un chemin creusé dans l'épaisse couche de neige entre les immeubles. Dix minutes plus tard, les deux hommes étaient en lisière du lotissement, face à l'immense plaine enneigée qui s'étendait dans la brume. Peut-être un ancien terrain d'aviation, ce que suggérait la présence d'une manche à air orange gonflée par le vent. Près d'un fossé deux motoneiges attendaient, crachant bruyamment une fumée bleu-noir.

« Je vous suis, déclara Jan. Cinquante kilomètres-heure minimum si on veut arriver avant la tempête. O.K. ?

— O.K. »

En fait ce n'était pas O.K. du tout. Le vent soufflait avec violence et il leur serait contraire. Beard ne sentait déjà plus ses oreilles à l'intérieur de son casque, ni ses orteils, ni le bout de son nez. Pour voir il lui fallait incliner la tête et orienter son champ visuel vers une zone toujours plus étroite de semi-clarté, tout en évitant la fissure illuminée en travers de son verre gauche. Mais c'était secondaire : la douleur et la cécité, il pouvait supporter. Un problème plus pressant l'occupait tandis qu'il s'approchait de sa motoneige. Dans la panique et l'hébétude du matin, il avait oublié sa routine quotidienne. Il ne s'était ni rasé ni lavé, et n'avait pas mis les pieds dans la salle de bains, sauf pour boire un demi-litre d'eau glacée. Il avait ensuite quitté sa chambre au plus vite avec son sac de voyage. À présent il faisait moins vingt-six et un vent de force cinq, le temps pressait, une tempête menaçait, Jan avait déjà enfourché sa motoneige et démarrait, alors que Beard, prisonnier de ses innombrables épaisseurs de vêtements, avait besoin de se soulager.

Tant bien que mal, il regarda autour de lui. Les maisons les plus proches se trouvaient à quatre cents mètres, offrant à la vue de grands murs blancs, percés d'une ou deux minuscules fenêtres — sûrement celles d'une salle de bains. Oh, être là, dans une pièce carrelée, bien chauffée, en pyjama et pieds nus, pisser tranquillement avant de retourner une heure de plus sous la couette. Mais il pouvait uriner sur place, dans le fossé, tourner le dos au vent, enlever ses gants, ouvrir de ses doigts nus l'imposante fermeture éclair glaciale de sa combinaison, atteindre à tâtons sous son anorak les bretelles de sa salopette et réussir à les descendre, fourrer la main sous son pull, sous sa chemise, sous son T-shirt en soie, jusqu'à son caleçon long et à son slip pour obtenir enfin le moment de libération auquel il n'osait même pas penser. Non, trop difficile ; ça allait devoir attendre, et d'ailleurs il se sentit mieux dès qu'il fut assis sur le siège de la motoneige.

Ce n'était qu'une moto poussive sur des skis, assez facile à conduire. Un quart de tour à la poignée des gaz, et l'engin s'élança avec la plainte aiguë d'un moteur en surrégime. Quelques instants plus tard, Beard traversait la plaine sur sa monture, suivant derrière ses lunettes les traces laissées par le reste du groupe, heureusement éclairées par la lumière rasante du soleil levant. Le vent, avec ses rafales approchant les cent kilomètres-heure, traversait toutes ses épaisseurs, ses poils de nez se raidissaient comme des épingles, toutes ses dents, sans exception, lui faisaient mal, son visage semblait à vif. Par un phénomène d'osmose, l'air qu'il expirait remontait derrière ses lunettes et gelait ; au bout de dix minutes, ne voyant plus que des cristaux de givre, il dut s'arrêter. Jan s'immobilisa près de lui. Contre toute attente, il compatit.

« Faites ça. »

Il souleva un mince capot métallique et coinça les lunettes au-dessus du moteur. Ils se trouvaient sur une langue de terre d'environ trois cents mètres de large entre deux lacs, à moins que ce ne fût une baie — peut-être la mer était-elle toute proche. Beard avait trop froid pour poser la question. L'immense étendue de neige était orangée dans la lumière de l'aube, la piste devant eux conduisait en droite ligne sur des kilomètres vers une chaîne de montagnes peu élevées, au-dessus desquelles s'étirait un long nuage noir. Beard aurait bien profité de cette pause pour aller se soulager, mais le vent redoublait de violence et son envie n'était sans doute pas si pressante. Il trouvait incroyable, non, criminel de la part des habitants du Spitzberg, de se déplacer dans ce climat sur une sorte de moto, alors qu'un véhicule fermé par souci d'humanité, doté d'un chauffage, d'un pare-brise digne de ce nom, d'un siège avec appuie-tête — une voiture, en somme ! — pourrait sauver une ou deux vies. Cet accès d'indignation lui changea brièvement les idées, et ce fut seulement une fois réinstallé sur la motoneige avec ses lunettes dégivrées, roulant à nouveau dans le vent rugissant, qu'il prit conscience de la nécessité pour lui de faire un choix : s'arrêter et pisser sur-le-champ, ou bien laisser sa vessie éclater, ce qui causerait une septicémie mortelle, ou encore faire sur lui et mourir gelé. Il poursuivit toutefois sa route. Il devait rester une centaine de kilomètres, à raison de quarante kilomètres-heure. Deux heures et demie. Absolument impossible.

Et pourtant il ne s'arrêtait toujours pas. Afin de se distraire, il tenta de se rappeler quand il avait uriné pour la dernière fois. Sûrement l'avant-veille au soir, à l'aéroport de Longyearbyen, pendant qu'il attendait ses bagages. Trente-cinq heures sans pisser. Avait-il tout simplement oublié ? Il était vraiment si occupé ?

Prenant conscience que le froid lui embrumait l'esprit et lui faisait ajouter vingt-quatre heures, il s'arrêta et dans son impatience faillit tomber de la motoneige sur la piste. Il entendit celle de Jan heurter l'arrière de la sienne, mais s'éloigna sans se retourner. Le terrain était différent. La piste dessinait un long S au fond d'une vallée entre deux parois de roc et de glace. Un reste de décence entraîna Beard, comme vers un urinoir, au pied d'une des parois où, plié en deux et dos au vent, il arracha son gant droit avec les dents. Jan l'appelait, mais à cet instant précis il ne supportait pas qu'on lui adresse la parole. Tirant sur un doigt après l'autre, toujours avec les dents, il enleva ensuite son sous-gant. Aussitôt sa main devint insensible. Il lui fallut plus de deux minutes pour ouvrir la fermeture éclair de sa combinaison, après quoi il découvrit qu'il avait besoin de ses deux mains pour atteindre sous son anorak la boucle des bretelles de sa salopette, aussi se débarrassa-t-il de son gant gauche avec sa main droite engourdie. Une nouvelle fois ses lunettes s'embuaient et se couvraient de givre. Il admira néanmoins le calme avec lequel il tâtonnait sous les épaisseurs de vêtements alors que sa précieuse chaleur corporelle s'échappait dans le froid glacial, que le vent lui cinglait le dos, ricochant sur la falaise et lui revenant en plein visage. Durant les ultimes secondes seulement, quand sa main, rose et maladroite, froide comme celle d'un inconnu, arriva dans son slip, il crut qu'il allait craquer. Mais enfin, avec un cri de joie qui se perdit dans la tempête, il dirigea son jet vers le mur de glace.

Il commit l'erreur d'attendre quelques secondes à la fin, comme ont tendance à le faire les hommes de son âge, de peur qu'il reste quelques gouttes. Il aurait dû tourner la tête pour entendre ce que lui hurlait Jan. Ou alors, pour éviter l'inévitable, accepter une autre invitation, aux Seychelles, à Johannesburg ou à San Diego ; si encore, se dit-il plus tard non sans amertume, l'effet de serre, le réchauffement climatique au-dessus du cercle arctique, avaient été une réalité au lieu d'un pur produit de l'imagination écologiste ! Car lorsqu'il eut terminé, il découvrit que son sexe adhérait entièrement à la fermeture éclair de sa combinaison sous l'effet du gel, comme seule la chair humaine peut adhérer au métal par des températures négatives. Sous le choc, il perdit de précieuses secondes à contempler ce spectacle. Lorsqu'il finit par tirer délicatement, il éprouva une douleur intense. Et il souffrait déjà du froid.

Il restait campé sur ses deux jambes, face à la paroi rocheuse. Il n'osait pas tirer d'un coup sec comme sur un sparadrap, de peur d'arracher cette partie de son intimité. Il avait lu l'histoire d'un Américain qui, marchant tout seul en pleine nature, s'était retrouvé le bras coincé sous un rocher et avait dû s'amputer lui-même de l'avant-bras avec son canif. Beard n'avait pas ce courage, et un coude, un bras, une main étant par ailleurs en double exemplaire, on pouvait plus ou moins s'en passer. Tandis que le vent polaire se déchaînait contre la falaise et contre son corps chancelant, il vit avec horreur son sexe rapetisser et se recroqueviller contre le métal. Non seulement il rétrécissait à vue d'œil, mais il devenait tout blanc. Pas la blancheur du papier ; l'éclat argenté d'une décoration de Noël.

Proche de la panique, il ne pouvait toutefois se résoudre à appeler au secours. Il était encore plus difficile de ne pas s'affoler avec la tête recouverte d'une couche de feutre, d'un lourd casque et d'une paire de lunettes. Faute de mieux, il protégea son membre gelé d'une main aussi froide qu'un bloc de glace. Il commençait à s'engourdir, voire à somnoler, comme on est censé le faire par de telles températures, et ses pensées défilaient au ralenti. Il vit Jock Braby réciter sa nécrologie à la télévision avec un sourire indulgent. « Il voulait constater par lui-même les effets du changement climatique. » Absurde ! Bien sûr qu'il allait survivre, mais sans son sexe. Ses ex-femmes, surtout Patrice, jubileraient. À ceci près qu'il n'en parlerait à personne.

Il vivrait seul avec son secret. Se retirerait dans un monastère, se rendrait utile, irait voir les pauvres. Tout à ses hésitations, il se demanda pour la première fois depuis qu'il était adulte si l'existence humaine n'obéissait pas à un dessein, s'il n'y aurait pas des entités comme les dieux grecs décidant de l'ironie du sort, exerçant leur vengeance, imposant leur justice sommaire.

Mais le Michael Beard pragmatique résistait de toutes ses forces. Il y avait un problème et il fallait tenter de le résoudre. Il fouilla d'un air lugubre dans la poche intérieure de son anorak. Après l'obtention de son doctorat, il avait travaillé quelques années sur la physique des basses températures, mais à l'école, déjà, le gros Beard, le matheux nul en sports collectifs, connaissait les principes de base. L'éthanol pur gelait à moins cent quatorze degrés, tout le monde savait ça. Un cognac digne de ce nom devait être composé à quarante pour cent d'éthanol, ce qui mettait le point de congélation à... moins quarante-cinq degrés et demi. Il sortit enfin sa flasque, le bouchon se dévissa presque sans résistance, ce qui lui permit de répandre généreusement ses libations, et en quelques secondes il fut libre.

Lorsqu'il le remit en place, son malheureux organe était dur comme de la glace, mais plus du tout blanc. Il y avait également cette douleur cuisante, pareille à d'atroces piqûres à l'aiguille brûlante, qui ralentissait ses efforts pour se rhabiller. Dix minutes plus tard, ayant enfin retrouvé son intégrité, il fit demi-tour et regagna d'un pas incertain la piste où l'attendait son guide.

« Désolé. Un besoin naturel. »

Jan le prit par le coude. « Vous n'êtes pas frais, mon vieux. Regardez, vos chaussures de randonnée ont glissé de votre cou. On monte tous les deux sur ma motoneige. On récupérera la vôtre plus tard. »

Beard se laissa conduire jusqu'à la motoneige de Jan, et c'est là qu'arriva la catastrophe. Levant une jambe pour se hisser sur le siège derrière son guide, il sentit, crut même entendre une effroyable déchirure dans son bas-ventre, un craquement et une séparation, comme un accouchement, comme la chute d'un fragment de glacier. Il poussa un cri et Jan se retourna pour le retenir, puis l'aider à se rasseoir.

« Plus qu'une heure, c'est tout. Vous allez y arriver. »

Quelque chose de dur et de froid s'était détaché de son entrejambe et avait glissé à l'intérieur de son caleçon long, pour aller se loger juste au-dessus de sa rotule. Il mit la main entre ses cuisses : il n'y avait rien. Il posa la main sur son genou ; l'horrible chose, moins de cinq centimètres de long, avait la rigidité d'un os. Elle ne semblait pas, ou plus, faire partie de lui. Jan donna un coup d'accélérateur et ils s'élancèrent à une vitesse folle, tanguant dangereusement sur des crêtes de glace aussi dures que du béton, slalomant entre des congères presque verticales, tels des cyclistes sur piste. Pourquoi n'était-il pas au lit chez lui ? Il s'abrita du vent derrière le dos imposant de Jan. La sensation de brûlure s'étendait à tout son bas-ventre ; son sexe avait encore glissé, s'était niché dans le pli de son genou, et ils fonçaient dans la mauvaise direction, toujours plus au nord, vers le

pôle, vers une nature hostile, des ténèbres glacia-
les, alors qu'ils auraient dû rejoindre au plus vite
la salle bien éclairée des urgences de Longyearbyen. Sans doute ce froid intense tournerait-il à
son avantage, gardant son organe en vie. Mais de
la microchirurgie ? Dans ce bled de mille cinq
cents habitants ? Il crut qu'il allait vomir, au lieu
de quoi il glissa les mains dans la ceinture de la
combinaison de Jan, posa la tête contre la colonne
vertébrale de son protecteur et s'assoupit ; ce fut
le silence soudain de la motoneige qui le réveilla,
et il découvrit au-dessus de lui, surgie des glaces,
la coque sombre du navire où il allait passer la
semaine.

*

Il se révéla être le seul scientifique au sein d'un
groupe d'artistes engagés. Ils avaient laissé dans le
Sud le monde et ses folies — l'une étant de réchauffer la planète —, un Sud qui semblait s'étendre
dans toutes les directions. Avant le dîner, ce soir-là,
dans la salle à manger, l'organisateur, Barry Pickett, un type décharné et bienveillant qui avait tra-
versé l'Atlantique en solitaire à la rame, avant de
consacrer sa vie à la musique de la nature (le bruis-
sement des feuilles, le fracas des vagues), s'adressa
aux membres du Séminaire des quatre-vingts
degrés nord.
« Nous sommes des animaux sociaux, commença-t-il avec le genre de clin d'œil à la biologie
qui inspirait la plus grande méfiance à Beard, et
nous ne pouvons survivre sans observer quelques
règles élémentaires. Sous cette latitude et ce climat,

elles sont encore plus importantes. La première concerne le vestiaire. »

Elle était assez simple. Sous le poste de timonerie se trouvait une pièce pour se changer, exiguë et mal éclairée. Toute personne montant à bord devait s'y arrêter pour retirer sa tenue d'extérieur. Sous aucun prétexte on ne devait introduire des vêtements humides, couverts de givre ou de neige dans les pièces habitées. Étaient interdits les casques, lunettes, cagoules, après-ski, chaussettes et combinaisons mouillés. Même sec, tout cela devait rester au vestiaire. Pour toute infraction, on encourait une mort certaine. Il y eut des rires bon enfant parmi les artistes, des gens raisonnables au visage rose, en gros pull et chemise de travail. Affalé dans un coin avec son cinquième verre de « vin de pays » libyen, bourré d'antidouleurs mais souffrant quand même, et par nature hostile à la vie en collectivité, Beard esquissa un sourire poli. Il n'aimait pas faire partie d'un groupe, mais ne voulait pas que cela se sache. Il y eut d'autres règles, quelques détails de fonctionnement, et son attention se dispersa. Des cuisines, derrière Pickett, de l'autre côté d'une cloison lambrissée de chêne, lui parvenaient une odeur d'ail et de viande grillée, le tintement des cuillers contre les casseroles et le ton autoritaire du chef de renommée internationale s'acharnant sur un cuistot. Difficile de se désintéresser des préparatifs du repas alors qu'il était déjà huit heures vingt et qu'il n'avait rien mangé depuis des heures. La possibilité de se nourrir quand il le souhaitait était l'une des libertés qu'il avait laissées derrière lui dans ce Sud en folie.

Toute la journée le soleil était resté à moins de

cinq degrés au-dessus de l'horizon, et à deux heures et demie il avait disparu, comme s'il capitulait devant une tâche trop pénible. Beard avait suivi ces instants par un hublot proche de sa couchette transformée en lit de douleur. Il avait vu bleuir, puis noircir, l'immense surface enneigée du fjord. Comment avait-il pu s'imaginer que passer dix-huit heures par jour enfermé avec vingt autres personnes dans un espace exigu signerait son retour à la liberté ? À son arrivée, alors qu'il traversait la salle à manger pour rejoindre sa cabine, la première chose qu'il avait remarquée, debout dans un coin, c'était une guitare acoustique qui attendait sûrement son propriétaire et la traditionnelle veillée avec obligation de chanter en chœur. Une bonne partie de la bibliothèque était remplie de vieux jeux de cartes et de société. Autant s'inscrire dans une maison de retraite. Et pour que la fête soit complète, le Monopoly était sûrement du nombre. Jan avait aidé Beard à descendre de la motoneige, l'avait plus ou moins porté jusqu'en haut de la passerelle, puis conduit au vestiaire. Avec des gestes lents, accompagnés de plaintes et de grognements, Beard avait entrepris d'ouvrir la fermeture éclair de sa combinaison, terrifié à l'idée de ce qu'il allait découvrir. Dans la pénombre ambiante, il lui avait fallu du temps avant de trouver un endroit où mettre ses affaires, et tandis qu'il les suspendait au crochet numéro dix-huit, derrière lui, une agréable voix féminine un peu grave fit gentiment observer :

« Ceci vient de tomber des jambes de votre pantalon. »

Il se retourna. Stella Polkinghorne lui tendait

quelque chose de gris et de mince. Dans sa main, entre le pouce et l'index.

« Je crois que c'est votre baume à lèvres. »

Elle se présenta, lui aussi ; ils échangèrent une poignée de main. Elle se déclara très honorée de rencontrer un grand chercheur, et il répondit qu'il admirait depuis longtemps son travail. Alors, seulement, leurs mains se séparèrent. Son visage, pas vraiment beau, était large et chaleureux, plusieurs mèches blondes dépassaient de son bonnet de laine. Il aima la façon dont son regard curieux croisa le sien. Une incisive supérieure cassée lui donnait un air coquin, plein d'humour. Elle était impatiente de faire plus ample connaissance ; il dit qu'il en allait de même pour lui, après quoi elle hésita, visiblement peu pressée de partir, mais incapable de trouver quelque chose à ajouter, et lui de même, préoccupé qu'il était par sa douleur.

« À bientôt », lança-t-elle, puis elle disparut à l'intérieur du bateau.

Tout l'après-midi il resta sur sa couchette à ressasser une série de scénarios et de regrets ridicules, examinant et réexaminant l'état de sa peau, faisant des projets de départ immédiat, se rejouant le film de sa dernière rencontre. Il pouvait s'envoyer à lui-même un courriel le rappelant d'urgence en Angleterre, mais ne se sentait pas de taille à repartir en motoneige vers l'aéroport de Longyearbyen. Il faudrait qu'un hélicoptère vienne de là-bas le chercher. Combien ça pouvait coûter ? Peut-être mille livres l'heure. Disons trois heures, alors, qui vaudraient bien leur prix, pour ne pas avoir à chanter *Ten Green Bottles* en chœur. Impatiente de faire plus ample connaissance... Ça pouvait vouloir dire n'importe quoi. Non, une seule chose, en fait. Et quelle chance ! Il avait vu sur un planning punaisé à un panneau d'affichage qu'il était le seul invité à ne pas partager sa cabine. Mais il était hors service, sans doute pour plusieurs semaines. Il s'examina de nouveau. La blessure ressemblait à une brûlure, rose vif et boursouflée ; il avait besoin d'être seul, il voulait rentrer chez lui. Essayer de s'asseoir près d'elle ce soir au dîner ? Non, il ne serait plus là. L'hélicoptère allait venir. Mais non ! Il ne volait pas de nuit. Ils pourraient trouver du plaisir autrement — enfin, elle pourrait. Oui, mais quel intérêt ? Ça allait peut-être un peu mieux. Il jeta encore un coup d'œil.

Finalement, c'étaient la faim et l'envie de boire un verre qui lui avaient fait quitter sa cabine. Après le discours de Pickett, il ne put s'extraire de son siège à temps pour s'asseoir près de Stella Polking-horne ; il se retrouva coincé entre la cloison et un célèbre sculpteur sur glace de Majorque, pré-nommé Jésus, vieillard mélancolique arborant une moustache jaunâtre à la gauloise qui sentait fort le cigare, et avec dans la voix un couinement rauque rappelant celui d'un ours en peluche. Les présen-tations faites, Beard s'étonna qu'on puisse prati-quer la sculpture sur glace aux Baléares. Jésus expliqua qu'autrefois des entrepôts, en montagne, fournissaient aux poissonniers de Palma de gigan-tesques pains de glace tout l'été, et c'est ainsi que son grand-père avait appris cet art, qu'il transmit à son fils, qui le transmit ensuite à son propre fils. Jésus avait remporté de nombreux concours de sculpture sur glace dans des villes du monde entier — il avait récemment triomphé à Riyad — et les pingouins étaient sa spécialité. Il importait du whisky quand il ne sculptait pas, était père de quatre fils et de cinq filles, avait fondé vingt ans plus tôt une école pour jeunes aveugles près du port d'Andratx. Son épouse et deux de ses fils s'occupaient de son oliveraie et de ses vignobles dans la Tramontane, sur les falaises dominant la mer à quinze kilomètres au sud de Pollensa, non loin de la fameuse Cova de les Bruixes, la grotte des Sorcières. Beard souffrait moins, les antidouleurs avaient un fort effet euphorisant. Jamais il ne s'était autant régalé qu'avec ce steak-frites, cette salade verte et ce vin rouge. Et Jésus — c'était le premier Jésus qu'il rencontrait, et pourtant ce prénom courait les rues en Espagne — lui parut l'homme le plus intéressant dont il ait fait la connaissance depuis des années.

Interrogé sur son propre métier, Beard répondit qu'il était physicien. Il avait toujours l'impression de mentir. Le sculpteur se tut quelques instants, peut-être pour répéter mentalement ce qu'il allait dire en anglais, puis posa une question surprenante. Que le señor Beard pardonne l'ignorance et la naïveté d'un homme n'ayant pas fait d'études, mais l'étrange réalité décrite par la mécanique quantique représentait-elle notre monde, ou s'agissait-il simplement d'un système cohérent ? Sensible à la déférence du style majorquin, Beard complimenta son interlocuteur pour sa question. Lui-même n'aurait pas mieux dit, car il n'y avait pas meilleure remise en cause de la théorie des quanta. Ce sujet avait dominé la vie d'Einstein des années durant, et l'avait conduit à insister sur le fait que la théorie était correcte mais incomplète.

D'instinct, il refusait l'idée selon laquelle il n'y aurait pas de réalité sans observateur, ou le fait que cette réalité soit définie par l'observateur, comme Bohr et les autres semblaient l'affirmer. D'après la mémorable formule d'Einstein, il existait bel et bien une « situation de fait ». « Quand une souris observe l'univers, l'état de celui-ci s'en trouve-t-il changé ? » avait-il demandé un jour. La mécanique quantique semblait sous-entendre que la mesure de l'état d'une particule pouvait instantanément déterminer l'état d'une autre particule, même très éloignée. Mais c'était selon Einstein du « spiritisme », une « action fantôme à distance », car rien ne pouvait dépasser la vitesse de la lumière. Beard, le réaliste, considérait avec sympathie le long combat perdu d'avance mené par Einstein contre la brillante coterie des pionniers de la physique quantique, mais il fallait se rendre à l'évidence : des expériences suggéraient qu'il pouvait effectivement y avoir des corrélations troublantes à distance, et que la texture de la réalité à petite ou à grande échelle défiait réellement le bon sens. Einstein était également convaincu que les calculs nécessaires pour décrire l'univers apparaîtraient en fin de compte comme relativement simples et d'une grande élégance. De son vivant, on avait pourtant découvert deux autres forces fondamentales, auxquelles étaient venues s'ajouter, depuis, une profusion de nouvelles particules et antiparticules, ainsi que diverses dimensions imaginaires et toutes sortes d'approximations. Beard continuait néanmoins à croire que de ces révélations sortirait un génie, auteur d'une théorie ambitieuse qui résumerait tout dans une formule d'une beauté sidérante. Après des années, blagua-t-il en posant d'un geste amical la main sur le bras frêle de Jésus, il avait finalement perdu l'espoir d'être l'heureux mortel choisi pour découvrir ce Graal.

Il racontait tout cela sur fond de conversations de plus en plus animées, les vingt artistes du réchauffement climatique finissant leur vin tandis qu'on desservait. Insensible à l'autodérision, ou préférant ne pas relever, Jésus déclara solennellement, tournant son visage triste et désabusé vers la salle à manger pleine de monde, qu'à aucun moment de l'existence il ne fallait perdre espoir. Ses pingouins les plus réussis, les plus réalistes, ceux dont les lignes étaient les plus pures, avaient été sculptés ces deux dernières années, et depuis peu il s'attaquait aux ours blancs, créatures menacées par la hausse des températures et naguère hors de portée de ses talents artistiques. À son humble opinion, il était important d'avoir foi en la possibilité d'un profond changement intérieur. De toute évidence, un chercheur comme le señor Beard devait formuler sa propre théorie, tendre vers cette beauté, car qu'était la vie sans nobles ambitions ?

Comment avouer à Jésus qu'il n'avait pas entrepris de recherches sérieuses depuis des années, qu'il ne croyait pas en un profond changement intérieur ? Seulement en une lente déchéance intérieure, et extérieure. Il ramena la discussion vers le terrain moins risqué de la sculpture sur glace des pingouins comparée à celle des ours blancs, mais se remit à broyer du noir. L'action des antidouleurs s'estompait ; le vin, toujours le même, avait désormais l'âpreté de la piquette ; la bonne humeur ambiante lui rappelait que son mariage avait tourné court. Il se sentait las, trop cynique pour apprécier la compagnie. Ses prises de position animées n'étaient qu'une imposture, un effet conjugué du traumatisme, des médicaments et de l'alcool.

Il mit un terme à la discussion, souhaita bonne nuit à Jésus et, avec de vagues excuses, se fraya un chemin entre les tables jusqu'à l'allée centrale. Autour de lui, toutes les conversations portaient sur l'art ou sur les modifications climatiques. À la table voisine, une chorégraphe qu'il n'avait encore jamais vue, mince, belle et débordant de projets, décrivait avec l'accent français un ballet géométrique qu'elle comptait exécuter sur la glace. Ça insupporta Beard, cet optimisme l'accablait. Tout le monde, sauf lui, s'inquiétait du réchauffement climatique dans la joie ; il était seul en proie à la morosité. Il n'aspirait qu'à l'obscurité et au silence.

Il resta longtemps allongé dans sa cabine mal ventilée, tenu éveillé par cette douleur lancinante au bas-ventre — son pouls semblait avoir migré là —, écoutant les voix, les rires, et se demandant si sa misanthropie allait durer toute la semaine. L'idée de l'hélico était absurde, il l'admettait. En quittant Belsize Park pour cette banquise sans vie, il avait pris conscience de la stupidité de son existence. Il avait fallu Patrice, Tarpin, le Centre et toutes ses pseudo-tâches pour masquer cette vacuité. Qu'était la vie sans nobles ambitions ? Réponse : une nouvelle nuit d'insomnie semblable aux précédentes.

Deux heures plus tard, alors que le sommeil le gagnait enfin, lui parvint le son d'une guitare qu'on accordait, et il se retourna rageusement en grognant. Ce ne furent toutefois ni des accords de guitare ni des chansons qu'il entendit à travers la cloison, mais une tendre mélodie aux accents espagnols, mélancoliques, avec une touche de légèreté et de précision rappelant Mozart. Le lendemain matin, il apprendrait qu'il s'agissait d'une étude de Fernando Sor. Étendu dans le noir sur son étroite couchette, il ne douta pas un instant que Jésus était ce guitariste qui semblait jouer pour lui seul, et, bercé par cette musique nostalgique, il finit par s'endormir.

*

En fin de matinée le lendemain, tandis que le soleil éclairait héroïquement de ses rayons obliques le fjord étincelant, il chercha laborieusement ses affaires dans la pénombre du vestiaire. Il s'arrêta devant le crochet numéro dix-huit, auquel, il en était sûr, il avait accroché la veille sa combinaison de motoneige. Juste en dessous se trouvaient un panier métallique avec ses lunettes, son casque et quelques menus objets, et plus bas, sous un caillebotis, le compartiment où il avait rangé ses après-ski. Même au fond du navire, sous le poste de timonerie, on entendait le vrombissement de plusieurs motoneiges : les faire démarrer le matin était apparemment un tour de force. Un groupe de six personnes, accompagné de Jan et de sa carabine, s'apprêtait à remonter le fjord pour aller voir le glacier. Cinq d'entre eux, plus Jan, piétinaient déjà sur la glace en se battant les flancs pour se réchauffer, et Beard était comme toujours le dernier. Quelqu'un lui avait pris ses affaires, en partie au moins. Sa combinaison avait disparu du crochet, son panier métallique se retrouvait sous le crochet numéro dix-neuf, et seuls ses après-ski — si c'étaient bien les siens — étaient à leur place. Ses lunettes sales et fissurées gisaient sur le sol.

Il prit une combinaison — sans doute la sienne, d'ailleurs — sur le crochet numéro dix-sept. Elle se révéla deux tailles trop grande, mais à présent qu'elle était sur lui, il n'avait aucune envie de l'enlever. Les après-ski, en revanche, étaient une pointure trop petits. Parmi les menus objets, seul un gant manquait, et il en prit un dans le casier vingt-trois pour le remplacer, se promettant de le restituer plus tard. Le verre fissuré de ses lunettes ne l'inquiétait plus. Il gagna le pont sous les applaudissements ironiques du groupe qui attendait sur la glace et, dans un effort de convivialité, s'inclina pour saluer. Malgré le manque de temps, il s'attarda en haut de la passerelle pour contempler la scène. De nombreuses silhouettes s'affairaient sur la glace autour du bateau. Avec le casque qui leur faisait une tête trop grosse pour leur corps, et la combinaison qui augmentait le volume de leur postérieur, de loin ils avaient l'air de jeunes enfants dans la cour d'une école maternelle. La chorégraphe et trois de ses amis élaboraient leur ballet géométrique ; deux silhouettes construisaient une sorte de bonhomme de neige ou de statue ; un solitaire, sans doute Pickett, fixait un micro entre deux cônes de glace ; une personne munie d'une tronçonneuse en aidait une autre, sûrement Jésus, à hisser quatre blocs de glace sur un traîneau ; quelqu'un polissait à genoux un disque de glace d'un mètre de diamètre. Quelqu'un d'autre décrivait des cercles avec un drapeau rouge et un sifflet devant une caméra posée sur un trépied.

Beard s'était surpris lui-même en se portant si vite volontaire pour un nouveau voyage en motoneige. La claustrophobie l'avait poussé dehors, ainsi que la lumière fauve baignant le fjord derrière les hublots de la salle à manger, et le fait qu'il était interdit d'aller où que ce soit sans guide armé d'une carabine. Il enfourcha la dernière motoneige et le groupe partit vers l'est en file indienne, s'enfonçant à l'intérieur du fjord. Ç'aurait dû être amusant, de dévaler ce large couloir de glace et de neige entre deux chaînes de montagnes aux flancs abrupts. Mais le vent transperçait à nouveau toutes ses épaisseurs de vêtements, ses lunettes s'embuèrent et se couvrirent de givre en quelques minutes, et il ne distingua plus que la masse grisâtre de la motoneige devant lui. Il roulait dans le sillage de six pots d'échappement. Pendant dix kilomètres Jan leur imposa une vitesse démente. Là où la neige avait été balayée par le vent, la surface du fjord ressemblait à de la tôle ondulée sur laquelle les engins rebondissaient avec fracas.

Vingt minutes plus tard, ils se tenaient dans un silence soudain à cent mètres de l'extrémité du glacier, mur bleu et déchiqueté qui barrait la vallée sur quinze kilomètres. On aurait dit une ville en ruine, crasseuse et dépravée, pleine de décombres, de tours détruites, de brèches géantes. À moins vingt-huit, expliqua Jan, il faisait trop froid ce jour-là pour voir des blocs de glace se détacher, signe de la fonte des glaciers. Ils passèrent une heure à prendre des photos et à marcher de long en large. Quelqu'un découvrit une empreinte dans la neige. Ils firent cercle autour d'elle, puis reculèrent pour permettre à leur guide avec sa carabine en bandoulière de prouver ses compétences. Une empreinte d'ours blanc, bien sûr, et de fraîche date. La couche de neige étant fine à cet endroit-là, il fut difficile d'en trouver une autre. Jan inspecta l'horizon avec ses jumelles.

« Ah, dit-il calmement. On va devoir rentrer. »

Il désigna un point au loin, mais ils ne virent rien. Quand le point se mit à bouger, en revanche, les choses furent claires. À un kilomètre et demi environ, un ours se dirigeait lentement vers eux.

« Il a faim, précisa Jan avec indulgence. Il est temps de remonter sur les motoneiges. »

Même avec la perspective d'être dévorés vivants, ils gardèrent leur dignité et coururent mollement vers leur machine. En atteignant la sienne, Beard savait ce qui l'attendait. Tout dans ce voyage conspirait contre lui. Pourquoi la chance tournerait-elle en sa faveur ? Il appuya sur le démarreur. Rien. Très bien. Que ses sinus soient brûlés jusqu'à l'os. Il réessaya, encore et encore. Autour de lui des nuages de fumée bleue et des vrombissements stridents, enfin l'expression adéquate d'une terreur panique. Une moitié du groupe fonçait déjà vers le bateau. Chacun pour soi. Beard ne gaspilla pas ses forces à jurer. Il tira sur le starter tout en se le reprochant, car le moteur était encore chaud. De nouveau il réessaya. De nouveau, rien. Une odeur d'essence. Il avait noyé le moteur ; il méritait de mourir. Tous les autres étaient partis, et le guide avec eux, faute professionnelle qu'il se promit de signaler à Pickett, ou au roi de Norvège.

Sous l'effet de son énervement, ses lunettes s'embuaient et, comme d'habitude, se couvraient de givre. Inutile de regarder en arrière, donc, mais il le fit quand même, et ne vit que de la buée gelée autour d'une parcelle de fjord pris par les glaces. Selon toute vraisemblance, l'ours se rapprochait, mais Beard avait apparemment sous-estimé la vitesse de la bête sur la terre ferme, car au même instant il reçut un violent coup dans l'épaule.

Plutôt que se retourner pour se faire arracher le visage, il se recroquevilla sur lui-même, s'attendant au pire. Sa dernière pensée — pour le testament qu'il avait oublié de modifier et dans lequel il léguait tous ses biens à Patrice, c'est-à-dire à Tarpin — l'aurait déprimé, mais il entendit alors la voix du guide.

« Laissez-moi faire. »

Le prix Nobel avait appuyé par erreur sur la commande des phares. La motoneige démarra au quart de tour.

« Allez-y, dit Jan. Je vous suis. »

Malgré le danger, Beard regarda une nouvelle fois en arrière, espérant apercevoir l'animal, qu'il était sur le point de prendre de vitesse. Dans l'étroit périmètre de semi-clarté entourant la couche de givre sur ses lunettes, il y eut un mouvement, mais ce pouvait être la main du guide ou sa propre cagoule. Dans le récit qu'il ferait jusqu'à la fin de ses jours, celui qui lui tiendrait lieu de souvenir, il raconterait qu'à vingt mètres de lui un ours blanc à la gueule béante chargeait quand sa motoneige s'élança — non par goût du mensonge, ou pas seulement, mais parce qu'il ne fallait jamais se priver d'une bonne histoire.

Retraversant l'étendue glacée dans un bruit de tôle, il laissa échapper un cri de joie, perdu dans l'ouragan glacé qui lui cinglait le visage. Quelle libération de découvrir qu'à notre époque moderne, lui, le citadin vivant entre son clavier et son écran d'ordinateur, il pouvait être chassé, dépecé et servir de repas, de source de nourriture à d'autres créatures.

Ce fut peut-être pour lui le meilleur moment de la semaine. En quelques minutes, sembla-t-il, ils eurent regagné leur camp de base. À treize heures quarante-cinq, le fond de l'air était déjà glacial, et les lueurs orangées du couchant illuminaient les quelques artistes n'ayant pas encore réintégré le bateau. Son entrejambe restait si endolori qu'il attendit que les autres soient rentrés pour gravir la passerelle à reculons. Ça faisait moins mal. À l'entrée du vestiaire, il patienta jusqu'à ce que ses yeux s'habituent à la pénombre, mais c'était évident : quelqu'un avait accroché ses affaires à la place qui lui était attribuée. Pour être constructif, il déposa le tout, après-ski compris, dans un coin de la pièce resté libre. Lorsqu'il retira sa cagoule, elle atterrit par terre avec un bruit sourd et sembla le regarder bouche bée. Que faisait-il là ? Il rangea ses affaires, rejoignit la salle à manger, salua à la cantonade la demi-douzaine de personnes présentes, puis emporta une boisson chaude dans sa cabine et s'allongea sur sa couchette.

C'étaient les aléas de la cartographie qui avaient placé le pôle Sud sous le pôle Nord, mais Beard ne pouvait se défaire de l'impression qu'il était presque au sommet du monde et que tous les autres, Patrice comprise, se trouvaient sous lui.

Aussi voyait-il tout avec une certaine hauteur, et sa semaine fut marquée par ces après-midi de crépuscule arctique où, devant un chocolat chaud, il se rappelait le vide de l'existence qui l'attendait, la nécessité de repartir de zéro, de se reprendre en main, de perdre du poids, de faire du sport, d'adopter un mode de vie simple et organisé. Et de se remettre sérieusement au travail, même s'il se demandait quel travail faire, qui ne soit pas de près ou de loin en rapport avec son étonnante célébrité. Devrait-il donner éternellement la même série de conférences sur son unique et modeste contribution, siéger dans des commissions, être une « présence » ? Il n'avait pas de réponse, mais ces considérations le réconfortaient, et souvent il s'assoupissait vers quinze heures quand la nuit tombait, puis se réveillait affamé, avec un appétit renouvelé pour le « vin de pays ».

Après avoir échappé à la gueule béante de l'ours blanc, il ne prit aucun risque pendant le reste de la semaine. Les plus téméraires allèrent avec un guide faire de la randonnée en montagne, construire un igloo, explorer à motoneige une vallée encaissée entre deux épaulements à l'autre extrémité du fjord. Chaque jour il passait deux ou trois heures dehors, à donner un coup de main à ses compagnons. Embauché comme assistant, il aidait à tendre une ficelle, découpait des blocs de glace pour Jésus, installait des micros pour Pickett, répétait le ballet avec les danseurs. Cette dernière activité supposait d'être filmé derrière une douzaine de personnes marchant pendant deux cents mètres en file indienne et à pas comptés, avant de tourner à angle droit et de couvrir la même distance jusqu'au quart de tour suivant. C'était apaisant ; il appréciait de ne penser à rien et de faire ce qu'on lui disait. Sous une latitude plus clémente, en meilleure santé, peut-être aurait-il tenté sa chance auprès de la chorégraphe, la mince Élodie de Montpellier, surtout si elle était venue sans son mari, un photographe à la tête ronde comme une bille, ancien joueur de rugby dans l'équipe de France. Stella Polkinghorne avait elle aussi un mari : l'organisateur, Barry Pickett.

L'existence de Beard s'en trouvait donc simplifiée. S'intéressant peu à l'art et au changement climatique, et encore moins à l'art inspiré par le changement climatique, il gardait ses réflexions pour lui-même, se montrait affable, eut même la surprise de devenir assez populaire. Il se vidait l'esprit en vaquant à ses occupations sur la glace. Un jour, à l'heure du déjeuner, il apporta du bateau des gobelets de soupe à la tomate qui avaient gelé quand il arriva en bas de la passerelle. Ils furent incorporés à une sculpture. Son moral remonta, ou cessa de sombrer. Il pensa de nouveau se remettre au sport. Voilà encore dix ou douze ans, il se défendait au tennis, compensant sa petite taille par des smashs sournois. À une époque il était assez bon skieur. Huit ans plus tôt, il pouvait encore toucher ses orteils en se baissant. Il n'était sûrement pas condamné à grossir chaque mois un peu plus, jusqu'à l'infarctus. Il faisait sa promenade quotidienne sur le fjord gelé, environ trois kilomètres autour du bateau, escorté par Jan et sa carabine. Après la deuxième de ces sorties, étendu sur sa couchette en plein après-midi, des courbatures dans les jambes, il dressa mentalement la liste de tous les aliments auxquels il ne toucherait plus. Il pesait huit kilos de trop. Il fallait agir, ou mourir prématurément. Il élimina les coupables habituels : produits laitiers, viande rouge, friture, gâteaux, cacahuètes salées. Sans oublier les chips, pour lesquelles il avait un faible. Il y en avait d'autres, mais il s'endormit avant que la liste soit complète. Durant ses trois derniers jours à bord, il suivit scrupuleusement ce nouveau régime.

Dès le deuxième jour, le désordre du vestiaire sautait aux yeux, même à ceux de Beard. Il n'avait sans doute pas porté deux fois de suite la même paire d'après-ski. Le troisième jour, il eut beau cacher dans sa cagoule ses lunettes spéciales (non endommagées, celles-là), le quatrième elles avaient disparu, et il retrouva sa cagoule sur le sol trempé. Ce matin-là, il y avait aussi plusieurs combinaisons par terre. Elles donnaient l'impression qu'on avait marché dessus et, sans regarder plus avant, il décréta qu'aucune d'elles ne pouvait être la sienne. Pickett lui avoua, tandis qu'ils enregistraient le bruit du vent dans les haubans du bateau, que pendant deux jours il avait porté deux après-ski gauche. D'un naturel accommodant, il ne semblait pas s'en formaliser. Beard, si. Il n'avait pas l'esprit communautaire, mais pour lui — et donc pour autrui — certaines convenances allaient de soi. Il mettait toujours ses affaires au même crochet et dans le panier juste en dessous, et fut contrarié que les autres aient du mal à respecter des règles aussi simples. Les gants posaient un problème particulier, car on ne pouvait pas sortir sans. Par prudence, il enfonça les siens à l'intérieur de ses après-ski. Le lendemain, ses après-ski s'étaient envolés.

Il appréciait les soirées. Lorsqu'ils se retrouvaient dans la salle à manger avant le dîner, il faisait nuit depuis cinq heures. Ils avaient deux heures pour boire en attendant le premier plat. Le vin venait d'une obscure région libyenne. Beard commençait en général par le blanc, passait ensuite au rouge jusqu'à l'écœurement, reprenait du blanc, et souvent il lui restait le temps de revenir au rouge avant l'heure du coucher. Après le dîner, bien sûr, le sujet était toujours le même. Beard se contentait surtout d'écouter. Jamais encore il n'avait rencontré une telle concentration d'idéalistes, et se sentait tour à tour intrigué, gêné, mal à l'aise. Lorsque Pickett lui demanda le troisième soir de parler de son travail, il se leva. Il décrivit le Centre, l'éolienne urbaine et son hélice à quatre pales, qu'il présenta avec conviction comme une initiative personnelle. Un concept révolutionnaire, déclara-t-il à l'assistance, et il dessina une esquisse, qu'il fit circuler. Elle réduirait de quatre-vingt-cinq pour cent les factures d'électricité d'une famille, ce qui reviendrait à économiser la construction de — n'étant pas complètement soûl, il put sortir un chiffre — *vingt-trois* centrales de taille moyenne. Il y eut des questions respectueuses, auxquelles il répondit clairement, avec pertinence. Son public ne connaissait rien à la science et il aurait pu dire n'importe quoi. Stella Polkinghorne lui apporta un soutien passionné. Selon elle, il était le seul de l'assemblée à faire quelque chose de « concret » ; là-dessus la compagnie manifesta sa sympathie en applaudissant à tout rompre. Il ne s'était jamais trop soucié de l'opinion d'autrui, mais là — quelle leçon d'humilité ! — il fut touché de devenir pour quelques minutes la coqueluche du bateau, et eut du mal à le cacher.

Le reste du temps, il écoutait et il buvait. Après deux ou trois verres de blanc, le rouge descendait aussi facilement que de l'eau, du moins au début. Il y avait différents thèmes, certains se répondant en canon, d'autres se mêlant, comme la déception et l'amertume : le siècle venait de se terminer et le changement climatique restait une préoccupation mineure, Bush avait mis en pièces les modestes propositions de Clinton, les États-Unis tourneraient le dos à Kyoto, les espoirs nés voilà longtemps à Rio étaient morts. Succédant à la déception, l'inquiétude finit par dominer. Le gulf stream allait s'arrêter, les Européens mourraient de froid dans leur lit, l'Amazonie deviendrait un désert, certains continents seraient la proie des flammes, d'autres noyés sous les eaux, et dès 2085 la banquise disparaîtrait l'été et les ours blancs avec elle. Beard avait déjà entendu ces prédictions et n'en croyait pas un mot. De toute façon, il n'était pas homme à s'inquiéter de l'avenir de la planète. À son âge, sans enfant, et sur le point de divorcer pour la cinquième fois, il pouvait se permettre une pointe de nihilisme. La terre n'avait besoin ni de Patrice ni de Michael Beard. Même si elle se débarrassait des humains, la biosphère se maintiendrait contre vents et marées, et dans dix millions d'années à peine elle grouillerait de nouvelles créatures, dont peut-être aucune n'aurait une intelligence anthropoïde. Qui regretterait alors que Shakespeare, Bach, Einstein ou la colligation Beard-Einstein soient tombés dans l'oubli ?

Tandis que l'obscurité et un froid encore plus glacial enveloppaient le bateau dans ce fjord gelé et solitaire, où la vaillante lueur jaune des hublots était l'unique source de lumière, l'unique signe de vie sur les étendues glacées à des centaines de kilomètres à la ronde, d'autres thèmes se déployaient comme une symphonie : que fallait-il faire ? quels traités signer entre nations rivales ? quelles concessions et quels cadeaux les pays riches devaient-ils offrir, dans leur propre intérêt, aux pays pauvres ? Dans la chaleur moite de la salle à manger après dîner, les propriétaires d'estomacs repus de nourriture et de vin semblaient croire que seule la raison pouvait prévaloir contre la rapacité et les intérêts à court terme, seule la rationalité pouvait brosser à grands traits, et à titre d'avertissement, le tableau d'un avenir désastreux où tout le monde serait voué à cuire, grelotter ou se noyer.

Le débat sur les traités entre États paraissait mondain face à un autre leitmotiv, qui avait l'austérité rafraîchissante du plain-chant : le puritanisme des débuts de l'écologie, son mépris des avancées technologiques, sa foi en la nécessité d'un changement de mode de vie, d'une empreinte plus légère sur le précieux filigrane des écosystèmes, d'un respect quasi religieux de nouvelles règles permettant à l'homme de s'épanouir loin des supermarchés, des aéroports, du béton, des embouteillages, même des centrales électriques — vision minoritaire, mais accueillie avec un sentiment de culpabilité par tous ceux qui avaient conduit une motoneige puante dans ces régions immaculées.

Écoutant comme à son habitude, assis près de Jésus dans un coin de la salle à manger, Beard ne prit la parole qu'une fois, le dernier soir, quand un romancier dégingandé du nom de Meredith, oubliant apparemment qu'un physicien était présent, déclara que le principe d'incertitude d'Heisenberg — plus on en sait sur la position d'une particule, moins on connaît sa vélocité et vice versa — résumait bien, pour notre époque, la perte d'une « boussole du sens moral », la difficulté d'émettre un jugement définitif. Beard ne prit pas de gants. Autant être exact, lança-t-il à son interlocuteur au crâne rasé et aux lunettes sans monture. Il n'était pas question de vélocité, mais de moment, en d'autres termes du produit de la masse par la vélocité. Ce pinaillage suscita des protestations étouffées. Beard ajouta que le principe d'Heisenberg ne s'appliquait pas à la sphère morale. Au contraire, la mécanique quantique était un superbe outil pour prédire la probabilité statistique de tel ou tel état physique. Le romancier rougit, mais ne capitula pas. Savait-il seulement à qui il parlait ? Bon, d'accord pour la probabilité statistique, mais ce n'était pas la même chose que la certitude, insista-t-il. Beard, finissant son huitième verre de vin, et sentant son nez et sa lèvre supérieure se retrousser avec mépris devant cet ignorant qui empiétait sur son domaine, haussa le ton pour dire que ce principe n'était pas incompatible avec une connaissance précise de l'état d'un photon, par exemple, dès lors qu'on pouvait répéter l'observation. L'analogie avec la sphère morale pouvait être la possibilité de réexaminer plusieurs fois un problème avant d'arriver à une conclusion. Mais là était le hic : le principe d'Heisenberg ne s'appliquerait que si le total du bien et du mal divisé par la racine carrée de deux avait un sens.

Le silence dans la pièce était moins admiratif que gêné. Meredith regarda avec impuissance Beard taper du poing sur la table. « Allez-y. Expliquez-moi. Voyons comment vous appliquez le principe d'Heisenberg à l'éthique. Le bien plus le mal, divisé par la racine carrée de deux. Qu'est-ce que ça peut bien vouloir dire, hein ? Rien ! »

Barry Pickett intervint pour relancer la discussion.

Ce fut la seule fausse note. Des épisodes mémorables et surprenants avaient lieu chaque soir, souvent tard, au son des cuivres d'une fanfare ou de voix chantant à l'unisson, tendues vers un même but et occultant provisoirement toute déception, toute amertume. Jamais Beard n'aurait cru qu'il lui arriverait de boire un jour dans la même pièce que tant d'individus partageant la même conviction : c'était l'art sous sa forme la plus ambitieuse — la poésie, la sculpture, la danse, la musique abstraite, l'art conceptuel — qui ferait du changement climatique un sujet incontournable, le mettrait en lumière, l'explorerait, révélerait toute l'horreur, la beauté perdue, la terrible menace, et inciterait l'opinion publique à réfléchir, à agir ou à exiger des autres qu'ils le fassent. Beard en restait songeur. L'idéalisme était si étranger à sa nature qu'il ne pouvait soulever aucune objection. Il se trouvait en territoire inconnu, au sein d'une tribu exotique de créatures bienveillantes. Ces bonshommes de neige qui montaient la garde au pied de la passerelle, telles des sentinelles ; les enregistrements de la plainte du vent dans les haubans ; le disque de glace polie où se reflétaient les interminables couchers de soleil ; les pingouins de Jésus, trente en tout, plus ses trois ours blancs, paradant sur la glace derrière le bateau ; le fragment de roman sibyllin et strident, ponctué de jurons, que Meredith avait lu, ou crié un soir : toutes ces manifestations, pareilles à des prières, à des danses rituelles autour d'un totem, visaient à éviter la catastrophe.

Telles étaient la musique et la magie des conversations à bord du bateau. Pendant ce temps-là, de l'autre côté du mur qu'il avait appris à appeler « cloison », la situation dans le vestiaire continuait à se détériorer. Au milieu de la semaine, il manquait quatre casques, ainsi que trois combinaisons de motoneige et de nombreux accessoires. Impossible, désormais, que plus des deux tiers du groupe soient dehors en même temps. Sortir équivalait à voler. L'état du vestiaire, cette entropie galopante, devint le sujet des annonces de Barry Pickett en fin de journée. Beard, oubliant son rôle essentiel, sa large contribution à la situation initiale, ne pouvait s'empêcher de méditer longuement sur cette déchéance. Quatre jours plus tôt, la pièce était en ordre, tout l'équipement suspendu aux crochets numérotés ou rangé dessous. Des ressources limitées, équitablement partagées dans un âge d'or pas si lointain. À présent tout était abîmé. Plus difficile encore de rétablir l'ordre, une fois le sol jonché de sacs à dos et de sacs plastique de supermarché à moitié remplis de gants de rechange, d'écharpes et de barres chocolatées. Personne ne s'était mal conduit, se disait-il, admirant sa propre générosité ; compte tenu des circonstances, et dans sa hâte à sortir sur la glace, chacun avait eu entièrement raison de « découvrir » sa cagoule ou son gant manquant dans un endroit inattendu. Il y avait de la perversion ou du cynisme à s'en réjouir, mais c'était plus fort que lui. En admettant qu'elle en ait besoin, ce dont il doutait, comment pourraient-ils sauver la planète, tellement plus grande que le vestiaire ?

Le dernier matin, ils prirent leur petit déjeuner dans le vacarme des motoneiges dont on faisait chauffer le moteur. Puis ils sortirent sur la glace, avec un équipement incomplet pour nombre d'entre eux. Beard n'avait pas de casque. En attendant le signal du départ, il réchauffa ses lunettes au-dessus du moteur et s'enroula une écharpe autour du crâne. Rien n'obscurcissait le soleil orangé au ras de l'horizon, le vent les pousserait, et le voyage de retour à Longyearbyen pouvait même se révéler agréable, du moins si l'on était suffisamment vêtu. Un cri retentit sur le pont. Barry Pickett et un membre de l'équipage descendaient le long de la passerelle un énorme sac en toile plastifiée, comme ceux dans lesquels les maçons stockent du sable. Objets trouvés. Tout le monde fit cercle autour de ce trésor et fourragea à l'intérieur. Beard trouva un casque qui lui allait et décréta que c'était le sien. Personne ne semblait avoir honte, ni être le moins du monde gêné. Leurs affaires réapparaissaient. Où étaient-elles passées durant tout ce temps ?

Ils prirent congé de l'équipage et retraver-
sèrent en une file bruyante et polluante le fjord
jusqu'à Longyearbyen, à une vitesse de vingt-cinq
kilomètres-heure maximum pour éviter la morsure
du vent. Penché sur sa machine dans l'espoir d'attirer vers son visage un peu de la chaleur du moteur,
Beard se sentit plein de componction — état
d'esprit inhabituel chez lui le matin. Il n'avait
même pas la gueule de bois. Sur les rives gelées
du fjord, ils roulèrent au pas pour négocier de
profondes tranchées et ornières. Il ne se rappelait
pas les avoir vues à l'aller. Bien sûr que non,
puisqu'il dormait, la tête contre le dos de Jan. Ils
retrouvèrent ensuite la longue piste enneigée,
dépassèrent une cabane où, selon leurs guides, un
vieil original avait autrefois vécu en solitaire.

Beard se dit que s'il voyageait un jour à bord
d'un vaisseau spatial vers une autre galaxie, ceux
qui étaient là devant lui, ses frères et ses sœurs, lui
manqueraient terriblement ; tout le monde lui
manquerait, ex-épouses comprises. Il avait la
douce illusion d'aimer ses semblables. Si pardon-
nables, tous autant qu'ils étaient. Mi-altruistes
mi-égoïstes, parfois cruels, drôles surtout. Les
motoneiges longeaient l'étroite vallée encaissée,
théâtre de son humiliation, épisode qu'il préférait
oublier. Mieux valait garder en mémoire le sang-
froid avec lequel il avait échappé à un ours san-
guinaire. Oui, l'humanité lui inspirait une
sympathie inhabituelle. Il pensait même pouvoir
trouver grâce aux yeux de celle-ci. Tout le monde,
chacun d'entre nous, sombrerait dans l'oubli tôt
ou tard, et personne ne s'en plaignait vraiment.
Notre espèce n'était pas la meilleure qu'on puisse

imaginer, mais sûrement la plus... intéressante de toutes. Que penser, alors, du spectacle honteux offert par le vestiaire ? À l'évidence une faiblesse de la nature humaine. Et comment y remédier ? Grâce à la science, évidemment, et à l'art aussi — qui sait ? — mais sans doute pas grâce à la connaissance de soi. Un vestiaire réclamait une organisation sans faille pour que des créatures imparfaites puissent l'utiliser correctement. Il ne fallait s'en remettre ni à la science, ni à l'art, ni à l'idéalisme, conclut Beard. Seules des règles adaptées sauveraient le vestiaire. Et des citoyens respectueux de la loi.

Ces réflexions aussi bienveillantes que complaisantes l'occupèrent jusqu'à ce qu'ils arrivent à l'hôtel pour déjeuner. Il semblait s'être écoulé une éternité depuis qu'ils l'avaient quitté. Ils rendirent leurs combinaisons et le reste de leur attirail, firent leurs adieux à Jan, et une heure plus tard ils reprenaient l'avion pour Trondheim. Beard devait rallier Oslo par un vol d'une autre compagnie. Ses compagnons attendraient quatre heures. Dans l'enceinte du petit aéroport, ils avaient visiblement du mal à se séparer. Ils envahirent le bar et, entre une bière et un hot dog, reprirent leurs instruments, leurs chants, leurs lamentations sur le désastre planétaire. C'est là que Beard alla leur dire au revoir. Il échangea pendant vingt minutes des adresses électroniques et des accolades. Stella Polkinghorne l'embrassa sur la bouche ; Jésus lui donna sa carte de visite. Il quitta le bar sous les acclamations. Au fond, en rendant service à peu de frais sur la glace et en feignant de s'intéresser aux éoliennes, il s'était contre toute attente rendu sympathique. Même le romancier dégingandé l'avait serré contre son torse malingre. Une demi-heure plus tard, Beard en avait encore le sourire dans le bimoteur qui rebondissait sur la piste gelée, avant de mettre le cap vers le sud pour le replonger dans le pétrin qu'il avait presque oublié.

*

Il passa la nuit à Oslo, modifia son billet pour prendre le vol de six heures du matin, arriva à Heathrow avec trois heures d'avance sur l'horaire prévu. Tandis que l'avion amorçait sa descente au-dessus du parc de Windsor sous une pluie battante et un ciel livide, toutes les voitures avaient leurs phares allumés sur les routes adjacentes. Devant le terminal, dans la file d'attente de la station de taxis, apprenant que l'autoroute M4 était bloquée par quinze kilomètres de bouchons, il retourna à l'intérieur, descendit au sous-sol, prit un train pour Paddington et, de là, un taxi. Quand il arriva chez lui, la pluie avait cessé et s'égouttait lourdement des branches noirâtres des sorbiers bordant le trottoir. Son taxi reparti, il resta avec son sac de voyage près de la grille et regarda autour de lui, s'émerveillant qu'à dix heures du matin, un jour de semaine, il n'y ait personne dans ce quartier densément construit, pas même le son d'une voix ou d'une radio. Belsize Park semblait aussi désert que l'Arctique. Là était sa demeure, sa boîte à malheur, sobre, victorienne, d'un gris londonien, avec ses fenêtres à meneaux au rez-de-chaussée, son jardin aux couleurs de l'hiver orné d'un bouleau solitaire

122

et, sur un côté, d'un vénérable pommier. À Londres, peu de maisons possédaient cent mètres carrés de pelouse en façade, une allée aux briques usées, disposées en chevrons, décrivant une longue courbe jusqu'à la porte d'entrée, et des murs d'enceinte moussus. Sur le plan architectural, elle surclassait toutes ses autres demeures conjugales, et il allait falloir la vendre, disperser son contenu ainsi que ses deux occupants, non pas à cause de leur détestation réciproque, encore que Patrice le haïssait peut-être à présent, mais parce qu'il avait eu onze liaisons en cinq ans, et elle une seule. Un score sans appel, et ils ne dérogeraient pas à cette règle tacite.

Lorsqu'il l'ouvrit, la grille laissa échapper son grincement habituel, sorte d'adieu nasillard. Il était triste, mais ne souffrait plus le martyre. Cette femme agréable rencontrée dans le train et dont il avait oublié le nom, la visite à Tarpin, son chaste intermède sur le 80e parallèle — il était presque totalement guéri —, l'avaient enveloppé de nouvelles épaisseurs protectrices. Même si la différence était infime, il ne se sentait plus le même homme. Le remords le rongeait, il aurait voulu savoir comment reconquérir l'amour de Patrice, mais s'était résigné. Il rentrait chez lui pour commencer à démanteler le décor de son cinquième mariage. Pendant ces longs après-midi sur le bateau pris par les glaces, il avait eu le temps de réfléchir, et ne comptait emporter que ses effets personnels. Elle pouvait garder le reste — les canapés, les tapis, les tableaux, l'argenterie et, si elle parvenait à convaincre son père, un banquier d'affaires, de racheter à Beard sa part de la maison, elle pourrait également garder cette dernière. Lui-même rendrait ce désengagement aussi rapide et indolore que possible. Il se moquait même que Tarpin vienne vivre avec elle. Il y avait largement la place sur la pelouse touffue pour mettre un bateau, un réverbère et une cabine téléphonique.

Les roulettes de son sac de voyage produisirent un cliquetis plaintif sur l'allée. Son dernier retour chez lui. Il était soulagé d'arriver plus tôt que prévu, de savoir que Patrice ne serait pas là pour oublier de le saluer, pour l'ignorer, car c'était ven-dredi, jour où elle enseignait toute la journée, accompagnant au piano, dans l'après-midi, le chœur dissonant d'une armée de gosses assis en tailleur. Bientôt il oublierait ces détails de son exis-tence, ou n'en serait plus informé.

Devant la porte d'entrée, se penchant pénible-ment à cause du bourrelet de graisse qui lui cerclait la taille pour chercher sa clé dans sa sacoche, il remarqua un changement. Le panier métallique de couleur crème destiné aux bouteilles de lait, avec son cadran dont la flèche rouge indique au laitier le nombre de bouteilles requises, n'était pas à sa place habituelle. On l'avait déplacé, ou poussé du pied, à une cinquantaine de centimètres vers la droite, et il restait un vague rectangle entouré de poussière sur le seuil en pierre. Le panier était désormais de travers, son cadran orienté vers le mur. Beard ne le remit pas à sa place. À quoi bon ? Il allait emménager ailleurs : il rêvait d'un petit appartement dépouillé, aux murs blancs, son Spitzberg domestique, dans lequel il se construirait un nouvel avenir, mincirait, retrouverait un corps

agile et une volonté de fer pour réaliser de nouveaux projets, d'une nature encore floue.

Il récupéra sa clé, ouvrit la porte et, tirant son
sac de voyage dans l'entrée, prit conscience d'un
autre changement, d'une légère modification de
l'air ambiant. Il était moite ou tiède, ou les deux,
et il y flottait un parfum inconnu. Plus visibles
étaient les taches d'eau sur le parquet, une incroyable série de traces de pas humides, voire de flaques
de la taille d'un pied, allant du bas de l'escalier au
salon. Quelqu'un — sûrement Tarpin, cet habitué
des salles de bains — était sorti de la douche sans
précaution et faisait comme chez lui.

Avec témérité, ne pensant qu'à jeter l'intrus
dehors, Beard suivit les traces humides et pénétra
dans le salon. Il n'y avait plus de doute possible,
car il était là, sur le canapé, les cheveux trempés,
en peignoir, celui de Beard, le noir à motif cachemire, cadeau de Saint-Valentin offert par Patrice,
et il venait de se redresser, stupéfait, le journal
déplié sur ses genoux. Mais ce n'était pas Tarpin,
d'où le choc, et Beard mit plusieurs secondes à
réaliser. L'homme sur le canapé n'était autre
qu'Aldous, Tom Aldous, le jeune docteur en physique, le barde de Swaffham, avec son catogan,
d'où tomba une gouttelette qui atterrit sur un coussin tandis que les deux hommes se dévisageaient
en silence.

Les efforts de Beard pour se ressaisir étaient
parasités par des questions et des réponses sans
intérêt. Pourrait-il encore porter ce peignoir ?
Sûrement pas. Combien de chances avait-il de voir
les deux amants de Patrice sortir de la douche ?
Pratiquement aucune. Le silence semblait naturel-

lement durer bien plus longtemps qu'en réalité, et fut enfin rompu par un petit rire d'Aldous, sorte de hennissement nerveux, qu'il tenta d'étouffer derrière sa main : ses pires craintes se réalisaient. Un bref instant, il avait cru que la silhouette de Beard dans l'embrasure de la porte n'était qu'une apparition, production paranoïde d'un esprit hyperactif. Il avait la preuve du contraire. Peut-être vit-il, durant ce bref intermède, avant que l'un d'eux ne prenne la parole, une autre apparition, plus vraisemblable : son avenir professionnel en lambeaux. La physique fondamentale ressemblait à un village sur la place duquel, près du puits, Beard exerçait encore une influence. Aldous, le petit génie du Centre, croyait-il pouvoir se sortir de ce guêpier par la magie du verbe ? La main qui avait étouffé son rire se tendit vers le plateau en verre de la table basse devant le canapé. Près d'une pile de magazines était posée une tasse de café — grande, en porcelaine blanche, une des six ache-tées par Patrice chez Henry Bendel à New York. Aldous la porta à ses lèvres. Si le but était de mon-trer qu'il avait la conscience tranquille, son geste fut interrompu par le journal qui glissa de ses genoux et se retrouva en vrac sur le sol. Sans quit-ter le maître de maison des yeux, il but avec inso-lence une gorgée. Beard approcha d'un pas.

« Posez cette tasse, mon vieux. Debout ! »

Heureusement qu'Aldous obéit, car Beard, avec sa quinzaine de centimètres en moins, ses trente ans de plus et ses bras flasques, n'avait aucun moyen de s'imposer par la force. Il n'était mû que par son bon droit, son indignation et le peu d'auto-rité dont un mari cocu pouvait se prévaloir. Les mains sur les hanches, se redressant de tout son mètre soixante-cinq, il regarda Aldous se lever avec effort et resserrer en vitesse la ceinture du peignoir sous lequel il était visiblement nu.

« Alors, monsieur Aldous.

— Écoutez, professeur Beard..., dit Aldous avec un geste d'apaisement, il faut qu'on parle. Je peux vous appeler Michael ?

— Non.

— Voyez-vous, on ne devrait pas se laisser enfermer dans des rôles qui nous sont imposés par d'autres, alors que... »

Nouveau pas en avant de Beard. Il ne croyait pas une seconde qu'ils allaient se battre, mais ne voyait aucun inconvénient à donner l'impression contraire. « Que faites-vous chez moi ? »

L'accent paysan du Norfolk semblait fait pour un certain type de supplique. Sans doute les manants imploraient-ils jadis avec ces mêmes intonations leur seigneur et maître de baisser les loyers en période de disette. « Je comptais finir cette tasse de café, voyez-vous, m'habiller, ranger et partir. J'aurais fermé la porte à double tour derrière moi comme on me l'a demandé, mis la clé dans la boîte aux lettres. Si vous n'étiez pas revenu plus tôt que prévu, il n'y aurait pas eu...

— Je vous ai posé une question : que faites-vous chez moi ? »

Aldous eut cette fois un geste d'impuissance. « J'ai dîné avec Patrice et j'ai passé la nuit ici. Écoutez, professeur Beard, je peux être franc ? »

Il s'interrompit comme s'il attendait vraiment une réponse. Lorsqu'elle ne vint pas, il reprit : « On est tous deux attachés à la raison. On en a

127

fait notre métier. Ne cédons pas à des réactions déplacées. On sait tous les deux que votre couple a vécu. Sur le papier, Patrice et vous êtes mariés, mais vous ne vous adressez même plus la parole, et vous voilà prêt à jouer les victimes, le mari furieux d'avoir pris l'amant de sa femme la main dans le sac, alors qu'en fait vous allez sûrement déménager. Patrice a cette impression, et c'est en tout cas ce qu'elle souhaite. »

Beard attendit la suite.

« Ce que je veux dire, professeur Beard — j'aimerais mieux que vous me laissiez vous appeler Michael —, c'est qu'on pourrait s'épargner toute cette colère, toute cette souffrance ; on pourrait être pragmatiques, et même devenir amis.

— Je vois. » La question que Beard posa ensuite jaillit spontanément, mais il se dit qu'elle pourrait utilement semer la zizanie, ou du moins lui donner le temps de réfléchir. « Et Rodney Tarpin ? Il devient quoi ? »

Aldous fut parfait dans le rôle de celui qui ne se laisse pas démonter. Lentement, il resserra une nouvelle fois la ceinture du peignoir de Beard. « Tarpin ne me fait pas peur. J'ai enregistré deux de ses appels téléphoniques, et une carte postale envoyée par lui est entre les mains de la police. Ce type est un malade, mais au moins il ne s'en cache pas.

— Il a frappé Patrice, dit Beard.

— C'était grotesque, s'écria le jeune homme, voyant là une cause pouvant le rapprocher de Beard. Comment cet individu a-t-il pu faire une chose pareille à une femme si belle ?

— Et il m'a agressé. Il m'a cassé la figure.

— Il devrait être en prison.

— Au moins ce n'est plus à moi qu'il s'en prendra, mais à vous. La police vous a offert sa protection ?

— En fait, ils ont dit qu'ils étaient débordés en ce moment. »

Le désir de vengeance qui irradiait Beard n'était pas sans rappeler l'amour. « Il veut sûrement vous tuer. À votre place, j'aurais toujours un couteau sur moi, même si je me moque de ce qui peut vous arriver. »

Malgré les efforts de Beard, Aldous ne semblait pas impressionné par Tarpin. « Il ne me fait pas peur, professeur Beard, se borna-t-il à répéter.

— J'imagine que Patrice lui aura dit où vous travaillez — enfin, jusqu'à aujourd'hui. »

Aussitôt le jeune homme perdit sa belle assurance. Il redevint celui qui suppliait, prêt à tout pour garder son emploi.

« Voyons, professeur Beard. Vous allez trop loin. Revenons à l'essentiel. La raison...

— Rien de plus déraisonnable que de coucher avec la femme de son patron.

— Honnêtement, c'est plus profond que ça. Je me suis conduit comme un idiot, je sais que j'ai beaucoup à apprendre. Mais ce dont je veux parler, c'est d'un substrat de logique imparable... »

Beard éclata de rire. Substrat ! Il avait l'impression de voir un joueur d'échecs avancer le pion de la dernière chance. Aucune circonstance particulière ne lui revenait en mémoire, mais lui-même s'était déjà trouvé dans ce genre de situation, peut-être face à une épouse indignée qui venait de le confondre, et là, par un coup de génie, il avait réussi un tour de passe-passe, un déplacement du cavalier dans la onzième dimension, une éblouissante envolée au-dessus du monde unidimensionnel du jeu conventionnel. Oui, ce substrat de logique imparable lui plaisait. Il écouta.

Aldous parla sans reprendre son souffle. « Il y a trois semaines, je vous ai entendu dire à quelqu'un du groupe que pour vous, la relativité générale mise à part, l'équation de Dirac était la plus belle production de notre civilisation. Je ne suis pas d'accord. Vous ne vous rendez pas justice. Il n'y a pas mieux que la colligation, que cette élaboration du photovoltaïque — rien de plus élégant ni de plus vrai, professeur Beard. Partout on la vénère. Mais personne ne l'a étudiée sous l'angle de la recherche appliquée, et de la crise liée au changement climatique. Moi je l'ai fait, et j'ai vu le potentiel de vos travaux sur la photosynthèse. Contrairement à ce que prétendent certains, personne ne comprend au juste comment les plantes fonctionnent. Ni comment les photons sont si efficacement convertis en énergie chimique. La physique classique n'a pas d'explication. Toutes ces histoires de transfert d'électrons sont absurdes, ça ne tient pas debout. La capacité de n'importe quelle feuille à transférer de l'énergie d'un système moléculaire à un autre relève du miracle. Mais justement, la colligation ouvre des pistes. La cohérence quantique est la clé de l'efficacité, voyez-vous, avec un système répertoriant tous les transferts d'énergie. Au train où vont les nanotechnologies, on pourrait les reproduire avec les matériaux adaptés, puis isoler à moindres frais les composants de l'eau, et stocker l'hydrogène à l'échelle soit des ménages soit des industriels. Magnifique ! Mais je ne suis rien, personne ne me connaît. Je voudrais vous exposer mes idées, et dès que vous y aurez jeté un coup d'œil, vous serez sûrement partant. On vous écoutera. La cohérence quantique appliquée à la photosynthèse n'est pas un scoop, mais maintenant on sait où chercher et sur quoi se pencher. Vous pourriez diriger ces travaux, décrocher des subventions pour construire un prototype. C'est trop important pour qu'on s'en désintéresse : notre avenir et celui de la planète sont en jeu, voilà pourquoi on ne peut pas se permettre d'être ennemis. »

Ces derniers temps, Beard entendait un peu trop parler de l'avenir de la planète. Il avait toujours vu d'un mauvais œil la biologie enrôler la mécanique quantique au service de sa propre cause. Et il se méfiait a priori des physiciens ralliés à la biologie comme Schrödinger, Crick et consorts, convaincus que leur réductionnisme génial résoudrait tous les problèmes. D'ailleurs, tout ce qui était vert (le jardinage, les promenades à la campagne, les mouvements protestataires, la photosynthèse, les salades) lui déplaisait.

« Vous couchez avec ma femme depuis quand ? »

Aldous soupira, et sembla vouloir protester. Puis il se tassa sur lui-même, l'air résigné. « Environ un mois après notre première rencontre.

— Après que je vous ai présentés.

— Justement, professeur. Vous étiez en déplacement jusqu'au lendemain, à Birmingham ou à Manchester. En rentrant chez moi, je suis passé voir si Patrice n'avait besoin de rien...

— Apparemment si. »

À nouveau, la supplique du manant du Norfolk. « Honnêtement, professeur Beard. Je n'avais aucune intention de séduire votre femme. Elle est beaucoup trop bien pour moi. On n'est pas du même monde. Elle m'a fait entrer, m'a invité à dîner : voilà comment ça a commencé. Plus tard, elle m'a expliqué que tout était fini entre vous, et je me suis plus ou moins convaincu que vous...

— Que je ne vous en voudrais pas ? »

Beard le savait déjà, mais ça l'énervait, pis, ça le peinait d'entendre pour la seconde fois dans la bouche d'Aldous que pour Patrice tout était fini. Depuis la fin de l'été précédent, c'était donc Aldous qu'elle voyait, et non Tarpin. Ou peut-être les deux. Ce grand dadais d'Aldous avait sonné chez elle un soir d'août, et elle avait sauté sur cette nouvelle occasion de punir son mari.

« On ne vous a jamais dit que vous étiez naïf, Aldous ? »

Le jeune homme se saisit du mot avec joie. « Mais je suis naïf, professeur Beard ! Je ne vis que pour la science. Je suis naïf parce que je ne vois personne, je ne sors jamais. Je rentre dans mon studio au fond du jardin de mon oncle et je bosse, souvent jusqu'à l'aube. J'ai toujours été comme ça. Mais mon travail est à votre disposition. Je vous ai préparé un dossier. Pour vous et pour personne d'autre. S'il vous plaît, promettez-moi de le lire. C'est tellement important. »

Jusque-là, les deux hommes se faisaient face à un ou deux mètres de distance, Aldous debout près du canapé, les bras croisés comme pour se protéger du mauvais sort, ou pour empêcher son peignoir d'emprunt de s'ouvrir. Beard recula de quelques pas. Las d'écouter Aldous, il avait envie d'être seul.

« Maintenant vous pouvez partir, dit-il. Demain je serai au Centre ; nous nous verrons dans le bureau de Jock Braby à onze heures. »

Il traversa la pièce, tandis qu'Aldous le suppliait, criant presque : « Personne d'autre ne m'engagera. Vous le savez, non ? L'enjeu est trop important pour que ce soit l'occasion de régler des comptes. »

À la porte du salon, Beard se retourna : « Avant de partir, nettoyez ces traces de pas dans l'entrée.

— Professeur Beard ! »

Aldous s'élança vers lui les bras en croix, secouant la tête en signe de dénégation et découvrant ses grandes dents, sans doute avec l'intention de se jeter à ses pieds pour implorer sa pitié. Il aurait sûrement obtenu gain de cause, Beard ne souhaitant pas informer Braby, et donc le Centre tout entier, de ses revers conjugaux. Le Chef cocufié, ridiculisé par un des catogans. Mais Aldous n'atteignit jamais Beard ; il parcourut à peine deux mètres. La peau d'ours blanc était en embuscade sur le parquet ciré. Elle reprit vie. Au moment où le pied d'Aldous se posait sur le dos de la bête, elle glissa brusquement, redressant sa gueule béante aux crocs jaunâtres. Aldous perdit l'équilibre, son long corps se retrouva parallèle au sol, puis ses jambes s'élevèrent devant lui, et il eut beau baisser les bras pour amortir sa chute, l'arrière de son crâne heurta non pas le sol ou le rebord de la table basse, mais l'angle arrondi du plateau en verre, qui lui rentra dans la nuque.

Un silence pesant, oppressant, s'installa, et plusieurs secondes s'écoulèrent.

« Non, non, par pitié », marmonna Beard en retraversant la pièce.

Aldous reposait de tout son long sur le parquet, comme après le passage d'un entrepreneur de pompes funèbres, les bras contre le torse, le regard fixe, la bouche entrouverte, le peignoir recouvrant sa nudité. Beard s'agenouilla près de son épaule. Pas de souffle de vie, pas de pouls. Une flaque de sang d'une vingtaine de centimètres de diamètre lui auréolait la tête, mais curieusement elle ne s'élargissait pas. Beard vit alors le sang s'infiltrer, non, ruisseler entre les lames du parquet. À elle seule, l'hémorragie aurait eu raison d'Aldous.

« Oh putain... » répétait Beard entre ses dents. L'impossible s'était produit, et il aurait voulu l'effacer, l'annuler, revenir en arrière, tout simplement parce qu'il ne pouvait en être ainsi. Trop improbable. À chaque seconde qui passait, pourtant, cette nouvelle réalité gagnait du terrain, s'imposait à lui malgré ses efforts. C'était vrai. Il pensait à tout ce qu'il aurait dû faire : massage cardiaque, bouche-à-bouche. En tant que chercheur en laboratoire, il était censé connaître ces techniques. Mais quelque chose d'immobile, ayant de l'autorité, moins une voix qu'une présence sur laquelle son désarroi n'avait pas prise, lui disait de ne pas toucher au cadavre.

Il se leva, alla vers le téléphone. Il tremblait. Le silence de Belsize Park s'intensifia tandis que sa main hésitait à décrocher. La même présence raisonnable lui suggérait de bien réfléchir avant d'appeler. Il n'était pas d'un naturel hésitant. Que lui arrivait-il ? Sa main ne lui obéissait plus. Il lui fallut quelques minutes pour reprendre ses esprits et analyser la situation de l'extérieur. Voici comment les choses se présentaient : un homme rentre de l'étranger et trouve l'amant de sa femme chez lui. S'ensuit une confrontation. Vingt minutes plus tard, l'amant meurt d'un coup à la nuque. Il a glissé, je vous dis, il a glissé sur le tapis en me poursuivant à travers la pièce. « Ah bon ? Et pourquoi vous poursuivait-il, monsieur Beard ? » Pour se jeter à mes pieds et me supplier de ne pas le virer, d'unir mes efforts aux siens afin de sauver la planète du réchauffement climatique. Il y aurait des sceptiques. « Pour la dernière fois, monsieur Beard, n'est-ce pas vous qui avez enduit de sang le coin de cette table ? Et qu'avez-vous fait de l'arme du crime, monsieur Beard ? » L'innocence aurait un prix. Il faudrait la conquérir de haute lutte. Il serait jeté en pâture aux médias. Du sexe, des amours adultères, de la violence, une femme séduisante, un chercheur éminent, un amant mort : parfait. Patrice, par conviction ou pour lui nuire, serait la première à l'accuser. Deux années où il ne pourrait penser à rien d'autre. Le lauréat du Nobel, le scientifique au crâne dégarni, le chargé de mission se retrouverait sur le banc des accusés, obligé de se battre pour échapper à la prison.

À cette perspective, il se sentit les jambes en coton, mais ne s'assit pas. Les choses étaient claires. Seuls ceux qui l'aimaient croiraient à son innocence. Or personne ne l'aimait. Il lui aurait fallu des enfants, des filles adultes pour s'indigner des accusations contre lui, le défendre avec véhémence. Il traversa la pièce, se dirigea vers l'entrée, revint sur ses pas. Il ne savait que faire. Et puis si, finalement. Il sortit dans l'entrée, enjamba soigneusement les traces de pas, entra dans la cuisine, ouvrit le tiroir où étaient rangés les rouleaux d'alu, de film étirable, d'essuie-tout.

Le tiroir contenait également une boîte de gants jetables. Il en enfila une paire. Rien de criminel, et pourtant, une fois les mains gainées de plastique, il se sentit totalement invisible, invincible. Un effet de son imagination, certes, mais de quelles autres armes disposait-il ? Il n'avait aucun plan, se contenta de suivre celui que lui dictait son corps. Et il alla jusqu'au bout, comme s'il réalisait une expérience, croyant à chaque étape pouvoir revenir en arrière, sans que rien ne soit perdu ni compromis. Chacun de ses gestes n'était désormais qu'une mesure de précaution. Peut-être retournerait-il vers le téléphone, appellerait-il les urgences. Mais dans le cas contraire, mieux valait ne rien laisser au hasard. Même étourdi comme il l'était, il raisonnait clairement. Il traversa la cuisine, ouvrit la porte du fond pour se rendre dans le cellier aux murs aveugles, où se trouvaient les ampoules et divers appareils. Et le sac de toile crasseux, toujours à la même place. Beard fouilla dedans, sortit un marteau parmi d'autres, avec une tête étroite qui lui sembla convenir. D'autres choses pourraient également se révéler utiles. Le peigne, le kleenex sale, le trognon de pomme ratatiné. Beard replaça le sac comme s'il n'avait pas bougé, emporta son butin à la cuisine, le fourra dans un sac plastique. Il prit le rouleau d'essuie-tout, en humecta quelques feuilles, mais, alors qu'il s'apprêtait à rejoindre le salon, il se ravisa. Il retourna au cellier et revint dans l'entrée avec le sac à outils, qu'il déposa près de la porte.

Tom Aldous présentait toujours la même apparence, mais, en s'agenouillant près du cadavre, Beard trouva sinistre le rire figé de l'ours polaire. Ses yeux vitreux, où se reflétait le parallélogramme approximatif des fenêtres du salon, avaient un regard assassin. C'était des ours blancs morts qu'il fallait se méfier. Il aligna avec soin le contenu du sac plastique, contempla le trognon de pomme desséché en se demandant à quoi il pourrait lui servir. Il finit par le remettre dans le sac. Le marteau à la main, il comprit qu'il se trompait en croyant n'agir que par précaution, pouvoir revenir en arrière et décrocher le téléphone. Ce qu'il allait faire serait irréversible. Il laisserait son innocence derrière lui. Il trempa la tête du marteau dans la flaque de sang, macula le manche, laissa sécher le tout. Puis il prit le kleenex sale, le tacha de sang lui aussi et le poussa sous le canapé jusqu'à ce qu'il soit invisible. Comme prévu, l'opération fut plus délicate avec le peigne. Il en retira quelques cheveux qu'il réussit à glisser entre les doigts d'Aldous. D'autres se fixèrent à ses gants, mais ça ne l'inquiéta pas. La tête du marteau était presque sèche et il fut facile d'y coller un cheveu, ainsi que sur le manche. Il en posa un autre sur le bras d'un fauteuil. Avec l'essuie-tout, il nettoya et sécha méthodiquement l'angle de la table basse, même s'il n'y avait pas de sang visible à l'œil nu.

Enfin il se releva et fit une pause, le temps de se demander s'il n'aurait pas commis d'erreur. Pas jusqu'à présent. Après avoir remis le marteau, le peigne et l'essuie-tout dans le sac à outils, il alla jusqu'à la porte d'entrée. Toujours avec ses gants, il descendit sans se presser l'allée du jardin, s'arrêta devant la grille pour regarder autour de lui. Personne. Il ressortit le marteau, le jeta dans les lauriers au pied du mur d'enceinte, retourna à l'intérieur, enleva les gants, qu'il rangea avec le trognon de pomme, le peigne et le rouleau d'essuie-tout, plia le sac à outils afin que les poignées tachées de sang ne soient pas visibles, le fourra dans son propre sac de voyage.

Apparemment, il n'avait pas de sang sur lui, ni sur ses vêtements ni sur ses chaussures. Il empoigna son bagage contenant le sac à outils, quitta la maison, referma la porte du pied. Belsize Park étant sans cesse en rénovation, trois ou quatre cents mètres plus loin il trouva une benne de chantier. Il y abandonna le sac à outils. Quelques minutes plus tard, il était à Haverstock Hill, d'où il prit un taxi pour Portland Place.

Il devait sans doute ce calme imperturbable à son état de choc, lequel ne tarderait pas à se dissiper. D'ici là, il espérait croiser quelqu'un qui le reconnaîtrait. Le taxi le déposa devant l'Institut de physique — il en avait autrefois été le vice-président — et avant d'entrer il se débarrassa du sac plastique dans une poubelle. À l'Institut, tout se déroula plus ou moins comme il le souhaitait. Il avait une formalité à régler et bavarda avec un administrateur qui le connaissait. Il mentionna son expédition au Spitzberg, puis, l'air de rien, le fait qu'il était venu directement d'Heathrow en taxi et avait été retardé par un embouteillage. L'administrateur compatit. Il accepta de surveiller le sac de voyage de Beard pendant que celui-ci allait à la British Library.

Dans le taxi le conduisant à Euston Road, les

jambes de Beard se mirent à trembler, indépendamment du reste de son corps. Il traversa néanmoins la cour de la bibliothèque comme n'importe
quel universitaire, pénétra dans le bâtiment,
trouva une place. Il se fit apporter plusieurs documents historiques en vue d'une conférence qu'il
devait donner, et s'y plongea durant plusieurs heures, attendant le moment, vers seize heures quinze,
où son téléphone vibrerait dans sa poche.

Penché sur ses documents, il n'arrivait pas à lire,
mais se força à prendre quelques notes. Il n'en
revenait pas de ce qui s'était passé. Dès qu'il y
pensait, il avait l'impression que c'était la première
fois. Il se félicitait de ses initiatives, du calme instinctif avec lequel il avait agi, effaçant ses traces
comme un professionnel du crime, mais aussi la
vérité qui aurait pu le sauver. Il était impliqué
jusqu'au cou, seul témoin de sa propre innocence.
En fait, il avait paniqué, alors même qu'il croyait
raisonner clairement. Que savait-il de la médecine
légale ? Ses empreintes digitales du jour pouvaient
très bien être différentes de celles qu'il avait laissées dans la maison au cours des semaines et des
mois précédents. Auquel cas on pourrait prouver
qu'il était passé chez lui ce matin-là, et il deviendrait suspect.

Quelles autres erreurs avait-il commises ? Quels
voisins avaient observé, invisibles, son arrivée ou
son départ ? L'avaient-ils vu jeter quelque chose
dans la benne ? Avait-il eu raison d'emporter ce
sac à outils ? Quand il s'était agenouillé près
d'Aldous, il avait pu laisser tomber sur le corps ou
sur le peignoir un torrent de squames, de cheveux
et autres substances microscopiques. Mais c'était

son propre peignoir, déjà plein de traces biologiques de son existence. Pas de quoi s'affoler, donc. Si la maison était recouverte de ses empreintes, celles-ci joueraient en sa faveur. À condition qu'on ne puisse pas les dater. Quelque part dans ce bâtiment, sur les rayonnages, se trouvaient un millier de livres détenant la réponse, mais il n'osait pas en demander un seul. De toute façon ça ne changerait rien.

À quinze heures cinquante, il quitta sa place les genoux raides, et alla attendre son fameux appel à la cafétéria de la bibliothèque. Il s'y prépara en se remémorant ce qu'il n'était pas censé savoir : qu'Aldous se trouvait chez lui, que c'était l'amant de Patrice, qu'il était mort. Sans doute y avait-il un quatrième détail qu'il devait feindre d'ignorer, mais il était trop angoissé pour s'en souvenir. Peut-être même y en avait-il un cinquième. Difficile de se concentrer, car il ne régnait plus dans la vénérable bibliothèque le même silence studieux que naguère. La cafétéria était envahie par de jeunes étudiants. Leurs parkas et leurs sacs à dos s'empilaient entre les tables, et ils parcouraient les couloirs, les immenses escaliers en riant et en parlant comme dans un hall de gare. Sans doute s'agissait-il d'une sorte de journée portes ouvertes. L'atmosphère rappelait celle d'un foyer d'université moderne : un bar, un flipper et un baby-foot n'auraient pas déparé. Beard appréciait de se sentir perdu dans cette foule, mais il faillit rater l'appel, qui arriva une heure plus tard que prévu, et ne retrouvait toujours pas le quatrième et le cinquième détail qu'il devait feindre d'ignorer. Il fallait espérer qu'ils n'existaient pas.

« Où es-tu ? » lui demanda Patrice d'un ton neutre. Envers et contre tout, un fol espoir assaillit Beard : enfin elle s'inquiétait de son sort.

« Quoi de neuf ? dit-il après avoir répondu.

— La police est là. Il faut que tu rentres.

— Qu'y a-t-il, Patrice ? »

Elle avait posé la main sur le combiné. Une voix d'homme chuchota quelque chose. « Rentre au plus vite, c'est tout.

— On a été cambriolés ? »

D'autres voix retentirent autour d'elle. Il y avait des dizaines de personnes dans la maison. Alors qu'elle s'apprêtait à répéter son injonction du même ton neutre, elle laissa échapper un cri comme si on lui avait planté un couteau dans le bras. « C'est Rodney, il a tué quelqu'un... », gémit-elle, interrompue par une voix d'homme, « Madame Beard... », sur ce, la communication fut coupée.

Beard retourna à sa place récupérer les notes qu'il s'était astreint à prendre, puis retraversa la cour de la bibliothèque, frôlant le *Newton* en bronze de Paolozzi, et ce fut seulement dans la rue, tandis qu'il hélait un taxi, qu'il se rappela ce qu'il avait décidé plusieurs heures auparavant : mieux valait qu'il arrive chez lui avec son sac de voyage. Il fit attendre le taxi à Portland Place pendant qu'il allait remercier l'administrateur. Durant le trajet vers Belsize Park, il se demanda si le fait de ne pas se précipiter chez lui, de faire un détour pour récupérer son sac, n'était pas justement l'un des deux détails dont il n'arrivait pas à se souvenir. Il n'eut pas le temps d'y réfléchir.

Il subit quatre interrogatoires prolongés, et sa dernière version ne différait en rien de la première. Face à la pression sans relâche de la police, l'honnêteté représente une forteresse imprenable et, en tant que scientifique, Beard avait automatiquement le souci de la cohérence. La vérité était inattaquable. Du coup, il n'avait pas besoin de se rappeler l'étape précédente, où il pouvait encore revenir en arrière. Alors oui, il était arrivé à Heathrow à huit heures du matin par le premier vol en provenance d'Oslo. Il s'était rendu directement à la station de taxis, et ensuite — seul détail fictif, le reste n'était que mensonge par omission — il avait été bloqué dans un embouteillage monstre sur la M4 et n'avait rejoint Portland Place qu'au milieu de la matinée. Mais il avait souvent quitté Heathrow en taxi, connu beaucoup de bouchons, et, la mémoire étant aussi malléable que la cire, cette construction prit bientôt dans son esprit la forme d'un authentique souvenir, à la fois vague et irréfutable. Il avait réellement le sentiment d'avoir perdu une heure dans les embouteillages. Ce qu'il avait fait pendant cette interminable course en taxi ? Il avait lu la communication d'un collègue dont il devait rédiger la critique. Concentration totale. Il n'avait même pas levé les yeux pour surveiller le ralentissement. Le reste était la vérité pure et simple : ses formalités à l'Institut, sa journée de travail à la bibliothèque, finalement interrompue par l'appel de Patrice alors qu'il faisait une pause. L'air peiné, il avoua être au courant de la liaison de son épouse avec M. Tarpin, ce qui le contrariait beaucoup. Mais lui-même avait eu plusieurs aventures, et telle était hélas la réalité de leur vie conjugale, qui touchait sans doute à sa fin. Sans dévier de la vérité, il décrivit l'œil au beurre noir de Patrice, sa propre visite à Cricklewood un dimanche matin, la confrontation avec Tarpin, la gifle en plein visage, et enfin la vitesse à laquelle, peu habitué aux bagarres, il avait battu en retraite par prudence. Malgré sa gêne, il raconta par le menu à l'inspecteur l'après-midi où il avait présenté Tom Aldous à son épouse ; non, il n'avait remarqué aucune complicité particulière entre eux, et non, jamais il n'aurait soupçonné que pendant son voyage dans l'Arctique, peut-être même depuis des mois, sait-on jamais,

Patrice couchait avec Aldous. Bien sûr qu'il connaissait ce garçon, un jeune et brillant chercheur qui venait souvent le chercher à la gare de Reading. Non, pas franchement sympathique. Trop égocentrique, trop étroit d'esprit, trop asocial. Mais dans son domaine il y avait beaucoup de gens comme lui.

Même si Beard ne disait que la vérité, les interrogatoires furent éprouvants, et le tout premier le terrifia, car comment être sûr que personne ne l'avait vu arriver chez lui à dix heures et repartir trois quarts d'heure plus tard ? Cette terreur pouvait toutefois passer pour de l'émotivité due à un stress compréhensible. Les choses s'améliorèrent au cours des trois séances suivantes, toutes postérieures à l'arrestation de Tarpin, mais qui réclamèrent un gros effort de concentration. Une semaine après le début de l'affaire, Beard lut dans le journal — bien entendu la tempête médiatique faisait rage, des photographes montaient la garde devant la grille du jardin toute la journée et une bonne partie de la nuit — que personne n'avait vu Tarpin le matin du décès d'Aldous. Une pluie battante avait contraint le maçon à rester chez lui, ce qui le privait du témoignage de ses collègues et d'un alibi. Voilà au moins une information réconfortante. Tout comme les fuites dans la presse sur l'existence d'une carte postale menaçante envoyée par Tarpin à Aldous, et des deux appels téléphoniques que le jeune homme avait eu la sagesse d'enregistrer. Les deux derniers interrogatoires furent de simples formalités destinées à vérifier que tout concordait, assura-t-on à Beard avec le sourire. Selon toute vraisemblance, la police tenait le coupable. Beard parapha sa déposition d'un geste ample.

Au Centre, en revanche, Jock Braby se réjouissait moins. Beard alla le voir le huitième jour, aussitôt après son troisième interrogatoire. Il prit sa voiture, préférant ne pas être poursuivi jusque dans le train de Reading par les journalistes. Il suscitait l'intérêt des médias, qui le présentaient comme le dindon de la farce, un doux rêveur affligé d'une épouse trop volage. Une meute de photographes et de reporters l'attendaient devant les grilles du Centre, et sur son passage les vigiles en uniforme, impressionnés et compatissants, se mirent au garde-à-vous pour le saluer.

Les deux hommes prirent le thé dans le bureau de Braby, à qui Beard raconta toute l'histoire dans ses moindres détails, comme il l'avait fait devant les policiers.

Les sourcils de Braby se froncèrent de plus en plus, et il gesticula vers le mur, dans la direction approximative des grilles. « Tout ça n'est pas bon », répéta-t-il plus d'une fois, avant de se lancer dans un long discours opaque, entrecoupé d'hésitations, de répétitions, d'allusions aux « subventions », à la « réputation », à la nécessité de « se mettre en retrait » et de « savoir se sacrifier », jusqu'à ce qu'au bout de dix minutes il devienne évident, ou moins opaque, qu'il souhaitait la démission de Beard, et il fallut à ce dernier deux évocations du « front conjugal » pour comprendre qu'il s'agissait de Mme Braby, que l'anoblissement et la paix du ménage étaient en jeu. Alors que cet homme était en théorie son subordonné, il lui demandait de démissionner ! Était-ce sa faute, si l'un des amants de sa femme avait tué l'autre ? Mais il garda son indignation pour lui et feignit d'avoir mal compris.

« Jock, quels que soient les bruits qui courent au ministère, vous seriez ridicule de démissionner. Je dirai un mot en votre faveur. Faites profil bas pendant un mois ou deux et tout se tassera, vous verrez. »

Dans ces conditions, Braby ne pouvait que changer de sujet. Ils parlèrent d'Aldous et se retrouvèrent unis dans l'antipathie qu'il leur inspirait, tout en reconnaissant la perte que son décès représentait pour le Centre. La police avait fouillé son bureau, sans trouver d'éléments en rapport avec l'affaire. Quelques effets personnels avaient déjà été envoyés dans le Norfolk, à son père éploré.

« Michael, il y avait un dossier qui vous était spécifiquement destiné. Je l'ai regardé de près.

Beaucoup de chimie minérale et de calculs, des extrapolations personnelles, à mon avis, et sans doute faites sur le temps de travail. » Braby tendait une lourde pochette. Beard s'en saisit, puis se leva pour indiquer que la conversation était terminée. Il était encore le Chef, après tout.

Braby fit quelques pas avec lui dans le couloir. « On peut sans doute lui rendre hommage en réalisant sa fameuse microéolienne. On est tous très impliqués.

— Ah oui, ça... Bien sûr. Ce sera un monument à sa mémoire. »

Ils se séparèrent après avoir échangé une poignée de main.

Et qu'advint-il du mariage de Beard ? Une fois le cadavre enlevé, les médecins légistes partis, la maison débarrassée de son périmètre de sécurité, les journalistes éloignés de la grille, du moins jusqu'au procès de Tarpin, et une fois passés avec leur ponceuse et leur cireuse les ouvriers engagés pour effacer toute trace de la tache sombre sur le parquet du salon, Michael et Patrice revinrent de leurs logements respectifs vider la demeure conjugale de leurs affaires, la mettre en vente et poursuivre séparément leur chemin. C'était un mois de mars aux journées ensoleillées, mais aux vents si violents que l'herbe de la pelouse à l'abandon était couchée, face argentée sur le dessus, et que les feuilles mortes de l'année précédente s'amassaient contre le mur d'enceinte moussu. Un temps vivifiant, purifiant, pour Beard tout au moins.

Fidèle à son plan, et à la grande satisfaction de Patrice, il ne réclama rien du contenu de la maison — la liste était d'une longueur oppressante — et ne prit que ses livres, ses vêtements, quelques effets personnels. Non seulement il allait perdre des kilos, retrouver forme physique et minceur, mais il comptait mener une existence dépouillée du superflu dans l'appartement tout simple qu'il n'avait pas encore trouvé. Bien sûr, la fin de son amour — ou de son désir obsessionnel — pour sa femme lui facilitait la tâche. Au cours d'un de leurs rares échanges, il lui dit que sa vie amoureuse n'avait été source que de destruction, de chagrin pour un père invalide à Swaffham, et qu'elle privait le pays d'un chercheur parmi les plus prometteurs. Il n'en revenait pas d'être à son tour si convaincu par ce récit auquel tout le monde croyait, ni de sa facilité à convoquer les émotions et les souvenirs adéquats. N'était-il pas vrai que si Patrice n'avait pas eu de liaison avec Tom Aldous, celui-ci serait encore de ce monde ? Et n'était-il pas moins vrai que Tarpin souhaitait sans doute la mort d'Aldous ? Beard ne jouait pas la comédie : le geste de Tarpin le peinait réellement et il avait le droit de tenir Patrice pour responsable. Elle devait des excuses à son mari.

Bien entendu, elle-même ne voyait pas les choses ainsi. Elle était la première à pleurer l'homme qu'elle considérait désormais comme l'amour de sa vie. Elle ne devait d'excuses qu'à celui qui ne pouvait plus les entendre. À l'idée d'avoir introduit Tarpin dans la vie d'Aldous, de n'avoir pas mieux protégé le jeune homme ni pris les menaces au sérieux, elle était pétrie de remords. De plus, elle se retrouvait seule à régler les problèmes de cartons et de garde-meuble, puisqu'elle avait réclamé le contenu de la maison qui se trouvait comprendre la peau d'ours et la table basse, tous deux coupables de la mort de son amant. Murée dans un chagrin muet, elle allait de pièce en pièce, épluchant mécaniquement ses listes. Son mari n'était pour elle qu'une présence inutile, même s'il la soupçonnait de le haïr pour des raisons indéfinissables, voire sans raison aucune. Au fond, il préférait son mutisme à la redoutable bonne humeur avec laquelle elle tentait de l'annihiler, du temps de Tarpin.

Il n'avait nulle envie de l'aider à trier des biens qui étaient désormais à elle, mais se rendit utile autrement. En l'absence de contentieux juridique entre eux, il suggéra qu'ils partagent le même avocat. Il en connaissait un bon. Tout comme il connaissait le meilleur agent immobilier pour vendre leur maison. Il était déjà passé par là. Il déménagea le premier, pour s'installer au nord de Marylebone Road, dans un meublé de Dorset Square en sous-sol, et c'est là que trois mois plus tard, affalé sur un canapé à fleurs malodorant et couvert de taches, il entreprit de lire le dossier portant la mention « Strictement destiné au professeur Beard ». Une somme indigeste, à base de chimie organique et minérale entremêlée de concepts quantiques et d'obscures sous-sections de la colligation. Tous ces éléments tendaient vers une description théorique des échanges énergétiques dans la photosynthèse. L'idée était visiblement de prouver qu'on pouvait reproduire et adapter le processus, mais Beard s'en désintéressa assez vite, d'abord parce qu'il trouvait le document difficile d'accès, ensuite parce qu'il avait un appartement à acheter, et puis, cinq mois jour pour jour après la mort de Tom Aldous, le procès de Rodney Tarpin commença.

Ce dernier n'avait aucune chance et semblait en être conscient. Presque à regret, l'accusation énuméra les faits : le mobile évident du maçon, les menaces écrites et téléphoniques, les violences avérées, ses cheveux dans le poing serré de la victime et sur l'arme du crime jetée au pied des lauriers, le kleenex contenant ses mucosités desséchées ainsi que des taches du sang d'Aldous, l'absence d'alibi. Quand vint le tour de Beard, il alla droit au but. N'avait-il pas toujours respecté la loi ? Il décrivit en détail ses déplacements le matin en question, l'œil au beurre noir de son épouse, sa visite à l'accusé et la gifle qu'il avait reçue. Les charges pesant contre Tarpin étaient déjà lourdes, mais ce fut Patrice, également citée par l'accusation, qui porta le coup de grâce. À la barre des témoins, les journalistes la décrivirent comme une femme d'une beauté lugubre, écrasant de son mépris l'homme qui avait tué son amant. En tant que témoin, Beard n'avait pas le droit d'écouter la déposition de sa femme et dut se contenter de lire le compte rendu dans la presse. Jamais Patrice ne s'était exprimée si clairement, avec autant d'efficacité. Elle fascina la cour, et le pays tout entier, par son évocation du caractère possessif et brutal de Tarpin, de ses crises de jalousie. C'était un individu obsessionnel et dérangé qui l'avait incitée à tuer Aldous dans son sommeil si l'occasion se présentait. Il l'empêchait de reprendre sa liberté, et ce qu'elle croyait être une brève liaison sans importance avait tourné durant des mois au cauchemar. Sa violence la terrifiait, mais elle n'osait pas se refuser à lui. Il la giflait alors qu'ils faisaient l'amour.

« Vous n'aimez donc pas ça, madame Beard ? lui demanda l'avocat propret de Tarpin pendant le contre-interrogatoire.

— Non. Et vous ? » dit-elle sèchement. Il y eut des rires sur les bancs du public.

Sa remarque la plus souvent citée, elle avait dû la répéter devant un miroir. « Quand il a tué mon Tommy, la nation a perdu un génie, et moi le seul homme que j'ai jamais aimé », déclara-t-elle.

Les délibérations du jury ne durèrent que trois heures, et l'issue ne surprendrait personne, pas même Tarpin.

Pendant les six jours précédant l'annonce officielle du verdict, Beard se replongea dans le dossier d'Aldous. C'était le moins qu'il puisse faire pour rendre hommage au disparu et, ne tenant pas en place, il avait besoin de se changer les idées. À la seconde lecture, il comprit mieux et l'idée commença à l'intéresser, voire à le passionner. Aldous s'était assigné pour tâche de découvrir puis de reproduire le fonctionnement des végétaux, perfectionné par l'évolution durant trois milliards d'années de tâtonnements et d'erreurs. Grâce à des techniques et à des matériaux que les spécialistes des nanotechnologies étaient seuls à connaître, il s'agissait d'exploiter directement l'énergie solaire pour séparer l'hydrogène de l'oxygène dans l'eau, à l'aide de teintures photosensibles remplaçant la chlorophylle, et de catalyseurs contenant du manganèse et du calcium. Les gaz ainsi stockés seraient convertis en électricité par un générateur. Une autre piste, également inspirée du règne végétal, proposait de combiner le dioxyde de carbone présent dans l'atmosphère, le rayonnement solaire et l'eau pour créer un carburant liquide tous usages. Idée géniale ou démente ? Difficile à dire. Portant sur chaque page une date de l'année précédente, il prit quelques notes, puis s'interrompit car c'était le lendemain, un mardi, qu'avait lieu l'audience où l'accusé connaîtrait son sort. Tarpin écouta le juge avec la même attention rêveuse, le même détachement que ceux avec lesquels il avait suivi tout le procès et protesté, trop faiblement, de son innocence. À en croire les articles de presse, il jetait sans cesse des coups d'œil en direction de Patrice — Beard voyait d'ici son regard de fouine —, mais celle-ci détournait obstinément les yeux.

Sur les marches du palais de justice, elle se plaignit devant journalistes et caméras de ce que la peine n'était pas assez longue, compte tenu du préjudice subi. La semaine suivante, certains commentateurs lui donnèrent raison, contrairement à d'autres qui trouvaient la sentence trop sévère pour ce que les Français auraient appelé un crime passionnel. Ce soir-là, tandis qu'il regardait la télévision en chaussettes sur son canapé malodorant, le dossier d'Aldous étalé sur les genoux, Beard considéra toutefois ces seize ans de prison comme un châtiment presque honnête.

DEUXIÈME PARTIE

2005

Il manquait de temps. Tout le monde manquait de temps, c'était un mal répandu, mais Michael Beard, ballonné par un déjeuner superflu, s'agitant sous sa ceinture de sécurité, ne pensait qu'à sa journée amputée de plusieurs heures et à ce qu'il risquait de perdre. Il était quatorze heures trente, et son avion, qui avait déjà une heure de retard, décrivait lourdement des cercles dans le ciel du sud de Londres en attendant de pouvoir atterrir. Trop contrarié pour continuer sa lecture, mordillant de temps à autre, en vain, une petite peau infectée autour de l'ongle de son pouce, sans doute un panaris en formation, Beard regarda ce coin d'Angleterre familier tournoyer en dessous de lui. Que pouvait-il faire d'autre ? L'heure n'était ni aux retours en arrière ni aux bilans, alors même qu'il aurait dû dévaler des rues, s'engouffrer dans des couloirs, mais l'essentiel de son passé et de ses préoccupations présentes se trouvait en contrebas, à trois mille mètres sous son coûteux fauteuil, payé comme souvent par d'autres que lui.

Voilà un spectacle banal qui aurait sidéré Newton ou Dickens. À l'est un cerne de pollution rousse entourait la ville — comme décollé d'une baignoire sale et suspendu dans les airs. Beard survola du regard la City, suivit l'opulente Tamise qui allait s'élargissant, dépassa les réservoirs de gaz et de pétrole pour atteindre les plaines brunes du Kent et de l'Essex, théâtre de son enfance, puis l'hôpital surdimensionné où sa mère était morte, peu après lui avoir révélé sa seconde vie, et, plus loin encore, la gueule ouverte de l'estuaire et la mer du Nord, d'un bleu layette sans une ride sous le soleil de février. Son regard pivota ensuite vers le sud, à travers la brume argentée recouvrant la Weald du Sussex jusqu'aux South Downs, dont les douces ondulations avaient accueilli son bruyant premier mariage, synesthésie d'amour déçu, de couches sales et de cris perçants poussés par les jumeaux des propriétaires, de calculs grisants et de formules quantiques qui le conduiraient, quinze ans et deux divorces plus tard, au Nobel. Bénédiction et calamité à parts égales. Derrière ces collines s'étendait la Manche, ourlée de nuages rosâtres qui occultaient les côtes françaises.

Un nouveau virage sur l'aile mit Beard face au soleil, avec vue sur l'ouest de Londres et, à la verticale du réacteur tremblant, sur sa destination improbable, l'aéroport microscopique, desservi par des artères dans lesquelles les véhicules circulaient comme des corpuscules — M4, M25, M40, dénominations sans charme d'une époque cérébrale. Bienfaisant, l'éclat venu de l'ouest atténuait la misère industrielle. La vallée de la Tamise, d'un vert hivernal et blême, serpentait entre les Berkshire Downs et les Chiltern Hills. Au-delà, invisible, il y avait Oxford, le travail en laboratoire de ses années d'étudiant et la cour finement calculée qu'il faisait à Maisie, sa première épouse. Mais voilà qu'apparaissait une sixième fois l'anneau colossal de Londres, tournant sur lui-même telle une station spatiale labyrinthique, dans une majestueuse autarcie. Aussi peu planifié qu'une termitière, qu'une forêt tropicale ; un bel objet à forte densité humaine en son centre, le long de la rivière qui réapparaissait entre Westminster et Tower Bridge, concentré d'architecture audacieuse et ludique, de nouveaux jouets. Brièvement, Beard crut voir l'ombre de l'avion voleter comme un esprit libre au-dessus de St James's Park et des toits, mais c'était impossible à cette hauteur. Il savait tout sur la lumière. Parmi ces millions de toits, quatre avaient abrité ses deuxième, troisième, quatrième et cinquième mariages. Ces unions avaient défini son existence, et toutes étaient, indéniablement, des catastrophes.

Ces temps-ci, chaque fois qu'il arrivait par avion dans une grande ville, il éprouvait le même malaise, la même fascination. Ces plaies géantes de béton pansé d'acier, ces cathéters charriant à perte de vue la circulation automobile dans les deux sens : face à cela, les vestiges du monde naturel ne pouvaient que reculer. Le poids des chiffres, l'abondance d'inventions, les forces aveugles du désir et du besoin semblaient impossibles à stopper et engendraient une chaleur, une forme moderne de chaleur devenue, par glissements progressifs, son sujet, sa profession. Le souffle brûlant de la civilisation. Il le sentait, chacun le sentait sur son cou, sur son visage. Contemplant le monde du haut de cette machine merveilleuse, et merveilleusement sale, il croyait dans ses moments d'euphorie détenir la solution du problème. Il avait enfin une mission, elle le dévorait, et il manquait de temps.

Tandis que réapparaissait l'Essex de son enfance — quel retard il prenait ! —, il reconstitua l'itinéraire qu'il aurait dû suivre le long des rues miniatures, aussi minutieusement gravées par le soleil hivernal qu'un circuit imprimé. Il crut voir l'immeuble du Strand où il était censé se trouver à cet instant précis. Puis celui-ci disparut. Deux autres toits sombrèrent au nord-ouest. Sous le premier se trouvait son appartement de Marylebone, glacial, négligé, chaotique. Il se rappela l'existence, dans une pièce sombre, du repas que lui et une amie presque oubliée avaient laissé en plan trois mois plus tôt pour cause de sortie nocturne. Il n'y était pas retourné depuis, n'avait pas revu l'amie en question. L'endroit ressemblait à un dépotoir. Beard se représenta la chambre sans chauffage, le désordre sensuel du lit, les oreillers sur le sol, la lueur orange des témoins de la chaîne stéréo et, disséminés à travers l'appartement, les livres et les revues qu'il lisait à l'époque — il dut se creuser la tête pour retrouver lesquels —, les quotidiens du jour, une bouteille de champagne, et les deux coupes où s'étaient évaporés les quelques centimètres de breuvage que, dans leur hâte, ils n'avaient pas fini de boire. Ces coupes, les assiettes dans la salle à manger, les casseroles dans la cuisine, les ordures dans la poubelle ou sur la planche à découper, et même le marc de café à l'intérieur du filtre en papier desséché, seraient recouverts de moisissures allant d'un blanc crème à un gris-vert délicat, efflorescence sur le fromage abandonné, les carottes, la sauce racornie. Invisibles et muettes, des spores flotteraient dans l'air, civilisation parallèle, entités bien vivantes. Oui, elles avaient dû se repaître de leurs mets favoris, puis, cette nourriture épuisée, se transformer en fine poussière noirâtre.

Sous le second toit vivait Melissa Browne, l'amie passablement délaissée, et c'est là qu'il comptait passer la nuit. Elle était si gentille avec lui, si douce, si patiente, si jolie. Le seul amour viable de son existence. Comme beaucoup de femmes, elle voyait en lui le brillant chercheur, le génie ayant besoin d'être materné. Mais c'était un ami désinvolte, peu fiable, mal organisé, trop fuyant, trop déterminé à ne jamais se remarier. Il n'avait pas appelé. Elle préparait le dîner. Il ne la méritait pas. Sous l'effet du remords et du réveil de son désir, mélange abject, il laissa échapper un gémissement. Avait-il vraiment grogné plus fort que le bruit des réacteurs ? Mais la réapparition des South Downs lui rappela qu'il ne devait jamais céder, jamais revenir sur sa décision. Il n'était pas de taille à supporter un sixième mariage.

Où que son regard se posât, il voyait sa patrie, son coin de terre natale sur la planète. Les champs et les haies, jadis entretenus par les serfs du Moyen Âge ou les paysans du XVIIIe, quadrillaient encore le sol, et chaque ruisseau, clôture ou porcherie, presque chaque arbre, avaient sans doute été répertoriés dans le Domesday Book, après que Guillaume le Conquérant eut consulté ses conseillers et envoyé ses hommes dans toute l'Angleterre. Répertoriés, et rebaptisés depuis avec plus de raffinement, achetés, utilisés, estimés, échangés, hypothéqués. Arrivé à maturité comme un stilton à croûte épaisse, habité par une humanité aussi variée que Babel, doté d'une histoire aussi riche que le delta du Nil, grouillant de fantômes tel un ossuaire, ce vieux royaume impétueux céderait peut-être, devant la force de multiples appétits, à la tentation de devenir une métropole géante, tout à la fois Los Angeles, São Paulo et Mexico, proliférant à partir de Londres en direction du Medway, de Southampton et d'Oxford, nouvelle forme de quadrillage qui recouvrirait champs et haies. Qui sait ? Peut-être serait-ce le triomphe de l'harmonie entre les races et d'une architecture géniale, une ville-monde, la plus admirée de la planète.

Comment, se demanda Beard, tandis que son avion s'inclinait enfin pour s'orienter vers le nord de la Tamise et amorcer sa descente, comment pourrions-nous faire l'effort de nous restreindre ? De cette hauteur, nous ressemblions à un lichen foisonnant, à une variété d'algues prédatrices, à la moisissure enveloppant un fruit pourri. Quelle réussite ! Vive les spores !

*

Une heure et demie plus tard, l'avion en provenance de Berlin se posa, et Beard fut le quatrième passager à quitter le terminal, tirant derrière lui sa valise à roulettes, marchant vite, le dos raide, avec des sautillements peu virils — ses genoux, son corps, son esprit même n'étaient plus capables de courir simplement — dans les capillaires engorgés, les tubes d'acier moquettés qui le conduisaient à travers les entrailles de l'aéroport vers les services d'immigration. Beaucoup plus rapide de faire cent mètres à pied le long du tapis roulant que de se frayer un passage entre les voyageurs qui l'obstruaient avec leurs bagages. Au moins une douzaine de jeunes hommes arrivés par le même avion le doublèrent — des commerciaux minces, le cheveu coupé ras, imperméable se balançant sur l'avant-bras et sacoche en bandoulière, qui discutaient tranquillement sans ralentir l'allure. L'humour laborieux et l'esthétique racoleuse d'une série d'affiches publicitaires pour des banques et des agences d'intérim — visiblement la publicité n'employait que des médiocres — accrurent son agacement dans ces couloirs mal éclairés et mal ventilés. Il la connaissait trop bien, l'asphyxie intellectuelle engendrée par l'agressivité d'une intelligence inférieure. Désormais, la bêtise planétaire était son affaire. Et par son manque de ponctualité, il y participait. Au bas mot, il aurait une heure un quart de retard. Avoir du retard était une forme de souffrance moderne, mélange de tension croissante, d'autoaccusation, d'apitoiement sur soi, de misanthropie, d'aspiration à ce que seule la physique fondamentale permettait d'atteindre : l'inversion du cours du temps. Les injonctions à rester stoïque ne vous faisaient pas arriver plus tôt à destination.

Pour une somme extravagante, il devait prendre la parole dans un colloque sur l'énergie auquel assistaient des investisseurs institutionnels, des gestionnaires de fonds de pension, individus bardés de certitudes qui ne se laisseraient pas facilement convaincre que le monde, leur monde, était en danger, et qu'ils devaient modifier leurs investissements en conséquence. Effet conjugué de la force d'inertie et des habitudes acquises, ils en revenaient toujours aux valeurs sûres : pétrole, gaz naturel, charbon, exploitation forestière. Il devait les persuader qu'un jour ce dont ils tiraient actuellement profit les détruirait. Dans ce genre de situation il fallait bien sûr s'en tenir à des généralités, mais si Beard, déjà propriétaire d'une douzaine de brevets, pouvait faire bouger son auditoire, même de manière infime, sa propre société en bénéficierait sûrement. Ils l'attendaient à l'hôtel Savoy, dans deux suites en enfilade avec vue sur la Tamise ; bien que son retard ait été excusé, ils ne tarderaient pas à s'éclipser pour être à l'heure à leurs rendez-vous suivants, et ce fragile miracle de coordination des agendas, qui avait réclamé quatre mois de préparatifs, ferait place à un scepticisme encore plus marqué et à un désengagement fatal. Autre raison pour Beard d'être à Londres : il devait signer le lendemain, à l'ambassade américaine, une option d'achat pour deux cents hectares d'étendues désertiques dans le sud-ouest du Nouveau-Mexique, un grain de sable dans cette immense fournaise. Une fois les investisseurs satisfaits, les subventions versées, les exonérations d'impôts obtenues, la construction d'un prototype grandeur nature pourrait commencer. Rien que d'y penser, il ne tenait plus en place.

Dix minutes à marche forcée, et il se retrouva, hors d'haleine, en nage sous son manteau, dans la file d'attente des services d'immigration, dix hommes de front et plusieurs centaines derrière, parmi lesquels il progressait centimètre par centimètre, attendant comme eux qu'on veuille bien le laisser entrer dans son propre pays. D'interminables moments s'écoulèrent, et il se sentit devenir moins raisonnable. L'image d'un liquide précieux (du sang, du lait, du vin) tombant goutte à goutte d'un réservoir lui vint à l'esprit. Malgré lui, il avait le sentiment croissant de ne pas être traité avec les égards dus à son rang : quelqu'un devrait être là pour le faire passer devant cette foule d'anonymes, lui épargner ces formalités, le conduire vers une limousine. Personne ici ne connaissait donc son identité ? N'était-il pas une personnalité, après tout ? Bien sûr que si, comme tout le monde. En pareilles circonstances, sa misanthropie lui donnait une conscience aiguë des gens agglutinés autour de lui, non plus des compagnons de voyage, mais des adversaires, des concurrents dans une course au ralenti. C'était plus fort que lui : il cherchait du regard un de ces tricheurs qui gagnent du terrain en lisière de la file, sans se faire voir, pas à pas, en jouant discrètement des coudes. De ceux qui ralentissent les autres en leur volant du temps.

Il avait atteint l'endroit où les dix rangées amorphes se réduisaient à trois à l'approche des guichets. Et voilà qu'un grand type décharné au visage parcheminé, vêtu d'un loden — Beard avait toujours méprisé ce genre d'élégance —, se faufilait sur la gauche, se servant de sa grande taille pour tenter de grignoter quelques centimètres, forçant le passage à l'aide de son immense attaché-case. Sûr de son bon droit, Beard fit brusquement un pas en avant pour lui barrer la route et reçut l'attaché-case dans la jambe. Il se retourna, croisa le regard de l'inconnu et lui dit poliment, malgré la colère qui montait : « Absolument désolé. »

Un reproche maladroitement déguisé en

163

excuse, pour rester courtois avec un homme qui lui donnait plutôt des envies de meurtre. Les joies du retour en Angleterre !

Un coup d'œil au visage du tricheur révéla toutefois son âge canonique. Quatre-vingt-cinq ans au moins, des taches de vieillesse du haut de son front ridé jusqu'à sa gorge flasque, l'air absent, la mâchoire pendante, la lèvre inférieure vaguement humide et tremblante. Bien sûr que les vieux étaient prioritaires. Il leur restait moins de temps. Ils étaient presque morts. Ils avaient plus de raisons que lui de se presser, et le pardon, voire des excuses, s'imposaient. Mais le vieillard avait disparu derrière lui, quelque part dans les profondeurs de la file d'attente, invisible, en disgrâce. Trop tard pour s'effacer devant lui.

Ainsi Beard, le bourreau des faibles, apparut-il assez penaud devant une fonctionnaire en uniforme ; s'en voulant un peu, il ne s'étonna pas que sa photo, sa taille, sa date de naissance ou le nom de son géniteur provoquent des froncements de sourcils soupçonneux. La préposée feuilleta rapidement le passeport, jeta un coup d'œil à son propriétaire, tourna de nouveau les pages à toute vitesse, puis, après quelques instants de réflexion, posa le document à plat sur un scanner. Elle avait entre vingt et trente ans, à peine la moitié de son âge. À première vue, parents d'origine éthiopienne. Si elle descendait de son tabouret et enlevait ses chaussures à hauts talons, elle le dépasserait encore d'une quinzaine de centimètres.

Il avait de l'embonpoint, du mal à se déplacer, le visage rosi par la chaleur — et beaucoup de retard. Elle était entièrement absorbée par sa tâche présente : défendre les portes de la nation contre les indésirables. Il la regarda étudier sur son écran les renseignements le concernant, pianoter de la main droite, à la paume presque violette, sur son clavier en quête d'éléments supplémentaires, d'un portrait plus complet, espéra-t-il soudain. Des hauteurs du grand hall réservé aux formalités d'immigration, le silence semblait tomber à gros flocons — frisson délicieux, et toute impatience le quitta. Cette peau à la texture si fine, captant et aimant la lumière ; ces pommettes — il n'en voyait qu'une — délicatement saillantes, comme sculptées ; ces yeux sombres penchés avec gravité sur son cas ; cet heureux mariage de la grâce et de l'intelligence, de son point de vue en tout cas. Voilà des millénaires, dans la fraîcheur de quelque oasis cachée, les gènes d'une gazelle s'étaient métissés avec ceux des humains du cru. Fantasme vaguement raciste ou simple énamoration ; quoi qu'il en soit, pas question de le chasser. Il persista tandis que Beard admirait la main et le poignet gauches à la peau brune, aussi longs et fins qu'un couvert à salade, immobiles près de la couverture marbrée de son passeport retourné.

Il restait une tête brûlée sur ces questions — habitudes ancrées depuis trop longtemps, pas une once de sagesse de plus qu'à vingt-cinq ans, aucune amélioration en vue, toutes ses ex-épouses en convenaient — et, juste avant qu'elle ne prenne la parole, il caressa l'idée, comme souvent, de demander si l'officier d'immigration était libre ce soir-là. Il invitait à dîner beaucoup de femmes, de totales inconnues, et toutes ne disaient pas non. Sa relation avec Patrice avait commencé devant un festin, ce qui avait provoqué une cascade d'événements si scandaleux que, dix ans plus tard, il se rappelait encore ce qu'il avait commandé. C'était prémonitoire, une véritable malédiction : raie aux câpres et au beurre noir, roquette trop salée, pinot grigio aigre, sûrement bouchonné, et lui, trop fatalement sous le charme pour convoquer le sommelier.

La jeune femme soutint son regard, et dit : « Vous avez beaucoup voyagé au Moyen-Orient. »

Sa phrase avait une légère intonation ascendante. Ce que les linguistes appellent un marqueur social, avait-il récemment appris. Il était depuis peu un maniaque de la langue, maniaque rentré, que l'âge et une vie mondaine limitée empêchaient de comprendre grand-chose aux rapports entre accent et statut social dans l'Angleterre d'aujourd'hui. L'année précédente, il avait eu une liaison avec une serveuse londonienne qu'il prenait pour une créature délurée, originaire d'une lointaine banlieue populaire. Il s'avéra qu'elle avait grandi dans une maison des collines du Surrey, dessinée par Lutyens et entourée de lauriers-roses, que son père était un mathématicien anobli, membre de la Royal Society. Beard avait pris ses jambes à son cou. Et le revoilà tout émoustillé à l'idée de s'abaisser, de s'encanailler, du moins au sens qu'il donnait à ces mots.

« C'est exact, répondit-il d'une voix impassible.

— Libye. Égypte, Soudan et autres. Pour raisons professionnelles ? »

Il acquiesça.

« Quelle profession ? »

On lui avait souvent posé la même question dans les mêmes circonstances. « Consultant en énergie.

— Le pétrole ? »

Une fois encore, cette intonation faisait vibrer en lui quelque chose de malsain.

« Non. Le solaire.

— Les centrales à concentration, c'est ça ? »

Pas tout à fait, mais il opina du chef. Donc, elle savait. Pendant quelques instants d'ahurissement où l'espoir vertueux le disputa au désir charnel, son imagination laissa le dîner de côté pour en arriver au moment où la jeune femme démissionnait des services d'immigration et, aussi discrète que compétente, l'accompagnait dans ses voyages, travaillait avec lui et pour lui, vivait pour lui et avec lui, pour et avec sa vision d'un monde plus propre, rafraîchi, tirant son énergie du photovoltaïque, de l'énergie solaire concentrée, et surtout de sa propre invention, la photosynthèse artificielle, avec une distribution centralisée ou en réseaux. Il lui enseignerait tout ce qu'il savait sur les membranes, les héliostats, les tarifs. Elle serait efficace pendant les heures de bureau, insatiable et généreuse en dehors, aurait des goûts modestes.

« Vous vous intéressez donc à... », dit-il pour engager la conversation. Mais elle l'interrompit.

« Merci, monsieur Beard. » Elle lui tendait son passeport de la main droite, passant par-dessus la gauche toujours inerte sur le bureau. Évidemment ! Inutilisable, abîmée, paralysée. Son fantasme ridicule déferla sur lui, enflant jusqu'à devenir une tendresse protectrice, maternelle, pour ce bras gauche congénitalement invalide. Elle dînerait en tenant sa fourchette de la main droite, et lui aussi.

Il ouvrait la bouche pour l'inviter quand elle détourna
les yeux et contempla la file d'attente derrière lui. Son sourire s'envola. « Suivant ! »

Elle était là, son infirmité à lui, son bras paralysé : ces scénarios infantiles ne conduisant généralement nulle part et lui valant parfois des ennuis, rarement des joies. Des rêveries similaires — accès d'euphorie, explosions neuronales, épisodes denses, mais flous, qui tressaient ensemble réel et irréel, alignaient les perles criardes de l'impossible, du scandaleux et du paradoxe sur le fil d'une logique indéterminée — lui avaient toutefois permis, voilà déjà longtemps, de formuler sa colligation. La poésie, la science, l'érotisme : pourquoi l'imagination devrait-elle se soucier de savoir quel maître elle servait ?

Il s'empressa de quitter la salle des bagages, laissa derrière lui le grincement des tapis roulants, les passagers à l'œil morne sous les écrans de contrôle, les sinistres miroirs sans tain et les tables d'examen en inox semblables à celles des morgues, puis longea la file des chauffeurs de taxi au regard vide sous leurs placards publicitaires — pour des expéditions en ballon au Koweït, le catholicisme sur Internet, des pâtisseries industrielles — et traversa le hall des départs, conscient de n'aller vraiment ni dans la direction de l'escalier descendant vers son train, ni dans celle de la boutique d'aéroport miteuse qui vendait des journaux, des sangles à bagages et autres accessoires. Aurait-il la faiblesse de s'y arrêter comme toujours ? Sans doute pas, et pourtant il en prit le chemin. Intellectuel plus ou moins en vue, il devait s'informer, et il était naturel que, même pressé par le temps, il s'achète un quotidien. Avant les grandes décisions, son esprit ressemblait à un parlement, un lieu de débats. Des factions rivales s'affrontaient ; les enjeux à court et à long terme se retrouvaient otages de vieilles haines. Non seulement des motions étaient déposées, repoussées, mais certaines d'entre elles ne servaient qu'à en masquer d'autres. Les séances pouvaient se révéler aussi tortueuses que houleuses.

Il connaissait trop bien cette boutique et avait l'impression que ses pas l'y conduisaient. Il se contenterait de jeter un coup d'œil, d'exercer sa volonté, d'acheter un journal et rien d'autre. Si seulement c'était aux publications pornographiques qu'il tentait de résister, un échec ne pourrait pas lui faire de mal. Mais les photos de filles nues, ou de certaines parties de leur anatomie, n'avaient plus le même effet sur lui. Son problème était plus banal que l'envie de s'attarder devant le rayon réservé à la presse masculine. Il était déjà à la caisse à faire le tri entre ses euros et ses livres avec non pas un, mais quatre quotidiens sous le bras, comme si l'excès dans un domaine pouvait l'immuniser dans un autre, et, alors qu'il les tendait pour en faire scanner le code-barres, il vit du coin de l'œil, sur le présentoir devant la caisse, le reflet de ce qu'il voulait, de ce qu'il aurait voulu ne pas vouloir, douze en tout, bien alignés, et malgré lui il en saisit un — si léger ! —, l'ajouta à sa liasse de journaux, le déposa sur la photo du Premier ministre agitant le bras à l'entrée d'une église.

C'était un sachet plastifié de pommes de terre

finement tranchées, frites dans l'huile, saupoudrées de sel et d'additifs industriels, conservateurs, exhausteurs de goût, hydrolats, agents levants, correcteurs d'acidité et autres colorants. Des chips au sel et au vinaigre. Il avait encore l'estomac plein, mais on ne trouvait ce délice chimique ni à Paris, ni à Berlin ou Tokyo, et il lui fallait absolument la décharge actinique de ces trente grammes — une dose de dealer. Un dernier petit flash de plaisir, et il n'y toucherait plus. Il devrait pouvoir résister jusqu'au départ du train pour Paddington. Il fourra le sachet dans la poche de sa veste, récupéra son chargement de journaux, sa valise à roulettes, et poursuivit sa traversée de la galerie marchande. Il avait dix-sept kilos en trop. En vue d'alléger son poids, il avait pris nombre de bonnes résolutions, souvent après le dîner et un verre à la main, sous les hochements de tête approbateurs de son parlement intérieur. C'était toujours le moment présent qui avait raison de lui, la confrontation ponctuelle avec l'irrésistible bon morceau, le plat voire le repas superflu où la faction du court terme l'emportait.

Ce vol en provenance de Berlin était un échec typique. Au début, posant son large postérieur sur le siège moins de deux heures après un petit déjeuner germanique riche en viande, il s'était raisonné : de l'eau pour seule boisson, pas de collation, une salade verte, une portion de poisson, pas de dessert, alors même qu'à l'approche d'un plateau en argent, et encouragé par une douce voix féminine, sa main se refermait sur le pied de sa première coupe de champagne. Une demi-heure plus tard, il déchirait le sachet de bâtonnets à base de farine de maïs, grillés et semés de grains de sel, qui accompagnait son gin-tonic géant. Puis une nappe blanche fut déployée devant lui, sorte de coup de pistolet neuronal qui lui fit venir l'eau à la bouche. Ses dernières résolutions fondirent dans le gin. Il choisit l'entrée qu'il s'était interdite : cuisses de caille enroulées dans du bacon sur un lit de crème d'ail. Suivies de cubes de ventrèche surmontant une timbale de riz au beurre. Avec le mot « pavé », nouveau coup de pistolet : un moelleux au chocolat dans une croûte de chocolat, le tout nappé de sauce chocolat ; du fromage de chèvre et de vache dans un nid de raisins blancs, trois petits pains, une bouchée à la menthe, trois verres de bourgogne, et finalement, comme s'il pouvait ainsi s'absoudre de tout le reste, il se força à consommer la salade confite dans l'huile, initialement servie avec les cuisses de caille. Quand on emporta son plateau, seuls restaient les grains de raisin.

*

Il acheta son billet, s'assit devant une tablette du train à moitié désert. En face de lui était installé un de ces jeunes trentenaires au crâne rasé, au visage poupin, au cou épaissi par les séances de musculation ; aux yeux de Beard, ils se ressemblaient tous. Celui-ci se distinguait toutefois par des piercings dans les oreilles. Durant quelques secondes une négociation eut lieu sous la tablette, un ballet poli pour laisser à chacun la place d'allonger ses jambes. Puis le jeune homme continua de taper son texto, et Beard, parcourant les unes de ses journaux, sentit son univers mental se rétrécir comme à chaque retour sur le sol national. On aurait dit les quotidiens qu'il avait lus avant de partir, plusieurs semaines auparavant. Mêmes gros titres au-dessus de la même photo, posant la même question. Quand Blair partirait-il ? Demain ? Aussitôt après les prochaines élections, en admettant qu'il gagne ? Ou bien un an ou deux plus tard, voire après un quatrième mandat ? Et n'était-ce pas exactement le même nombre de citoyens chiites massacrés à Bagdad par Al Qaida, alors qu'ils faisaient la queue pour acheter du pain ? Cela mis à part — Beard feuilletait la liasse —, le tsunami avait fait plus de deux cent cinquante mille morts, ce qui pour certains remettait en cause, comme le mois précédent, l'existence de Dieu. Pour le reste, on annonçait une fois encore la ruine du pays, l'état d'inanition qui guettait son gouvernement, ses finances, son système de santé et d'éducation, sa justice, son armée, ses transports en commun et ses mœurs. Par habitude, Beard chercha des articles sur le changement climatique. Rien ce jour-là. Le solaire ? Pas davantage, mais ça ne tarderait plus.

Il posa les journaux sur le siège d'à côté et vérifia son téléphone portable, faisant défiler les quinze messages reçus depuis son départ de Berlin. Quatorze étaient en rapport avec son projet. Son associé américain confirmait que les documents se trouvaient bien à Grosvenor Square. Le propriétaire du ranch voulait que l'argent de la promesse de vente soit versé sur un compte à El Paso, et non plus sur celui d'Alamogordo. La chambre de commerce locale réclamait poliment une estimation plus « fine » du nombre d'emplois que la nouvelle installation créerait pour les habitants de Lordsburg. Dès qu'il voyait le nom de la petite ville, le moral de Beard remontait. Il aurait voulu s'y trouver à cet instant précis, au nord de la commune, pour admirer l'immensité étincelante aux environs du site, le long de la route toute droite menant à Silver City, où les travaux allaient commencer. L'Holiday Inn de Lordsburg confirmait sa réservation pour le mois prochain, dans la chambre habituelle et avec la réduction accordée aux habitués. Pour la troisième fois en un mois, Jock Braby voulait le rencontrer. Les rumeurs sur les bons résultats d'Imperial avaient dû arriver jusqu'à lui, et sans doute voulait-il sa part du gâteau. Un comble, pour quelqu'un qui avait obtenu de licencier Beard du Centre ! Une arrière-pensée de son associé : il avait trouvé où acheter de la limaille de fer à bon prix. Un seul message personnel : « N'oublie pas notre dîner à 8 h. C'est toi le plat principal. Je t'aime, Melissa. »

« Je t'aime. » Alors qu'elle l'avait dit et écrit quantité de fois, jamais il ne le lui avait dit, lui, pas même dans ses moments d'abandon. Non qu'il ait cru ne pas l'aimer. Il n'était pas trop sûr de lui dans ce domaine. Mais voilà longtemps qu'il ne faisait plus de déclarations d'amour. Avec Melissa, il redoutait la question qui se profilait derrière ces trois mots oppressants. Acceptait-il de s'engager avec elle pour la vie et d'être le père de son enfant ? Elle désirait ce bébé, dont les aléas de l'existence l'avaient privée. Or toute l'histoire de Beard l'avait convaincu que, s'il acceptait, tôt ou tard il décevrait cette jolie fille candide, de dix-huit ans sa cadette.

Elle avait atteint l'âge où le temps pressait pour une femme sans enfant. S'il refusait d'assumer ses responsabilités, il devait lui tirer sa révérence. Sans doute mettrait-elle du temps à se consoler, puis à lui trouver un remplaçant. Mais elle ne voulait pas qu'il s'en aille, et lui-même ne pouvait se résoudre à partir. Pourtant, être une sixième fois un mauvais mari et devenir père à soixante ans... Quelle régression ridicule !

C'était un supplice d'en discuter avec elle. Quelques mois plus tôt, dans un restaurant de Piccadilly, elle lui avait déclaré, les larmes aux yeux, qu'elle préférait se passer d'enfant plutôt que de le perdre, lui. Insoutenable. Digne du courrier du cœur. Impossible à croire. S'il l'aimait vraiment, se disait-il, il devait lui rendre sa liberté et la quitter sur-le-champ. Or il l'aimait, mais il était faible. Comment pouvait-il refuser ce cadeau inespéré ? Quelle femme aussi jeune aimerait d'amour tendre un homme aussi ridicule, petit et gros, vieillissant, éclaboussé par le scandale et les rumeurs d'échec, absorbé par son étrange liaison avec le rayonnement solaire ?

Aussi avait-il fait le pire des choix. À peine un choix, d'ailleurs, plutôt une sorte de fuite. Sans vraiment rompre, il avait pris ses distances — de toute façon, il travaillait à l'étranger. Il voyait d'autres femmes, espérant et redoutant à parts égales l'appel où Melissa lui parlerait du jeune mâle empressé, bourré de talent, qui rôdait autour d'elle, prêt à entrer dans sa vie, ou l'ayant déjà fait. Alors, s'il était assez amoureux, il se précipiterait pour défendre ce qui, déciderait-il soudain, lui appartenait, et pour lui témoigner sa gratitude, elle mettrait fin à l'aventure — exit le jeune mâle —, la confusion continuerait de régner, et il aurait fait un pas supplémentaire vers la mauvaise décision.

Il rangea son téléphone portable et se cala dans son siège, yeux mi-clos. Devant lui sur la tablette le sachet de chips au sel et au vinaigre scintillait entre ses cils, juste devant la bouteille d'eau minérale du jeune homme. Beard se demanda s'il ne devrait pas revoir les notes de son discours, mais la fatigue du voyage, ajoutée aux boissons du déjeuner, le rendait pour l'heure totalement inerte, et il pensait connaître son sujet, d'autant qu'il avait dans sa poche une fiche avec quelques citations utiles. Quant aux chips, elles lui faisaient moins envie qu'auparavant, mais il les mangerait quand même. Certains additifs pouvaient réveiller son métabolisme. Déjà son palais, plus que son estomac, anticipait l'acidité de la fine poudre enrobant chaque lamelle croquante. Il avait fait un effort honnête sur lui-même — voilà plusieurs minutes que le train roulait — et ne voyait aucune raison de se retenir davantage.

Il se redressa et se pencha en avant, les coudes sur la tablette, le menton dans les mains comme s'il réfléchissait, fixant des yeux le sachet bariolé — rouge, bleu, argent — orné d'animaux de dessins animés faisant des cabrioles sous le drapeau anglais. Tellement puéril, ce goût irrésistible pour les chips, tellement complaisant, et mauvais pour la santé : un microcosme de toutes ses erreurs et de ses caprices passés, de son besoin impatient d'obtenir tout, tout de suite. À deux mains il ouvrit d'un geste sec le haut du sachet, d'où s'échappa un parfum écœurant de vinaigre et d'huile de friture.

Une habile simulation chimique du *fish and chips* du coin, avec des relents nostalgiques et patriotiques. La présence du drapeau avait été mûrement réfléchie. Beard saisit une chips entre le pouce et l'index, reposa le sachet sur la tablette, se cala de nouveau dans son siège. Il prenait les plaisirs de la vie au sérieux. Sa technique était de poser la lamelle de pomme de terre au milieu de sa langue et, après avoir profité quelques secondes de la sensation, de l'écraser contre son palais. Selon lui, la surface irrégulière de la chips causait de minuscules ulcérations de la chair, dans lesquelles se déversaient le sel et les additifs, doux mélange de plaisir et de douleur à nul autre pareil.

Tel un chevalier du taste-vin en action, il avait fermé les yeux. Lorsqu'il les rouvrit, il croisa le regard gris-bleu du jeune homme en face de lui. Vaguement honteux, il eut un geste d'impatience et tourna la tête. Les apparences jouaient sans doute contre lui : un vieux fou rondouillard communiant intensément avec un fragment de nourriture industrielle. Il se conduisait comme s'il était seul. Et alors ? Du moment qu'il ne blessait ni n'offensait personne, il en avait le droit. Il ne s'inquiétait plus guère de ce qu'on pouvait penser de lui. Vieillir présentait peu d'avantages, et celui-ci en était un. Dans un souci d'affirmation de soi, plus que pour satisfaire ses méprisables appétits, il prit une autre chips et, ce faisant, croisa encore le regard du jeune homme. Fixe, insistant, il n'exprimait rien d'autre qu'une féroce curiosité. Beard s'interrogea : n'était-il pas assis en face d'un psychopathe ? Ainsi soit-il. Lui-même l'était parfois un peu. Le résidu salé de sa première dégustation lui donna l'impression que ses gencives saignaient. Il se tassa sur son siège, ouvrit la bouche et répéta l'expérience, cette fois les yeux ouverts. Inévitablement, la deuxième chips fut moins piquante, moins surprenante, moins pénétrante que la première, et c'était précisément cette insuffisance, cette déception des sens, qui engendrait le besoin, bien connu des toxicomanes, d'augmenter la dose. Il allait s'offrir deux chips à la fois.

À cet instant précis, levant les yeux, il vit que son compagnon de voyage, penché en avant, le dévisageait toujours bizarrement, les coudes sur la table, peut-être une parodie délibérée. Puis, laissant tomber son avant-bras, telle une grue, vers le sachet, le jeune homme s'empara d'une chips, peut-être la plus grande de toutes, la considéra pendant une seconde ou deux, puis la mangea, non pas avec la méticulosité de Beard, mais en mastiquant avec insolence, lèvres entrouvertes, de sorte qu'on voyait la chips réduite en bouillie sur sa langue. Le tout sans ciller. Et cet acte était si flagrant, si peu orthodoxe, que même Beard, pourtant capable d'originalité — sinon, comment aurait-il remporté le Nobel ? —, ne put que se figer sur son siège, sous le choc, et tenter, pour sauver la face, de rester imperturbable, de ne trahir aucune émotion.

Les deux hommes se mesuraient du regard, Beard bien décidé à ne pas baisser les yeux. Aucun doute, l'inconnu avait un comportement agressif et son acte était un vol manifeste, aussi dérisoire fût-il. S'ils en venaient aux mains, Beard se retrouverait aussitôt à terre avec les bras fracturés ou un traumatisme crânien. Mais il pouvait y avoir autre chose, un élément ludique derrière ce regard d'acier et cette parodie du penchant ridicule d'un homme d'âge mûr pour les chips. À moins que ce ne soit une provocation, digne des situationnistes d'antan, pour choquer le bourgeois. Ou, pire encore, ce type était gay, et il s'agissait d'une tentative de séduction, d'une nouvelle façon de faire des avances, connue seulement de certains groupuscules pour qui sa cravate en soie violette, par exemple, représentait un signe de reconnaissance, une invitation explicite. Une boucle d'oreille d'un côté — il avait oublié lequel — n'indiquait-elle pas, naguère, l'orientation sexuelle de son propriétaire ? Ce jeune homme avait deux boucles d'oreille de chaque côté. Le physicien savait tout sur la lumière, mais, en ce qui concernait les formes d'expression du moi dans la civilisation contemporaine, il était dans le brouillard. Finalement il en revint à sa première hypothèse, se demandant à nouveau si son compagnon de voyage n'était pas un malade mental qui se serait mis en vacances de son traitement au lithium, auquel cas mieux valait ne plus le défier du regard. Il détourna donc les yeux et fit la première chose qui lui traversa l'esprit. Il saisit une autre chips.

Qu'espérait-il ? Dès qu'elle fut sur sa langue, l'inconnu plongea la main dans le sachet, prit cette fois deux chips comme lui-même avait eu l'intention de le faire, les mangea avec la même jovialité vulgaire. S'emparer du sachet n'était pas une bonne idée : trop physique, trop brutal. Trop dangereux de s'aventurer sur un autre terrain, de chercher la bagarre. Quelqu'un viendrait-il à son secours, si les choses en arrivaient là ? Il jeta un

178

coup d'œil dans le wagon. Les autres passagers lisaient, regardaient dans le vide, prostrés, ou bien contemplaient par la vitre le paysage hivernal de la banlieue ouest de Londres, indifférents au drame qui se jouait. Quel intérêt présentaient deux hommes partageant des chips en silence ? Paradoxalement, Beard trouva logique de s'entêter. Il ne lui vint pas à l'idée de capituler pour éviter l'affrontement avec quelqu'un de plus fort que lui, de lui abandonner le sachet. Il ne se laisserait pas intimider. Malgré sa petite taille et ses kilos, il avait un sens exacerbé de la justice et défendait toujours son bon droit. Même au prix d'une témérité excessive. Les conséquences étaient parfois catastrophiques. Il reprit une lamelle de pomme de terre croquante. Le fixant toujours des yeux, son adversaire l'imita. Une fois, deux fois, la main de chacun replongea délibérément dans le sachet, sans se précipiter ni toucher celle de l'autre. Lorsqu'il ne resta plus que deux chips, le jeune homme récupéra le sachet et, avec une politesse ironique, les offrit à Beard. Seule réaction possible à cette ultime insulte : se détourner.

Quel affront ! Le train ralentissait, les passagers reprenaient leurs manteaux, une voix de synthèse les invitait à ne rien oublier dans le train. Pour asseoir sa victoire, l'inconnu froissa dans son poing le sachet plastifié et le fourra dans la poubelle, sous la tablette. Avec application, il essuya d'une main les miettes et les grains de sel. Humiliation totale de Beard. C'était ça, vieillir : se faire bousculer par plus jeune et plus fort que soi, sans pouvoir demander réparation. S'apitoyant vaguement sur son sort, il vit dans cet épisode un concentré de toutes les injustices, de toutes les oppressions que l'histoire ait connues, annexions abusives, chaos engendré par le droit du plus fort, manquements tyranniques à la loi, et il se devait, par respect pour lui-même et par solidarité envers les parias du monde entier, de résister ostensiblement. Sinon il ne se le pardonnerait jamais. Il se pencha, s'empara de la bouteille d'eau de son adversaire, dévissa le bouchon et but avidement — il avait soif — les vingt-cinq centilitres de liquide, jusqu'à la dernière goutte. Il lança la bouteille sur la tablette avec un regard de défi, du style : « Viens me chercher si tu l'oses. » Le bouchon bleu roula et tomba.

Le jeune homme réfléchit quelques instants, puis se leva et déplia dans l'allée centrale sa haute taille, un mètre quatre-vingt-dix environ. Beard, qui commençait à regretter en silence sa provocation, resta sur son siège, refusant de s'incliner. L'inconnu attrapa d'un geste souple de son bras trop musclé la valise de Beard, la descendit et la posa doucement près de son propriétaire. S'il s'agissait d'un acte de contrition, Beard, inébranlable, répondit par un regard hargneux et méprisant. Après quelques instants d'hésitation, son adversaire le considéra avec une expression de tristesse ou de pitié, tourna les talons et traversa le compartiment à grandes enjambées.

Beard attendit qu'il ait disparu pour se lever à son tour. Il ne voulait plus jamais revoir ce type. Une minute entière s'écoula avant qu'il descende sur le quai. Tremblant un peu sous l'effet de la colère ou de la contrariété, ou des deux, il eut du mal à enfiler son manteau : la ceinture s'était entortillée autour d'une manche. Un de ses lacets était défait. Tandis qu'il s'agenouillait pour le renouer avec des doigts qui ne lui obéissaient pas vraiment, il se rappela l'existence de sa liasse de journaux et décida de la laisser où elle était. Enfin, ayant plus ou moins retrouvé son calme, il longea le quai jusqu'au tourniquet. Ce moment resterait gravé dans sa mémoire et remplacerait toutes les réécritures du passé, toutes les révélations positives ou négatives qui pourraient jamais éclairer son histoire, sa propre bêtise ou les motivations d'autrui. Il s'était arrêté à cinq ou six mètres du tourniquet. Il posa sa valise à la verticale, glissa la main sous son manteau pour chercher son billet dans la poche de sa veste. Elle contenait également quelque chose de plastifié, de léger, de gonflé, de bruyant. Lui revint alors un lointain souvenir d'enfance, un tour de magie dans une fête foraine, où un maître de l'illusion avait tiré de l'oreille du jeune Michael Beard un œuf, un lapin ou un poulet, ce qui était physiquement impossible, comme ce qu'il découvrait à présent : les chips, celles qu'il croyait avoir mangées. Il sortit le sachet, et, frappé de stupeur, contempla le drapeau anglais, les animaux de dessins animés, espérant les faire disparaître par sa seule volonté. Et l'autre sachet ? Quel réexamen en cascade de chacun de ces instants, de la moindre pulsion, de la vraie nature de l'homme qu'il ne voulait plus jamais revoir, et de l'image que lui, Beard, avait dû donner : celle d'un fou dangereux !

Il s'était tellement trompé que, sur le coup, il éprouva un sentiment de libération, étrangement proche de la joie. Il n'avait aucune excuse, ne pouvait rien invoquer pour sa défense. Malgré lui, il avait presque envie d'en rire. Son erreur était si évidente, si flagrante, et il apparaissait à ses propres yeux comme un tel bouffon qu'il se sentit purifié, absous, pareil à un pénitent, à un flagellant euphorique du Moyen Âge, au dos encore couvert de lacérations. Ce pauvre type auquel il avait retiré l'eau et le pain de la bouche, qui lui avait offert ses dernières chips, avait descendu ses bagages, aimait véritablement son prochain. Non, non, ce n'était pas le moment ; le calvaire du retour sur soi attendrait.

Malgré la nécessité de se rendre au plus vite à son rendez-vous, il resta longuement sur le quai plein d'allées et venues, sous la grande verrière emplie d'échos, obligeant les voyageurs à faire un pas de côté pour l'éviter ; son sachet de chips serré contre son cœur, il éprouvait, bien à tort, un sentiment d'illumination.

*

Dans le taxi qui le conduisait de Paddington au Savoy, il s'exhorta à la prudence, car il se sentait prédisposé aux ennuis, devait prendre la parole en public, et serait ensuite, durant la pause, tenu par contrat de se mêler aux participants, ce qui l'amènerait sans doute à rencontrer des journalistes, ces hommes et ces femmes dont l'intelligence et l'humanité apparentes cachaient un cœur de prédateur. Le passé leur avait appris qu'on pouvait lui soutirer quelques indiscrétions ou une hypothèse aventureuse — n'avait-il pas pour tâche de penser en toute liberté ? — qui devenaient ridicules ou débiles, une fois imprimées noir sur blanc et débarrassées du conditionnel, des réserves, de l'humour. Une pure spéculation lui avait déjà valu ce gros titre : UN PRIX NOBEL ANNONCE LA FIN DU MONDE.

Sa propre fin — c'est ainsi qu'il l'avait vue alors — était advenue l'année précédente et, curieusement, les gens commençaient déjà à oublier. Cela équivalait à une forme de pardon. Tout le monde savait qu'il y avait eu un scandale, de l'agitation médiatique autour de Michael Beard, mais les détails se brouillaient. La justice lui avait-elle donné tort, ou bien avait-il raison depuis le début ? Avait-il agressé quelqu'un, ou était-ce lui la victime ? Ce quelqu'un n'avait-il pas été arrêté ? À l'époque, au plus fort de la tempête, un collègue, éminent spécialiste des modélisations informatiques, lui apprit que la photo du lauréat du Nobel, emmené menottes aux poignets sous les huées de la foule, avait été reproduite dans quatre cent quatre-vingt-trois quotidiens. Beard avait encore cette humiliation planétaire présente à l'esprit, mais il semblait bien être le seul. Depuis, d'autres sujets obscurcissaient la mémoire de l'opinion publique : de nouveaux scandales, des performances sportives, des confessions, la guerre, la vie privée des stars et le tsunami l'avaient lavé de tout soupçon. Douze mois plus tard, ce torrent d'informations qui gonflait sans cesse l'avait emporté, et déposé en lieu sûr.

Même son propre souvenir des événements, de leur tonalité émotionnelle se fragmentait peu à peu. Être la cible des journalistes donnait le vertige, désorientait. Heureusement pour lui, cette tache s'effaçait de sa mémoire, ne laissant que de vagues contours. Certains détails conservaient pourtant leur acuité, entretenue par des récits successifs. Lui qui voyait les anecdotes comme un fléau dans une conversation continuait pourtant à en raconter. Il expliquait souvent qu'en réalité l'acier des menottes n'était pas glacial sur la peau, contrairement à ce qu'on lisait dans les romans policiers. Celles qu'on lui avait mises étaient encore chaudes d'avoir passé une longue matinée à l'intérieur du gilet sans manches de la policière qui l'avait arrêté. C'était leur étreinte tiède autour de ses poignets, cette sensation de transfert de la chaleur d'un autre corps, qui avait quelque chose de sinistre. Autre cliché : le fait qu'à la lecture d'un article de presse sur un sujet qui vous est familier on trouve au moins une erreur flagrante. Telle n'était pas son expérience. Il s'émerveillait de voir exhumées autant d'informations exactes sur sa personne. Les distorsions venaient de leur juxtaposition, des conclusions qu'on en tirait et qui frôlaient la diffamation. Il était également impressionné par le travail de recherche, la capacité de ces infatigables journalistes à pénétrer dans les recoins les plus obscurs, les taudis d'une existence surpeuplée, soutirant même, un jour, des trésors de méchanceté au frère aîné de sa troisième épouse, un ermite mutique qui avait toujours détesté Beard et vivait sans téléphone au bord d'un chemin de terre, sur une péninsule déserte du nord-ouest de l'île Bruny, quelque part au large de la Tasmanie.

Ils avaient retourné la vie de Beard comme on le ferait d'une corbeille à papier. On secouait deux ou trois fois, et soudain réapparaissaient toutes sortes de fragments à demi oubliés. En d'autres circonstances, il aurait payé pour bénéficier de ce genre de service. Sans se concerter, ses ex-épouses — cette brave Maisie, ainsi que Ruth, Eleanor, Karen et Patrice — avaient refusé de parler à la presse. Il en fut profondément touché. La plupart de ses anciennes maîtresses s'étaient montrées loyales, et seules deux avaient témoigné : une assistante de laboratoire, une responsable administrative. Il y avait également eu deux chercheurs : des ratés, des nullards. Et aussi quelques mythomanes, bizarrement. Au premier coup des trompettes de l'Apocalypse, ces quelques pseudo-maîtresses avaient quitté leurs tombes, leurs catacombes, et rampé vers la lumière jusqu'à leur Créateur — un reporter doté d'un chéquier — pour accuser Beard de misogynie, d'exploitation, de parasitisme.

Le silence et la loyauté n'avaient pas suffi à le tirer d'affaire. Rien n'avait échappé à la presse. Jusqu'à ce que l'attention des journalistes soit accaparée par un scandale footballistique, il avait été leur jouet. La une d'un quotidien l'avait caricaturé en vieux satyre agitant son sabot, nonchalamment adossé à la légende suivante : « En pages intérieures : les femmes de Beard. » Ouvrant avec écœurement le journal en question et parcourant la galerie de portraits où figuraient plusieurs collègues, de vieilles amies, ses épouses et Melissa, il avait eu un sursaut, et une voix intérieure, insensible à l'humiliation, lui murmura qu'il ne s'était pas trop mal débrouillé en trois ou quatre décennies, que toutes ces femmes brillaient par leurs qualités, leur remarquable sang-froid. Quant aux mythomanes opportunistes, elles n'étaient en fait que trois, et pas vraiment belles. Mais comment aurait-il pu ne pas lire le récit de leurs nuits fictives avec lui ? Il fut flatté.

Dans l'ensemble, pourtant, ce fut une période déprimante. Tout avait commencé plutôt innocemment, lorsqu'il avait accepté, d'un clic de souris, de prendre la tête d'un programme gouvernemental destiné à promouvoir la physique dans les lycées et les universités, à attirer plus de diplômés et d'enseignants vers cette discipline, à rappeler les succès passés, à présenter les physiciens comme des héros de l'histoire intellectuelle. Quand on lui avait soumis cette proposition, il était plus occupé que jamais, et il lui aurait été si facile de refuser. Il travaillait sur la photosynthèse artificielle à l'Imperial College, à la tête d'une équipe de quinze personnes. Il allait encore au Centre, mais surtout pour justifier son salaire. Il lui semblait essentiel de tenir Jock Braby à l'écart de ses nouvelles activités. Beard avait créé sa propre société ; il faisait breveter des catalyseurs et autres processus de fabrication, et s'était associé avec l'Américain Toby Hammer, un ancien alcoolique décharné, intermédiaire ayant ses entrées dans les administrations des campus, dans les parlements locaux et chez les investisseurs. Beard et Hammer avaient cherché un site suffisamment ensoleillé, d'abord dans le désert libyen, puis en Égypte, en Arizona et au Nevada, pour finir par se rabattre sur le Nouveau-Mexique. Beard avait désormais un but dans l'existence et se débarrassait de la plupart de ses anciennes sinécures. Mais cette proposition-là émanant de l'Institut de physique, il pouvait difficilement la refuser.

Ainsi réunit-il pour la première fois sa commission dans une salle de séminaire de l'Imperial College. Il avait pour collègues trois enseignants-chercheurs des universités de Newcastle, Manchester et Cambridge, deux professeurs de lycée d'Édimbourg et de Londres, deux proviseurs de Belfast et de Cardiff, plus une spécialiste de l'histoire des sciences qui enseignait à Oxford. Beard demanda à chacun de se présenter, de dire quelques mots de son parcours et de ses recherches. Lourde erreur. Les enseignants-chercheurs prenaient leurs travaux très au sérieux et avaient l'esprit de compétition. Dès lors que le premier des trois entrait dans les détails, les deux autres n'allaient pas s'en priver.

L'impatience de Beard à l'idée d'entendre la spécialiste de l'histoire des sciences ne tenait pas seulement à ses vieux démons, car sa discipline même était une nouveauté pour lui. Elle prit la parole en dernier, dit qu'elle s'appelait Nancy Temple. Elle avait le visage rond, pas franchement joli, mais avenant, et les joues toutes roses comme celles d'une enfant, des pommettes au menton. Une invitation à dîner ne pouvait pas faire de mal. Elle commença par souligner qu'elle était la seule femme dans la pièce, ce qui illustrait l'un des problèmes auxquels la commission souhaitait sûrement remédier. Autour de la table, chacun, même Beard, qui avait invité toutes les personnes présentes, sauf Nancy Temple, murmura ostensiblement son approbation. La voix de la jeune femme avait les intonations chantantes, presque envoûtantes, des natifs de l'Ulster. Elle confirma avoir grandi dans une banlieue résidentielle de Belfast, puis étudié l'anthropologie à Queen's University.

Pour expliquer son champ de recherches, dit-elle, le mieux était de décrire dans ses grandes lignes un projet récent, une étude approfondie de quatre mois dans un laboratoire de génétique à Glasgow, censé isoler et décrire le gène d'un lion, le Trim-5, et ses fonctions. Elle entendait démontrer que ce gène, comme tout gène, était une construction sociale au sens fort. Sans les différents outils de « marquage » (luminomètre à compteur de photons, cytomètre en flux, immunofluorescence, et ainsi de suite), nul ne pouvait affirmer que le gène existait. Ces outils coûtaient cher à l'achat et à l'usage, et avaient donc une signification sociale. Un gène n'était pas une entité objective attendant passivement que les chercheurs révèlent son existence. Il était le produit de leurs hypothèses, de leur créativité et de leurs appareils, sans lesquels on ne pouvait le détecter. Et quand on décrivait enfin ses prétendues paires de base ou son rôle improbable, cette description, ce texte n'avaient de sens et ne tenaient leur réalité que d'un réseau limité de généticiens capables de les lire. En dehors de tels réseaux, le Trim-5 n'existait pas.

Beard et les physiciens des universités et des lycées écoutèrent cet exposé avec un certain malaise. Par politesse, ils évitèrent d'échanger des regards entendus. Eux-mêmes partageaient plutôt la thèse conventionnelle selon laquelle le monde existait en tant que tel, dans tout son mystère, attendant d'être décrit et expliqué, même si cela n'empêchait pas l'observateur de laisser ses empreintes sur son champ d'investigation. Beard avait entendu dire que d'étranges idées circulaient dans les facultés de lettres. Apparemment, on y présentait la science aux étudiants comme une croyance guère plus fiable que la religion ou l'astrologie. Il avait toujours considéré ces bruits comme des calomnies contre ses collègues littéraires. Les faits parlaient d'eux-mêmes : qui accepterait un vaccin conçu par un prêtre ?

Lorsque Nancy Temple eut terminé son discours, Newcastle et Cambridge prirent simultanément la parole, plus étonnés qu'irrités. « Et la chorée de Huntington, par exemple, vous en faites quoi ? » lança le premier, tandis que l'autre demandait : « Vous croyez vraiment que ce qu'on ne connaît pas n'existe pas ? »

Toujours galant, Beard crut de son devoir de protéger sa collègue et s'apprêta à calmer le jeu, mais déjà elle répondait aimablement :

« La chorée de Huntington s'inscrit elle aussi dans une culture donnée. Autrefois, on parlait à son sujet de châtiment divin ou de possession démoniaque. Aujourd'hui c'est une histoire de gène défectueux, et un jour ce sera sans doute un autre facteur. S'agissant des gènes qu'on ne connaît pas, je n'ai bien sûr rien à en dire. Quant à ceux qui ont été décrits, ils ne nous parviennent de toute évidence que par l'intermédiaire de notre culture. »

Son calme provoqua un tollé, et cette fois le président de séance intervint fermement — il était expert en la matière — pour rappeler à la commission que le temps pressait, et attirer son attention sur le point suivant de l'ordre du jour. Ils avaient pour consigne de se réunir douze fois en treize mois et de remettre des recommandations. L'heure était venue de fixer provisoirement quelques dates.

À la fin de l'après-midi, les membres de la commission prirent place derrière une longue table dans une salle de la Royal Society, pour le lancement officiel de ce qu'un porte-parole du gouvernement avait baptisé « Physics UK ». Le logo était exposé sur un pupitre : un monogramme, composé des lettres E, M et C dans un carré en équilibre instable sur le signe « égal », tel un bosquet asymétrique. Beard présenta ses collègues, prononça quelques phrases d'introduction, puis attendit les questions des journalistes courbés sur leurs magnétophones et leurs calepins, comme sous le poids de la tâche et de l'absence scandaleuse de polémique. Qui irait s'élever contre une augmentation du nombre des physiciens ? Les questions furent ternes, les réponses précises. Tout ce projet était lamentablement respectable. Pourquoi rendre au gouvernement le service d'y consacrer un long article ?

L'envoyée d'un tabloïd haut de gamme posa une énième question bateau, à laquelle Beard s'entendit répondre affablement. Certes, les femmes étaient sous-représentées dans le monde de la physique et l'avaient toujours été. Le problème faisait souvent débat, et — il pensait au professeur Temple en disant cela — sa commission chercherait sûrement de nouveaux moyens d'attirer davantage de filles vers cette discipline. Selon lui, il n'y avait plus d'obstacles institutionnels ni de préjugés à lever. Dans d'autres branches de la science, les femmes étaient bien représentées, parfois même en position dominante. Enfin, commençant lui-même à s'ennuyer, il ajouta qu'il fallait peut-être se rendre à l'évidence : on avait atteint un plafond. Bien qu'il y ait beaucoup de physiciennes de talent, elles resteraient sans doute une minorité, quoique substantielle, dans leur discipline. Il y aurait toujours plus d'hommes que de femmes à *vouloir* devenir physiciens. Dans les sciences cognitives, on assistait à un consensus basé sur un large éventail d'expériences : le cerveau des hommes et celui des femmes présentaient statistiquement des différences significatives. Cela n'avait absolument rien à voir avec la supériorité d'un sexe sur l'autre, ni avec le conditionnement social, même si celui-ci accentuait le phénomène. Ces différences innées de capacités cognitives avaient été souvent observées. Diverses études montraient que les femmes possédaient en général de plus grandes aptitudes langagières, une meilleure mémoire visuelle, des intuitions plus sûres, une maîtrise supérieure du calcul mathématique. Les hommes arrivaient en tête pour la résolution des problèmes mathématiques, les raisonnements abstraits, la géométrie dans l'espace. Hommes et femmes ne partageaient pas les mêmes priorités dans l'existence ni les mêmes attitudes face à la prise de risque, au statut social, à la hiérarchie. Sans oublier une différence vraiment marquante, équivalant plus ou moins à un écart-type, et la seule à avoir été abondamment étudiée : très tôt dans l'existence, les filles semblaient s'intéresser davantage à leurs semblables, les garçons davantage aux objets et aux règles abstraites. Cette différence se retrouvait dans les domaines scientifiques qu'ils choisissaient : davantage de femmes en biologie et dans les sciences sociales, davantage d'hommes dans les sciences de l'ingénieur et en physique.

Beard remarqua que l'attention de son auditoire se dispersait. Des termes comme « écart-type » avaient généralement cet effet sur les journalistes. Au fond de la salle, quelques-uns discutaient entre eux. Au premier rang, un reporter d'un certain âge, à l'air distingué, avait fermé les yeux. Beard se hâta de conclure. Il restait certainement beaucoup à faire pour attirer plus de femmes vers la physique et pour qu'elles s'y sentent à l'aise. Mais à court terme, on perdrait du temps et de l'énergie à vouloir atteindre la parité, alors que la préférence des femmes allait à d'autres disciplines.

La journaliste qui avait posé la question acquiesçait mécaniquement de la tête. Derrière elle, quelqu'un commençait à poser une autre question, sans rapport avec la précédente. L'après-midi serait tombé dans l'oubli comme tant d'autres si, au même moment, le professeur d'histoire des sciences ne s'était levée, les joues rose vif, pour déclarer à l'auditoire en rassemblant ses documents d'un geste sec : « Avant que je sorte prendre l'air, tellement je suis écœurée par ce que je viens d'entendre, je souhaite annoncer que je démissionne de la commission du professeur Beard. »

Elle se dirigea à grands pas vers la porte dans le brouhaha et le bruit des chaises que poussaient les journalistes en se levant. Enfin impliqués, ravis, mus par un sentiment d'urgence et d'émulation, tous se précipitèrent derrière elle.

Tandis que la pièce se vidait, le professeur Jack Pollard, de Newcastle, spécialiste de la gravitation quantique, qui avait récemment donné une série de conférences et semblait au courant de tout, chuchota à l'oreille de Beard : « Tu as mis les pieds dans le plat. C'est une postmoderne, vois-tu, une constructiviste sociale pure et dure qui ne jure que par l'acquis. Elles le sont toutes, tu sais. On prend un café ? »

Sur le moment, ces mots ne dirent pas grand-chose à Beard. Une seule pensée lui occupait l'esprit : ce n'était pas une façon de présenter sa démission. Puis une seconde pensée lui vint, encore plus simple : il devait partir au plus vite, même s'il savait que Pollard aurait aimé bavarder. En d'autres circonstances, Beard aurait volontiers passé une heure avec lui dans un café. Ils appartenaient à la même communauté fluctuante, au même groupe international, dont les membres se jalousaient, s'appréciaient, nouaient des amitiés possessives et, hormis quelques défections notoires et quelques morts, voyageaient ensemble depuis les temps héroïques de la théorie des cordes en quête de son Graal, à savoir l'unification des forces fondamentales et de la gravitation. Ils avaient fini par voir les limites des cordes et embrassé les supercordes avant d'atteindre la matrice caverneuse de la M-théorie. Chaque avancée avait engendré une nouvelle série de problèmes, d'incohérences, d'impossibilités physiques. Dix dimensions, et soudain, après un retour aux théoriciens de la supergravitation, onze ! Des dimensions étroitement enroulées sur six cercles, la redécouverte des travaux de Kaluza et Klein dans les années vingt, la délicieuse complexité des variétés de Calabi-Yau ! Sans parler du drame singulier du premier centième de seconde de l'univers ! Beard n'avait joué aucun rôle actif et n'était pas tout à fait à la hauteur en mathématiques, mais il connaissait les rumeurs. Et aussi les anecdotes : le théoricien des cordes surpris au lit avec une femme, et qui lançait à son épouse : « Chérie, je peux tout expliquer ! » Quelle longue route — et l'on n'était pas au bout du voyage — où les prouesses de l'entendement humain se mêlaient à des histoires trop humaines ! Le théoricien qui négligeait sa femme mourante, sans réussir pour autant à reformuler son hypothèse. L'obscur jeune chercheur parvenant à résoudre une série de contradictions grâce à une intuition libératrice qui lui ruinait la santé. Le congrès tristement célèbre qui avait snobé une ancienne éminence. Le lèche-bottes médiocre à qui allait la supersubvention. La brouille entre deux géants qui avaient partagé le même laboratoire.

Oui, il aurait adoré bavarder, mais il sentait quelque chose se contracter autour de lui comme un nuage noir avant l'orage, ou l'émotion équivalente. Il allait avoir des ennuis et ferait mieux de s'éclipser avant d'aggraver son cas. Il pria Pollard et les autres de l'excuser, empoigna son attachécase, quitta la pièce, traversa le hall, sortit par l'entrée principale. Dehors, le soleil et le bourdonnement de la ville atténuèrent ses inquiétudes. Une chaîne de montagnes aurait eu le même effet. Peut-être n'était-ce qu'une tempête dans un verre d'eau. Au passage, il entendit quelques bribes de la conférence de presse donnée sur le trottoir par

Nancy Temple, de sa voix raisonnable aux intonations chantantes : « ... résurgence de l'eugénisme... affirmations sinistres sur la nature humaine... attaques néolibérales contre la collectivité... » Autant de petites phrases pour les tabloïds. Certains journalistes autour d'elle se servaient du toit d'une voiture en stationnement comme bureau, d'autres annonçaient déjà leur scoop par téléphone. Sans doute Nancy Temple ne se rendait-elle pas compte que le gouvernement était en partie la cause de cette fébrilité. Un problème dans une commission. Nouvel échec de Blair.

Beard feignit de ne pas entendre ceux qui l'appelaient par son prénom tandis qu'il traversait la rue. Ne jamais alimenter soi-même la polémique. Le lendemain, pourtant, en lisant sous la manchette UN NOBEL CONTRE LES FILLES DANS LES LABOS qu'il avait « préféré quitter discrètement les lieux », il se demanda s'il n'aurait pas dû faire demi-tour.

D'abord la controverse parut ne pas devoir durer, ne pas tenir la route. Une modeste éruption de gros titres dans les quotidiens du matin fut suivie par deux jours de silence. Il se crut tiré d'affaire. Mais pendant ce temps-là un tabloïd menait l'enquête. Le samedi, la « vie amoureuse » de Beard fut révélée, habilement reliée à la polémique sur le « non aux filles en blouse blanche ». Le dimanche, d'autres journaux s'emparèrent de l'affaire et en rajoutèrent, le qualifiant de « physicien aimant s'envoyer en l'air », de « Don Juan du Nobel », de « professeur Satyre ». Il y eut bien quelques allusions au meurtre d'Aldous, mais le personnage du mari cocu aussi rêveur qu'inoffensif, de l'innocente victime trompée par une femme volage, fut opportunément oublié. Beard était désormais un homme haï, qui séduisait les femmes tout en les écartant du monde scientifique. Des publications sérieuses le décrivaient comme un physicien adepte du « déterminisme génétique », un fanatique de la biologie appliquée à la sociologie, dont les thèses sur la différence entre les sexes dérivaient du darwinisme social, qui avait en son temps engendré les théories racistes du troisième Reich. Un chroniqueur s'abandonnant à une extrapolation audacieuse, plus pour s'amuser que par conviction, avança que Beard était un néo-nazi. Personne ne prit l'accusation au sérieux, mais certains journaux se crurent autorisés à citer cette insulte pour la réfuter, tout en l'officialisant avec les guillemets et les parenthèses d'usage. Beard devint le « professeur néo-nazi ».

Un article d'un quotidien de centre gauche rappela que, pour la plupart, les principales différences entre hommes et femmes étaient un produit de la société. Beard répondit par une courte lettre vaguement sarcastique — six malheureuses lignes auxquelles il avait consacré quatre heures et plusieurs brouillons — dans laquelle il se plaignait de ce que les hommes ne puissent être enceints, rejetant la responsabilité sur la société. La lettre fut publiée, apparemment dans l'indifférence générale.

Une semaine plus tard, le même journal organisa entre Beard, Temple et quelques autres, un débat public sur « Les femmes et la physique » à l'Institut d'art contemporain. Beard était alors bien décidé à faire connaître la vérité sur ses thèses. Il partageait la tribune avec différents chercheurs en lettres et en sciences humaines, surtout des hommes — presque tous lui étaient hostiles. Pour des raisons inexpliquées, le professeur Temple n'était pas venue et avait envoyé une collègue à sa place. Où étaient donc passés les scientifiques ? demanda plusieurs fois Beard aux organisateurs avant le débat. Apparemment, personne n'en savait rien.

Le grand auditorium était complet. Dans une autre salle, le public suivait l'événement sur des écrans de télévision. La presse avait réussi à éveiller l'intérêt. Les gens voulaient voir de leurs yeux un monstre moderne, en chair et en os, pour se faire peur. Certains retinrent même leur souffle quand il se présenta. Malgré des murmures de plus en plus réprobateurs, il tint le même raisonnement, cita les mêmes expériences cognitives, avec plus de détails. Lorsqu'il mentionna les études indiquant que les filles avaient en moyenne davantage d'aptitudes langagières que les garçons, il y eut des ricanements dans la salle, et l'un des intervenants se dressa pour dénoncer l'« objectivisme primaire » avec lequel Beard cherchait à « perpétuer la domination d'une élite blanche et misogyne ». L'homme se rassit sous le genre d'acclamations qui laisse présager une révolution. Perplexe, Beard ne voyait pas le rapport. Il était complètement perdu. Plus tard, quand il demanda aux participants s'ils considéraient également la gravitation comme un produit de la société, il se fit huer, et une femme se leva dans l'assistance pour lui suggérer, sur un ton sévère de directrice d'école, de réfléchir à l'« arrogance hégémonique » de sa question. De quel droit parlait-il ainsi ? Au nom de quelle répartition occulte du pouvoir dans la société actuelle se croyait-il autorisé à poser la question en ces termes ? Il resta abasourdi, ne trouvant rien à répondre. « Hégémonique » était une insulte courante, tout comme « réductionniste ». Exaspéré, il déclara que sans réductionnisme il n'y aurait pas de science. « Exactement ! » cria quelqu'un dans la salle, ce qui provoqua l'hilarité générale.

La remplaçante de Nancy Temple était Susan Appelbaum, une chercheuse de Tel-Aviv enseignant la psychologie cognitive, aussi menue qu'un oiseau dans sa robe bleu et rouge, et avec le même petit filet de voix. Victime du trac, elle eut du mal à s'imposer. Elle suscita la méfiance et une certaine confusion s'installa. Du point de vue du public, visiblement unanime sur tous les sujets, certains points jouaient en sa faveur, d'autres contre elle. En tant que femme, elle était peu hégémonique — Beard eut le sentiment de s'habituer à cet adjectif —, et son trac n'arrangeait rien. Au bout de quelques minutes, il devint évident qu'elle prenait position contre lui. Mais elle était juive, israélienne, et donc, par association d'idées, responsable de l'oppression des Palestiniens. Peut-être même était-elle sioniste, avait-elle servi dans l'armée. Une fois qu'elle fut lancée, l'hostilité de l'assistance s'accrut. C'était un auditoire postmoderne, sensible au moindre propos inacceptable. Lorsqu'il n'était pas captivé par une personnalité de premier plan, il pouvait se montrer impitoyable. La dame de Tel-Aviv ne cacha pas ses positions réactionnaires, parmi lesquelles divers présupposés, qu'elle partageait avec Beard. C'était une objectiviste dans la mesure où elle croyait que le monde existait indépendamment du langage qui le décrivait ; elle fit l'éloge de l'analyse réductionniste, se présenta comme empiriste et, reconnut-elle fièrement, comme « une rationaliste des Lumières », ce qui, à en juger par les grognements du public, était passablement régressif, pour ne pas dire hégémonique. Il existait bel et bien, insista-t-elle, des différences biologiques entre les sexes dans les processus cognitifs, mais on ne devait tenir compte que des preuves empiriques. Il y avait une espèce humaine, et son histoire était indissociable de l'évolution. On ne naissait pas sur une *tabula rasa*. À la fin de son introduction, elle avait du mal à se faire entendre.

Rares furent ceux qui suivirent sa réponse aux arguments de Beard. Elle connaissait les mêmes études que lui, et bien d'autres encore. Elle en avait même dirigé certaines. Les conclusions étaient claires : sur le plan cognitif, il n'y avait pas de différences significatives pouvant donner l'avantage aux garçons en maths et en physique. Les différences avec les filles, ou entre hommes et femmes, n'apparaissaient que lors d'expériences complexes où l'on proposait plusieurs moyens d'arriver à une même solution : les deux sexes faisaient alors des choix différents. La distinction entre l'intérêt pour les objets et celui pour les humains était un mythe détournant à son profit quelques expériences souvent citées, mais mal conçues. En revanche, les études étaient éloquentes en ce qui concernait la pression sociale : les perceptions et les attentes exerçaient une influence bien plus forte que les différences objectivement mesurées entre hommes et femmes. Cet argument aurait dû satisfaire les personnes présentes, mais il leur échappa : elles n'écoutaient plus Susan Appelbaum décrire les expériences où l'on attribuait à des bébés, de manière aléatoire, des prénoms féminins ou masculins, avant de laisser des adultes interpréter leurs différentes activités. On demandait également à des parents de prédire les aptitudes de leurs enfants à exécuter telle ou telle tâche. Ou bien on chargeait des chercheurs d'évaluer des candidats fictifs des deux sexes ayant des qualifications identiques. Il s'agissait, dit-elle, de statistiques significatives montrant que la perception de l'un ou l'autre sexe exerçait une influence déterminante sur nos attitudes. Sans parler de certaines situations de reproduction sociale bien étudiées : les candidats postulaient pour un emploi dans des services employant des gens « comme eux », où ils avaient toutes les chances de réussir.

Lorsqu'elle arriva à sa conclusion, Beard eut l'impression d'être le seul à écouter. Les statistiques n'étaient visiblement pas une préoccupation postmoderne, les anecdotes non plus. Elle fit allusion à la vie de Fanny Mendelssohn, reconnue à l'époque comme une musicienne prodigieusement douée, autant que son frère Félix. Dans une lettre devenue célèbre, son père lui explique que si Félix peut devenir musicien de profession, pour elle la musique doit rester un passe-temps du dimanche. Voilà un siècle, on invoquait nombre de raisons « scientifiques » pour justifier le fait que les femmes ne pouvaient devenir médecins. Aujourd'hui encore, sans le vouloir, on jugeait très souvent les filles et les garçons, les femmes et les hommes, en fonction de critères différents. Du berceau jusqu'à la candidature à un premier emploi et au-delà, les expériences empiriques montraient, chiffres à l'appui, que ces facteurs culturels étaient bien plus significatifs que la biologie. Raison pour laquelle il y avait si peu de femmes physiciennes.

Appelbaum se rassit. Personne n'applaudit mais tout le monde fut soulagé qu'elle en ait enfin terminé. Dix minutes plus tard, le débat public prenait fin. Beard se dirigea droit vers la sortie, avec l'impression de bénéficier d'une remise de peine. Certains pourraient dire qu'il avait été envoyé au tapis, d'autres qu'il avait triomphé. Qu'est-ce qu'il en savait ? Il était physicien, après tout, pas psychologue cognitif. Seule satisfaction : il ne quittait pas cet Institut plus haï qu'il n'y était entré. Ces gens n'allaient pas s'en laisser conter par une Israélienne. Ce n'était pas bien, mais il n'y pouvait rien. Et lui-même se sentait bien : il restait entier. Dans le couloir, la foule s'écarta sur son passage, sans doute avec mépris, et quelques secondes plus tard il franchissait la porte donnant sur le Mall, surpris par le soleil et par un comité d'accueil : une trentaine de manifestants qui répétaient sur l'air des lampions en brandissant des pancartes : « Non à l'eugénisme ! Prof nazi, démission ! », ainsi qu'une dizaine de journalistes, surtout des cameramen, et quatre policiers.

Sans doute les choses se seraient-elles mieux passées s'il n'était pas sorti de ce débat avec un sourire provocant. Parmi les manifestants se trouvaient une demi-douzaine de femmes d'un certain âge. L'une d'elles surgit de derrière un policier, prit une tomate dans un sac en papier et la lança sur Beard. Elle n'était qu'à trois ou quatre mètres de lui et il n'eut pas le temps de se baisser. La tomate pourrie est une arme légendaire. Celle-ci, quoique trop molle, semblait parfaitement consommable. Elle s'écrasa sur le revers de sa veste, y resta collée quelques instants. Lorsqu'elle tomba, il la recueillit dans sa paume ouverte et, sans réfléchir, la retourna aussi sec à l'envoyeur, geste purement ludique, sans colère ni méchan-ceté, tenta-t-il d'expliquer ensuite. Pourquoi, sinon, l'aurait-il renvoyée comme une balle ? La tomate, à la peau désormais éclatée, atteignit la femme en pleine figure, juste à droite du nez. Avec un son bizarre, un hululement plaintif, cette der-nière, qui avait à peu près le même âge que Beard et le même embonpoint, porta les mains à ses joues, réussissant à s'enduire le visage de pulpe de tomate en même temps qu'elle tombait à genoux.

En couleurs, la photo était spectaculaire. Prise derrière Beard, elle le montrait de dos, debout au-dessus d'une femme à terre, victime d'une agression sanglante. En Allemagne, elle fit la une d'un magazine, sous le titre MANIFESTANTE TERRASSÉE PAR UN PROFESSEUR NÉO-NAZI. À l'arrière-plan, encore lisible, une pancarte confir-mait cette accusation. Une autre photo, largement reproduite elle aussi, et prise en contre-plongée, révélait le sourire cruel de Beard. C'était plus fort que lui, la situation l'amusait. Cette tomate si molle, lancée si doucement, la réaction de cette femme, si excessive qu'elle en devenait comique, la sollicitude exagérée d'un premier policier, l'empressement caricatural d'un autre à appeler une ambulance : on était en plein théâtre de rue. Une policière toucha le bras de Beard et dit d'une voix morne qu'elle l'arrêtait pour violences à autrui. Une autre policière se posta près de lui, épaule contre épaule pour bien lui faire comprendre que toute résistance était inutile. Les menottes, encore tièdes d'être restées au contact du corps de la jeune femme, se refermèrent sur ses poignets avec un déclic, sous les acclamations des manifestants. Cinq ou six photographes le précédèrent à reculons alors qu'on l'emmenait vers une voiture de police qui attendait sur le Mall. Quand elle démarra, ils l'accompagnèrent au pas de course, martelant le sol de leurs semelles, mitraillant Beard assis dans l'ombre à l'arrière, comme un criminel.

La voiture dépassa la National Portrait Gallery, remonta vers Charing Cross et se gara devant la librairie Foyles. Assise près de lui, la policière qui avait arrêté Beard lui enleva les menottes, tandis qu'à l'avant sa collègue se tournait vers lui :

« Vous pouvez y aller, monsieur.

— Je me croyais accusé de violences à autrui.

— On vous a évacué afin d'éviter des troubles à l'ordre public. Pour votre propre sécurité.

— Trop aimable à vous de m'avoir menotté devant la presse.

— Merci de le reconnaître, monsieur. On n'a fait que notre travail. Merci encore. »

On lui ouvrit la portière et il se retrouva seul sur le trottoir, se demandant s'il n'aurait pas un livre à acheter. Non, en fait. Il regagna son appartement et broya du noir dans sa baignoire cerclée de crasse, contemplant à travers un nuage de vapeur l'archipel de son moi en désordre : masse du ventre, pointe du sexe, îlots épars des orteils, qui dépassaient d'une mer savonneuse et grise. Il se dit que les choses étaient toujours moins graves qu'on le croyait. Certes. Mais parfois c'était pire : une affaire presque enterrée venait d'être exhumée.

Au cours de la semaine suivante, des photos du prix Nobel menotté, de la victime humiliée à genoux devant son bourreau et du sourire malsain de celui-ci se multiplièrent numériquement sur toute la planète, tels des rétrovirus. Au Centre, Jock Braby sauta sur l'occasion et obtint la démission de Beard. Une tournée de conférences fut annulée sous la pression du scandale, et les organisateurs de différents colloques jugèrent sa présence susceptible de nuire à la réputation d'une institution, d'un éminent collègue invité, ou tout simplement de susciter les protestations des étudiants ou des jeunes chercheurs. Un fonctionnaire appela pour lui demander poliment de choisir entre démissionner de Physics UK ou être licencié. Un autre centre de recherche prit la peine de l'informer que le nom de Beard, désormais sali, n'apparaîtrait plus sur leur en-tête. Dans le foyer des enseignants d'un collège d'Oxford, où il allait se consoler devant un café, trois professeurs de littérature sortirent à son arrivée, la tête haute, laissant ostensiblement leurs cafés refroidir près de leurs fauteuils vides. Son téléphone ne sonnait pratiquement plus : ses amis étaient muets ou bien, comme ses ex-épouses, réticents ou sous le choc. Au contraire, l'Imperial College, enchanté du laboratoire créé par Beard et des subventions qu'il avait obtenues, lui conserva sa confiance. Il reçut également une aimable lettre de soutien, portant le cachet d'une prison autrichienne, envoyée par un néo-nazi condamné pour le meurtre d'un journaliste juif.

Deux semaines durant, il ne pensa à rien d'autre. Cesser de lire les journaux, ainsi que Melissa le lui conseillait gentiment, était impossible. Lorsqu'il ne voyait rien de nouveau dans les deux kilos de quotidiens du matin, il se sentait paradoxalement déçu à la perspective de cette journée vide, où il n'aurait rien à se mettre sous la dent. Il éprouvait un irrésistible besoin de lire des articles sur cet étranger, cet avatar portant son nom, ce satyre, séducteur monstrueux qui refusait aux femmes le droit de faire une carrière scientifique, ce partisan de l'eugénisme. Il se demandait comment il avait pu se retrouver avec cette dernière étiquette. Après quelques promenades venteuses sur Primrose Hill, parmi les poussettes et les cerfs-volants, il arriva toutefois à une conclusion possible. Pendant plus d'un demi-siècle, l'ombre du troisième Reich avait fait peser un interdit sur la génétique appliquée aux affaires humaines — du moins dans l'esprit de ceux qui connaissaient mal le sujet. Suggérer qu'une influence ou une différence génétiques, ou encore une évolution passée puissent avoir le moindre impact sur les processus cognitifs, sur les hommes et les femmes, sur la culture, équivalait pour certains à entrer dans un camp de concentration et à proposer de collaborer avec le docteur Mengele.

Lorsqu'il testa cette hypothèse sur ses amis biologistes, elle les amusa. Tout ça était de l'histoire ancienne, remontant aux années soixante-dix ; aujourd'hui il y avait un nouveau consensus, non

205

seulement chez les généticiens, mais à l'université en général. Il était trop amer. Allez, encore un verre ! Mais que savaient-ils des journalistes ou des adeptes du postmodernisme ? Pour Beard, la solution était simple. Il fallait s'en tenir aux photons : ni masse, ni charge, ni controverse à l'échelle humaine. Son travail sur la photosynthèse artificielle progressait : un prototype de laboratoire utilisait déjà la lumière pour isoler efficacement l'hydrogène et l'oxygène de l'eau. La civilisation avait besoin d'une nouvelle source sûre d'énergie, et il pouvait se rendre utile. Il allait se racheter. Que la lumière soit !

Malgré cette détermination, il pensait rester des années en disgrâce. Et qu'arriva-t-il ? Rien. Son avatar s'évapora. Du jour au lendemain Beard disparut des journaux, remplacé par une affaire de corruption dans le monde du foot, et entreprit de refaire lentement surface. Il manqua de travail pendant quelque temps, puis, quatre mois plus tard, enregistra six entretiens sur Einstein pour le BBC World Service. Un groupe de recherche allemand lui avait demandé l'autorisation d'utiliser son nom. Cambridge en profita pour essayer de le débaucher, après quoi l'Imperial College lui offrit deux chercheurs supplémentaires et encore plus d'argent. University College, à Londres, également intéressé, tenta de l'acheter en lui proposant une chaire honoraire, puis Caltech se manifesta à son tour, sans compter ses vieux amis du MIT, qui lui auraient bien fait traverser l'Atlantique.

Comme la vie publique s'était montrée magnanime, et comme la gloire d'un lauréat du Nobel pouvait rejaillir sur une université et faciliter l'obtention de subventions !

*

Lorsque son taxi, après avoir fait le tour de Trafalgar Square, se retrouva coincé dans un embouteillage sur le Strand, Beard avait plus d'une heure et demie de retard. En cinq minutes, il n'avait pas avancé d'un pouce. Il lui sembla soudain que depuis quatre heures ses pensées étaient paralysées par les contretemps et l'exaspération, au point que le confinement dans ce taxi immobile lui devenait intolérable. Il glissa un billet de vingt livres dans la fente de la cloison qui le séparait du chauffeur, descendit avec sa valise et prit la direction du Savoy en la tirant derrière lui. À pied il prendrait sans doute encore plus de retard, mais il se sentit libéré d'agir en homme pressé plutôt que de ressasser. Et le fait de foncer avec son fardeau à roulettes, de slalomer sur les trottoirs pour doubler les passants, représentait l'exercice physique qu'il se promettait depuis des années. Débraillé, nœud de cravate de travers, son élégant costume en laine bon pour le pressing, son pardessus trop long pour les hivers modernes en Angleterre, il continuait sa course en boitillant, une jambe devant, l'autre à la traîne, remontant le Strand comme un enfant obèse sur un bâton sauteur. Moins d'une minute plus tard, gêné par une douleur fulgurante dans une zone reculée tout en bas de son poumon gauche, parmi les alvéoles les moins sollicitées, il ralentit. Aucun colloque ne méritait qu'on meure pour lui. La circulation redevenait plus fluide, et son taxi, désormais libre, le dépassa à toute vitesse tandis qu'il progressait d'un pas lourd vers l'hôtel.

Dans le hall, deux organisateurs l'attendaient. Le plus jeune le déchargea de sa valise ; l'autre, un vieillard en blazer qui s'appuyait de tout son poids sur sa canne, un masque mortuaire constellé de taches de vieillesse en guise de visage, désigna sa montre et gravit les marches avec lui.

« Tout va bien, dit-il, le souffle court à cause de l'effort fourni pour propulser son corps dans ce luxueux champ gravitationnel. Nous avons modifié l'ordre de passage. C'est à vous dans cinq minutes. »

Beard prit la nouvelle avec bonne humeur, car il se sentait en comparaison jeune et invulnérable, ses pieds s'enfonçaient agréablement dans l'épaisse moquette, et la douleur avait disparu de sa poitrine.

Un organisateur plus jeune, mais plus expérimenté, d'origine indienne, l'accueillit près d'une imposante porte à double battant, qui s'ouvrit sur le brouhaha des conversations à l'heure du thé. Après les préliminaires habituels — un grand honneur, mille fois merci, vous êtes très attendu, ne vous inquiétez pas de ce retard — le jeune homme, prénommé Saleel dans le souvenir que Beard gardait de leurs échanges par mail, détailla la composition de l'auditoire : des investisseurs, hommes et femmes, quelques hauts fonctionnaires, plusieurs universitaires, aucun journaliste.

Beard écoutait distraitement, ayant détourné le regard pour contempler, par-dessus l'épaule de son interlocuteur en costume sombre, le spectacle de cette salle emplie d'une foule volubile. Sur des tables recouvertes de nappes blanches, entre de hautes fenêtres avec vue sur une Tamise aux eaux crépusculaires, étaient disposés des plats carrés en porcelaine avec des pyramides de sandwichs au pain de mie sans croûte, rebondis comme des coussins. De l'endroit où il se trouvait, il distinguait même les rayures roses du saumon fumé dont ils étaient garnis. On avait dispersé avec art des tranches de citron sur les tables, tels des sourires aguicheurs auxquels personne ne prêtait attention dans la pièce. À cet instant précis, Beard n'avait pas réellement faim, mais il se sentait, selon ses propres termes, en appétit. C'est-à-dire qu'il imaginait déjà le plaisir qu'il prendrait, dans moins d'une heure, à transférer quelques-uns de ces mets sur une assiette et à les déguster en admirant le fleuve. De même qu'il anticipait le regret qu'il éprouverait si les plats étaient emportés trop tôt, lorsque la pause de l'après-midi prendrait fin, ce qui se produirait dès le début de sa conférence. Mieux valait manger quelques sandwichs sans attendre.

« Un public conservateur, des investisseurs institutionnels, des non-scientifiques, bien sûr, donc un exposé pas trop technique serait vivement apprécié », poursuivait Saleel.

D'un mouvement d'épaule vers l'intérieur de la salle, Beard amena son hôte, jeune homme visiblement sensible et intelligent, à s'exclamer en lui remettant une enveloppe blanche : « Mais bien entendu, vous avez besoin de vous restaurer ! Et voici vos émoluments. »

Quelques instants plus tard Beard avait son assiette, remplie d'épaisses tranches de saumon fumé, agrémentées de poivre noir moulu et d'aneth entre de fines tranches de pain de mie bien blanc, neuf lourds triangles — mesure de prudence, puisqu'il n'était pas contraint de les manger tous. Ce qu'il fit pourtant, et à toute vitesse, sans grand plaisir ni même un regard pour le fleuve, car un bègue à la voix douce voulait lui parler de l'examen de physique de son fils, après quoi un géant voûté, à l'imposante barbe rousse et aux grands yeux accusateurs curieusement écartés l'un de l'autre, vint se présenter à lui. Il s'appelait Jeremy Mellon, enseignait les légendes urbaines. Beard, qui en était à son sixième sandwich, se sentit obligé de l'interroger sur les raisons de sa présence.

« En fait, je m'intéresse aux formes narratives engendrées par la climatologie. C'est bien sûr une épopée, avec un million d'auteurs. »

Beard se méfiait. C'était la tendance Nancy Temple. Les gens qui s'intéressaient aux genres narratifs avaient souvent une vision approximative du réel, accordant la même valeur à ses différentes versions. Mais il n'eut même pas besoin de dire : « Comme c'est intéressant ! », car déjà les gens posaient tasses et soucoupes, et s'empressaient de regagner leur place ; le vieillard à la canne tournait vers lui son visage grimaçant et tapotait une nouvelle fois sa montre, lui laissant tout juste le temps d'engloutir les trois derniers triangles au saumon fumé.

On le conduisit sur une estrade dressée pour l'occasion, vers une chaise en plastique orange campée derrière un bac de tulipes d'un rouge et d'un jaune agressifs. Il s'efforça de ne pas les regarder. Toute cette assemblée avait quelque chose d'irréel. Deux cents personnes environ, assises en arc de cercle devant lui, sur plusieurs rangées. Tous ces visages d'un rose ridicule. Leur bavardage résonnait comme dans une chambre d'écho. Le Savoy tanguait sous ses pieds, ou ondulait doucement ; on aurait dit qu'il avait glissé dans le fleuve et se balançait au rythme de la marée. Beard ne put retenir quelques bâillements, qu'il dissimula en plissant le nez. Il devait se rendre à l'évidence : il avait vaguement mal au cœur, et pour tout arranger, un technicien à la peau grêlée, affligé de caries ou de pyorrhée dentaire, lui souffla son haleine dans la figure en lui attachant son micro.

Les jambes croisées, feignant d'écouter avec son habituel demi-sourire figé la présentation trop longue et détaillée de Saleel, et plus encore lorsqu'il se leva enfin sous des applaudissements laborieux pour prendre place derrière le pupitre et s'y cramponner à deux mains, Beard sentait monter la nausée à l'idée qu'une monstrueuse pourriture, abandonnée par la mer sur les bancs de vase d'un estuaire aux eaux stagnantes, était en train de se décomposer et de fermenter dans son abdomen, contaminant son haleine, ses paroles, et soudain ses pensées.

« La planète, dit-il, lui-même surpris, est malade. »

Il y eut un grognement, suivi d'un susurrement désapprobateur dans l'auditoire. Les gestionnaires de fonds de pension préféraient des termes plus nuancés. Mais cet adjectif « malade », qu'il avait presque vomi, le soulagea temporairement.

« La guérir est une urgence et va coûter cher,

peut-être jusqu'à deux pour cent du produit intérieur brut de chaque nation, beaucoup plus si on retarde le traitement. Je suis convaincu, et c'est ce que je suis venu vous dire, que toute personne souhaitant contribuer à la mise au point de celui-ci, participer au processus par des investissements, pourra gagner beaucoup d'argent, des sommes ahurissantes. C'est une nouvelle révolution industrielle qu'il s'agit de mettre en route. À vous de saisir votre chance. Le charbon et le pétrole ont créé notre civilisation ; de magnifiques sources d'énergie qui ont arraché des centaines de millions d'entre nous à l'esclavage du travail de la terre. La libération de ce labeur quotidien, ajoutée à notre curiosité innée, a permis en deux siècles à peine une croissance exponentielle de nos connaissances. Le processus a commencé en Europe et aux États-Unis ; nous l'avons vu gagner certaines parties de l'Asie, puis l'Inde, la Chine, l'Amérique du Sud, et bientôt l'Afrique. Nos autres problèmes et nos autres conflits masquent cette évidence : nous n'avons pas idée de la portée de notre réussite.

« Bien sûr, il faudrait également saluer notre inventivité. Nous sommes des singes très intelligents. Mais le moteur de notre révolution industrielle a été une énergie accessible, bon marché. Sans elle, nous ne serions arrivés à rien. Formidable ! Un kilogramme d'essence fournit à peu près treize mille wattheures d'énergie. Difficile de faire mieux. Mais il faut la remplacer. Par quoi ? Les meilleures batteries électriques dont nous disposons stockent environ trois cents wattheures d'énergie par kilo. Tout le problème est là : treize mille contre trois cents. Des chiffres sans appel !

Malheureusement, on n'a plus le choix. Il faut remplacer le pétrole au plus vite pour trois raisons majeures. La première, et la plus simple, est que le pétrole va se tarir. Personne ne sait au juste quand, mais tout le monde s'accorde à dire que le pic de production sera atteint au cours des quinze prochaines années. Ensuite les réserves déclineront, alors que les besoins en énergie continueront de croître puisque la population mondiale augmente et que chacun aspire à un meilleur niveau de vie. Deuxièmement, de nombreuses régions productrices de pétrole sont politiquement instables, et on ne peut plus dépendre d'elles. La troisième raison, d'une importance cruciale, est qu'en utilisant des énergies fossiles, en rejetant du dioxyde de carbone et d'autres gaz dans l'atmosphère, on réchauffe la planète à petit feu, phénomène dont on commence seulement à mesurer les conséquences. Mais l'enjeu est clair. Soit on freine, puis on s'arrête, soit nos enfants et petits-enfants affronteront de leur vivant une catastrophe économique et humaine à grande échelle.

« Ce qui nous amène à la question centrale, et désormais brûlante. Comment freiner et s'arrêter tout en perpétuant notre civilisation, en continuant à sortir des millions de gens de la pauvreté ? Pas par des comportements vertueux, en utilisant le tri sélectif, en baissant le thermostat et en achetant une voiture moins puissante. Cela ne retardera que d'un an ou deux la catastrophe. Mieux que rien, mais ce n'est pas la solution. Il faut dépasser les comportements vertueux. Ils sont trop passifs, trop limités. La vertu peut motiver les individus, mais à l'échelle d'un groupe, d'une société, de toute une civilisation, elle ne suffit pas. Les nations ne sont jamais vertueuses, en dépit de ce qu'elles peuvent penser. Pour la masse de l'humanité, la voracité l'emporte sur la vertu. Il faut donc tenir compte, dans nos solutions, de l'égoïsme habituel, sans cesse de faire l'éloge de la nouveauté, de l'inventivité, de l'ingéniosité et de la coopération, de la rentabilité. Le charbon et le pétrole génèrent de l'énergie, et l'argent aussi, de manière abstraite. La réponse à notre question brûlante est bien sûr de savoir au juste où doit aller cet argent, notre argent : vers une énergie propre et renouvelable.

« Imaginez-moi il y a deux siècles et demi devant vous — assemblée de notables et de propriétaires terriens —, prédisant l'avènement de la première révolution industrielle, et vous conseillant d'investir dans le charbon et l'acier, les machines à vapeur, les usines textiles, puis les chemins de fer. Ou un siècle plus tard, après l'invention du moteur thermique, vous annonçant l'importance croissante du pétrole et vous incitant à parier sur lui. Ou encore un siècle plus tard, vous vantant les mérites des microprocesseurs, des ordinateurs de bureau, d'Internet et des possibilités qu'ils offrent. Eh bien, mesdames et messieurs, nous voici de nouveau face à ce genre de tournant. Ne vous bercez pas d'illusions en croyant que l'économie mondiale et ses places boursières peuvent exister au mépris de l'environnement. La planète Terre est un monde clos. Vous disposez de toutes les informations ; vous avez le choix : les projets de l'humanité doivent être alimentés par une énergie propre et sûre, sinon ils échoueront et l'humanité sombrera. Vous, les forces du marché, pouvez vous montrer à la hauteur en vous enrichissant au passage, sinon vous sombrerez vous aussi. Nous sommes tous dans le même bateau ; vous n'avez nulle part où aller... »

Beard entendit des murmures sceptiques en différents points de la salle — murmures suscités, selon lui, par son allusion au réchauffement de la planète à petit feu. Il avait de plus en plus mal au cœur ; ce cadavre en décomposition dans son abdomen s'agitait de manière odieuse. En écoutant la présentation de Saleel, il avait remarqué que le rideau de velours derrière lui s'ouvrait par le milieu — porte de sortie dont il aurait peut-être besoin. Il s'interrompit, prit une profonde inspiration, s'obligea à se redresser et à contempler l'assistance, essayant de localiser les sceptiques. L'habitude de s'exprimer en public lui avait enseigné la valeur d'une interruption délibérée. Il savait qu'au sein des solides institutions de la City, on s'obstinait à nier l'évidence, au mépris des lois physiques les plus élémentaires et d'années de recherches sérieuses. Comme partout, les sceptiques voulaient que les affaires restent les affaires. Ils redoutaient une baisse des dividendes versés aux actionnaires, soupçonnaient les scientifiques de vouloir tirer profit de la situation comme eux-mêmes le faisaient. Beard avait pour eux le mépris des nouveaux convertis.

Tandis qu'il reprenait son souffle pour continuer son exposé, un renvoi lui laissa dans la bouche un goût d'anchois auquel se mêlait l'acidité de la bile. Il ferma les yeux, déglutit, et changea de stratégie.

« J'ai lu hier dans le journal que, dans quatre ans jour pour jour, nous fêterions le bicentenaire de la naissance de Charles Darwin, et le cent cinquantième anniversaire de la première édition de *L'Origine des espèces*. Ces commémorations occulteront à coup sûr les travaux d'un autre grand scientifique victorien, un Irlandais du nom de John Tyndall, qui entreprit en cette même année 1859 d'étudier sérieusement l'atmosphère. Il s'intéressait en particulier à la lumière, raison pour laquelle je me sens des affinités avec lui. Il fut le premier à postuler que c'était la diffusion de la lumière dans l'atmosphère qui donnait au ciel sa couleur bleue, tout comme il fut le premier à décrire et à expliquer l'effet de serre. À l'aide d'instruments expérimentaux, il montra comment la vapeur d'eau, le dioxyde de carbone et autres gaz empêchent la chaleur du soleil emmagasinée par la Terre de se réfracter dans l'espace, ce qui rend la vie possible. Enlevez cette couche de vapeur et de gaz, et, selon la célèbre citation — Beard tira une fiche de la poche de sa veste : "Vous détruirez assurément toute plante ne résistant pas au gel. La chaleur de nos champs et de nos jardins se déversera directement dans l'espace, et le soleil se lèvera sur une île prise par les glaces."

« Au début du XXe siècle, certains savaient déjà que la civilisation industrielle rejetait du dioxyde de carbone dans l'atmosphère. Au cours des années suivantes, on comprit plus précisément comment une molécule de ce gaz absorbe et retient une partie du rayonnement solaire et emprisonne la chaleur. Plus il y a de dioxyde de carbone, plus la planète se réchauffe. Dans les années soixante, un satellite a montré que notre voisine, la planète Vénus, possède une atmosphère composée à quatre-vingt-quinze pour cent de dioxyde de carbone. Sa surface dépasse quatre cent soixante degrés, température à laquelle même le zinc fond. Sans effet de serre, il ferait sur Vénus à peu près la même température que sur Terre. Il y a cinquante ans, nous rejetions chaque année treize milliards de tonnes de dioxyde de carbone dans l'atmosphère. Ce chiffre a presque doublé. Voilà plus de vingt-cinq ans que les chercheurs ont commencé à alerter le gouvernement américain sur l'existence d'un changement climatique causé par l'homme. En quinze ans, trois rapports de l'IPCC ont tiré la sonnette d'alarme avec une urgence croissante. L'an passé, l'étude de près de mille articles de revues universitaires n'a fait apparaître qu'une seule voix discordante. Oubliez les taches solaires et la météorite Toungouska de 1908 ; n'écoutez pas les lobbies pétroliers, ni les groupes de réflexion et les médias à leur solde qui prétendent, comme l'industrie du tabac avant eux, qu'il y aurait deux visions du problème, que les scientifiques eux-mêmes sont divisés. La science est relativement simple : elle parle d'une seule voix et doute peu. Mesdames et messieurs, ce problème fait l'objet de débats et de recherches depuis un siècle et demi, depuis la publication de *L'Origine des espèces* de Darwin, et il est aussi incontestable que le principe de la sélection naturelle. Nous avons observé ces mécanismes et nous les connaissons bien ; nous les avons mesurés et les chiffres le disent : la Terre se réchauffe, et nous savons pourquoi. Il n'y a pas de controverse entre chercheurs, il y a juste cette évidence. Elle peut vous attrister ou vous effrayer, mais elle doit aussi effacer vos derniers doutes. À vous de décider en toute liberté de la marche à suivre. »

Une nouvelle nausée assaillit Beard, menaçant de le déshonorer. Il avait des sueurs froides, des crampes, la colonne vertébrale parcourue de frissons. Il devait continuer à parler pour oublier. Et il devait parler vite. Il était traqué, il devait courir.

« Donc, reprit-il, crachant le mot malgré la boule gluante dans sa gorge. Permettez-moi de vous faire quelques suggestions. Collectivement, d'après mes informations, vos différents organismes représentent environ quatre cents

milliards de dollars d'investissements. Les cours sont à la hausse sur les marchés mondiaux, et on a parfois l'impression que la fête ne finira jamais. Peut-être avez-vous cependant négligé un secteur qui surpasse les autres en doublant ses résultats tous les deux ans. À moins que vous n'ayez remarqué le phénomène et regardé ailleurs. Pas assez respectable, mode éphémère, vous êtes-vous sans doute dit ; trop de ces ploutocrates sont d'anciens hippies de Stanford. Mais avec eux il y aussi BP, General Electric, Sharp, Mitsubishi. Le secteur des énergies renouvelables. L'aventure a commencé. Ce marché sera encore plus lucratif que celui du charbon ou du pétrole, parce que l'économie mondiale est infiniment plus vaste et le marché des changes plus rapide. Des fortunes colossales vont naître. Ce secteur déborde de vitalité, d'inventivité, et il est surtout en pleine croissance. Des milliers de sociétés inconnues se positionnent avec de nouvelles techniques. Chercheurs, ingénieurs, designers s'engouffrent dans ce créneau. Les services de dépôt des brevets et les chaînes de fabrication sont embouteillés. C'est un océan de rêves, de rêves réalisables : produire de l'hydrogène à partir des algues, du kérosène avec des bactéries génétiquement modifiées, de l'électricité grâce au soleil, à la force du vent, aux marées, à la cellulose, aux ordures ménagères ; débarrasser l'air du dioxyde de carbone et transformer celui-ci en carburant ; imiter les secrets du règne végétal. Un extraterrestre atterrissant sur notre planète et la voyant inondée de soleil serait stupéfait d'apprendre que nous avons des problèmes d'énergie, que nous ayons pu choisir de nous empoisonner en brûlant des combustibles fossiles ou en créant le plutonium.

« Imaginez que nous rencontrions un homme à la lisière d'une forêt sous une pluie battante. Cet homme meurt de soif. Il a une hache à la main et abat les arbres pour en extraire la sève. Quelques gorgées par arbre. Autour de lui tout n'est que dévastation, arbres morts, pas un chant d'oiseau, et il sait que la forêt est en train de disparaître. Alors pourquoi ne renverse-t-il pas la tête en arrière pour boire l'eau de pluie ? Parce qu'il est expert dans l'art d'abattre les arbres, qu'il a toujours procédé ainsi, et qu'il se méfie de ces gens qui lui conseillent de boire la pluie.

« Cette eau de pluie est notre rayonnement solaire. Une source d'énergie inonde notre planète, régule son climat, rend la vie possible. Elle se déverse sur nous en un flot ininterrompu, une douce pluie de photons. Un seul photon frappant un semi-conducteur libère un électron : ainsi naît l'électricité, tout simplement, du seul rayonnement solaire. C'est le photovoltaïque. Einstein l'a décrit et a reçu le Nobel. Si je croyais en Dieu, je dirais qu'il s'agit du plus beau cadeau qu'Il nous ait fait. Comme je suis athée, je rends grâce aux lois de la physique ! Moins d'une heure d'ensoleillement terrestre suffirait à satisfaire pendant un an les besoins en énergie de la planète. Une fraction de nos déserts arides pourrait alimenter notre civilisation en électricité. Nul ne peut posséder le soleil ; nul ne peut le privatiser ni le nationaliser. Bientôt, tout le monde récoltera son énergie sur les toits, les voiles des bateaux, les sacs à dos des enfants. J'ai parlé de pauvreté au début de cet exposé : certains pays parmi les plus pauvres sont riches en rayonnement solaire. Nous pourrions les aider en leur achetant leurs mégawatts. Et les consommateurs apprécieront de produire leur énergie solaire et de la revendre aux réseaux de distribution d'électricité. C'est primordial.

« Il existe une douzaine de moyens éprouvés pour produire de l'énergie solaire, mais le but ultime est encore devant nous, et il me tient particulièrement à cœur. Je veux parler de la photosynthèse artificielle, de la reproduction de méthodes que la nature a mis trois milliards d'années à perfectionner. Nous utiliserons directement la lumière pour récupérer à peu de frais l'hydrogène et l'oxygène contenus dans l'eau, et nos turbines tourneront jour et nuit, ou bien nous fabriquerons des carburants à partir de l'eau, du rayonnement solaire et du dioxyde de carbone, à moins que nous ne construisions des usines de dessalement capables de fournir à la fois de l'électricité et de l'eau douce. Croyez-moi, cela se réalisera. Le solaire va se développer, et, avec votre aide, avec vos investissements et ceux de vos clients, il se développera encore plus vite. La science, le marché et la gravité de la situation en feront la solution de l'avenir — c'est la logique qui veut ça, et non l'idéalisme. »

Beard crut vraiment qu'il allait vomir. Le vide se fit dans son esprit, et, redoutant la moindre pause, il raconta la première chose qui lui vint à l'esprit, c'est-à-dire une anecdote personnelle. D'abord de la voix éteinte de celui qui teste un micro en énumérant ce qu'il a mangé au petit déjeuner, il décrivit à l'auditoire son trajet depuis l'aéroport au début de l'après-midi. Il eut assez vite la conviction que l'exemple n'était pas si mal choisi. Restait à captiver la salle : il n'avait encore rien dit de drôle, or c'était l'Angleterre, où les gens s'attendent à ce qu'un conférencier sache les faire rire, même avec retenue. Oubliant sa nausée, il évoqua son achat d'une liasse de journaux à la boutique de l'aéroport. Quand il avoua son faible pour un certain type de chips, il perçut un amusement muet dans les rangées de silhouettes en costume. Peut-être de la commisération.

Il se prit au jeu, certain qu'une conclusion utile s'imposerait d'elle-même. Il planta le décor, le train bondé, la bouteille d'eau sur la tablette et, juste à côté, le sachet aux couleurs criardes ouvert par ses soins, sous le regard impavide d'un jeune homme à la carrure impressionnante. Il y eut quelques gloussements lorsqu'il narra la façon dont les adversaires avaient vidé le sachet. Sans se donner le beau rôle, il dramatisa le moment où il s'était emparé de la bouteille d'eau, l'avait vidée en quelques gorgées et jetée sur la table. Il s'attarda sur l'aisance avec laquelle le jeune homme lui avait descendu sa valise, sur son propre refus de lui adresser la parole. Il les fit durer, ces quelques secondes sur le quai de la gare avant la découverte de la vérité, qu'il divulgua le cœur battant, le visage empourpré par l'orgueil quand son public se mit à pouffer, et même à rire franchement, lorsque, mimant la scène à présent, il brandit le second sachet devant lui, tel Hamlet le crâne de Yorick. Oui, tous ces gens semblaient l'aimer un peu plus.

Il s'empressa de conclure sur ce qui avait motivé ce récit. Était-ce un raisonnement tiré par les cheveux, ou bien avait-il mis par hasard le doigt sur deux vérités importantes ? Pas le temps d'y réfléchir.

« À la gare de Paddington, j'ai découvert en premier lieu que, lors d'une crise grave, on comprend, parfois trop tard, que la cause du problème ne se trouve ni chez les autres, ni dans le système, ni dans la nature des choses, mais en nous-mêmes, dans nos égarements et nos hypothèses fantaisistes. Et, en second lieu, qu'à certains moments de nouvelles informations nous obligent à réinterpréter radicalement la situation. La civilisation industrielle est confrontée à ce genre de moment. On traverse le miroir et tout se transforme ; l'ancien paradigme cède la place au nouveau. »

L'emphase de ces dernières phrases avait quelque chose de désespéré ; sa voix s'étiolait dans ses oreilles, ses conclusions sonnaient finalement creux. Et maintenant où aller ? Son corps, lui, le savait. Beard lâcha le pupitre, pivota sur lui-même et disparut comme un somnambule entre les deux pans du rideau, pour se retrouver dans la pénombre d'un vaste espace où trônaient deux colonnes, visiblement des chaises empilées. S'inclinant sous des applaudissements assez nourris, il laissa le contenu de son estomac, lubrifié par l'huile de poisson, glisser sans bruit hors de lui. Il resta quelques instants dans cette position, en prévision d'un nouveau haut-le-cœur. Rien ne vint. Il réapparut alors sur l'estrade pour écouter, en se tapotant solennellement la bouche avec un mouchoir, Saleel adresser à tous les remerciements d'usage.

*

Les gestionnaires de fonds de pension et les autres regagnèrent l'immense salle de réception où les serveurs proposaient du vin. Pour justifier ses émoluments, Beard était tenu de se mêler à l'assistance pendant au moins une demi-heure. Il attendit debout, un verre de chablis purificateur à la main, tandis que défilaient devant lui les visages d'individus cravatés. Polis et bien intentionnés, ceux-ci lui dirent que sa conférence était « intéressante », voire « fascinante », mais à l'évidence personne ne modifierait ses stratégies d'investissement. Il apprit qu'un peu plus tôt un spécialiste du pétrole avait convaincu l'auditoire qu'avec les schistes bitumineux et les forages en eau profonde on disposait de réserves pour cinq décennies.

« D'ailleurs nos îles sont plus ou moins des gisements de charbon, fit observer un jeune homme blafard à petite moustache brune en brosse. Si la vertu n'est pas une raison suffisante, pourquoi risquer l'argent de nos clients sur des sources d'énergie dont l'efficacité et la permanence ne sont pas prouvées ? »

Près de lui, une femme répondit à la place de Beard : « L'âge de pierre n'a pas pris fin à cause d'une pénurie de cailloux. »

Beard avait trop souvent entendu cette repartie assez faible d'un émir du pétrole pour se joindre à leurs rires.

« Il n'y a tout simplement pas assez de soleil et de vent au Royaume-Uni pour faire marcher l'économie », dit quelqu'un.

Invisible derrière lui, quelqu'un d'autre ajouta : « Admettons qu'on achète notre énergie solaire en Afrique du Nord. Qui vous dit que notre indépendance énergétique est assurée ? »

Alors que Beard argumentait et acceptait un second verre de vin, conscient qu'un whisky aurait mieux fait l'affaire, Mellon, le chargé de cours en légendes urbaines, resurgit soudain, la barbe frémissante, guettant une occasion d'intervenir dans la conversation.

« J'aimerais bien savoir d'où vous tenez cette histoire, lança-t-il quand celle-ci se présenta.

— Quelle histoire ?

— Vous savez bien. Celle du type dans le train.

— Comme je l'ai dit. Elle m'est arrivée cet après-midi.

— Allons, professeur Beard. Nous sommes entre adultes. »

Les gestionnaires de fonds de pension, pressentant un règlement de comptes, s'approchèrent pour mieux entendre.

« Je ne vous suis pas. Vous allez devoir m'expliquer, dit Beard.

— Vous l'avez très bien racontée, et on voit qu'elle servait votre propos.

— Vous croyez que j'ai tout inventé ?

— Au contraire. C'est une histoire connue, avec de nombreuses variantes, souvent étudiée dans mon domaine. Elle a même un titre : *Le Voleur malgré lui*.

— Ah bon ? Comme c'est intéressant, répliqua Beard.

— Très intéressant, en effet. D'une variante à l'autre, certaines caractéristiques demeurent. Par exemple, celui qu'on accuse à tort est souvent un personnage marginal, voire menaçant : un romanichel, un immigrant, un punk, parfois même un handicapé. Votre jeune homme bien bâti à boucle d'oreille a parfaitement le physique de l'emploi. Il rend fréquemment service au vrai voleur, ce qui rend le moment de vérité encore plus pénible. Dans votre cas, il descend votre valise. Une théorie veut que cette histoire — nous l'appelons entre nous par ses initiales : VML — exprime l'angoisse et le remords engendrés par notre hostilité envers les minorités. Peut-être joue-t-elle dans notre culture le rôle d'un châtiment inconscient. »

Beard se força à sourire. « Il ne vous a pas échappé que de temps à autre ce genre de choses se produit vraiment, qu'une anecdote peut être authentique. À l'ère des transports en commun, vous savez, les gens s'entassent les uns sur les autres avec leurs sachets de chips identiques...

— Ce qui nous intéresse, c'est à quelle fréquence cette histoire revient dans les conversations, circule de bouche en bouche, puis tombe dans l'oubli avant de réapparaître quelques années plus tard sous une forme différente, au terme de ce qu'on appelle un processus de recréation commune. VML était très connue aux États-Unis au début du siècle précédent. On n'en trouve pas trace ici avant les années cinquante, mais au début des années soixante-dix, on l'entendait partout. L'écrivain Douglas Adams en a inséré une version dans un roman des années quatre-vingt. Il a toujours affirmé que ça lui était arrivé dans un train, autre point commun. En la racontant comme une expérience vécue, les gens ancrent l'histoire dans le réel, l'authentifient — ça leur est vraiment arrivé, à eux-mêmes ou à un ami — et l'isolent de l'archétype. Ils la rendent originale, s'en attribuent la paternité. VML apparaît dans certaines nouvelles de Jeffrey Archer, et aussi de Roald Dahl, je crois ; elle a été présentée comme histoire vraie à la BBC et dans le *Guardian*. C'est l'intrigue d'au moins deux films, *The Lunch Date* et *Julie et Julia*, sans oublier...

— Désolé de vous décevoir, mais mes expériences n'appartiennent qu'à moi, pas à ce fichu inconscient collectif. »

Le spécialiste des légendes urbaines faisait preuve d'un entêtement quasi autistique. « Certes, dans votre version il y a une nouveauté : les chips. J'ai entendu parler de gâteaux secs, de pommes, de cigarettes, même de repas de cantine, mais jamais de chips. J'y consacrerai peut-être un article dans notre revue, le *Contemporary Legend Quarterly*, si vous n'y voyez pas d'inconvénient. Bien sûr je modifierai votre nom. »

Beard s'était détourné pour arrêter un serveur. « Donc, ces anecdotes circulent un peu comme des histoires cochonnes, déclara le gestionnaire de fonds de pension blafard à petite moustache.

— Exactement.

— Vous connaissez celle du zoo de Bristol et de l'employé de parking ? Pendant vingt-quatre ans, voyez-vous... »

Beard insista auprès du serveur. « Peu importe, du moment que ce n'est pas un pur malt. Triple dose, sans eau, un seul glaçon, et s'il vous plaît faites vite. »

Il était dix-huit heures quarante-cinq. Il ne restait plus que treize minutes de conversations contractuelles. La perspective de l'avoir à la main, son premier whisky de la journée, lui remontait déjà le moral. Tout comme celle de passer la soirée avec Melissa. Certain que le serveur d'un établissement de cette qualité prendrait la peine de le retrouver dans la foule, il planta là Mellon, qui dissertait sur les variantes de l'histoire du voleur malgré lui, et traversa la pièce pour parler de la pluie et du beau temps avec un inconnu affable.

*

Elle était belle, intéressante, dévouée — vraiment une femme bien —, alors qu'est-ce qui ne lui convenait pas chez Melissa Browne ? Il lui fallut plus d'un an pour trouver la réponse. Elle avait un défaut, pareil à une bulle d'air dans une vitre, qui lui donnait une image déformée de Michael Beard, lui faisant croire qu'il pouvait être bon mari et bon père. Il ne comprenait pas une telle erreur de jugement et la lui pardonnait difficilement. Alors qu'elle connaissait son histoire, qu'elle en avait la preuve vivante devant elle et aurait dû se méfier, elle s'obstinait à croire, à tort, qu'elle pourrait le sauver, le rendre gentil, honnête, tendre, et surtout fidèle. Elle n'avait pas pour désir, contrairement à ce qu'il pensait, de le transformer à l'approche de sa septième décennie, mais de le faire revenir en douceur à sa vraie nature, à son moi authentique, celui qu'il oubliait de revendiquer. Telle était son ambition muette. Par exemple, ce n'étaient ni le harcèlement ni les privations qui lui feraient perdre des kilos, mais de délicieux repas équilibrés, concoctés avec amour, qui l'aideraient à retrouver la silhouette de ses trente ans — sa forme idéale, au sens platonicien. Et si ses recettes échouaient, elle le garderait tel quel.

Elle supportait ses absences, ses silences quand il était à l'étranger, sûre qu'il finirait par voir les choses comme elle. Et puis elle-même avait une vie bien remplie. Cette patience touchante, Beard, pas complètement rustre, la ressentait comme un reproche. Du temps de ses ennuis avec la presse, elle l'avait vu sous son pire jour sans rien laisser paraître. Elle semblait même ne l'en aimer que plus. Avec la passion des rationalistes, elle l'avait soutenu jusqu'à la fin de cette folle tempête. Jamais, pourtant, elle ne laissait la raison empiéter sur son amour. Sinon, leur liaison aurait pu se terminer dans l'heure. Il fut troublé de découvrir qu'elle était de ces femmes ne pouvant aimer qu'un homme en perdition. De préférence bien plus âgé qu'elle. Devait-il rejoindre la sinistre cohorte de ses anciens amants et de son ex-mari — ces vieillards niais, ces dépravés, ces ratés, ces goujats, tous des exploiteurs — que sa gentillesse n'avait pas suffi à guérir et qui lui avaient refusé un enfant ? Aucun d'entre eux n'avait été convié à la table du roi de Suède, et pourtant il se sentait proche d'eux. Accepter d'être l'unique réussite de Melissa serait une bonne façon de se distinguer, mais il ne se sentait pas de taille. Lui aussi refuserait sans doute de lui faire un enfant.

« Pourquoi moi ? » avait-il demandé un jour, étendu sur le lit de Melissa après l'amour. La question semblait tomber à point nommé, et suggérer qu'il ne méritait pas tant d'honneur.

« Parce que », avait-elle répondu avant de s'asseoir sur lui pour le faire bander à nouveau, lui, son Michael rondouillard aux gestes lents, qui se croyait depuis longtemps à des années-lumière de pouvoir jouir deux fois en une demi-heure.

Elle possédait dans le nord de Londres une chaîne de magasins — si trois suffisent à faire une chaîne — de vêtements de danse. Elle avait pour clients les danseurs professionnels des compagnies londoniennes, ainsi que toutes sortes d'amateurs, dont de jeunes mères lasses du yoga, et même des hommes de l'âge de Beard, qui se mettaient aux claquettes ou au tango dans une ultime tentative pour rajeunir. Mais ces boutiques à peine rentables attiraient également un noyau dur de minuscules rêveuses qui ne vieillissaient pas, fidèle corps de ballet qui se reconstituait de génération en génération : des fillettes poursuivies par l'envie démodée de porter des tutus, des collants, des leggings et des chaussons, de faire des pirouettes à la barre, devant un miroir, sous l'œil sévère d'une ancienne danseuse étoile squelettique au cœur d'or. Ce rêve d'un dur labeur sur un parquet éraflé, de la première représentation, du premier saut sur scène devant un auditoire retenant son souffle, avait survécu à l'ère électronique, aux groupes de rock féminins et aux feuilletons télévisés à l'eau de rose. La persistance de ce fantasme donnait une impression d'atavisme. Le plus petit tutu de la réserve de Melissa faisait la taille d'un bébé d'un an. Les mères de ces fillettes se rappelaient leurs propres rêves, et dépensaient parfois sans compter pour les réaliser par procuration.

Danser dans le monde moderne était toutefois une activité précaire. Dans l'esprit du public, sa valeur montait et descendait comme celles du marché à terme, et Melissa devait faire vite pour passer ses commandes aux fournisseurs. Un documentaire télévisé, et pendant une semaine quatre cents clients venaient exiger dans ses magasins une certaine chemise pour danser le tango. Tel film, telle comédie musicale, tel clip sur MTV réveillaient un appétit aussi insatiable qu'éphémère. Une publicité pour papier toilette sur fond de *Lac des cygnes*, et les fillettes affluaient, plus nombreuses que jamais, réclamant cette fois des collants arc-en-ciel, des leggings dont les mailles semblaient avoir filé, ou un justaucorps artistiquement déchiré, comme dans le film. Suivaient des périodes de vaches maigres, où seuls les professionnels et le noyau dur des petites rêveuses dansaient encore, où plus personne ne voulait ressembler à une ballerine, et où Melissa devait s'armer de patience. Inutile, disait-elle, de faire des prédictions.

Pour limiter l'impact de ces fluctuations, elle

élargit la gamme de produits de ses magasins. Les fillettes de huit ans rêvant de devenir petits rats ne représentaient qu'une fraction de leur classe d'âge, mais elles partageaient avec leurs semblables un goût inexplicable pour la couleur rose. Pas n'importe quel rose ; un rose particulier, très doux, celui de la barbe à papa ou de la layette. Les trois boutiques consacrèrent une partie de leur vitrine à cette tendre incitation. Un samedi matin, Beard rendit visite à Melissa sur son lieu de travail et, entouré d'une foule de créatures à la voix flûtée, il fut témoin de l'étrange pouvoir exercé par une bande étroite du spectre électromagnétique. Qui donnait la consigne à ces gamines ? Comment apprenaient-elles à se conduire ainsi, à désirer un crayon et un taille-crayon roses, des tennis roses, des draps roses, des barrettes roses, des cartables roses, du papier à lettres rose ? En bon scientifique, il consulta l'article d'un célèbre spécialiste des neurosciences de Newcastle, dont les travaux suggéraient l'existence d'une différence de la sensibilité rétinienne en fonction du sexe, les femmes tendant à préférer l'extrémité rouge du spectre. Mais cela ne suffisait pas à expliquer la ruée du samedi au magasin, ni la diminution spectaculaire du découvert de Melissa auprès de sa banque la même année. Dans le rose durant des mois ! Puis une lassitude du rose s'installa soudain, et le miracle prit fin. Du jour au lendemain, les fillettes n'eurent plus besoin d'objets roses. Impossible d'écouler pendant les soldes les stocks d'invendus. Ça dépassait l'entendement. Il aurait dû y avoir une nouvelle génération de petites sœurs attirées par le rose, mais non. Ce n'était pas comme si une nouvelle nuance l'avait remplacé. En tant qu'incitation, la couleur elle-même avait pâli. Le rose sombra, mais au moment de sa résurgence Melissa eut le mérite d'être prête.

Malgré ces aléas et les soucis quotidiens au sujet du personnel et des fournisseurs, les magasins Dance Studio apparaissaient à Beard comme un havre d'aspirations et de plaisirs innocents. Un jour qu'il passait à celui de Primrose Hill pour inviter Melissa à déjeuner, il l'attendit sur un tabouret de l'arrière-boutique et nota tout dans les moindres détails : Lenochka, la vendeuse aux cheveux en brosse teints en noir, que son piercing à la langue faisait zézayer avec un accent cockney mêlé d'inflexions russes ; la musique de Tchaïkovski en sourdine ; le parfum de bois de santal ; l'atmosphère de dévouement pour les danseurs, adultes ou enfants, qui forçait le respect. Assis dans la pénombre parmi les cartons à moitié déballés, il s'abandonna à un fantasme — les pièces aux murs aveugles avaient parfois cet effet-là sur lui — d'un érotisme de plus en plus débridé, où il se retirait du monde et de ses maux pour travailler, partenaire de Melissa en toutes choses, dans le cocon de la réserve, peut-être au perfectionnement d'un logiciel d'inventaire ou à l'organisation de journées spéciales avec conférences et démonstrations, laissant placidement passer les années entre extase et monotonie, jusqu'à ce qu'un soir, à la demande de Melissa — rêve aussi vulgaire qu'impossible ! —, il persuade Lenochka de faire l'amour à trois sur l'immense lit de l'appartement bien tenu de Fitzroy Street, et découvre ce que donne la plus intime des caresses réalisée par une langue percée d'une pierre précieuse. Il se surprit lui-même. Il aurait pu passer sa vie entière dans cette arrière-boutique, à rêver parmi les leggings dépareillés.

Voilà pour le premier havre. Le second était l'appartement de Melissa, situé à deux minutes à pied de Primrose Hill, presque en face de l'immeuble où Sylvia Plath avait un matin mis sa tête dans le four, après avoir sorti le lait et le pain pour ses enfants endormis. La poétesse, enfant des années soixante, était une maîtresse de maison accomplie qui, comme Melissa, faisait régner dans son appartement un ordre peu poétique. Beard, en revanche, n'était pas soigneux, propre sur lui et soucieux d'élégance, mais semeur patenté de désordre inconscient : ramasser une serviette, fermer un tiroir ou une porte de placard, jeter à la poubelle un trognon de pomme ou un emballage lui aurait semblé un acte aussi délibéré qu'un grand nettoyage de printemps. La femme de ménage qui s'occupait naguère de son appartement de Marylebone était partie sans explication, mais il savait pourquoi et n'avait pas cherché à la remplacer. Eleanor, sa troisième épouse, était un jour tombée, dans une édition à tirage limité, sur une tranche de bacon racornie en guise de marque-page.

Comme beaucoup de gens peu soigneux, il appréciait l'ordre que les autres maintenaient, apparemment sans effort. Dans l'appartement de Melissa, un duplex, il était particulièrement heureux. Elle menait une existence si dépouillée. Il y avait des perspectives dégagées où aucun meuble n'arrêtait le regard. Le parquet récupéré dans un château gascon, et ciré à la perfection, brillait d'un éclat discret. Aucun objet ne traînait, tous les livres étaient méthodiquement rangés dans la bibliothèque, du moins entre deux visites de Beard, et seules quelques rares lithographies, représentant surtout des danseurs, ornaient les murs. Il n'y avait qu'une statue, reproduction en miniature d'une sculpture de Henry Moore. D'autres surfaces ne justifiaient leur existence que par leurs reflets, car le moindre grain de poussière en était absent. Dans la chambre, aucun vêtement en vue, et le lit, lisse comme un étang, paraissait aussi vaste que celui d'un hôtel américain. L'appartement de Melissa était le genre d'endroit dont Beard pouvait en deux minutes détruire l'ambiance en retirant son manteau d'un coup d'épaule, en ouvrant son attaché-case et en quittant ses chaussures. Il ne se sentait chez lui qu'en chaussettes. Il était néanmoins impressionné par cet appartement qui lui semblait incarner la liberté de l'esprit, aussi s'efforçait-il de ne pas le souiller, et y parvenait-il en partie.

Jamais un cambrioleur, s'introduisant dans les lieux après avoir réduit au silence le système d'alarme et prenant la peine de jeter un coup d'œil autour de lui avant de se mettre au travail, n'aurait pu deviner la personnalité ni même le sexe du propriétaire. Le duplex était silencieux, austère, masculin avec ses tons marron glacé et gris acier. Alors que dans ses magasins, comme au lit, Melissa était bruyante, enjouée, généreuse. Elle ne dépassait son Michael que de deux ou trois centimètres, était ronde, douce, avait des hanches dignes d'une baigneuse de Renoir, sans toutefois approcher la corpulence de Beard. Elle avait le cheveu noir, naturellement bouclé, ou permanenté — il n'osait

234

jamais poser la question —, les yeux sombres et une carnation chaleureuse, brun clair, avec sur les pommettes une touche de rouge qui s'intensifiait sous l'effet de la fureur ou d'une joie soudaine. Elle prétendait avoir dans les veines, par son arrière-grand-mère, un peu de sang caribéen et vénézuélien, comme un Angostura bitter, disait-elle. Quoi qu'il en soit, elle se réjouissait de la canicule, détestait le froid — qui commençait pour elle en dessous de quinze degrés — et pensait qu'elle aurait été davantage à sa place dans un pays méridional, mais il était trop tard pour s'expatrier.

Peut-être avait-elle choisi le décor de son appartement de Fitzroy Street pour mettre sa garde-robe en valeur. Elle portait des imprimés un peu voyants — l'héritage caribéen — ou de la soie aux couleurs intenses, et possédait une collection d'escarpins rouges ou verts aussi bien que noirs, ainsi que des ballerines aux tons pastel qui n'allaient avec rien. Chez elle, installée sur un canapé gris foncé avec un mur atone derrière elle, elle était aussi lumineuse, aux yeux de Beard, qu'un Gauguin de la période des Marquises.

Lorsqu'il venait la voir, sa cuisine ressemblait à une tempête d'épices. Ses repas équilibrés et relevés étaient tout à fait du goût de Beard. Il annulait d'éventuels bénéfices pour sa santé en se reservant largement. Elle-même touchait à peine aux plats qu'elle préparait, mais elle le regardait manger en face d'elle avec une satisfaction visible, lui assurant que les épices allaient brûler ses graisses et augmenter ses ardeurs amoureuses, ou bien qu'elle l'engraissait pour qu'il ne puisse jamais s'enfuir — ce qui était plus proche de la vérité. Après ces

festins, ni plus mince ni même vaguement émoustillé, il restait assis sans rien dire ou presque, trans-
pirant pendant une demi-heure dans un fauteuil
pour récupérer.

Comment l'aurait-il méritée ? Elle lui faisait
couler un bain les soirs d'hiver, allumait des bou-
gies aux quatre coins de la salle de bains, se glissait
près de lui dans l'immense baignoire. Elle lui achetait des chemises, des cravates en soie, de l'eau de
toilette, du vin, du whisky — elle-même ne buvait
pas —, des caleçons et des chaussettes. Quand il
devait prendre l'avion, elle s'occupait de son billet.
Dans un piètre effort pour la remercier, il lui rapportait de coûteux présents trouvés dans les boutiques duty-free des aéroports, forme moderne de
parcimonie encouragée par la facilité et l'absence
théorique de taxes, mais elle ne semblait pas s'en
formaliser. Elle adorait sa physique, ses feuillets
indéchiffrables, couverts de calculs photovoltaïques — du « chinois » —, qui jonchaient parfois le
parquet, et lui faisait expliquer pour la énième fois
les symboles, la notation bra-ket de Dirac, les produits tensoriels, les fentes de Young. Elle-même
aurait pu devenir mathématicienne. Il l'avait vue
compléter la grille de sudoku d'un journal du
matin aussi vite que d'autres auraient rempli un
formulaire, se dépêchant pour terminer avant de
partir travailler. Elle approuvait sa mission et lisait
consciencieusement les articles de presse sur le
changement climatique. Elle lui avait pourtant dit
un jour que si on prenait le problème au sérieux,
on ne penserait plus qu'à ça. À côté, plus rien
n'avait d'importance. Comme tout le monde, elle
ne pouvait donc pas le prendre au sérieux, pas

totalement. La vie quotidienne l'en empêchait. Il citait parfois cette remarque dans ses conférences.

Elle parlait de ses anciens amants avec une liberté qu'il ne pouvait égaler. Elle n'avait jamais cherché à se lier sérieusement avec un de ses contemporains. Tous les hommes qu'elle évoquait avaient quinze ou vingt ans de plus qu'elle. L'unique exception était ancienne, et l'intéressé d'un âge encore plus vénérable. À vingt ans, elle avait entretenu toute une année une liaison avec un homme marié, un joueur de golf professionnel de cinquantesix ans. Il en avait désormais soixante-dix-sept, et ils se voyaient toujours. Cette préférence pour les hommes plus âgés qu'elle avait une histoire. Elle avait grandi près de Clapham Common, dans le sud de Londres, fille unique de parents qui divorceraient l'année de ses onze ans. Elle adorait son père, mais vivait chez sa mère, avec qui elle ne s'entendait pas. Après le remariage de sa mère avec le dernier d'une série de compagnons « odieux », alors que Melissa était partie vivre chez son père à l'autre bout de la ville, celui-ci eut une attaque cérébrale. À partir de quatorze ans, elle lui servit d'infirmière, lui faisant même sa toilette, car il était presque entièrement paralysé, et cela jusqu'à sa mort, quatre ans plus tard. Elle avait exposé à Beard la thèse développée plusieurs années auparavant par un ami thérapeute. S'étant occupée en pleine puberté de ce père qu'elle aimait, sans toutefois réussir à le maintenir en vie, elle ne pouvait qu'en éprouver du remords et se sentir obligée par la suite de lui trouver un remplaçant, de l'arracher à la mort et au malheur pour se racheter.

Beard, quant à lui, ne pouvait que voir dans cette analyse le genre d'absurdités que la science avait précisément pour vocation de battre en brèche. Il garda ses réflexions pour lui. Tant d'affirmations sans fondement, tant d'éléments non vérifiés ! Un inconscient qui écrirait ses propres histoires habilement dissimulées derrière un symbolisme inepte ? Pas l'ombre d'une preuve neurologique. Le refoulement ? Aucune expérience n'avait jamais démontré l'existence de ce mécanisme. Au contraire, les mauvais souvenirs étaient difficiles à oublier. La sublimation ? Là encore, un conte de fées qui ne résistait pas à une enquête sérieuse. Aider son père à faire ses besoins aurait tout aussi bien pu détourner à vie Melissa des hommes âgés, et on aurait alors trouvé une interprétation freudienne tout aussi péremptoire. Nombre de femmes qui ne s'étaient jamais occupées d'un père mourant, n'avaient jamais eu d'expérience analogue, préféraient les hommes âgés. Et pourquoi les amants de Melissa n'avaient-ils tous (à une exception près) que quinze ou vingt ans de plus qu'elle, alors que son père avait trente-sept ans à sa naissance ? Son inconscient, si précis à d'autres égards, ne savait-il donc pas compter ?

La vérité était plus simple. Les femmes la connaissaient d'instinct. Puisqu'il avait trop de tact pour en parler à Melissa, il se l'énonçait à lui-même, en toute impartialité. On ne le répéterait jamais assez. Les hommes âgés faisaient de meilleurs compagnons, de meilleurs amants ; ils connaissaient le monde, se connaissaient eux-mêmes. Contrairement aux hommes jeunes, ils contenaient leurs émotions. Ils avaient lu plus de livres, vu plus de choses ; ils se montraient plus chaleureux, plus tendres, moins frimeurs, plus tolérants, moins violents. Ils étaient plus intéressants, savaient choisir les vins. Ils avaient plus d'argent. Et ça agaçait Beard de penser qu'elle était peut-être attirée non par sa personne mais par une figure paternelle qu'il incarnerait plus ou moins. Il fut encore plus agacé d'apprendre que, lorsqu'elle avait rencontré son premier grand amour, le joueur de golf volage, il avait le même âge que son père à la mort de celui-ci.

*

Il prit un taxi sur le Strand pour se rendre à Primrose Hill et sonna à la porte de l'appartement de Fitzroy Street avec vingt-cinq minutes d'avance. Il n'avait pas la clé : c'était une limite qu'il se refusait à franchir. Quand elle lui ouvrit, juste avant qu'ils ne s'embrassent, il eut le sentiment que quelque chose n'allait pas, ou avait changé. Ou bien elle-même avait changé. Il crut voir les vestiges d'une expression antérieure s'estomper pour l'accueillir. Puis ils tombèrent dans les bras l'un de l'autre et ce sentiment le quitta. Melissa amenait avec elle sur la pierre froide du seuil la chaleur et l'odeur de cire de l'appartement, accompagnées d'une senteur épicée qui se mêlait à son parfum. Un des cadeaux qu'il lui avait rapportés de l'enfer aveuglant d'un aéroport. Surprise, elle dit son prénom et lui le sien, ils s'embrassèrent, puis se tinrent à bout de bras pour contempler le visage de l'autre avant de s'embrasser à nouveau.

Tandis qu'il la serrait contre lui, il sentit sous

ses paumes la chaleur de sa peau à travers la soie rouge de son chemisier. Incroyable comme la mémoire pouvait être floue et monochrome, comparée au moment présent ! Dès qu'il était loin d'elle, il ne se rappelait qu'en ombres chinoises — quand il n'était pas trop occupé pour se rappeler — sa présence tellement vibrante, évidente, irrésistible. Il oubliait le contact si particulier de sa bouche, de sa langue, de son ossature, sa façon de se tenir pour effacer la différence de taille lorsqu'ils s'embrassaient, ses doigts qui se glissaient entre les siens, la légère résistance des jointures, leur fraîcheur lisse, leur longueur, leur diamètre, le relief d'un grain de beauté sous la dernière phalange de l'auriculaire gauche, et aussi, chaque fois qu'il l'étreignait, la réponse de sa poitrine à la pression des seins de Melissa. Encore ne s'agissait-il que du royaume des sensations ! Son apparence, le son de sa voix, le goût de ses lèvres — familiers, certes, mais seulement lorsqu'il la tenait dans ses bras. La mémoire, du moins la sienne, marchait mal. Quand, à Berlin ou à Rome, il pensait à Melissa il analysait leur relation, son désir pour elle ; c'était de sa personnalité qu'il se souvenait — une abstraction — et de son propre plaisir, pas du parfum de miel de son cuir chevelu, de la force étonnante de ses bras, de sa voix qui descendait dans les graves dès qu'elle prononçait son prénom.

« Michael Beard ! À la maison, tout de suite ! »

Cette vieille plaisanterie ressuscitait un type de parent autoritaire et démodé. Il n'avait jamais pu lui dire la même chose : son appartement négligé n'était pas digne d'accueillir une femme comme Melissa Browne. Elle ne s'y serait sentie bien qu'après l'avoir entièrement réorganisé — autre limite qu'il se refusait à franchir. Elle lui prit sa valise et il la suivit à l'intérieur. Une fois la porte fermée, ils se retrouvèrent dans l'espace immaculé de son salon ; elle le prit par le cou, il l'attira à lui et ils échangèrent un baiser. Sans doute pourraient-ils se dispenser des quelques minutes obligatoires de conversation qui les aidaient à reprendre contact, repousser le dîner à plus tard et aller directement dans la chambre. Mais un sifflement cinglant comme un coup de fouet rappela d'urgence Melissa dans la cuisine, elle s'élança avec un « Merde ! » tout aussi cinglant, et Beard se dirigea vers le canapé. Il n'était plus un jeune homme plein d'ardeur. Il pouvait attendre.

Cinq minutes plus tard, lorsqu'elle lui apporta son whisky-soda, il était affalé sur les coussins, plongé dans la lecture d'un projet d'article que l'équipe de l'Imperial College comptait proposer au magazine *Nature*. Le fouillis habituel — chaussures, manteau, veste, cravate, attaché-case grand ouvert, documents, valise débordant de vêtements, sac plastique — recouvrait le sol. Le passage de l'émotion des retrouvailles aux complexités de la vie moléculaire des plantes, la certitude qu'en tout état de cause Melissa et lui feraient l'amour une heure plus tard environ et qu'un bon repas l'attendait lui procurèrent une satisfaction rare.

Melissa était debout près de lui, sa main libre sur la hanche. « Faites-moi une place, professeur. »

Il aimait son sourire amusé, tolérant, provocant. Avec un grognement il se redressa, remit en forme le coussin le plus proche, prit le verre des mains de Melissa. Tandis qu'elle se blottissait contre lui, il laissa tomber l'article : « Imagine un peu : la plus humble des mauvaises herbes poussant sur les trottoirs détient un secret que les dix meilleurs laboratoires du monde commencent tout juste à percer. »

La main de Melissa entre ses cuisses, il dégustait son whisky. Elle le caressait d'un air distrait.

« Tu m'as manqué, Michael. Pourquoi les mauvaises herbes ?

— Je croyais t'en avoir déjà parlé. Chaque feuille est une sorte de panneau solaire capable de séparer l'hydrogène et l'oxygène contenus dans l'eau, et de régler le problème du dioxyde de carbone. On pourrait s'en inspirer pour obtenir de l'hydrogène. Toi aussi tu m'as manqué. »

Vraiment ? En l'embrassant, il se dit qu'elle aurait en effet dû lui manquer, tant il était excité et heureux de la revoir. Mais personne ne lui manquait, depuis ce sinistre été 2000 où sa cinquième et dernière épouse lui avait mené la vie dure. Il y avait bien quelques personnes qu'il était vaguement impatient de revoir, mais aucune absence ne l'affligeait plus. Dès qu'il se retrouvait seul, ces derniers temps, il lisait, buvait, mangeait, téléphonait, allait sur Internet, regardait la télé, participait à des réunions, ou dormait. Il était autonome, autosuffisant ; son esprit, un agglomérat d'appétits et de rêveries. Comme beaucoup d'hommes intelligents en quête d'objectivité, c'était en réalité un adepte du solipsisme, avec dans le cœur une pépite de glace dont Melissa avait décelé la présence et qu'elle entendait faire fondre.

Avant de faire l'amour, il fallut finalement qu'ils parlent de leurs existences respectives durant les semaines écoulées, de leurs états d'âme, de leur journée. Du fait qu'il ait gardé le silence, et qu'elle ne lui ait pas demandé de comptes. Elle lui donna les dernières nouvelles. Une comédie musicale sur un adolescent de la classe ouvrière qui voulait devenir danseur maintenait son chiffre d'affaires au-dessus de la moyenne. Mais peu de garçons poussaient la porte. Tout reposait sur les filles, que ce genre de personnage faisait rêver. Elle lui apprit la mort d'un chorégraphe respecté qui n'avait jamais atteint la célébrité à laquelle il estimait avoir droit. Lors de ses obsèques, cinq danseurs s'étaient produits dans l'étroite travée centrale d'une église de Soho, et même les ennemis du vieil homme avaient pleuré.

Michael avait passé le bras autour de son cou et elle se pelotonnait contre lui, chuchotant dans sa poitrine. Elle s'occupait de ses magasins, de ses clients, de son personnel, de son amant, et elle avait envie qu'on s'occupe d'elle. En l'écoutant, il regardait autour de lui — le fauteuil de relaxation marron près du mur, la statue, la gravure du XVIIIe représentant des danseurs dans une rue d'Utrecht, un bol de cuivre rempli de galets — dans l'espoir d'identifier ce que son œil peu observateur trouvait de changé. Quelque chose clochait. Ça ne venait pas de ses affaires, il en était sûr. L'atmosphère même semblait désordonnée, comme après le départ d'un fumeur, quand la fumée s'est dissipée.

Elle interrompit son récit des obsèques pour lui dire : « Je t'aime », et lui mordiller le bras par taquinerie.

Il éprouvait de la tendresse pour elle, sans doute plus qu'il n'en avait jamais éprouvé pour quiconque, mais il voudrait peut-être se désengager un jour, et tout serait plus difficile pour eux s'il lui disait une seule fois qu'il l'aimait. Comment et quand il pourrait renoncer à elle, il l'ignorait, aussi la serra-t-il encore plus fort contre lui. Ce qu'il murmura était un pis-aller, mais il faudrait qu'elle s'en contente.

« Tu es si belle, Melissa. »

Elle reprit son récit et il lui caressa les cheveux, conscient que, pour la première fois depuis qu'il avait vomi derrière le rideau de velours, l'appétit allait lui revenir, peut-être même dans la demi-heure suivante. N'y avait-il pas une odeur de tamarin, et aussi d'ail, de citron vert, de gingembre, de poulet ? La voix de Melissa était douce, mélodieuse, voire un peu triste. De temps à autre elle attirait la tête de Beard vers elle, quêtant un baiser. Elle parlait à nouveau des magasins, décrivait cette fois un trou au plafond ou dans le sol par lequel quelque chose était tombé, puis un teckel irascible oublié par une ancienne danseuse étoile atteinte de la maladie d'Alzheimer. Il laissa vagabonder ses pensées. Il se considérait comme un individu dans la moyenne, ni plus cruel, ni meilleur ni pire que la plupart. S'il se montrait vorace, égoïste, calculateur ou menteur quand il ne pouvait pas faire autrement, tout le monde agissait de même. Les imperfections humaines étaient un vaste sujet. Des exemples ? Le dos qui se voûtait ou se déformait, la respiration et la déglutition empruntant avec audace le même tuyau, la dangereuse proximité du sexe et de l'anus, le calvaire de l'accouchement, l'indiscipline et la vulnérabilité des testicules, la myopie généralisée, le système immunitaire capable de se retourner contre son propriétaire. Et il ne s'agissait là que du corps. Parmi toutes les raisons invoquées pour justifier l'existence de Dieu, l'argument de la perfection du monde s'écroulait avec l'Homo sapiens. Aucun dieu digne de ce nom n'aurait pu être si maladroit devant son établi. Beard partageait largement les défauts de l'humanité, et voilà que, monstre d'hypocrisie, il enlaçait tendrement une femme qu'il quitterait peut-être dans un avenir proche, l'écoutait d'un air pénétré pour pouvoir lui répondre le moment venu, alors qu'il ne souhaitait qu'une chose : faire l'amour avec elle sans préliminaires, manger le repas qu'elle lui avait préparé, boire une bouteille de vin et puis dormir — sans honte ni remords.

Elle lui prit son verre vide et se leva.

« Le repas m'appelle, dit-elle. Je t'en apporte un autre. »

Elle ne pouvait se résoudre à le quitter, pas sans s'être d'abord penchée vers lui et l'avoir embrassé à nouveau. Le baiser fut long et profond, après quoi elle étreignit Beard qui, toujours assis et en proie à un désir insistant, le visage enfoui dans la pénombre parfumée du chemisier déboutonné, ne voyant que la séparation entre les deux seins ronds, eut le temps de se demander pourquoi, plus que d'ordinaire, il était oppressé par ces paroles, ces efforts d'écoute, ces préparatifs culinaires avant que puisse avoir lieu quelque chose de réellement gratifiant. Sans doute avait-il perdu l'habitude des subtilités des contacts humains durant tout ce temps passé dans des lieux publics bruyants, parmi des chercheurs aussi matérialistes que lui, chacun affichant à sa manière sa réussite universitaire.

Quand il était seul, il fréquentait surtout des quasi-abstractions comme les ions cobalt, les protons, les catalyseurs. Et quand il ne l'était pas, il s'abandonnait à de ridicules rêveries amoureuses, qu'il valait mieux oublier pour l'instant.

Melissa desserra son étreinte et dit quelque chose en se redressant, une phrase toute simple, qu'il n'entendit pas sur le coup parce qu'elle avait effleuré ses oreilles de ses bras. Elle posa les mains sur ses épaules et il leva les yeux vers elle, espérant échanger un sourire rassurant pour clore cet épisode et la laisser partir vers la cuisine, mais il fut surpris de voir soudain ses yeux s'emplir de larmes prêtes à rouler sur ses joues. Bizarrement, elle souriait en même temps, mais sans joie, comme pour refouler ses sentiments ou s'en moquer. Dans un accès de superstition, il imagina l'avoir blessée par ses pensées, les avoir articulées à voix haute sans s'en apercevoir, à moins qu'elles ne se soient inscrites sur son visage. Mais chaque homme était une île ; nul ne pouvait avoir accès à ses pensées. Il devait s'agir d'un événement grave, sans rapport avec lui. Il se leva, prit ses mains dans les siennes : elles étaient humides — non seulement au creux des paumes, mais entre les doigts —, moites, brûlantes, expression d'une forte émotion qu'il était de son devoir, au détriment de toute perspective de plaisir, d'élucider et de comprendre.

« Qu'y a-t-il, Melissa, que m'as-tu dit ? »

Ils s'embrassèrent encore, aussi tendrement qu'auparavant. Peut-être ne serait-il pas si difficile de remettre la soirée sur la trajectoire prévue.

Melissa le regarda alors avec adoration et se mit

à rire. « Espèce d'idiot. Je t'aime. J'ai juste dit que j'étais enceinte.

— Ah... »

Un blanc s'était doucement fait dans son esprit, équivalent masculin d'un évanouissement sur le canapé. Enceinte. Il se débattit avec cet adjectif qui enflait peu à peu — assez familier, mais pour l'instant dépourvu de contexte, comme, disons, le visage du marchand de journaux s'il l'avait croisé dans un endroit improbable. Puis l'adjectif, sa signification et ses conséquences, la biologie et le coup du sort s'enclenchèrent avec le déclic d'un verrou qu'on referme. La porte de sa cellule était restée ouverte pendant des mois, des années, et il aurait pu sortir libre. Trop tard. Dès qu'il avait eu le dos tourné, un de ses spermatozoïdes, aussi courageux et rusé qu'Ulysse, avait entrepris ce périple, ouvert une brèche dans les murs de la ville pour rejoindre l'ovule de Melissa et y enfouir son identité. À présent Beard était censé faire de même. En quarante ans, il avait convaincu plusieurs femmes, dont deux de ses épouses, de subir un avortement. C'était un miracle qu'il ait pu échapper à la paternité jusque-là. Mais il aurait du mal à persuader Melissa. La bouche entrouverte, elle guettait sa réaction, les premiers mots du papa qui décideraient du cours de cette nouvelle vie.

« Il me faut ce deuxième whisky.

— Viens avec moi. »

Il la prit par le cou et, ensemble, enjambant ses affaires semées sur le parquet, ils traversèrent la pièce pour rejoindre l'organisation sans faille de la cuisine. Le contenu d'une grande cocotte verte, source des arômes insistants, mijotait sur le gaz.

Hormis un paquet de riz, nulle trace de la préparation du repas, tous les plans de travail ayant été essuyés, les épluchures mises à la poubelle, les ustensiles lavés et rangés. Comment une femme à la sensualité aussi riche pouvait-elle arriver à cette propreté aseptisée ? Mystère. Un bébé, avec ses marées diurnes d'entropie, la mettrait à rude épreuve. Mais ce bébé ne devait pas voir le jour, et toute la question était de savoir combien de temps il faudrait à Beard pour convaincre Melissa. Comment ne voyait-elle pas la folie de lui confier cette responsabilité, le pathétique de la situation ? Lui-même quasi septuagénaire quand l'enfant aurait à peine dix ans ! Sans parler de la personnalité contestable du père, de ses propres dons pour l'entropie, de son obsession pour son travail, de ses revenus qui, dernièrement, n'atteignaient même pas six chiffres, de son passé catastrophique, des risques d'erreur de codage dans la transmission de son patrimoine génétique usé par le temps, des ovules de Melissa qui portaient sûrement la marque de leurs trente-neuf hivers. Et sa propre mission ? Exagérerait-il en disant que la planète souffrirait si on le détournait de son projet ? Sans doute pas.

Melissa jeta un coup d'œil dans la cocotte verte, puis, l'air satisfait, dévissa le bouchon de la bouteille de whisky, resservit Beard, prit un glaçon dans le bac. Si les arguments qu'il énumérait étaient excessifs, c'est qu'il craignait que la décision ne soit déjà plus de son ressort. Elle voulait ce bébé, l'avait toujours voulu. Il ne s'agissait donc pas d'arguments, mais d'un plaidoyer. Si elle l'aimait, elle l'écouterait, mais elle l'aimait et voulait un enfant, donc elle ignorerait son point de vue. La situation était grave, pour ne pas dire gravide. Il lui prit le verre des mains et, au lieu de le boire d'un trait comme il l'aurait fait s'il avait été seul face au problème, il le vida en plusieurs petites gorgées.

Elle lui adressa un sourire rayonnant, puis mit rapidement le riz à cuire, versa de l'huile d'olive et du jus de citron dans un saladier, y ajouta des feuilles de roquette sorties d'un sachet réfrigéré. Sans doute ce monceau de verdure était-il pour elle. Acide folique, fibres, antioxydants, vitamine C. Elle mangeait pour deux. Il fallait faire quelque chose.

« Tu sais, je crois que pour une fois je vais m'offrir un verre de vin blanc », dit-elle.

Il ne voulait pas qu'un projet d'avortement se transforme en célébration de la future naissance. Ni que le développement neuronal de son enfant-fœtus soit compromis par l'alcool. Il se sentait trop perturbé pour parler. Elle leva son verre à sa santé ; il leva le sien en silence. Il y avait aussi peu de vin blanc dans le verre de Melissa que de whisky dans le sien.

« Cette jupe te plaît ? »

D'après l'intonation de sa question, elle n'essayait pas de changer de sujet. La jupe, en cachemire gris anthracite, avait des plis qui la faisaient tournoyer avec un temps de retard dès que Melissa pivotait sur elle-même.

« Elle est ravissante, comme toi. Tu n'as jamais été plus belle. » Mauvaise idée de la flatter, mais c'était plus fort que lui. Pour compenser, il demanda : « Tu es enceinte depuis combien de temps ?

— Sept semaines.

— Tu l'as appris quand ?

— Avant-hier.

— Dis-moi la vérité, Melissa. C'est un accident ? »

Elle s'approcha de lui, posa la paume sur sa joue. Il sentit à nouveau sa chaleur irradier. C'était elle le four, avec un petit pain à l'intérieur, se dit-il bêtement. Leur petit pain.

« Non, murmura-t-elle enfin.

— Tu ne prenais plus la pilule ?

— Les trois dernières fois qu'on a fait l'amour, non.

— Tu aurais dû m'en parler.

— Tu m'aurais résisté.

— En effet. Tu connais ma position sur le sujet.

— Et toi la mienne. »

Son verre était déjà vide. Il s'écarta d'elle pour aller se resservir lui-même. Ils se retrouvèrent chacun à un bout de la cuisine, et il lui fut plus facile de lâcher, avec une certaine agressivité : « Donc tu m'as trompé. »

Elle revint vers lui. Difficile de la détourner de ce mode paisible, séducteur. Il aurait préféré se disputer avec elle, jeter la politesse aux orties. Partir de plus loin. Mais dans ce silence serein, elle marchait vers lui et il ne pouvait s'empêcher de la désirer, conscient qu'elle le savait, ce qui l'excitait encore plus. De l'endroit où il se trouvait, près du pitoyable plateau de boissons — une bouteille d'amaretto, une de Johnnie Walker presque vide, une de Baileys —, son visage lui apparut sous un jour différent ; de toute évidence l'explosion hormonale du premier trimestre avait modifié la texture de sa peau. Si tôt ? Il n'aurait pu l'affirmer, mais il ne l'avait jamais vue si jolie ni si jeune. Lorsqu'elle s'arrêta devant lui, il se rappela qu'il venait de l'accuser, à juste titre, de l'avoir trompé. Il ne se laisserait pas séduire. Elle avait été malhonnête. D'un autre côté, le plaisir sexuel pouvait lui donner une certaine immunité, l'aider à réfléchir et à plaider avec plus de brio contre cette naissance.

« J'ai gâché des années à me dire que je ne devais pas avoir d'enfant tant que je n'aurais pas trouvé l'homme de ma vie, répondit-elle. Beaucoup d'imbéciles et de salauds m'ont fait perdre mon temps — autant par ma faute que par la leur. Je crois que tu es l'homme de ma vie, Michael, et si tu n'es pas d'accord, tant pis. J'irai quand même jusqu'au bout. Ce sera plus triste sans toi, mais moins triste que de ne rien avoir du tout. Tu n'as pas à prendre de décision ce soir, ni le mois prochain. Tu peux dire non, et puis changer d'avis. Tu le feras peut-être en voyant le bébé. Ça peut arriver. Mais une chose est sûre : je ne me disputerai pas avec toi. Si tu ne veux rien entendre, tu es libre de partir. Et de revenir.

— J'aurai près de soixante-dix ans quand ce gosse en aura dix. Quel intérêt ?

— Très bien. Ne t'en mêle pas. Mais je pense que ce serait une bénédiction pour toi, à soixante-dix ans, d'aimer un gosse de dix ans et d'en être aimé. »

Une bénédiction ? D'où sortait-elle ce mot ?

C'était la première fois qu'elle l'employait devant lui.

« Il y a autre chose. »

Elle parlait doucement ; elle était en terrain connu. Elle avait reconnu toutes les crevasses, tous les précipices de ce nouveau paysage à travers lequel il errait, complètement perdu, mais sans risque pour lui-même — c'est du moins ce qu'elle semblait suggérer.

« Tu n'as pas demandé à devenir père. Je ne te demande aucun soutien financier. J'ai des économies, j'ai mes magasins. Si tu veux contribuer, tant mieux. Si tu veux vivre avec nous, encore mieux. »

Nous. Déjà cette créature au crâne gros comme une tête d'épingle s'était installée, imposait sa présence. Beard se sentit abusé, pris de vitesse. Il était trop lent pour énoncer le principe que Melissa défaisait si efficacement. N'avait-il donc aucun droit ? Il ne pouvait imposer l'annihilation précoce de cet enfant. Alors, que voulait-il ? Il tenta de revenir à l'essentiel.

« Que je reste ou que je parte, que je paie ou non, je deviendrai le père de ton enfant. Contre mon gré. Tu ne m'as pas prévenu parce que tu savais ce que je dirais.

— Si tu ne vois jamais cet enfant et que tu ne subviens pas à ses besoins, je ne vois pas ce que ça changera pour toi.

— Rien ne te permet de l'affirmer, et d'ailleurs tu as tort, entièrement tort. Tu crois vraiment qu'il n'y a aucune différence entre avoir un enfant qu'on ne voit jamais et ne pas en avoir du tout ? Tu me forces la main. »

Il avait répliqué avec véhémence, du fond du

cœur, mais ça paraissait trop abstrait. Ses véritables objections, toujours pas verbalisées, restaient dans le brouillard.

Elle s'attendait sûrement à ce genre de réaction. Imperturbable, elle se détourna et entreprit de mettre le couvert. Quand elle reprit la parole, elle lui posa la main sur le bras d'un geste neutre et adopta un ton conciliant, tout en évitant son regard.

« Essaie de voir les choses de mon point de vue, Michael. Je t'aime ; je veux un bébé, avec toi et personne d'autre ; je ne te vois que par intermittence, sans préavis ; je sais que tu as d'autres femmes dans ta vie ; tu ne fais rien pour te rapprocher de moi ni pour partir : quatre années viennent de s'écouler ainsi. Si j'attendais encore, je me retrouverais à la ménopause. Et c'est toi qui m'aurais forcé la main en silence. »

À l'entendre, elle était perdante sur toute la ligne, mais rien ne l'empêchait de le mettre dehors. Il plaça sa main sur la sienne, toujours posée sur son bras. Façon de s'excuser.

Elle retira la cocotte du feu, la mit sur un dessous-de-plat, donna à Beard une bouteille de vin à déboucher. Un corbières, honnête, mais qu'il boirait seul. Elle avait à peine touché à ses deux doigts de vin blanc. En s'asseyant, il se rappela l'existence des cadeaux achetés à l'aéroport de Berlin : de l'huile de bain et des chocolats fourrés à la menthe. Pas le meilleur moment pour les lui offrir. Elle servit son poulet aux poivrons dans un silence pesant. Elle avait contré ses objections par une série d'accusations. Il s'était toujours douté qu'elle savait, pour ses autres liaisons, mais il était choqué, non, troublé de l'entendre en parler avec ce calme olympien. Au moment où il prenait sa fourchette, il vit nettement, comme projetée directement de son cerveau sur sa rétine, l'image de Melissa et d'une fille qu'il avait connue à Milan, toutes deux agenouillées, entièrement nues sur un lit à baldaquin, entourées d'un fouillis de draps et d'oreillers, avec un sourire plein d'espoir, et baignant dans la lumière tamisée d'un poster de magazine porno. Il distinguait même les agrafes au milieu de la photo. Chassant ce fantasme d'un battement de paupières, il se mit à manger. Mais il avait la gorge serrée, et la première bouchée eut du mal à passer. Melissa avait défendu son point de vue rationnellement, mais lui, écartelé, se sentait en tort tout en sachant qu'il avait raison ; il avait l'estomac noué, alors qu'apparemment les choses étaient simples : elle avait changé de sujet.

Il attendit quelques instants, puis, choisissant la solennité plutôt que la plainte, lança : « Le problème, Melissa, c'est que tu ne me laisses pas vraiment le choix si tu vas jusqu'au bout. Comment pourrais-je ignorer l'existence de mon propre enfant ? Impossible pour moi. Tu comptais sans doute là-dessus, ce que je trouve contestable. C'est une forme de chantage... »

Le mot resta en suspens, et il se dit qu'ils allaient enfin avoir la dispute libératrice. Mais elle garda son calme, sa sérénité de future mère, réfléchissant tout en mastiquant. Elle mangeait plus que d'habitude.

« Pas du tout. Je ne comptais absolument pas là-dessus. Si tu n'y es pas indifférent, tant mieux.

Je savais que tu serais en colère, et je ne t'en veux pas. J'ai pensé te faire

croire que c'était un accident, mais je ne me le serais jamais pardonné. »

Elle avait eu moins de scrupules à lui faire croire qu'elle prenait encore la pilule, mais il n'eut pas envie de le lui dire, ni de la prévenir que l'avenir était assez prévisible. Après un intermède heureux, et en admettant qu'il ne cède pas aux sirènes du mariage, il deviendrait progressivement un pseudo-mari toujours absent, ce qui ferait de lui un mauvais père, tout aussi absent. Voilà ce qu'elle choisissait, et c'était son droit. Les femmes avaient manifesté pour ça, pour pouvoir choisir entre être mère et avorter. Peut-être ne pouvait-il rien faire. Elle le dégageait de toute responsabilité, mais la suite ne serait pas facile : elle ne dirait plus la même chose lorsque leur vie aurait changé, et que, colère ou lassitude, ils répéteraient les mêmes scènes, avec les mêmes insultes, les hurlements du bébé, les portes qui claquent, la voiture qui démarre en trombe. Là, elle considérerait que tout était sa faute à lui, quoi qu'elle en dise à présent, avec son cerveau sans méfiance inondé par les hormones de l'optimisme, l'une des trouvailles de l'évolution pour amener cet enfant à terme.

En remplissant son verre, il sentit son agressivité, son ton accusateur faire place à un fatalisme joyeux. Il voulait mettre ce problème de côté pour que la soirée reprenne son cours normal et le mène, après une conversation plaisante avec cette belle femme encore jeune, après cette cuisine généreuse et ce vin rouge sombre, vers l'amour, des étreintes langoureuses, le sommeil. Était-il paresseux et jouisseur, ou simplement bon vivant ? Il connaissait la

réponse. Il tendit le bras et posa la main sur celle de Melissa.

« J'apprécie que tu aies été franche avec moi. Merci. »

Sans retirer sa main, il lui demanda pardon pour ses paroles blessantes : elle n'avait rien d'un maître chanteur, il était profondément heureux de la retrouver, et elle avait raison, il ne fallait pas se disputer. Elle fixait son visage tandis qu'il lui tenait ces propos comme si c'était celui d'un hypnotiseur. Ses yeux se remirent à briller. Elle se leva, vint s'agenouiller près de lui, et ils s'embrassèrent longuement. Quand elle retourna s'asseoir, tout semblait aller pour le mieux et ils terminèrent leur repas. Il reprit deux fois du poulet aux poivrons en lui parlant de son travail et de ses voyages, du colloque à Potsdam, des dernières nouvelles du Nouveau-Mexique, d'une équipe du MIT qui travaillait sur un projet de photosynthèse artificielle similaire au sien, mais avait dix-huit mois de retard. Il lui parla de simplicité des lignes, de la beauté de l'absence de mouvement, des calculs d'une équipe d'Oxford pour trouver une forme optimale de réflecteur solaire qui n'était pas, contrairement à ce qu'il imaginait, une parabole.

Il était sûrement ennuyeux, parlait pour mettre le bébé à distance, le remplacer dans l'esprit de Melissa par ses propres idées, son propre bébé. Parfois elle lui posait une question, mais la plupart du temps elle gardait le silence, le contemplant avec une patience profondément irrationnelle. Elle aimait un homme gros et chauve qui représentait pour elle l'essence du sérieux et de l'ambition intellectuelle, qui était à la fois le père de son enfant et le père dont elle avait toujours rêvé de s'occuper, un père qui refusait encore son destin, mais qui, elle le savait, finirait forcément par l'accepter.

En des termes accessibles au profane, il lui expliqua leur dernière avancée : non pas un électron par photon, mais deux, et, un jour, peut-être même trois ! Elle l'écoutait avec l'expression qu'il aimait, ce sourire ironique, sorte de moue qui retenait difficilement un rire amusé. Ce qu'il disait n'avait pourtant rien d'amusant. Elle méritait mieux. Aussi entama-t-il le récit de sa mésaventure dans le train, mais, ballonné par le repas et les joues en feu, il suggéra de retourner sur le canapé.

Au Savoy, il s'était directement inspiré de ses souvenirs. Cette fois, trois éléments se superposaient : les événements tels qu'il se les rappelait, le souvenir récent du premier récit qu'il en avait fait, et le désir de narrer une anecdote après le dîner pour faire rire Melissa, qui ne l'en aimerait que davantage, et pour oublier un peu leur principal sujet de préoccupation. Chaque exagération, modification ou ajout était assez plausible, parfois même conforme à la réalité. Beard se plagiait lui-même, reprenait les mêmes formules, ménageait les mêmes pauses, faisait les mêmes gestes que derrière son pupitre du Savoy. Il rendit son compagnon de voyage plus robuste et menaçant, se dépeignit lui-même en parfait bouffon : impulsif, vorace, prompt à accuser autrui. À la fin, il exagéra la patience d'ange du jeune homme qui lui avait descendu sa valise. Avec un talent de conteur-né, il avait supprimé tout détail pouvant laisser entrevoir le dénouement, atténuer l'effet de surprise lorsqu'il fourre la main dans sa poche et tombe sur le sachet de chips intact.

Cette rétention de l'information fit merveille. Au moment du geste révélateur, Melissa poussa un cri de stupéfaction. Elle lui prit la tête à deux mains, la secoua : « Espèce d'idiot, de gros bêta ! Si seulement j'avais été là ! » Hilare, elle alla chercher ses deux doigts de vin blanc, et Beard et elle s'embrassèrent, partagèrent un fou rire, s'enlacèrent. « Voyou ! » lui dit-elle en s'écartant, puis, songeuse : « Le pauvre garçon... »

Retrouvant son sérieux, elle revint près de lui : « Tu sais qu'il est arrivé à peu près la même chose à Ivan — tu te souviens d'Ivan, au magasin ? »

Il n'avait pas envie d'entendre ce qui était arrivé à Ivan. Il se leva péniblement, puis, jouant les chevaliers servants, il lui offrit sa main et la guida vers la chambre, où, en silence, il la dévêtit. Elle aimait commencer ainsi, toute nue devant lui encore habillé. Malgré son ignorance en la matière, il était sûr que dans un siècle antérieur elle aurait incarné un idéal de beauté féminine, de générosité des formes : minceur des épaules, arrondi des hanches, opulence des seins, deux fossettes au creux des reins, au-dessus d'une paire de fesses rebondies. Il posa les lèvres sur ces fossettes. Il était assis au bord du lit et elle s'installa à cheval sur ses cuisses, lui entoura le cou de ses bras. Elle lui couvrit le front de baisers ; il lui embrassa les seins. La beauté de Melissa avait cependant un poids. Une douleur lancinante s'intensifiait dans son genou abîmé, et il se donnait moins d'une minute avant qu'un ligament se déchire au premier mouvement. Mais elle lui murmurait qu'elle l'aimait, combien elle l'aimait, et il prit son mal en patience.

Enfin, avec un gémissement pouvant passer pour de la passion, il la souleva dans ses bras, la déposa sur le dos au milieu du lit, rabattit la couette sur elle. Il faisait trop froid à son goût dans cette chambre. Se débarrassant de ses vêtements avec une célérité résultant d'une longue pratique, il s'étendit près d'elle et la caressa d'une manière que certaines femmes trouvaient trop experte. Lors de ces retrouvailles, Melissa était souvent impatiente de faire l'amour, mais tout en lui enserrant le sexe de son pouce et de son index recourbés, en exerçant de douces pressions immensément plaisantes, elle ne pouvait s'empêcher de parler. Absorbé par les caresses et les baisers qu'il lui prodiguait, et le plaisir dont elle l'enveloppait, il n'y avait d'abord pas prêté attention. Des bribes de phrases surgissaient et disparaissaient, aussi imprévisibles et fulgurantes que les poissons d'un récif corallien aux yeux d'un plongeur. Puis il revint à lui et s'aperçut qu'elle évoquait sa grossesse. Pourquoi maintenant ? Mais si, bien sûr : de quoi parler d'autre ? Elle n'avait pas l'impression de changer de sujet. La sexualité, les bébés, les seins, l'amour : d'une génération à l'autre, c'était le même fil d'or ininterrompu. Pas une corde pour lui lier les pieds et les poings, ni pour se pendre à la poutre la plus proche, au moment précis où sa vie, dans cette ultime période d'activité, semblait avoir un sens, un but. Il contint néanmoins son agacement, rouvrit les yeux, se plongea dans la contemplation du plafond et l'écouta.

« ... comme aimer quelqu'un que tu n'as jamais

rencontré, mais pas tout à fait. On s'est rencontrés, on se connaît depuis toujours, depuis le tout début. Je n'imaginais pas que ce serait comme ça, Michael, que ça commencerait si tôt. Ça y est, je l'aime déjà, lui ou elle, cette minuscule personne qui nous arrive de nulle part, nichée au fond de moi dans l'obscurité, grandissant d'heure en heure, venant à notre rencontre. Parfois je l'aime si fort que j'en ai mal dans la poitrine. Je déborde d'amour, tellement que je soupire sans arrêt. C'est tout bête, mais tu ne trouves pas étrange et merveilleux qu'une personne puisse sortir d'une autre comme une poupée russe ? Étrange et ordinaire à la fois. Je suis si heureuse. Je ne sais plus ce que je dis. Je t'aime, j'aime ce bébé à l'intérieur de moi, et j'espère que tu l'aimeras aussi, je crois que oui, Michael, tu l'aimeras, dis que oui, dis que tu aimes ce bébé... »

Elle le serrait contre elle et ils faisaient l'amour. Plaintivement, elle répéta : « Dis que oui, je t'en prie, dis que tu l'aimeras... » jusqu'à ce qu'il soit indécent de ne pas acquiescer. « Oui », dit-il en l'embrassant, et il n'eut pas vraiment l'impression de mentir, car il ignorait de quoi l'avenir serait fait, et il n'était pas totalement inconcevable qu'à sa manière il puisse aimer cet enfant, s'il voyait jamais le jour, et quoi qu'il en dise le temps et les événements se précipiteraient, et l'acte d'amour était un monde clos, enchanté, avec son langage, ses règles et sa vérité propre.

Melissa jouissait facilement, était de ces femmes bruyantes et généreuses qui vous labourent le dos de leurs ongles, ce qu'il trouvait plutôt à son goût, mais pas ce soir-là. Plus ils roulaient sur le lit, plus la peau soyeuse de Melissa devenait moite et plus ses cris résonnaient dans son oreille gauche, moins il réussissait à s'abandonner complètement, trop troublé, trop distrait. Il regrettait qu'elle lui ait rappelé l'existence de cette grossesse. Après de longues minutes, le moment approchait où, selon le code de bonne conduite sexuelle, il devait se préparer, accompagner la descente stridente de sa partenaire vers l'orgasme final, mais il prit conscience qu'il n'était pas prêt, n'y arriverait sans doute pas. Aussi pénétra-t-il in extremis dans un théâtre désert et familier, pour s'asseoir au premier rang et auditionner quelques femmes de sa connaissance, les faisant défiler sur scène au rythme infernal de ses pensées. Elles apparurent dans des poses expérimentales, dans des tableaux vivants où il figurait comme par magie. Il convoqua, puis élimina la fille de Milan, une biophysicienne iranienne et Patrice, une habituée. Enfin, il arrêta son choix : l'employée des services d'immigration au bras paralysé. Il la laissa descendre tranquillement de son tabouret et ils baisèrent debout contre son bureau, devant cinq cents voyageurs morts d'ennui qui attendaient avec leurs passeports. Pour Beard, faire l'amour en public parmi des passants indifférents était un fantasme incroyablement érotique, qui eut l'effet escompté. Il put jouir dans les temps.

Lorsqu'il se retrouva dans le lit de Melissa après cette escapade, elle lui couvrait le visage de baisers en répétant : « Merci, mon chéri. Je t'aime, Michael, je t'aime. Tu m'es si cher. »

Il crut avoir été dérangé dans son sommeil par un hélicoptère survolant les rues voisines, mais, une fois réveillé, il vit l'hélico disparaître au-dessus des toits vers le nord ; c'était le chien d'à côté qui donnait de la voix et faisait tout ce vacarme. Beard avait une main enfouie dans les cheveux de Melissa, dont une jambe pesait sur la sienne. Il se dégagea, l'écouta gémir dans son sommeil. Lorsqu'elle fut rendormie, il sortit de sous la couette. En ville, une chambre n'était jamais dans le noir total et il traversa rapidement la pièce jusqu'à la porte dans le plus simple appareil, longea le couloir et rejoignit la salle de bains.

Chauffé toute la nuit, le sol dallé d'ardoises fut d'un contact agréable sous ses pieds gelés. Au diable la planète ! Se rappelant qu'il y avait plusieurs miroirs — dont l'un recouvrait tout un mur —, il baissa le variateur avant d'aller au lavabo boire une gorgée d'eau. Puis il urina, rabattit le siège de bois et le couvercle. Avant de s'y asseoir, il enfila le peignoir écarlate offert par Melissa trois Noëls plus tôt et noua la ceinture.

La jouissance lui causait parfois des insomnies. Il aurait été mieux au salon, mais cela signifiait faire une concession à ce réveil forcé, à la journée du lendemain, au sous-chapitre suivant de son existence. Il était de mauvaise humeur. Il voulait tout oublier, et la salle de bains représentait un lieu de transit, l'antichambre du sommeil. Il ne comprenait pas pourquoi il se sentait si mal. Il fit le total des boissons de la veille — à peu près dans la moyenne — et prit les bonnes résolutions habituelles, puis y renonça, se sachant incapable d'obéir à cet autre lui-même qui avait, par exemple, quitté Berlin la veille en fin de matinée, confortablement installé dans la cabine ensoleillée, un gin-tonic à la main. Au fait, il lisait quoi, dans l'avion ? Quelles autres préoccupations un homme raisonnable pouvait-il avoir ? Trois rapports à la suite l'un de l'autre. D'abord le brouillon d'une étude de l'industrie pétrolière, d'après laquelle le pic de production serait atteint d'ici cinq ou huit ans. Peu de temps pour se retourner. Deuxièmement, le brouillon d'une autre étude, dont la publication était prévue à l'automne : un quart des mammifères de la planète seraient menacés, l'extinction des espèces avait commencé. Troisièmement, l'article d'un universitaire croisant différentes données sur la banquise d'été dans l'Arctique et situant sa disparition en 2045.

Ces pages sur le désastre causé par l'homme l'avaient-elles affligé ? Nullement. Il était satisfait, affichait le sérieux et les sourcils froncés de l'homme en plein travail, sans même une pensée pour le déjeuner tout proche, soulignant, entourant et annotant au crayon les passages significatifs ou les points de désaccord, tandis que dans le hublot, sur sa gauche, s'encadrait la stratosphère bleu azur et, dix kilomètres plus bas, la plaine du nord de l'Allemagne sans un arbre, lissée par des siècles de combats sanglants, qui cédait ensuite la place à la Hollande, sans un arbre elle non plus, et à ses champs dignes de Mondrian. Toujours à sa gauche, le soleil du sud, dominant les nuages, lui envoyait ses torrents de photons pour l'éclairer et l'inspirer dans son travail. Comment renoncer au gin ?

Affligé, en revanche, il l'était désormais à quatre heures du matin, sur son piédestal de chêne et de porcelaine, contemplant ses orteils comme le Newton de William Blake, trop fatigué pour trouver le sommeil. Contribution de l'alcool à l'insomnie, il se sentait déshydraté, épuisé, parfaitement réveillé. L'habituelle collection de vieilles angoisses rancies lui apparaissait dans la pénombre de la salle de bains surchauffée. Toutes n'étaient pas des abstractions. Certaines semblaient on ne peut plus concrètes : son poids, son cœur — dont il trouvait les battements trop irréguliers ces derniers temps —, ses vertiges lorsqu'il se levait, ses douleurs aux genoux, ses reins, ses poumons, cette fatigue oppressante toujours prête à l'assaillir, cette rougeur sur le dos de la main qui avait viré au violet voilà quelques mois, les acouphènes qu'il entendait à cet instant précis, bruit de soufflerie qui ne le quittait pas, et ce fourmillement dans sa main gauche, permanent lui aussi. Il voyait ses symptômes comme autant de crimes. Consulter un médecin et passer aux aveux ? Il se refusait à entendre la sentence.

Et puis il y avait l'appartement sordide de Dorset Square, accusateur comme un ami abandonné : « Quand reviendras-tu ? » Détail particulièrement angoissant : les piles, les montagnes de courrier jamais ouvert. Parmi elles se trouvaient des lettres d'Aldous père, désireux de le rencontrer pour entretenir le souvenir de Tom. Que faire ? Ce n'était pas le moment de partager le fardeau d'un vieillard éploré, d'un père toujours inconsolable cinq ans après la mort de son fils. Sans parler des incertitudes qui pesaient sur l'avenir du projet. Les investisseurs de la Silicon Valley ouvriraient-ils finalement leur cœur et leur compte en banque ? John P. Hedley III, le rancher du Nouveau-Mexique, allait-il changer d'avis avant que son représentant et Beard ne signent les documents à l'ambassade américaine le lendemain ? Beard lui-même parviendrait-il à produire encore moins cher de l'oxygène et de l'hydrogène à partir de l'eau, et à les empêcher de reformer la combinaison initiale ? Le catalyseur devait-il être un oxyde ? S'il s'aventurait dans cette direction, jamais il ne se rendormirait. Autant revenir à la grande nouvelle de Melissa. Comment prévoir une telle sournoiserie ? À propos de cette grossesse, ses trois heures de sommeil lui avaient apporté quelques certitudes. Viscéralement, il savait que c'était impossible : cet enfant ne pouvait pas exister, il ne le permettrait pas ; cet homoncule devait réintégrer le royaume de la pensée pure. Il ne doutait pas de réussir à convaincre Melissa. Elle attachait de l'importance à l'opinion qu'il avait d'elle. Le fait qu'elle l'aimait plus que lui-même ne l'aimait était la source incontestable de son pouvoir sur elle.

C'est dans ces moments-là qu'il pensait à Tom Aldous. Ce grand dadais d'Aldous avec sa bouche pleine de dents, sa tête d'où fusaient des idées pas toujours loufoques. Pauvre Tom depuis longtemps oublié du reste du monde. Beard s'en voulait presque. Il aurait dû clouer une bonne fois cette carpette ridicule, cadeau de la famille de Patrice. Il aurait dû refuser quand celle-ci avait insisté pour choisir un parquet ciré. Tout comme il aurait dû s'opposer à l'achat de cette affreuse table en verre, non pas à cause de sa laideur, mais pour des raisons de sécurité. Et s'il n'était pas responsable de la présence d'Aldous dans la maison, où le jeune homme n'avait rien à faire, il aurait pu lui sauver la vie en le jetant dehors d'emblée, sans pitié, en l'envoyant dans la rue glaciale en peignoir, le propre peignoir de Beard, et en le laissant rentrer seul chez son oncle.

Beard refusait toutefois de s'accabler de reproches. C'est lui qui perpétuait le souvenir d'Aldous. Quatre ans plus tôt, dans l'appartement de location de Dorset Square dont il était, depuis, devenu le propriétaire irresponsable, affalé sur le canapé puant toujours là et toujours aussi malodorant, il avait vu ce que personne d'autre que lui n'aurait pu voir : la valeur réelle des travaux de Tom, inspirés de ses propres travaux, eux-mêmes inspirés de ceux d'Einstein. Depuis, c'est lui qui mouillait sa chemise. Il obtenait des brevets, réunissait un consortium, faisait progresser les recherches en laboratoire, avait trouvé quelques investisseurs, et quand tout serait en place le monde deviendrait plus agréable à vivre. Hormis un bénéfice raisonnable, lui-même ne revendiquait que la paternité du projet. Pour un mort, que représentaient les questions d'antériorité ou d'originalité ? Et pinailler pour savoir à qui attribuer nommément une découverte n'était pas une priorité quand il y avait urgence. Dans l'unique sens qui vaille, l'essence du travail d'Aldous perdurerait.

Quels temps héroïques que ceux où il élucidait lentement le dossier laissé par le jeune chercheur, avant de regarder, chaque soir, sans quitter son canapé, le journal télévisé et les dernières nouvelles de l'Old Bailey, où son ex-épouse, au sortir de la salle d'audience, parlait clair malgré sa voix tremblante et devenait la coqueluche des médias. Quant à Tarpin le Maçon, qu'un homme coupable de deux crimes — avoir baisé Patrice et lui avoir fait un œil au beurre noir — soit condamné pour un troisième dont il était innocent, cela n'avait jamais vraiment troublé Beard.

Nul ne peut prédire quelles humiliations de l'existence auront les faveurs de l'insomnie. Même en plein jour, dans des conditions optimales, on choisit rarement les idées qu'on ressasse. Autant que sa santé, son travail, un avortement imminent ou une mort accidentelle, ce qui tourmentait Beard à présent, plusieurs heures avant l'aube hivernale, c'était d'avoir été scandaleusement soupçonné d'imposture, de fraude, de plagiat, par ce chargé de cours présent au Savoy, ce Lemon, non, Mellon, à la barbe fournie et au regard accusateur. Or c'était lui le voleur, lui qui s'appropriait l'expérience authentique de Beard pour la réduire à un sujet de recherche universitaire, une étude de cas sur la rumeur, un racontar circulant comme une plaisanterie salace. Sous l'effet du manque de sommeil, il vit sa main se refermer sur la gorge de Mellon et serrer, jusqu'à ce que celui-ci tombe à genoux pour demander pardon entre deux hoquets. Beard était capable de se défendre, mais il n'avait jamais agressé quiconque, pas même durant son enfance. Dans ses rêveries, pourtant, il surprenait ses adversaires par de stupéfiants accès de violence. À présent, revigoré par cette légère accélération de son pouls, il se sentit plus éveillé que jamais, avec un regain d'optimisme. Sa vie était, après tout, riche de possibles.

Il existait, par exemple, un projet fascinant, et dont il souhaitait que son associé, Toby Hammer, le prenne au sérieux. Des programmes de rachat des émissions de dioxyde de carbone seraient bientôt en place en Europe et, un jour peut-être, aux États-Unis. L'idée était de déverser des centaines de tonnes de limaille de fer dans l'océan pour enrichir ses eaux et accélérer la croissance du plancton, qui absorberait davantage le dioxyde de carbone contenu dans l'air. On pouvait calculer les quantités précises pour obtenir des crédits carbone susceptibles d'être revendus aux industriels. Si une entreprise brûlant du charbon les rachetait en nombre suffisant, elle pourrait présenter un bilan carbone neutre. Le but était de prendre la tête des opérations avant que les marchés européens se soient organisés. Il fallait trouver les bateaux et la limaille de fer, délimiter précisément les emplacements, faire les démarches juridiques. Toby Hammer devait se mettre au travail. Certains biologistes marins, sans doute avec leurs propres arrière-pensées, avaient entendu parler de ce projet et expliqué par voie de presse qu'il était dangereux d'intervenir au début de la chaîne alimentaire. Il faudrait les réduire au silence par de véritables arguments scientifiques. Lui-même disposait déjà de deux articles prêts à être publiés, mais il était essentiel d'attendre le moment opportun.

Drapé dans son manteau écarlate, immobile sur son trône au cœur de la nuit, il contemplait avec majesté les derniers mois écoulés. Cette histoire de limaille de fer lui rappelait tout ce qu'il faisait d'utile et d'honnête : il ne fallait pas se laisser démoraliser. Il allait acquérir ces deux cents hectares au Nouveau-Mexique. D'anciennes lignes à haute tension sur des poteaux de bois branlants les traversaient, encore en état de marche, et il y avait un point d'eau fiable. Un jour, des panneaux de verre orientés vers le soleil, emplis de rouleaux de tubes transparents, recouvriraient ces étendues herbeuses d'une mer scintillante, et produiraient pour trois fois rien de l'hydrogène et de l'oxygène à partir de l'eau et de la lumière. Des compresseurs stockeraient l'hydrogène dans d'imposantes cuves. Additionné à l'oxygène, il ferait tourner les générateurs cellulaires. Nuit et jour la centrale alimenterait Lordsburg en électricité et ferait briller les néons de sa minuscule zone commerciale. À mesure que la capacité de production s'accroîtrait, on associerait les localités environnantes à l'expérience : Redrock, Virden, Cotton City et, enfin, Silver City. Le monde entier verrait et accourrait.

Il finit par se lever, réajusta son peignoir et entreprit de traverser le salon plongé dans l'obscurité, slalomant entre ses affaires pour atteindre la cuisine. Là, il resta dans le noir devant le réfrigérateur aussi grand que lui, hésita quelques instants avant de tirer sur la longue poignée. La porte s'ouvrit avec un bruit de succion engageant comme un baiser. Subtilement éclairées, les diverses clayettes ressemblaient à un gratte-ciel la nuit, et il n'avait que l'embarras du choix. Entre un pied de chicorée et un pot de confiture maison faite par Melissa, un saladier blanc recouvert d'alu contenait les restes du poulet aux poivrons. Le congélateur abritait un demi-litre de glace au chocolat noir.

Elle aurait le temps de fondre pendant qu'il commençait à manger. Il sortit une cuiller d'un tiroir — elle servirait pour le plat de résistance et le dessert —, s'attabla devant son repas et, retirant le papier alu, se sentit déjà restauré.

TROISIÈME PARTIE

2009

Personne ne s'étonnait d'apprendre que Michael Beard était fils unique, et lui-même aurait été le premier à concéder qu'il n'avait jamais vraiment eu la fibre fraternelle. Angela, sa mère à la beauté anguleuse, l'adorait, et le vecteur de son amour était la nourriture. Elle lui avait donné le biberon avec passion, au-delà de ce qu'il demandait. Quatre décennies avant de recevoir le prix Nobel de physique, il était arrivé premier au concours du plus beau bébé de Cold Norton & District, dans la catégorie allant de la naissance à six mois. Pendant ces dures années d'après-guerre, l'idéal de la beauté enfantine se trouvait surtout dans la graisse, les multiples mentons à la Churchill, les rêves de fin du rationnement et d'un règne d'abondance. On exhibait et on évaluait les bébés comme des courges à un concours agricole et, en 1947, Michael, quatre mois, potelé et jovial, l'emporta haut la main.

Il était toutefois inhabituel, à une fête de village, qu'une femme de la classe moyenne, épouse d'un agent de change, abandonne le stand des gâteaux et des chutneys pour participer avec son enfant à un événement aussi tapageur. Sans doute savait-

273

elle qu'il allait gagner, de même qu'elle prétendit plus tard avoir toujours su qu'il obtiendrait une bourse pour entrer à Oxford. Quand il fut passé à une alimentation solide, jusqu'à la fin de ses jours elle lui fit la cuisine avec la même dévotion que lorsqu'elle lui donnait le biberon, s'inscrivant au milieu des années soixante, malgré sa maladie, à un cours de cuisine pour cordons bleus, afin de pouvoir varier les menus lors des visites de son fils. Henry, son mari, tenant du traditionnel plat de viande avec ses deux légumes, détestait l'ail et l'odeur d'huile d'olive. Dès le début de leur vie de couple, pour des raisons connues d'elle seule, elle lui retira son amour. Elle ne vivait que pour son fils, et le résultat sautait aux yeux : un homme trop gros, recherchant inlassablement les attentions de femmes aussi belles que bonnes cuisinières.

Henry Beard était un mince à la moustache tombante, aux cheveux bruns gominés et coiffés en arrière, dont les costumes sombres et les vestes de tweed marron semblaient toujours une taille trop grands, autour du cou surtout. Il subvenait largement aux besoins de sa famille miniature et, comme souvent à l'époque, aimait son fils avec sévérité et peu de contacts physiques. Même s'il n'embrassait jamais Michael et lui posait rarement la main sur l'épaule en un geste affectueux, il lui offrait tous les cadeaux requis : Meccano et atelier du chimiste, transistor à construire soi-même, encyclopédies, maquettes d'avions et livres sur l'histoire militaire, la géologie, la vie des grands hommes. Il avait fait toute la guerre, d'abord comme jeune officier d'infanterie à Dunkerque, en Afrique du Nord, en Sicile, puis comme lieutenant-colonel lors du débarquement, où il fut décoré. Il arriva au camp de Bergen-Belsen une semaine après la libération de celui-ci, et, la guerre terminée, il fut stationné huit mois à Berlin. Comme beaucoup d'hommes de sa génération, il ne parlait pas de cette expérience et appréciait la vie ordinaire de l'après-guerre, sa tranquillité, sa routine, sa prospérité croissante, et en premier lieu l'absence de risque, bref, tout ce qui paraîtrait étouffant aux garçons nés durant ces premières années de paix.

En 1952, alors qu'il avait quarante ans et Michael cinq, il quitta son poste dans une banque d'affaires londonienne pour retourner à ses premières amours : le droit. Il devint associé d'un vénérable cabinet d'avocats de Chelmsford, où il passa le reste de sa vie professionnelle. Pour fêter ce changement d'existence et sa libération des trajets quotidiens jusqu'à Liverpool Street, il s'offrit une Rolls-Royce Silver Cloud d'occasion. Il garda cette automobile bleu pâle trente-trois ans, jusqu'à sa mort. Devenu adulte, et avec quelques remords rétrospectifs, son fils lui fut reconnaissant de ce geste fastueux. Mais la vie d'avocat dans une petite ville, absorbée par les problèmes de transfert de propriété et d'homologation de testaments, garantissait à Henry Beard une tranquillité encore plus grande. Le week-end il taillait ses rosiers, s'occupait de sa voiture, jouait au golf avec des rotariens. Il acceptait stoïquement son mariage sans amour comme le prix à payer pour ses autres gains.

C'est vers la même époque qu'Angela Beard eut la première liaison d'une série qui se prolongea onze années durant. Le jeune Michael ne percevait chez ses parents ni hostilité visible ni tensions silencieuses, mais il n'était ni observateur ni sensible, et s'enfermait souvent dans sa chambre après les cours pour lire, construire et coller des maquettes, puis consacra plus tard toute son énergie à la littérature pornographique et à la masturbation, et par la suite aux filles. À dix-sept ans, il ne remarqua pas davantage le fait que sa mère avait réintégré, épuisée, le sanctuaire du mariage. Il apprit l'existence de ses aventures seulement lorsqu'elle mourut d'un cancer du sein, âgée de cinquante ans à peine. Elle semblait vouloir se faire pardonner de lui avoir gâché son enfance. Il terminait alors sa deuxième année à Oxford et, la tête pleine de mathématiques et de filles, de physique et de soirées arrosées, ne comprit pas tout de suite ce qu'elle disait. Elle était adossée à ses oreillers, dans une chambre individuelle au dix-neuvième étage d'un hôpital tout en hauteur, avec vue sur les marécages désormais industrialisés de Canvey Island et sur la rive sud de la Tamise. Il était assez grand pour savoir qu'il l'aurait insultée s'il avait prétendu n'avoir rien remarqué. Ou répondu que ce n'était pas auprès de lui qu'elle devait s'excuser. Ou encore qu'il imaginait mal quelqu'un de plus de trente ans avoir une vie sexuelle. Il lui tint la main, la serra tendrement dans la sienne, lui assura qu'elle n'avait rien à se faire pardonner.

Ce fut seulement après être rentré chez lui en voiture, avoir bu trois whiskys avec son père avant de se coucher, et s'être allongé tout habillé sur le lit de son ancienne chambre pour réfléchir aux révélations de sa mère, qu'il prit conscience de la prouesse. Dix-sept amants en onze ans ! À trente-trois ans, le lieutenant-colonel Beard avait déjà eu sa dose d'aventure et de risque. Au tour d'Angela d'avoir la sienne. Ses amants furent sa bataille du désert contre Rommel, son débarquement en Normandie, son Berlin. Sans eux, confia-t-elle sur son lit d'hôpital à Michael, elle s'en serait voulu et aurait sombré dans la folie. Mais de toute façon, elle s'en voulait de ce qu'elle croyait avoir fait subir à son fils unique. Il retourna à l'hôpital le lendemain et, tandis qu'elle lui étreignait la main de ses doigts moites de sueur, il affirma avoir eu l'enfance la plus heureuse et la plus sécurisante qu'on puisse imaginer, ne jamais s'être senti négligé ni avoir douté de son amour pour lui, ni avoir été mieux nourri, et il se déclara fier de ce qu'il appelait son appétit de vivre, dont il espérait bien avoir hérité. Ce fut son premier discours. Ces demi-vérités, ou quarts de vérité, étaient les paroles les plus convaincantes qu'il ait prononcées. Six semaines plus tard, elle mourait. Naturellement, la vie amoureuse de la défunte demeura un sujet tabou entre le père et le fils, mais des années durant Michael ne put traverser en voiture Chelmsford et les villages environnants sans se demander si tel ou tel vieillard, à la démarche chancelante sur un trottoir ou le dos voûté à un arrêt de bus, ne serait pas l'un des dix-sept amants.

Pour l'époque, Michael était un jeune homme précoce en arrivant à Oxford. Il avait déjà couché avec deux filles, possédait sa propre voiture — une Morris Minor au pare-brise en deux parties, enfermée dans un garage près de Cowley Road — et recevait de son père une allocation plus généreuse, et de loin, que celle de ses camarades. Il était intelligent, sociable, véhément, et peu impressionné par les étudiants des collèges les plus prestigieux, voire vaguement méprisant. Il faisait partie de ces garçons exaspérants, mais indispensables, toujours en tête des files d'attente et en possession de billets pour les spectacles les plus courus de Londres, à qui il ne fallait que quelques jours pour faire la connaissance des gens utiles et découvrir toutes sortes de raccourcis, mondains autant que topographiques. Il paraissait avoir beaucoup plus de dix-huit ans. Travailleur, organisé, ordonné, il se servait même d'un agenda de bureau. Capable de réparer les transistors et les électrophones, et ayant toujours un fer à souder dans sa chambre, il était très demandé. Bien sûr, il ne faisait jamais payer ses services, mais savait obtenir des faveurs.

Quelques semaines après son installation, il avait déjà une petite amie, une fille délurée d'Oxford High, du nom de Susan Doty. Les autres étudiants de maths et de physique étaient souvent des types effacés, renfermés. Sauf pour les expériences de laboratoire et les travaux dirigés, il ne les fréquentait pas, de même qu'il évitait les étudiants de lettres : ils l'intimidaient par leurs références littéraires, qu'il ne comprenait pas. Il préférait les futurs ingénieurs qui lui ouvraient les portes de leurs ateliers, ou les géographes, les zoologistes et les anthropologues, surtout ceux qui avaient déjà travaillé sur le terrain en des lieux exotiques. S'il connaissait beaucoup de monde, il avait peu d'amis proches. Il ne devint jamais réellement populaire, mais il était connu, on parlait de lui, on le trouvait serviable, tout en se méfiant un peu de lui.

À la fin de sa deuxième année, alors qu'il essayait de se faire à l'idée que sa mère allait mourir, il entendit dans un pub quelqu'un décrire une étudiante de Lady Margaret Hall, une certaine Maisie Farmer, comme une fille « facile ». L'adjectif était employé de manière flatteuse, comme s'il s'agissait d'une catégorie clinique bien identifiée. Dans ce contexte, son nom bucolique intrigua Beard. Il se représenta une jeune paysanne plantureuse, barbouillée de lisier, chevauchant un tracteur, puis l'oublia. Le semestre se termina, il rentra chez lui, sa mère mourut, et l'été se passa dans le deuil, l'ennui, et le silence paralysant qui s'était installé entre son père et lui. Ils n'avaient jamais parlé de leurs sentiments et ne trouvaient pas plus les mots à présent. Quand, de la maison, Michael voyait son père penché sur ses rosiers au fond du jardin, il était gêné, non, horrifié de comprendre, au tressaillement de ses épaules, que celui-ci pleurait. Il ne lui venait pas à l'esprit d'aller lui parler. Se dire que sa mère avait eu des amants, sans savoir si son père savait — sans doute pas —, représentait un obstacle supplémentaire.

Il regagna Oxford en septembre et loua une chambre au troisième étage de Park Town, ensemble de maisons miteuses du milieu de l'ère victorienne disposé en arc de cercle autour d'un jardin central. Chaque jour, se rendant à pied au département de physique par le raccourci qui rejoignait University Parks, il passait devant les grilles du collège de la fille « facile ». Un matin il ne put s'empêcher d'entrer, et de vérifier auprès du concierge qu'il existait bien une Maisie Farmer. Il découvrit quelques jours plus tard qu'elle était en troisième année d'anglais, mais ne se laissa pas démonter. Pendant un ou deux jours il se demanda qui elle était, puis le travail et d'autres problèmes l'occupèrent, il l'oublia de nouveau, et ce fut seulement à la fin du mois d'octobre qu'un ami la lui présenta, ainsi qu'une autre étudiante, devant le Museum d'histoire naturelle.

Elle ne correspondait pas du tout à l'idée qu'il se faisait d'elle, et il fut d'abord déçu. Elle était petite, presque menue, extrêmement jolie, avec des yeux sombres, de fins sourcils et une voix mélodieuse à l'accent surprenant, où perçait une pointe de cockney, phénomène rare chez les étudiantes de l'époque. Quand, en réponse à sa question, il lui dit quelle discipline il étudiait, son visage se ferma, et elle repartit peu après avec son amie. Tombant sur elle deux jours plus tard alors qu'elle était seule, il l'invita à prendre un verre, mais elle refusa aussitôt, avant même qu'il ait fini sa phrase. Sa surprise fut proportionnelle à la haute idée qu'il se faisait de lui-même. Mais qu'y avait-il devant elle ? Un type massif ayant l'apparence et le sérieux d'un comptable, une cravate — en 1967 ! —, les cheveux courts, une raie sur le côté et, détail rédhibitoire, un stylo dans la poche intérieure de sa veste. De plus il étudiait les sciences, cette non-discipline pour imbéciles. Elle prit congé assez poliment et passa son chemin, mais il la suivit et lui demanda si elle était libre le lendemain, ou le surlendemain, ou le week-end suivant. Non, non, et non. « Et n'importe quand ? » insista-t-il avec le sourire, ce qui la fit rire, sincèrement amusée par cette insistance et visiblement sur le point de changer d'avis. « Il y a aussi "Jamais." Ça vous

irait ? » lança-t-elle toutefois, ce à quoi il répondit :
« Je ne suis pas libre. » Elle se remit à rire, fit mine
de donner un coup de poing dans le revers de sa
veste avec sa main minuscule, puis s'éloigna en lui
donnant l'impression qu'elle lui laissait une
chance, qu'elle avait le de l'humour, qu'il pouvait vaincre sa résistance.

Ce qu'il fit. Il entreprit des recherches. Quelqu'un lui avait dit qu'elle s'intéressait à Milton. Il
ne lui fallut pas longtemps pour découvrir de quel
siècle était ce poète. Un étudiant en licence de
lettres du même collège que lui, et qui lui devait
une faveur — il lui avait obtenu des billets pour
un concert de Cream —, lui accorda une heure sur
Milton : que lire, que dire. Il lut *Comus*, dont la
niaiserie l'atterra. Il survola *Lycidas*, *Samson Agonis-
tes* et *Il Penseroso*, dont il trouva le style empesé,
parfois précieux. Il apprécia davantage *Le Paradis
perdu*, prenant, comme bien d'autres avant lui, le
parti de Satan plutôt que celui de Dieu. Lui, Beard,
apprit par cœur les passages qui lui semblaient
intelligents et particulièrement éloquents. Il consacra toute une semaine à la lecture d'une biographie
et de quatre essais qu'on lui avait présentés comme
incontournables. Il faillit se faire jeter dehors par
un bouquiniste de Turl Street à qui il avait
demandé, l'air de rien, une édition originale du
Paradis perdu. Il alla voir un professeur bienveillant
qui savait où trouver des livres anciens, lui confia
qu'il souhaitait impressionner une fille grâce à un
cadeau original, et se retrouva chez un libraire de
Covent Garden où il dépensa la moitié de son allocation du semestre pour acquérir une édition de
l'*Areopagitica* datant du XVIIIe siècle. Lorsqu'il la

parcourut dans le train qui le ramenait à Oxford, une page se déchira en deux. Il la répara avec du scotch.

De manière assez prévisible, il tomba de nouveau sur Maisie Farmer, cette fois devant les grilles de son collège, au bout de deux heures et demie d'attente. Il lui demanda s'il pouvait au moins traverser University Parks avec elle. Elle ne dit pas non. Elle portait un manteau de surplus militaire sur un gilet jaune et une jupe plissée noire, aux pieds des chaussures en cuir, ornées chacune d'une étrange boucle argentée. Elle était plus belle encore qu'il ne l'imaginait. Chemin faisant, il la questionna poliment sur son travail et elle lui expliqua, comme à un idiot, qu'elle écrivait un mémoire sur Milton, célèbre poète anglais du XVIIᵉ siècle. Il réclama des précisions. Elle les lui donna. Il se risqua à émettre une opinion. Surprise, elle développa davantage. À l'appui d'une de ses remarques, il cita : « Du matin jusqu'au midi il tomba », et elle termina le vers avec émotion : « et du midi jusqu'au soir humide ». Avec une timidité étudiée, il parla de l'enfance de Milton, de la guerre civile. Elle ignorait certains détails et parut s'y intéresser. Elle savait peu de choses sur la vie du poète ; curieusement, ses études ne semblaient pas tenir compte de l'arrière-plan historique. Beard la ramena sur un terrain familier. De nouveau ils citèrent quelques-uns de leurs vers préférés. Il l'interrogea sur ses lectures critiques. Lui aussi avait lu certains auteurs et en apporta courtoisement la preuve. Il avait jeté un coup d'œil à une bibliographie, de quoi briller dans la conversation. Puisqu'elle détestait encore plus *Comus* que lui, il défendit vaguement l'œuvre et la laissa démolir ses arguments.

Il parla ensuite de l'*Areopagitica*, de sa modernité politique. Là elle s'arrêta net sur le sentier, lui demanda comment un scientifique pouvait en savoir si long sur Milton, et il se crut percé à jour. Il feignit de se sentir insulté. Tout l'intéressait, expliqua-t-il, la ligne de démarcation entre disciplines n'était qu'une solution de facilité, un accident de l'histoire, une tradition pesante. Il illustra sa thèse à l'aide d'exemples glanés auprès de ses amis anthropologues ou zoologistes. Pour la première fois, elle lui posa avec un peu de chaleur des questions sur lui-même, bien qu'elle n'ait guère envie d'entendre parler de physique. Et d'où venait-il ? De l'Essex, dit-il. Mais elle aussi ! De Chingford ! Une occasion s'offrait à lui et il saisit sa chance. Il l'invita à dîner. Elle accepta.

Il considérerait ensuite cet après-midi brumeux et ensoleillé de novembre au bord de la rivière Cherwell, près du Rainbow Bridge, comme le point de départ de son premier mariage. Trois jours plus tard, il emmena Maisie dîner à l'hôtel Randolph, après avoir consacré entre-temps une journée de plus à Milton. Sachant déjà que ses propres recherches porteraient sur la lumière, il s'était tout naturellement tourné vers l'« Hymne à la lumière » du *Paradis perdu*. Il avait appris par cœur les douze derniers vers et, devant leur seconde bouteille de vin, évoqua le drame de cet aveugle regrettant ce qu'il ne verrait jamais, puis célébrant les pouvoirs rédempteurs de l'imagination. Levant son verre au-dessus de la nappe blanche amidonnée, il récita : « Brille donc d'autant plus intérieurement, ô céleste lumière ! Que toutes les puissances de mon esprit soient pénétrées de tes rayons : mets des yeux à mon âme ; disperse et dissipe loin d'elle tous les brouillards, afin que je puisse voir et dire des choses invisibles à l'œil mortel. » Ces derniers vers firent venir les larmes aux yeux de Maisie, et il récupéra sous sa chaise son cadeau, qu'il lui présenta : l'*Areopagitica*, relié cuir en 1738. Elle en resta bouche bée. Une semaine plus tard, après qu'elle l'eut introduit en cachette dans sa chambre, et au son de *Sergeant Pepper* sur l'électrophone de marque Dansette, qu'il avait réparé l'après-midi même avec son fer à souder fumant, ils devinrent enfin amants. Il trouvait désormais odieuse l'expression « fille facile », qui sous-entendait que Maisie appartenait à tout le monde. Cette dernière était néanmoins bien plus libre et audacieuse, inventive et généreuse en amour que les autres filles qu'il avait connues. Elle savait aussi faire la tourte au steak et aux rognons. Il décida qu'il était amoureux.

Cette cour empressée, hautement organisée, lui apporta de grandes satisfactions et marqua un tournant dans son évolution personnelle, car aucun étudiant en licence de lettres, si intelligent fût-il, n'aurait pu se faire passer, au bout d'une seule semaine de recherches, pour un physicien ou un mathématicien auprès de ses camarades scientifiques. C'était à sens unique. Sa semaine avec Milton lui fit soupçonner une monstrueuse imposture. Les lectures étaient fastidieuses, mais il n'avait rien rencontré qui s'apparente de près ou de loin à un défi intellectuel, rien n'atteignant le degré de difficulté qu'il affrontait quotidiennement dans son cursus. Cette semaine-là encore, celle du dîner à l'hôtel Randolph, il avait étudié les tenseurs de Ricci et fini par saisir leur rôle dans la théorie de la relativité générale. Il croyait pouvoir enfin comprendre ces équations extraordinaires. La théorie n'était plus une abstraction, elle était sensuelle, il *sentait* de quelle manière le continuum de l'espace-temps pouvait être déformé par la matière, comment ce même continuum influait sur le mouvement des objets, comment la gravité était un effet de sa courbure. Il pouvait passer une demi-heure à contempler une poignée de termes et d'indices composant le cœur des équations de champ, et comprendre pourquoi Einstein en personne avait parlé de leur « incomparable beauté », pourquoi Max Born avait dit qu'il s'agissait du « plus grand chef-d'œuvre de l'homme pensant la nature ».

Cette compréhension représentait l'équivalent mental de l'haltérophilie : impossible de soulever certains haltères à la première tentative. Lui et les autres étudiants en sciences étaient en cours ou dans leurs laboratoires tous les jours de neuf heures à dix-sept heures, s'efforçant d'assimiler des théories parmi les plus ardues qui soient. Les étudiants en lettres sortaient du lit à midi pour assister à leurs deux séminaires par semaine. Et aucun des sujets abordés ne devait être inaccessible, même pour quelqu'un d'à moitié stupide. Il avait lu quatre des meilleurs essais sur Milton. Il savait de quoi il parlait. Or ces fainéants se faisaient passer pour des êtres supérieurs, et il s'était laissé intimider. Terminé. Dès qu'il eut conquis Maisie, il se sentit libéré.

Des années plus tard, Beard raconta cet épisode à un professeur de littérature anglaise à Hong Kong, qui lui répondit : « Tu n'as rien compris, Michael. Si tu avais séduit quatre-vingt-dix filles à l'aide de quatre-vingt-dix poètes, à raison d'un par semaine pendant trois années universitaires, que tu les aies tous gardés en mémoire — les poètes, je veux dire — et que tu aies tiré de tes lectures certaines conclusions esthétiques, alors tu aurais mérité un diplôme de littérature anglaise. Mais ne va pas dire que c'est facile. »

À l'époque, il semblait à Beard que si, et il fut beaucoup plus heureux durant son année de licence, ainsi que Maisie. Elle avait obtenu qu'il se laisse pousser les cheveux, troque son pantalon de flanelle contre un jean, et cesse de réparer des objets. Pas assez ambitieux. Or ils nourrissaient de grandes ambitions, malgré leur petite taille. Il abandonna Park Town et dénicha un minuscule appartement à Jericho, où ils s'installèrent. Les amis de Maisie, tous étudiants en lettres ou en histoire, devinrent ses amis. Ils avaient plus d'esprit que ses copains scientifiques, mais étaient bien sûr plus paresseux, plus attachés à leur bon plaisir, comme s'il s'agissait d'un droit. Il défendait de nouvelles causes : le partage des richesses, le Vietnam, Mai 68, la révolution à venir et le LSD, qu'il trouvait incontournable, tout en refusant d'en prendre. Lorsqu'il s'entendait crier des slogans, il n'y croyait pas lui-même et n'en revenait pas que personne ne le traite d'imposteur. Il essaya le cannabis, dont il détesta les effets sur sa mémoire. Malgré les habituelles fêtes, avec la musique à fond et un vin horrible dans des gobelets en carton détrempé, Maisie et lui travaillaient sans arrêt. L'été arriva et les examens avec, puis à la stupeur générale ce fut terminé et tout le monde se dispersa.

Ils furent reçus l'un et l'autre avec mention. Comme il le souhaitait, Michael put s'inscrire à l'université du Sussex pour préparer un doctorat. Ils partirent ensemble pour Brighton, trouvèrent un endroit formidable où vivre à partir du mois de septembre, un vieux presbytère dans un village isolé des Sussex Downs. Le loyer était au-dessus de leurs moyens et, avant de regagner Oxford, ils acceptèrent de partager les lieux avec un couple d'étudiants en théologie et leurs jumeaux nouveau-nés. Le journal de Chingford publia un article sur la jeune Maisie qui, issue d'un quartier populaire de la ville, s'était « élevée jusqu'aux plus hauts sommets », et ce fut de ces sommets, et pour unir leurs familles désintégrées, qu'ils décidèrent de se marier eux aussi, non pas pour respecter les conventions, mais parce que c'était au contraire extravagant, désopilant, inoffensif et démodé, comme les uniformes à épaulettes des Beatles sur les photos publicitaires, lors de la sortie de leur album sensationnel. Raison pour laquelle le jeune couple n'invita ni n'informa aucun parent d'un côté ou de l'autre. Ils se marièrent à la mairie d'Oxford, s'enivrèrent à Port Meadow avec une poignée d'amis venus pour la journée. Le valeureux lieutenant-colonel en retraite Henry Beard, qui vivait seul dans sa vieille maison de Cold Norton, n'apprit le mariage de son fils qu'après le divorce de celui-ci.

*

Le fils en question se remémorait cette époque quarante et un ans plus tard, dans le bar circulaire de l'hôtel Camino Real d'El Paso, au Texas, où, abruti par le décalage horaire à cinq heures de l'après-midi, il attendait que Toby Hammer apparaisse. La serveuse repassa près de lui et il commanda un autre whisky, ainsi qu'un second bol de cacahuètes salées. Sous la grande verrière, les échos des voix américaines et mexicaines se mêlaient et il ne pouvait suivre aucune conversation. Il se remémorait cette époque révolue comme on le fait au cours d'un long voyage, lorsque le déracinement et l'ennui, le manque de sommeil ou la routine font parfois resurgir de nulle part, au hasard, des séquences du passé, et les rendent aussi présentes qu'un fantasme. Il se serait presque cru dans la salle à manger du Randolph, en costume-cravate, avec une chemise blanche qu'il avait eu la mauvaise idée de repasser lui-même. Après un whisky, il pouvait encore réciter des fragments de l'« Hymne à la lumière » de Milton : « Des nuages et des ténèbres qui durent pour toujours m'environnent. Retranché des agréables voies des humains... » Suivaient quelques mots qu'il avait oubliés, puis : « ... la sagesse à l'une de ses entrées m'est entièrement fermée ». Il avait séduit une fille grâce à un poème et elle n'était plus de ce monde, morte deux ans plus tôt d'un cancer du foie, en fait. Mais il n'avait pas oublié ce poème. Il se reprochait de n'avoir jamais présenté Maisie à son père, de n'avoir jamais invité le vieillard à séjourner dans le magnifique presbytère du Sussex, de l'avoir abandonné à son chagrin à l'aube d'une nouvelle ère, où une génération d'enfants gâtés, arrogants, impudents, tournaient le dos à leurs aînés qui avaient fait la guerre, méprisant leurs cheveux courts, leur vie rangée, leur indifférence au rock'n roll.

Il fallait plus d'un whisky pour éveiller les remords de Michael Beard. Il en était à son troisième ou à son quatrième. Voilà au moins une heure qu'il attendait. Dehors, dans la rue, le thermomètre indiquait quarante-trois degrés, mais à l'intérieur Beard avait la sensation qu'il descendait à moins dix. Seul le whisky le réchauffait. Ces dernières années, il avait plus d'une fois fait le voyage et attendu dans ce bar. Londres-Dallas, puis El Paso, où il retrouvait à l'aéroport son 4 × 4 surdimensionné, seul véhicule capable de loger confortablement son embonpoint. Puis il récupérait à l'hôtel ou rencontrait ses associés avant les trois heures de route vers l'Ouest, le long de la frontière mexicaine, jusqu'à Lordsburg, au Nouveau-Mexique. Ce jour-là, Hammer venait de San Francisco. Des orages d'été au-dessus des Rocheuses retardaient les vols. Beard aurait pu se débrouiller sans lui, mais préférait l'attendre. Il envisageait même de passer la nuit à Lordsburg pour voir le docteur Eugene Parks le lendemain matin et obtenir ses résultats d'analyses. Il ne pouvait se défaire du préjugé selon lequel on pouvait compter sur un vieux médecin américain comme Parks pour énoncer un diagnostic avec la neutralité d'un étranger indifférent, sans les sous-entendus moralisateurs, le ton réprobateur ou l'indignation mal dissimulée que lui réservaient généralement ses concitoyens en blouse blanche. « Vous pouvez vous rhabiller, professeur Beard. J'ai peur que nous devions vraiment modifier votre hygiène de vie. » Son hygiène de vie, avait-il envie de répliquer, mortifié, en renfilant tant bien que mal ses sous-vêtements, visait à apporter au monde la photosynthèse artificielle à une échelle industrielle. Si toutefois le monde, avec la sclérose du marché du crédit, le lui permettait.

Son whisky arriva dans un verre débordant de glaçons — exemple flagrant, transparent, de gaspillage d'énergie — accompagné d'une livre de cacahuètes blanches de sel. Ce n'était pas le style du docteur Parks de reprocher à ses patients leur hygiène de vie. D'ailleurs il approuvait le projet de Beard, étant lui-même convaincu de la réalité du changement climatique, et ayant acquis une propriété à Terre-Neuve où, il en était certain, il lui suffirait de dix ans pour créer un vignoble. Le jour où les températures de l'été texan atteindraient régulièrement les cinquante degrés, il serait temps de faire ses bagages et de partir vers le nord. Des centaines d'Américains, voire des milliers, assurait-il à Beard, étaient en train d'acheter des terres au Canada.

En transférant de son whisky à son verre vide tous les glaçons, sauf un, Beard vit la tache sur le dos de sa main, et la fixa comme pour la faire disparaître. Trois ans plus tôt, il avait déjà eu quelque chose au même endroit et avait tardé à consulter pour obtenir un diagnostic. Il ne s'agissait que d'une lésion bénigne, facilement brûlable à l'azote liquide. Neuf mois auparavant, la lésion était réapparue sous un aspect différent, et cette fois il redoutait d'avoir moins de chance. Aussi l'avait-il regardée s'élargir sans rien faire, jusqu'à ce qu'elle devienne une tache livide aux contours noirâtres. En général, il reprenait conscience de son existence quand son moral était au plus bas. Naguère, cette attitude lâche et irrationnelle lui aurait paru indigne de lui. Quelque part dans le cabinet du docteur Parks, un dossier renfermait la vérité sous la forme d'un compte-rendu de biopsie. Il pouvait aller le chercher dès le lendemain, ou attendre son retour. Ce qu'il aurait préféré, c'était consulter le lendemain pour sa visite de routine, et qu'on ne lui dise rien, sauf si les résultats étaient bons. En Amérique, tout pouvait toujours s'arranger.

Il avait promis à Darlene de l'appeler de Lordsburg, mais n'en avait plus envie. Sur une estrade, dans un angle du bar, deux types s'asseyaient près d'un micro. Le premier entreprit d'accorder sa guitare électrique, dont les sons aigus et discordants rappelèrent des souvenirs à Beard. Oui, le couple d'étudiants en théologie, avec lesquels Maisie et lui partageaient le presbytère, s'appelait bien Gibson, Charlie et Amanda ; contrairement à la mode de l'époque, ils étaient pieux, intellos, et inscrits dans un institut de Lewes. Pour leur prouver son amour par des voies impénétrables, ou pour les châtier, leur dieu les avait affligés de deux bébés géants qui auraient facilement raflé le prix devant Beard en 1947, des jumeaux insomniaques qui interrompaient rarement leurs hurlements identiques, se réveillaient mutuellement les rares fois où ils ne démarraient pas en chœur, et répandaient à travers l'élégante demeure leurs miasmes

aussi pénétrants qu'un curry sur le feu ou des cre-
vettes vindaloo, mais aussi pestilentiels que ceux
d'un marécage, comme si leur religion leur imposait un régime à base de moules et de guano.

Le jeune Beard, travaillant dans sa chambre aux
premiers calculs qui le conduiraient à l'œuvre de
sa vie, et lui permettraient de finir ses jours en
roue libre, se fourrait du papier buvard dans les
oreilles et laissait les fenêtres ouvertes, même en
plein hiver. Quand il descendait se préparer un
café, il croisait dans la cuisine les deux époux acca-
blés par leur enfer domestique, les yeux cernés,
qui se partageaient les corvées, au nombre desquelles la prière et la méditation, avec une acrimo-
nie causée par le manque de sommeil et une haine
mutuelle. Les vastes espaces du hall d'entrée et des
pièces communes du presbytère de style géorgien
avaient perdu tout leur charme, encombrés par les
centaines d'ustensiles et d'objets, en métal ou en
plastique, indispensables aux soins des bébés
modernes. Aucun des Gibson, enfant ou adulte,
n'exprimait la moindre joie de vivre, ensemble ou
séparément. Comment auraient-ils pu ? Beard
s'était promis de ne jamais devenir père.

Et Maisie ? Elle avait changé d'avis, renoncé à
sa thèse de doctorat sur Aphra Behn, refusé un
poste à la bibliothèque de l'université, et vivait
désormais des prestations versées par la sécurité
sociale. Dans un siècle antérieur, on l'aurait consi-
dérée comme une femme oisive, mais au XXe siècle,
elle était « active ». Elle lisait des ouvrages de sociologie, participait aux travaux d'un groupe inspiré
par un collectif de Californiennes, créa même
son propre « atelier » — concept novateur à l'épo-

que — et, sans plus nourrir de « grandes ambitions » au sens conventionnel du terme, elle s'élevait l'esprit et fut rapidement confrontée au problème criant du patriarcat, du rôle de son mari dans un système d'oppression allant des institutions qui le favorisaient en tant qu'homme, même s'il n'en avait pas conscience, jusqu'à sa façon de s'exprimer.

C'était, ainsi qu'elle l'expliqua à l'époque, comme traverser un miroir. Tout lui semblait différent : elle ne pouvait plus se satisfaire naïvement de la situation, et par conséquent lui non plus. Une discussion sérieuse suffit à régler certains problèmes. Il était trop pragmatique pour trouver de bonnes raisons de se soustraire aux tâches ménagères. Il pensait qu'elles l'ennuieraient plus qu'elles n'ennuyaient Maisie, mais ne le dit pas. Laver quelques assiettes n'était toutefois qu'un début. Il y avait des attitudes profondément ancrées qu'il devait examiner et modifier : ses certitudes inconscientes sur sa propre « centralité », son aliénation par rapport à ses sentiments, son incapacité à écouter, à entendre, vraiment entendre ce qu'elle disait, et à comprendre que le système qui le favorisait, dans des domaines triviaux ou importants, jouait systématiquement contre elle. Alors qu'il pouvait aller boire une bière au pub du village, par exemple, impossible pour elle de faire la même chose sans que les habitués la dévisagent comme une prostituée. Il y avait aussi sa façon de croire, sans se poser de questions, à l'importance de son travail, à l'objectivité, et même à la raison. Il ne voyait pas l'intérêt vital de se connaître soi-même. Il existait d'autres moyens

d'appréhender le monde et la condition des femmes, mais il les ignorait. Il avait beau prétendre le
contraire, il était dégoûté par le sang menstruel,
ce qui insultait sa féminité. Leurs rapports sexuels,
en reproduisant aveuglément des postures de
domination et de soumission, n'étaient qu'une imitation du viol, et donc fondamentalement mal-
sains.

Plusieurs mois s'écoulèrent, et nombre de soirées sur les mêmes thèmes, où il écoutait plus qu'il
ne parlait, mettant les pauses à profit pour penser
à son travail. Il étudiait à l'époque les photons sous
un angle radicalement nouveau. Et puis une nuit,
alors que Maisie et lui, réveillés une fois encore
par les jumeaux, étaient allongés côte à côte dans
l'obscurité, elle lui annonça qu'elle le quittait. Elle
avait bien réfléchi et ne voulait pas de scène. Une
communauté se créait dans les collines pluvieuses
du centre du Pays de Galles, elle comptait la rejoindre et ne jamais revenir. Elle savait, d'une manière
qu'il ne comprendrait jamais, qu'elle avait trouvé
sa voie. Elle ne pouvait pas ne pas se poser certaines questions concernant son épanouissement, son
passé, son identité de femme. Elle se le devait à
elle-même. À ce stade, Beard se sentit gagné par
une émotion inconnue qui lui serra la gorge et lui
arracha un sanglot incoercible. Les quatre Gibson
l'entendirent sûrement à travers la cloison. On
aurait facilement pu le prendre pour un cri. Or
c'était un mélange de joie et de soulagement que
Beard éprouvait, suivi d'une sensation diffuse de
légèreté, comme s'il allait s'envoler et heurter le
plafond. Soudain s'étendait devant lui la perspective d'être libre, de pouvoir travailler quand il le

voulait, d'inviter certaines femmes rencontrées sur le campus, de se prélasser sur les marches de la bibliothèque, de se retrouver avec son moi jamais remis en question, et d'être enfin débarrassé de Maisie. À cause de tout cela, une larme de gratitude roula sur sa joue. Il mourait d'impatience de voir partir Maisie. Il pensa même lui proposer de la conduire immédiatement à la gare, mais il n'y avait aucun train au départ de Lewes à trois heures du matin et elle n'avait pas fait ses bagages. Troublée par ce sanglot, elle alluma la lampe de chevet, se pencha sur lui, vit ses yeux humides. Ferme et déterminée, elle chuchota : « Je ne veux pas de chantage, Michael. Il est inutile, tu m'entends, absolument inutile de me manipuler pour que je reste. »

*

Heureusement que le bar était grand ! Les deux types avaient entonné, à tue-tête et à l'unisson, une chanson comique en espagnol, déchaînant les rires à chaque refrain. Malgré le temps qu'il avait passé dans ce coin des États-Unis, Beard ne comprenait toujours pas un traître mot de leur langue. Il héla une serveuse pour commander un autre whisky, qu'on lui apporta presque aussitôt, et qu'il dut à nouveau débarrasser d'une montagne de glaçons. Avait-on jamais rompu les liens du mariage de manière si indolore ? Une semaine après, Maisie était partie pour sa ferme dans le comté de Powys. En une année, ils n'échangèrent que deux cartes postales. Puis une troisième arriva d'un ashram en Inde, où Maisie resta trois ans et d'où elle envoya un jour une lettre joyeuse, accompagnée de tous les documents dûment signés, dans laquelle elle acceptait le divorce. Il ne la revit pas jusqu'à son vingt-sixième anniversaire, où elle apparut le crâne rasé, le nez orné d'une pierre précieuse. Bien des années plus tard, il fit son éloge funèbre. Sans doute est-ce à cause de la facilité avec laquelle ils s'étaient séparés, dans le vieux presbytère, qu'il avait pu se remarier tant de fois, avec tant d'insouciance.

Péniblement il se leva, contourna le bar pour se rendre aux toilettes. D'après les critères locaux, il n'était pas exceptionnellement gros. En cet instant précis, il apercevait un couple dont la corpulence dépassait de loin la sienne, ce qui obligeait l'homme et la femme à s'asseoir sur les accoudoirs de leurs fauteuils. Il était néanmoins trop gros, ses genoux le faisaient souffrir, et passer rapidement à la station debout lui donnait des vertiges. Tandis qu'il traversait le hall, un employé quitta la réception et le rattrapa.

« Excusez-moi, vous êtes bien monsieur Beard ? Il me semblait vous avoir reconnu. Bienvenue au Camino Real. Quelqu'un est venu pour vous.

— M. Hammer ?

— Non. C'était il y a une semaine environ. D'Angleterre ? Ce monsieur n'a pas laissé de message.

— À quoi ressemblait-il ?

— Assez grand, je crois. Il a dit qu'il s'appelait... quelque chose comme Turnip. »

Ils auraient pu continuer longtemps, mais, au même moment, Beard vit Hammer franchir les portes vitrées, précédé par un portier avec un chariot à bagages. Pendant que les deux hommes se saluaient, l'employé s'effaça avec une mimique affable et Beard le remercia d'un signe de tête.

« Toby !

— Chef ! »

Depuis qu'il avait appris que c'était naguère le surnom de Beard, Hammer l'avait repris sur un mode ironique. D'autres membres de l'équipe l'avaient également adopté, ce qui faisait bien sûr plaisir à Beard. Il en oubliait presque son renvoi du Centre.

Hammer avait trois ans de plus que lui, était mince, musclé, avait le dos droit, le regard et le teint clairs d'un homme n'ayant pas bu une goutte d'alcool en vingt ans. Même s'il marchait les jambes arquées comme un vieux cow-boy qui serait resté trop longtemps en selle, il jouait encore au squash et faisait de la randonnée en solitaire dans les sierras. C'est du moins ce qu'il prétendait. Après avoir passé un peu de temps en sa compagnie, Beard commençait souvent un régime, qui durait quelques heures. Hammer était électronicien de formation, mais au début des années quatre-vingt il avait décidé de se mettre à boire, de détruire son couple et de se couper de ses amis comme tant d'autres avant lui. Lorsqu'il fut désintoxiqué et eut récupéré tout le monde, femme et enfants compris, il se lança dans une profession échappant à toute description. Il avait des relations, mettait les gens en contact, arrangeait des partenariats. Il avait présenté Beard à des avocats fiscalistes et à des comptables en bons termes avec les élus locaux, à des intermédiaires de Washington qui régnaient sur l'immense terrain vague entre commerce et politique, aux collaborateurs des directeurs financiers de grandes fondations, aux investisseurs amis d'amis d'hommes comme Vinod Khosla ou Shai Agassi. C'est Hammer qui faisait aboutir les demandes de brevets de Beard, qui avait pris une option d'achat sur le terrain près de Lordsburg, qui s'était familiarisé avec la confrérie du solaire, qui connaissait ingénieurs et fournisseurs. Il avait même soutiré de l'argent à l'administration Bush moribonde, et, dernièrement, bénéficié des largesses d'Obama.

Hammer ne pouvait toutefois rien contre le retard pris par le projet, sa révision progressive à la baisse, et parfois la menace d'un naufrage total. À chaque étape des compromis intervenaient. Le site de Lordsburg était le quatrième choix dans le sud-ouest des États-Unis. Il y avait plus d'heures d'ensoleillement par an dans l'Arizona ou le Nevada, mais la concurrence des grands distributeurs d'énergie avait fait monter les prix. D'autres sites ne disposaient pas de point d'eau, de routes en bon état, d'accès au réseau, ou de chambre de commerce accueillante. Pour obtenir des réductions d'impôts, il avait fallu récrire trois fois les statuts de la société créée par Hammer avec Beard et quelques autres. Les services de la sécurité intérieure se méfiaient de la nationalité étrangère de Beard, et les lettres de recommandation signées d'éminentes institutions scientifiques américaines n'avaient pas changé grand-chose durant les années Bush. L'argent était difficile à trouver, même en période de prospérité. Les investisseurs s'intéressant au solaire s'entendaient pour dire que les deux meilleures pistes étaient les plus éprouvées : le solaire thermique — concentration de la chaleur du soleil pour produire de la vapeur d'eau faisant tourner des turbines — ou le photovoltaïque — conversion directe du rayonnement solaire en électricité. Dans les deux cas, on concentrait la lumière à l'aide de miroirs grossissants. Il faudrait encore vingt ans pour que la photosynthèse artificielle soit fiable et bon marché : telle était l'opinion généralement admise.

Pour prouver le contraire, Beard avait organisé au début de l'année 2007, sur le parking d'un laboratoire d'Oakland, en Californie, une démonstration à l'intention des investisseurs potentiels. L'idée était de séparer en plein soleil les gaz constituants d'une grande bouteille d'eau, pour alimenter un générateur cellulaire qui mettrait en route un marteau piqueur, avec lequel un ouvrier à casque vert détruirait un mur où s'étalait le mot PÉTROLE sous forme de graffiti. Mais certaines pièces détachées ne furent pas livrées à temps, la démonstration fut retardée d'un mois, et, le moment venu, seul un tiers des investisseurs se déplaça : le projet ne reçut qu'un tiers de l'argent prévu et fut encore revu à la baisse.

Alors que l'argent se tarissait, les difficultés techniques augmentaient. Les hypothèses de Tom Aldous étaient correctes en général, mais fausses dans certains cas particuliers, même si Beard pouvait difficilement se plaindre, à présent qu'il détenait dix-sept brevets. Pendant longtemps, on ne put ni agrandir la maquette qui avait isolé les gaz constituants de l'eau en 2005 ni accélérer le processus. Pour cela, il fallait modifier les teintures photosensibles. Le catalyseur n'était pas dérivé du manganèse, mais d'un mélange à base de cobalt et d'un autre à base de ruthénium. Le choix de la membrane poreuse destinée à séparer l'hydrogène de l'oxygène se révéla plus difficile que prévu, ainsi que les premiers tests. Enfin vint le moment de concevoir et de construire le prototype qui serait un jour produit industriellement. On fit appel à une usine près de Paris. Le panneau, superbe réalisation, faisait deux mètres sur deux et coûta trois millions de dollars. Il fut envoyé au Laboratoire national des énergies renouvelables de Golden, Colorado, pour y être testé : son déficit d'efficacité était de trois cents pour cent, et il comportait des erreurs de conception et de construction.

On recommença l'opération avec une firme chinoise installée à soixante kilomètres de Pékin. Les tubes contenant le semi-conducteur pour capter la lumière, les électrolytes aqueux et la membrane étaient recouverts de plexiglas, sur un châssis en inox. Le panneau abritant les tubes faisait trois mètres sur deux, et coûtait quatre millions de dollars. Une fois produit industriellement, il reviendrait à dix mille dollars selon le budget prévisionnel. D'après le laboratoire de Golden, le nouveau panneau fonctionnait. C'est alors que le monde entra en récession. Nombre de promesses faites à Hammer ne furent pas tenues. L'option d'achat du terrain, déjà renouvelée trois fois, expirait. Hammer renégocia, et, au lieu des deux cents hectares prévus, il en acheta une quinzaine tout près du point d'eau. Il y avait à présent non pas huit cuves géantes pour stocker les gaz, mais deux petites, un seul compresseur pour l'hydrogène, un générateur au lieu de cinq, et, pis encore, parce qu'il s'agissait d'un symbole et du cœur du projet, seulement vingt-trois panneaux orientés vers le ciel, au lieu de cent vingt-cinq.

Mais ils étaient finalement en place ; le surlendemain, un nouveau chapitre de l'histoire de la civilisation industrielle s'écrirait et l'avenir de la planète serait assuré. Le soleil brillerait sur un lopin de terre désertique dans un coin reculé du sud-ouest du Nouveau-Mexique, ses rayons atteindraient les tubes de plexiglas et sépareraient les gaz contenus dans l'eau, les cuves se rempliraient d'oxygène et d'hydrogène, le générateur tournerait, et l'électricité s'apprêterait à inonder la ville devant les amis de Lordsburg, les représentants des médias nationaux, les dirigeants des compagnies d'électricité, les collègues de Golden, du MIT, de Caltech et des laboratoires de Lawrence Berkeley, plus quelques chefs d'entreprise de la région de Stanford. Un dossier de presse accompagné d'une somptueuse brochure sur papier glacé serait distribué. Tout avait été organisé par Hammer et son équipe. Sous une immense tente, que ce dernier jurait avoir reçue gratuitement de la Nasa, ils boiraient le champagne, donneraient des interviews, évoqueraient leurs futurs contrats. Au signal convenu, le lauréat du Nobel appuierait sur un interrupteur et une nouvelle ère s'ouvrirait.

Pour l'heure, dans le hall spacieux et bien éclairé de l'hôtel, Hammer décrivait son vol éprouvant depuis San Francisco, le trou d'air terrifiant qui avait fait chuter l'avion de deux mille pieds, la crise de panique de son voisin, son sandwich immangeable, jusqu'à ce que la vessie de Beard demande grâce et que son propriétaire s'excuse. À son retour, son ami, assis à la réception, tapait des courriels sur son ordinateur portable.

« *Scientific American* sera là, annonça-t-il sans s'interrompre. Et aussi ce grand escogriffe du *New York Times*.

— Il y a intérêt à ce que ça marche », dit Beard. L'épisode du marteau piqueur lui laissait un mauvais souvenir.

« Une entreprise locale a fabriqué un néon géant au nom de LORDSBURG ! Ils veulent l'installer à trois cents ou quatre cents mètres de nous, pour qu'il s'allume quand on appuiera sur le bouton.

— Du moment qu'ils fournissent les quatre cents mètres de câble. »

Hammer rangea son ordinateur. Il avait l'air las, voire un peu déprimé. « Ils veulent le laisser allumé toute la nuit. Et la chambre de commerce fait venir une fanfare militaire des environs de Las Cruces.

— Je croyais qu'on aurait un orchestre country exclusivement féminin.

— Au Nouveau-Mexique, dans cette partie en tout cas, on ne fait rien sans l'armée. Quelques jets de la base aérienne nous survoleront aussi à basse altitude. Les filles joueront plus tard, et bien sûr c'est nous qui alimenterons les amplis. » Pour montrer plus d'enthousiasme, il donna un léger coup de poing dans le bras de Beard. « Du soleil plus de l'eau et de l'argent égale de l'électricité, et donc encore plus d'argent, l'ami. On touche au but. »

Ils décidèrent de dîner, de dormir sur place, et de partir dès que Beard aurait vu le médecin.

« Mais écoute-moi bien, Chef, dit Hammer tandis qu'ils s'asseyaient dans la salle à manger déserte. Ne le laisse pas te rendre malade. Ce n'est pas le moment.

— Ça m'inquiète moi aussi. Un diagnostic, c'est un peu une malédiction des temps modernes. Si on n'allait pas voir ces gens-là, on n'hériterait pas des maladies qu'ils veulent nous fourguer. »

Ils levèrent leurs verres, d'eau pour l'un et de vin pour l'autre, et portèrent un toast à la pensée magique, avant de reprendre la conversation qu'ils entretenaient depuis quelques mois par messagerie électronique interposée. Une oreille extérieure aurait trouvé d'un ennui mortel leurs considérations bassement commerciales, mais pour les deux hommes il s'agissait de questions urgentes. Combien de panneaux commander pour diminuer le prix de revient à l'unité, et pouvoir affirmer qu'une centrale de taille moyenne utilisant la photosynthèse artificielle produirait de l'électricité à aussi bas prix que le charbon ? Le marché de l'énergie était extrêmement conservateur. La vertu et la protection du système climatique ne donnaient droit à aucune prime. Sept mille panneaux : c'était la meilleure estimation. Tout reposait sur leur capacité à alimenter Lordsburg et ses environs en électricité nuit et jour pendant un an, par tous les temps. Tout dépendait aussi des Chinois, de leur réactivité et de leur peur de perdre ce marché. À cet égard, la récession était un atout, mais elle réduirait également la demande, sinon en énergie, du moins en panneaux. Ils revinrent plusieurs fois sur le sujet, citant des chiffres, jonglant avec d'autres, puis Hammer se pencha en avant et demanda sur le ton de la confidence, comme si l'unique serveur, à l'autre bout du restaurant, pouvait l'entendre : « Au fait, Chef, avec moi tu peux parler franchement. Dis-moi, c'est vrai que la planète se refroidit ?

— Quoi ?

— Tu répètes sans arrêt qu'il n'y a plus de discussion possible, mais si. On n'entend que ça. La semaine dernière, une femme professeur d'études atmosphériques, ou quelque chose comme ça, en parlait encore à la télé.

— Quoi qu'elle prétende être, elle se trompe.

— On en parle aussi beaucoup dans les milieux d'affaires. Ça fait de plus en plus de bruit. Les scientifiques se seraient trompés, mais refuseraient de l'admettre. Trop de carrières et de réputations en jeu.

— Où sont les preuves ?

— Il paraît qu'une hausse de zéro degré sept depuis l'ère préindustrielle, c'est-à-dire sur deux siècles et demi, est négligeable et ne dépasse pas les fluctuations habituelles. Et que les températures de ces dix dernières années ont été plus basses que la moyenne. Ici on a eu quelques hivers assez rigoureux, ce qui n'aide pas notre cause. Il paraît aussi que trop de gens espèrent s'enrichir grâce aux subventions d'Obama et aux crédits d'impôts, pour dire la vérité. Et puis il y a tous ces professeurs, dont celle que j'ai citée, qui ont signé le rapport de la minorité sénatoriale sur le changement climatique — tu as dû voir le document. »

Beard hésita, puis commanda une autre bouteille. Le problème, avec ces vins rouges californiens, c'est qu'ils se buvaient facilement, comme de la limonade, alors qu'ils titraient à seize degrés. Il ne put s'empêcher de trouver cette conversation indigne de lui. Elle le fatiguait autant que les discussions pour ou contre la religion, les cercles de culture ou les ovnis. « On en est à zéro degré huit, ditil. Ce n'est pas négligeable sur le plan climatique, et ça s'est produit pour l'essentiel au cours des trente dernières années. Par ailleurs, dix ans ne suffisent pas pour établir une tendance. Il en faut au moins vingt-cinq. Certaines années sont plus chaudes, d'autres plus fraîches que la précédente, et, si on traçait une courbe des températures annuelles, elle serait en zigzag, mais ascendante. En prenant pour point de départ une année exceptionnellement chaude, on peut facilement conclure à une baisse, du moins sur quelques années. C'est un vieux tour de passe-passe : on appelle ça de l'écrémage. Quant aux scientifiques qui ont signé ce document contradictoire, ils représentent une minorité de un pour mille, Toby. Ornithologues, glaciologues, épidémiologistes et océanographes, pêcheurs de saumon et opérateurs de remontées mécaniques : le consensus est écrasant. Certains journalistes à petite cervelle écrivent des articles critiques en croyant faire preuve d'indépendance. Et un professeur qui prend position contre le réchauffement climatique fera toujours parler de lui. Il y a des scientifiques incompétents, de même qu'il y a des chanteurs nuls et de mauvais cuisiniers. »

Hammer semblait sceptique. « Si la planète ne se réchauffe pas, on est foutus. »

En remplissant son verre, Beard s'étonna qu'en tant d'années de collaboration ils aient si rarement discuté du problème à grande échelle. Ils s'étaient toujours concentrés sur l'aspect financier, les problèmes qui se présentaient. Il prit également conscience qu'il était pratiquement soûl.

« Les bonnes nouvelles, maintenant. D'après les estimations de l'Onu, il y a déjà trois cent cinquante mille personnes par an qui meurent à cause du changement climatique. Le Bangladesh est en train de sombrer parce que les océans se réchauffent, se dilatent, et que leur niveau monte. La forêt amazonienne connaît des périodes de sécheresse. Le permafrost sibérien libère du méthane dans l'atmosphère à haute dose. La glace fond sous la banquise du Groenland, mais personne ne veut en parler. Des plaisanciers ont emprunté le passage du Nord-Ouest. Il y a deux ans, on a perdu quarante pour cent de la banquise arctique d'été. Maintenant c'est le tour de l'Antarctique. L'avenir est là, Toby.

— Mouais. Possible.

— Tu n'es toujours pas convaincu ? Prenons le pire scénario. Imaginons l'impossible : les mille personnes ont tort et une seule a raison ; les données ne sont pas fiables ; il n'y a pas de réchauffement. Les chercheurs ont des hallucinations collectives, ou bien il s'agit d'un complot. Dans ce cas, il reste les arguments de toujours : sécurité énergétique, pollution atmosphérique, pic de la production pétrolière.

— Personne ne va nous acheter des panneaux sophistiqués simplement parce qu'une pénurie de pétrole interviendra dans trente ans.

— Qu'est-ce qui t'arrive ? Des problèmes conjugaux ?

— Pas du tout. C'est juste que je me démène, et ensuite des types en blouse blanche viennent dire à la télé que la planète ne se réchauffe pas. Ça me fait flipper. »

Beard posa la main sur le bras de son ami, preuve certaine qu'il avait bu plus que de raison. « Écoute, Toby. La catastrophe est imminente. Détends-toi ! »

*

À vingt et une heures trente, les deux hommes, épuisés par leurs voyages respectifs, tombaient de sommeil et prirent l'ascenseur ensemble. Beard arriva à son étage le premier. Il souhaita bonne nuit à Hammer, puis s'engagea avec ses bagages dans le dédale des couloirs à angle droit, se répétant à voix basse le numéro de sa chambre pour ne pas l'oublier, s'arrêtant à intervalles réguliers, chancelant, devant les plaques fixées au mur qui indiquaient, par exemple, « 309-311 » sans qu'il y ait nulle part trace de sa chambre, la 399. Aussi poursuivit-il son chemin, finissant malgré un changement de direction par retrouver l'ascenseur, le même ou un autre, que signalait le même trognon de pomme marron planté dans un cendrier rempli de sable. En proie au sentiment croissant d'être victime d'un coup du sort, il refit une tentative, échoua une fois encore devant l'ascenseur. Il en était à son troisième tour de circuit lorsqu'il comprit qu'il tenait la carte magnétique à l'envers et que sa destination était la chambre 663, trois étages plus haut. Il reprit l'ascenseur, trouva sa chambre, posa ses bagages derrière la porte et fonça vers le minibar, d'où il sortit un flacon miniature de cognac et une gigantesque barre chocolatée avec lesquels il alla s'asseoir au bord du lit.

Heureusement, il était trop tard pour appeler Melissa, et trop tôt pour appeler Darlene, qui serait au travail. Il eut quand même la force de saisir la télécommande. Avant que l'image n'apparaisse, le téléviseur émit un son rassurant, un grésillement étouffé de circuit électrique, aussi réconfortant et familier qu'un baiser maternel. Mais pas de sa propre mère. Fatigué, totalement ivre, il se mit à zapper. Et tomba sur les incontournables jeux, talk-shows, tournois de tennis, dessins animés, commissions d'enquête parlementaires, publicités débiles. Deux femmes, auxquelles il aurait volontiers confié le soin de s'occuper de lui, parlèrent de la maladie d'Alzheimer dont souffrait leur mari. Un jeune couple échangea un regard entendu qui fit glousser le public du studio. Quelqu'un déclara, sur la défensive, que le président Obama était toujours un saint, toujours aussi populaire. Ces derniers temps, Beard se présentait comme un « démocrate de toujours ». Lors de colloques sur le changement climatique, il évoquait souvent ce moment fatidique de l'an 2000 où le sort de la Terre était en jeu, et où Bush avait privé Gore de la victoire pour présider à une tragédie : huit années perdues. Mais voilà longtemps que Beard se désintéressait de l'étrangeté et de la diversité de l'Amérique telle que la représentait la télévision. En Roumanie aussi, et partout sur la planète, il y avait désormais des chaînes par centaines. D'ailleurs, dès que quelque chose passait à la télévision, il n'y avait plus d'étrangeté. Mais trop las pour retirer son pouce de la touche de sélection des chaînes, il resta assis quarante minutes dans un état de stupeur, son verre vide et l'emballage de sa barre chocolatée sur les genoux, avant de se caler contre les oreillers et de s'endormir.

Une heure et demie plus tard, il fut dérangé par la sonnerie de son téléphone portable, et s'éveilla complètement quand, l'ayant plaqué contre son oreille, il entendit la voix de la fillette qu'il avait fait tout son possible, à une époque et en restant dans la légalité, pour supprimer. Elle était pourtant bien vivante, Catriona Beard, aussi irrésistible qu'un livre interdit.

« Papa, demanda-t-elle avec solennité, tu fais quoi ? »

Il était six heures du matin en Angleterre, et c'était dimanche. Elle avait dû être réveillée par le jour, aller directement de son lit au téléphone du salon et appuyer sur la première touche de gauche.

« Je travaille, ma chérie », répondit-il avec la même solennité. Il aurait facilement pu dire qu'il dormait, mais semblait avoir besoin de mentir pour faire taire le sentiment de culpabilité qu'il éprouvait au son de sa voix. Beaucoup de conversations avec sa fille de trois ans lui rappelaient différents échanges avec des femmes ces dernières années, au cours desquels il avait fourni des explications fantaisistes, trahi sa parole ou trouvé de bonnes excuses, et s'était retrouvé percé à jour.

« Tu es dans ton lit, parce que tu as une voix rauque.

— Je suis en train de lire. Et toi, que fais-tu ? Que vois-tu d'où tu es ? »

Elle prit une profonde inspiration, fit claquer sa langue rose contre ses dents de lait en choisissant quelle partie de son champ lexical récemment enrichi elle pourrait expérimenter. Elle devait se trouver contre ou sur le canapé, face à la grande baie vitrée, au cerisier d'un vert estival, et voir le bol empli de lourds galets qui l'avait toujours fascinée, la statue, les murs aux tons neutres inondés de soleil, les longues lames parallèles du parquet de chêne.

« Pourquoi tu ne viens pas ici ? dit-elle enfin.

— Je suis à des milliers de kilomètres, ma chérie.

— Si tu veux, tu peux. »

Réponse d'une logique qui le réduisit un instant au silence, mais alors qu'il lui promettait qu'il la verrait bientôt, elle l'interrompit gaiement. « Maintenant je vais dans le lit de Maman. Au revoir. » Elle raccrocha.

Il se mit sur le dos, les paupières closes, et tenta de voir le monde avec les yeux de sa fille. Le temps, les fuseaux horaires, la distance géographique étaient encore des notions vagues, et elle vivait avec une machine dont elle tenait pour acquis les pouvoirs merveilleux. En appuyant sur une touche, elle pouvait parler à son père désincarné, comme à un fantôme lors d'une séance de spiritisme. Parfois elle réussissait à le faire apparaître en personne, mais le plus souvent c'était impossible. Lorsqu'il venait bel et bien, c'était toujours avec un présent, maladroitement choisi à l'aéroport et qui convenait rarement : lot de douze T-shirts arc-en-ciel trop petits, peluche trop bébé pour elle, qui n'osait pas le lui dire, jeu électronique auquel elle ne comprenait rien, boîte de chocolats à la liqueur qu'il devait engloutir lui-même. Melissa tentait de le dissuader d'apporter des cadeaux — « C'est de *toi* qu'elle a besoin » — mais il ne pouvait se défaire de son éternelle habitude d'attendrir les femmes par des surprises enfouies dans du papier multicolore. Sans cadeau, il arrivait nu, exposé à des requêtes imprévisibles, incapable de justifier ses absences, contraint de payer inconfortablement de sa personne, de se découvrir.

À trois ans, Catriona était déjà le genre de fillette à se soucier, en ouvrant un cadeau, des sentiments de celui qui le lui avait offert. Comment un esprit si neuf pouvait-il être si à l'écoute ? Elle refusait de priver son père du plaisir qu'il espérait lui faire. Les T-shirts, lui avait-elle assuré, n'étaient pas perdus, car ils serviraient un jour à son petit frère, tendre créature dont elle attendait l'arrivée avec une certitude troublante. C'était une petite fille affectueuse et sociable, d'une sensibilité presque insoutenable. Elle pouvait déceler dans la moindre remarque une inflexion, un changement de ton qu'elle prenait pour une critique ou une réprimande, et, horrifiée, les larmes aux yeux, se mettre à sangloter, presque inconsolable. D'autres fois, elle semblait percevoir un autre esprit que le sien comme un champ de forces tangibles, aux ondes aussi puissantes que les rouleaux de l'Atlantique. Cette attention à autrui était un don et une souffrance. Elle était intelligente et sans méfiance, drôle et perspicace, mais son émotivité la rendait vulnérable et mettait son père mal à l'aise. Un jour, un commentaire anodin de sa part, une réaction d'agacement, l'avait tellement chagrinée que sa mère était accourue dans la pièce pour la prendre dans ses bras. Beard n'appréciait pas de passer pour une brute, pas plus qu'il n'arrivait — c'était trop contraignant — à se montrer attentionné toute une journée.

Aurait-il été mieux loti avec un fils têtu et bagarreur ? Sans doute pas. Ce qu'il trouvait attachant chez sa fille — pour autant qu'il fût capable d'attachement —, c'était sa ténacité, son amour entier, inconditionnel. Aux yeux de Catriona, ça allait de soi. Il était son père à elle, rien qu'à elle. Elle comprenait qu'il avait pour tâche de sauver le monde, et puisque le monde se résumait à sa mère, à Primrose Hill, aux magasins de danse et à sa garderie, elle en tirait une immense fierté. À quoi bon dire, comme Melissa, qu'un père n'avait pas besoin de s'impliquer ? Catriona ne laisserait jamais le sien déserter. Peu lui importait qu'il soit petit et gros, pas très beau, avec un triple menton : elle l'aimait, et il lui appartenait. Elle connaissait ses droits. Raison pour laquelle il se sentait coupable, et lui rapportait des cadeaux pour l'empêcher de se précipiter contre son gros ventre dès qu'il franchissait la porte, de grimper sur ses genoux et de lui murmurer à l'oreille ses secrets de petite fille, alors qu'il s'asseyait enfin après une journée harassante. Comme son propre père, Beard avait du mal à témoigner de la tendresse à un enfant. Comme sa mère, Catriona était prête à l'aimer sans être payée de retour, et ne remarquait pas ses réticences.

En somme, c'était un amant et un parent irrésolu, ne voulant ni s'engager ni abandonner franchement sa famille. Il se raccrochait par habitude à une conception adolescente de l'indépendance, inhabituelle chez un homme de presque soixante-deux ans. Quand il revenait à Londres, il séjournait souvent dans l'appartement de Dorset Square, du moins les deux ou trois premières nuits, avant d'en être chassé par la crasse et les multiples défauts. Des moisissures d'un gris jaunâtre proliféraient à la jonction entre un mur et le plafond de la cuisine. Dehors, une gouttière appartenant théoriquement à un voisin avait crevé, et l'eau de pluie s'infiltrait dans le mur de brique. Beard se refusait à affronter l'occupant du dessus, agressif et à moitié sourd, mais ne voulait pas non plus entreprendre lui-même les réparations, synonymes de coups de marteau, odeurs de plâtre et intrusions diverses. Dans l'entrée la lumière s'éteignait sans cesse, malgré ses nombreuses tentatives pour changer l'ampoule. Dès qu'il appuyait sur l'interrupteur, elle grillait. Dans la salle de bains, il n'y avait plus d'eau froide depuis belle lurette. Pour se raser, il mettait doucement l'eau chaude à couler et était passé maître dans l'art de terminer sans s'ébouillanter. Pour prendre un bain, il fallait d'abord remplir la baignoire, puis laisser l'eau tiédir pendant une heure environ. Ces problèmes et quelques autres réclamant une attention trop soutenue, il préférait improviser. Un grand vase recueillait l'eau de pluie dans la chambre d'amis ; un gratte-pieds en fer maintenait la porte du frigo fermée ; un vieux bout de ficelle grisâtre remplaçait la chaîne de la chasse d'eau, véritable antiquité.

Impossible d'improviser, en revanche, avec les moquettes graisseuses qui n'avaient pas vu un aspirateur depuis le départ de la femme de ménage, six ans plus tôt. Ni avec les piles de documents jamais triés (lettres, publicités, périodiques), les cartons remplis de bouteilles vides, le canapé malodorant, ou encore la saleté qui semblait recouvrir l'air en même temps que la moindre surface, la vaisselle et la literie. À une époque, il considérait cet appartement, même crasseux, comme un bureau où il avait percé le secret du dossier laissé par Tom Aldous et donné un nouvel élan à son existence. À Primrose Hill, Melissa et Catriona aimaient lui parler, alors que là, il pouvait s'étendre de tout son long dans ce cadre sordide et lire sans être dérangé. Mais ce n'était plus tout à fait vrai, car ses chevilles le démangeaient. Les puces envahissaient les lieux. Il y avait tant à faire pour rendre cet appartement supportable qu'il ne voyait par où commencer. À quoi bon le réaménager, ou même évacuer les bouteilles de whisky et de gin poussiéreuses, balayer les mouches et les araignées mortes, puisqu'il s'installerait peut-être chez Melissa ?

Dire que des années plus tôt, après la séparation d'avec Patrice, ce taudis était censé représenter une étape de son cheminement vers un refuge austère et lumineux, aussi pur et immaculé que le jardin d'Éden, sans bric-à-brac ni source de distraction, où un esprit libre et ouvert pourrait vagabonder sans encombre ! Partout où il posait le regard dans son intérieur que des vitres sales assombrissaient encore, il voyait le reflet d'un aspect de lui-même, de son moi le plus obèse et le plus haïssable, incapable de traduire en acte le moindre projet digne de ce nom. En un point quelconque du présent, il y avait toujours quelque chose qu'il préférait faire — lire, boire, manger, téléphoner, surfer sur Internet — plutôt que contacter un électricien, un plombier, une société de nettoyage, ou bien trier sa pile de documents haute d'un mètre, ou encore répondre à l'une des lettres du père d'Aldous. C'était la même force d'inertie qui l'avait poussé à rester un an de plus à Dorset Square, la même paresse qui l'avait incité à acheter l'appartement.

Lorsqu'il n'en pouvait plus de lui-même, du lieu, de lui-même en ce lieu, il se réfugiait dans le nord-ouest de la ville entre les bras de sa maîtresse et de leur fille. Des vêtements propres et repassés l'attendaient à Primrose Hill, ainsi qu'une douche en état de marche, un repas, et une mère et sa fille qui, tour à tour, lui donnaient les dernières nouvelles, le taquinaient sans méchanceté sur son ventre — « un univers en expansion », disait Melissa — et lui faisaient raconter ses aventures dans le désert américain, sa quête pour sauver l'humanité de l'autodestruction. À l'heure du coucher il lisait une histoire à Catriona, si émerveillée de cet événement, d'entendre les intonations de son père au lieu de celles de sa mère, qu'elle restait étendue sur le dos dans une sorte d'extase, la couette remontée sous le menton, sans trop prêter attention à l'intrigue. Luttant contre le sommeil, elle couvait jalousement des yeux le corps massif de son père penché sur le minuscule livre de Beatrix Potter qu'il avait dans les mains. Il était à elle, rien qu'à elle. Dans ces moments-là, c'étaient les seules histoires qu'elle ait envie d'entendre, mais Beard, insensible au charme de ces fictions animalières où les hérissons repassaient le linge et les lapins portaient un pantalon, luttait lui aussi pour ne pas s'endormir, piquait parfois du nez au beau milieu d'une phrase, puis se redressait et revenait imperturbablement, disons, à l'affaire de la carotte volée.

Dans sa chambre d'hôtel texane, le même Beard, toujours allongé sur le dos, son portable à la main, mourait de soif, mais se sentait trop fatigué pour se lever et aller chercher une bouteille d'eau. Tous ces kilomètres dans les airs et tous ces whiskys, ajoutés à vingt-quatre heures sans sommeil, l'enfonçaient dans son gigantesque lit américain. Des ondes de mouvement virtuel lui traversaient le dos et les jambes, son corps gardant le souvenir d'avoir vogué toute une journée au rythme des ondulations de la stratosphère, à une vitesse proche de celle du son. Dans cet état-là, aucun désir ne le titillait, et pourtant il pensait à Melissa. Où en était-il avec elle ? En général, après avoir raconté une histoire à Catriona, il se retrouvait enfin seul avec elle. Ces temps-ci, il ne ressentait plus la même impatience, la même urgence, ce qui n'était pas plus mal : il pouvait se concentrer sur le repas, le sort des magasins. À cause de la récession, les gens avaient moins envie de danser. Femme d'affaires avisée, elle gardait les trois magasins ouverts en supprimant certains postes budgétaires, en réduisant les heures de travail sans licencier personne. À l'image de l'époque, les petites ballerines avaient pris goût au noir et, si les hommes entre deux âges s'intéressaient moins au tango, leurs épouses venaient acheter des chapeaux de cow-boy pour danser le quadrille, ce qui était aussi démodé que populaire. Les concours de danse télévisés avaient également donné un coup de pouce.

Ces conversations apaisaient Beard, surtout

dans la frénésie des semaines écoulées, à l'approche de l'heure de vérité pour la centrale de Lordsburg. Il regardait Melissa bavarder, avec la certitude que dans sa plénitude, son opulence, elle était toujours aussi belle, et plus heureuse qu'il ne l'avait jamais connue. La maternité lui allait bien. Elle semblait chaleureuse et détendue avec Catriona, ni gâteuse ni possessive comme elle aurait pu l'être avec une enfant unique née trois mois après son quarantième anniversaire. Le bonheur de Melissa dépassait tout ce qu'il avait pu connaître dans sa propre existence et l'avait sans doute un peu éloignée de lui, l'entourant d'une enveloppe protectrice dont elle savait qu'il n'essaierait jamais de la franchir. Elle possédait à présent quelque chose de magnifique, une joie intime qu'elle ne voyait pas l'utilité de lui expliquer, car il ne comprendrait pas. Elle se réjouissait de chacune de ses visites, faisait toujours l'amour avec lui de bonne grâce, l'encourageait à s'occuper de Catriona, trouvait même le temps de lui repasser ses chemises. Il lui versait vingt-cinq mille livres par an pour contribuer au budget familial, ce qu'elle jugeait plus que suffisant. Il soupçonnait pourtant qu'elle s'en serait sortie sans cet argent, et vivait tout aussi heureuse quand il n'était pas là.

En fait, elle s'en tenait à la promesse réitérée plus d'une fois pendant leurs disputes au sujet de sa grossesse. Elle ne voulait pas entendre parler d'avortement, en échange de quoi elle ne lui demandait rien. Et de son côté à lui ? Jamais il n'aurait pu prévoir à quel point il resterait fidèle à lui-même, de quelle constance il ferait preuve. Il s'était lié avec une femme de Lordsburg, une serveuse prénommée Darlene, qui vivait dans une caravane au sud de l'agglomération, sur la route de la ville fantôme de Shakespeare. Elle n'était pas vraiment belle, beaucoup moins que Melissa en tout cas, mais Beard n'était pas non plus très agréable à regarder, maintenant qu'il marchait en se dandinant un peu et avait un triple menton pendouillant comme la caroncule d'un dindon dès qu'il hochait la tête. Quand il invitait à dîner des femmes qu'il ne connaissait pas, elles éclataient de rire avant de refuser.

Darlene présentait l'avantage d'avoir dit oui, d'être drôle et toujours de bonne humeur, et d'aimer boire avec lui. Lors de son dernier voyage à Lordsburg, ils s'étaient enivrés ensemble dans la caravane et, pendant un moment d'égarement, il avait accepté de l'épouser. Mais ils étaient en train de faire l'amour : il s'agissait d'un engagement purement rhétorique, simple expression de son euphorie. La nuit suivante, pour éviter la scène qui ne manquerait pas d'avoir lieu s'il se rétractait, il se soûla de nouveau avec elle, cette fois dans un bar du nord de la ville, où il faillit la redemander en mariage. Ce qui signifiait qu'il l'aimait bien. C'était une chic fille, accommodante et bonne vivante, mais qui ajoutait au désordre de l'existence de Beard par son souhait d'aller en Angleterre.

La surprise, la voici : sa vie, depuis la naissance de Catriona, ressemblait beaucoup à celle d'avant. Ses amis l'avaient prévenu qu'il serait abasourdi, transformé, qu'il n'aurait plus les mêmes valeurs. Or il n'y avait aucune transformation. Catriona était formidable, mais la même pagaille régnait toujours. Et à présent qu'il abordait la dernière étape de sa vie active, il commençait à comprendre que, les accidents mis à part, rien ne changeait dans l'existence. On l'avait trompé. Il avait toujours cru qu'à l'âge adulte arriverait un moment, une sorte de palier où il aurait appris tous les trucs pour s'organiser, être lui-même, simplement. Plus de mails ni de courrier en retard, tous ses papiers à jour, ses livres classés par ordre alphabétique dans sa bibliothèque, ses vêtements et ses chaussures dans la penderie et en bon état : un endroit pour chaque chose et chaque chose à sa place, avec le passé, lettres et photos comprises, bien rangé dans des boîtes et des classeurs, sa vie privée en ordre et sereine, ainsi que son logement et ses finances. Durant toutes ces années, jamais cette sérénité, ce palier n'étaient apparus, et pourtant il avait continué à croire, sans se poser de questions, que ce serait la prochaine étape, qu'il ferait un effort et y arriverait, atteindrait ce moment où tout s'éclaircirait, où il aurait l'esprit libre, où sa vie adulte commencerait enfin. Mais peu après la naissance de Catriona, à l'époque de sa rencontre avec Darlene, il crut pour la première fois entrevoir la vérité : le jour de sa mort, il porterait des chaussettes dépareillées, aurait des mails en retard, et dans le taudis qui lui tenait lieu d'appartement, des boutons manqueraient aux poignets de ses chemises, la lampe de l'entrée aurait un faux contact, il resterait des factures impayées, un grenier encombré, des mouches mortes, des amis attendant une réponse, des maîtresses à qui il n'aurait jamais dit la vérité. L'oubli, le contraire de l'organisation, serait sa seule consolation.

Sa dernière soirée à Londres, une trentaine d'heures auparavant, aurait dû être le moment idéal pour communier dans la joie avec sa famille minuscule. Peu d'hommes auraient résisté, et Vasco de Gama lui-même ne serait pas resté insensible à un tel dîner d'adieu. Au début, d'ailleurs, Beard fut heureux. Melissa avait sorti le grand jeu. Même Catriona avait compris qu'il se rendait aux États-Unis pour allumer quelque chose, et que lorsqu'il le ferait, le monde serait sauvé. Sa mère et elle, en robes de fête, préparèrent au début de la soirée un dîner spécial dont le clou était un gâteau en forme de globe, modelé par Catriona en personne, et recouvert d'un glaçage bleu avec des zones vertes. C'était la Terre, surmontée d'une bougie qu'il souffla en une fois, au grand ravissement de la petite fille. Melissa et Catriona chantèrent une comptine où il était question de canetons, Beard les premiers couplets de *Ten Green Bottles*, seule chanson dont il connaissait toutes les paroles. Sa fille le tint par le cou durant presque tout le dîner. N'était-ce pas le bonheur parfait ? Presque. Il avait oublié d'éteindre son téléphone portable, et Darlene appela alors que Melissa était en train de couper le gâteau. Machinalement il répondit, coupant un peu trop sèchement la parole à Darlene : « Je te rappelle. » Il savait que Melissa avait entendu une voix féminine et la tension dans la sienne, mais elle ne changea rien à sa manière d'être : il n'y eut aucun signe de colère rentrée — assez discret pour échapper à leur fille mais pas à lui. Elle croisa son regard, lui sourit avec bienveillance, lui versa du vin, le fêta.

Une fois que Catriona fut couchée et qu'ils se

retrouvèrent seuls, il se servit un whisky bien tassé et se prépara à subir une scène. Elle viendrait forcément, ils devaient l'affronter. Or Melissa se débarrassa de ses chaussures, vint s'asseoir près de lui, l'embrassa, lui dit qu'il allait lui manquer. Ils parlèrent d'autre chose, des dispositions prises pour son voyage, de la date de son retour, tandis que l'irritation de Beard croissait. Elle jouait avec lui, le laissait mariner dans le remords. Mais pourquoi aurait-il eu du remords ? Qu'on veuille bien le lui expliquer. Elle n'avait pas l'exclusivité, leur marché était clair. Et elle avait tort, décréta-t-il, de cacher sa jalousie sous un masque de gentillesse et de séduction. Elle lui resservit un whisky, se rapprocha, se blottit contre lui, lui lécha l'oreille, glissa la main entre ses cuisses, le caressa, l'embrassa encore. C'était d'une intolérable hypocrisie. Elle sentait bien qu'il ne la désirait pas. Comment pouvait-elle feindre de n'avoir pas entendu la voix de Darlene, puisqu'elle savait qu'il savait ?

Tandis qu'elle lui racontait une anecdote sans intérêt sur quelque chose que Catriona avait dit ou fait, vint alors à Beard une idée aussi simple et géniale que toutes ses intuitions passées. Elle n'était absolument pas jalouse, ça ne l'atteignait pas, ça lui était indifférent. Il ne pouvait y avoir qu'une seule explication.

Il s'écarta d'elle et demanda, le plus calmement possible : « Tu as quelqu'un ? »

Initiative née de sa colère muette. Mais une autre partie de lui-même, celle qui n'avait pas touché au whisky, ne soupçonnait nullement Melissa. Sa question était plutôt une punition, et il s'attendit logiquement à l'entendre nier aussitôt.

Effectivement, elle parut offensée. Elle eut cette moue qu'il trouvait adorable, avant de s'exclamer : « Et toi ? Enfin, Michael, évidemment ! »

Oui, bien sûr. Le vieil argument éculé de l'égalité. Un donné pour un rendu. Le dévoiement de la rationalité, le dernier sursaut du féminisme.

Après un silence durant lequel il remit de l'ordre dans ses pensées, il lança : « Il s'appelle comment ? »

Elle détourna le regard pour répondre. « Terry.

— Terry ? » Il n'en croyait pas ses oreilles. Tout le ridicule du monde était contenu dans ce prénom idiot. « Et Terry fait quoi, dans la vie ?

Elle soupira. Il fallait que ça sorte. « Il dirige.

— Quoi donc ?

— Des orchestres, des symphonies. De la musique classique. »

Or elle détestait autant que lui la musique classique. Pas assez de rythme, disait-elle toujours, pas assez de passion, pas assez caribéen pour elle. Assise à l'autre extrémité du canapé, elle avait l'air de regretter de n'avoir pas menti.

« Et Terry a rencontré Catriona ? »

Cette fois, sa colère monta. Sur un ton d'une douceur moqueuse, elle répliqua : « Assez parlé de moi. À ton tour. C'était sans doute elle au téléphone, tout à l'heure. Comment s'appelle-t-elle ? Que fait-elle ? »

D'un geste, il éluda la question. Il n'était pas prêt à opposer sa serveuse au chef d'orchestre de Melissa. « Écoute, dit-il, il y a quelque chose que tu ne comprends pas. Tu es la mère de notre enfant...

— Pour l'amour du ciel, Michael ! Et toi tu es

le père de... etc. Je ne comprends pas comment tu peux dire des conneries pareilles. Par ailleurs... »

Elle semblait sur le point d'ajouter quelque chose, mais au même instant Catriona poussa un cri plaintif dans sa chambre, et elle alla aussitôt la voir. Quand elle revint, il était à l'autre bout de la pièce, près de ses bagages.

« Parfait, lâcha-t-elle. Va-t'en. Dégage. Je te jette dehors.

— Inutile. » Il prit sa valise et partit.

Elle l'appela le lendemain matin, alors qu'il était à Heathrow, pour lui assurer qu'elle l'aimait. Il lui demanda pardon pour la façon dont s'était achevée la soirée. Ils se parlèrent à nouveau après son arrivée à Dallas, et se réconcilièrent un peu plus. Lorsqu'il repensait à l'épisode, il était partagé. Fou de jalousie, il voulait récupérer Melissa et faire avaler à ce Terry sa baguette de chef d'orchestre. D'un autre côté, c'était grâce au même Terry qu'il pouvait continuer à s'amuser avec cette bonne vieille Darlene. Combien d'occasions du même genre lui restait-il ? Peut-être était-ce là l'essentiel : après tout, il avait la belle vie. Mais ensuite il imagina ce type dans le lit de Melissa, ou lisant Beatrix Potter à Catriona, et il comprit qu'il devait renoncer à Darlene et regagner Londres dès que possible. Mais que deviendrait Darlene ? Ridicule d'y penser maintenant qu'il était si fatigué, alors qu'à Lordsburg, le lendemain, il y verrait plus clair.

Il s'endormit tout habillé sur le lit, son téléphone portable encore à la main.

*

L'Interstate 10 était plus rapide, mais ils préféraient la Route 9 à quelques kilomètres au nord de la frontière mexicaine, moins fréquentée, aussi rectiligne qu'une droite euclidienne entre les collines et la végétation aride du désert de Chihuahua. Il était presque midi, il faisait quarante-quatre degrés, et la température montait toujours. La route à deux voies s'étirait devant eux, puis se dissolvait dans un brouillard de chaleur où l'inégale réfraction de la lumière produisait des mirages, des nappes d'eau qui s'évaporaient à leur approche. En une heure ils n'avaient vu que trois véhicules, des pick-up blancs de la police des frontières. Quand ils en croisaient un, le conducteur les saluait de la main avec gravité. Beard conduisait ; Hammer, courbé sur son ordinateur portable, tapait des courriels en marmonnant tout seul : « On va voir ce qu'on va voir, putain... voilà qui est mieux... mais je n'ai pas... maintenant viens t'excuser, connard... » De temps à autre, il donnait à son associé une véritable information. « Le *New York Times* se désiste... On devait avoir deux avions de chasse pour la démonstration aérienne, mais le vétéran unijambiste de la chambre de commerce, cet ancien pilote, connaît tout le monde, et maintenant on en a sept. »

Son coude droit confortablement calé contre son ventre, Beard ne dépassait pas quatre-vingt-cinq kilomètres-heure. Aux États-Unis, plus facile de se maintenir à une vitesse de croisière, l'énorme moteur tournant au ralenti, presque en silence. La circulation automobile était un phénomène de masse dans le pays depuis plus longtemps que partout ailleurs. Les gens s'étaient lassés de voir la voiture comme un engin de course, un objet phallique ou un missile. Ils s'arrêtaient au moindre carrefour isolé, négociaient poliment du regard pour savoir qui avait priorité. Ils respectaient même la limitation de vitesse aux abords des écoles. À cette allure, tandis que le 4 × 4 avalait ses kilomètres de route aux lignes d'un jaune éteint, les réflexions de Beard le ramenaient au projet de manière aussi obsessionnelle qu'inutile. Il détenait dix-sept brevets de panneaux solaires. S'ils en vendaient dix mille... avec un taux de conversion de l'eau en hydrogène, dans ces conditions idéales... un litre d'eau représentait trois fois plus d'énergie qu'un litre d'essence. Donc dans une voiture plus petite, avec le moteur adéquat, ils auraient pu faire le même voyage avec deux litres d'eau, l'équivalent de trois bouteilles de vin... D'ailleurs ils auraient dû acheter du vin à El Paso, car à Lordsburg le choix serait maigre...

Ses pensées défilaient au même rythme que les kilomètres, et il était heureux et détendu malgré sa visite chez le médecin. Son sentiment de liberté semblait à l'image du ciel sans nuage, d'un bleu presque noir au zénith, et du paysage désert devant lui. Au bout de huit ans de travail, il atteignait son apogée. Ce trajet vers Lordsburg était la quintessence de l'Amérique pour n'importe quel Anglais : la route qui n'en finissait pas de disparaître à l'horizon, l'espace colossal, l'infinité des possibles. Sur les bas-côtés, surtout au sud, des monticules de pierres ornaient le sommet des bancs de sable et des dunes, hauts d'un mètre cinquante pour certains, empilements d'apparence vaguement humanoïde. À cause de leur air primitif, presque antique, Beard les avait d'abord pris pour des ruines aztèques, équivalent local des menhirs et des dolmens. C'étaient en fait les traces d'immigrants mexicains ayant victorieusement franchi la frontière, et parcourant à pied ces kilomètres désertiques vers un point de rendez-vous avec leur contact. Au bord de la route se succédaient, à intervalles réguliers, les postes d'observation de la police des frontières. Ailleurs, les agents garaient leurs pick-up blancs sur des hauteurs stratégiques, pour surveiller à la jumelle ces étendues gris-vert de terres arides. Comment en vouloir aux immigrants ? Qui n'aurait pas eu envie de venir dans un pays qui offrait, en guise de cadeau de bienvenue, des subventions locales et des réductions d'impôt, voire des fanfares militaires et des démonstrations aériennes, à l'étranger désireux de créer une centrale solaire révolutionnaire ? En Égypte ou en Libye, les choses auraient été moins simples.

Hammer interrompit le tour agréable pris par ces réflexions. « J'ai le message d'un avocat d'Albuquerque qui cherche à te contacter. Il représente soi-disant un Anglais, un certain Braby. Il veut te parler d'un problème en rapport avec son client.

— Il m'a déjà écrit la semaine dernière pour obtenir un rendez-vous. Laisse tomber. Je ne dois pas la moindre faveur à ce Braby. C'est lui qui m'a viré du Centre, en Angleterre. Tu te souviens, je t'ai raconté toute l'histoire. »

Hammer se redressa et se cala contre l'appuie-tête. « À force de regarder cet écran, j'ai mal au cœur. » Il ferma les yeux. « Cet avocat s'appelle Barnard, et demain il prend l'avion pour venir ici.

Il tient absolument à te voir. Tu es sûr qu'il n'y a pas de problème, que tu ne me caches rien ?

— Braby est du genre à te casser la figure et à te demander ensuite un service. Laisse tomber, je te dis. »

Hammer garda les yeux fermés, se tut quelques instants, mais alors que Beard le croyait endormi, il reprit la parole. « Quand un avocat prend sur lui de venir jusqu'ici aux frais de son client, on peut s'attendre à des ennuis. »

Beard ne répondit pas. À quoi bon argumenter ? Il ignorait Braby depuis des années. À lui de décrocher son téléphone. Facile de deviner ce qu'il voulait. Une lettre de recommandation pour le laboratoire de Golden, un financement pour le Centre, peut-être quelques tuyaux sur le solaire et les niches fiscales. Pourquoi s'inquiéter ?

Ils traversèrent Columbus et, tandis que les Cedar Mountains apparaissaient à l'horizon, ils eurent une nouvelle discussion décousue sur leur projet de limaille de fer au fond des océans. Tout était en place : les investisseurs, le bateau, le capitaine, l'option d'achat pour la limaille. Ne manquait plus qu'une bourse des crédits carbone.

« On a mis Obama sur l'affaire, dit Hammer. On peut penser à autre chose, mais le moment venu, on sera prêts. »

Le tableau de bord indiquait une température extérieure de cent douze degrés Fahrenheit, plus élevée que tout ce que les deux hommes avaient pu connaître. Beard se rangea au bord de la route pour qu'ils puissent prendre la mesure du rayonnement. Passer directement, et sans chapeau, de l'habitacle climatisé à cette chaleur infernale était sans doute une erreur, à moins que ce ne soit la soudaineté de l'effort physique après une heure et demie au volant. En descendant sur l'accotement, alors qu'il allait lancer une banale exclamation, il eut un vertige, perdit partiellement connaissance, et ses genoux se dérobèrent. S'il ne s'était pas cramponné à la poignée de la portière, il se serait retrouvé par terre. Il chancela, faillit trébucher, mais resta debout, bien que son épaule eût violemment heurté la carrosserie. Le cœur battant à tout rompre, il se débattit avec la portière arrière pour récupérer son panama. Il le mit tant bien que mal, s'assit sur le siège arrière dans une fraîcheur relative, et se sentit un peu mieux après un instant de repos. L'épisode avait duré moins de quinze secondes. De l'autre côté du véhicule, Hammer n'avait rien vu.

Les deux hommes s'éloignèrent de la route, émerveillés. La chaleur créait une forme de synesthésie. Tapageuse, vulgaire, elle les dominait, appuyait de tout son poids sur leur crâne, jaillissait du sol et leur éclatait au visage. Qui pouvait croire qu'un photon n'avait pas de masse ?

« Et voilà ! » s'écria Beard, levant triomphalement le poing pour masquer son étrange défaillance, et se rassurer au son de sa propre voix, se dire qu'il était toujours le même homme. « C'est ça, le solaire !

— Le soleil au pouvoir ! » renchérit Hammer, avant d'ajouter : « Mais là j'en ai ma dose. »

Il remonta dans le 4 × 4 et prit le volant — un soulagement, pensa Beard en s'installant à côté de lui. Il se sentait encore trop secoué pour conduire. Ils roulaient désormais à près de cent vingt kilomètres-heure, et en moins de trente minutes ils eurent dépassé Hachita et Playas, franchi la ligne de partage des eaux au pied des Pyramid Mountains dans le comté d'Hidalgo, dans l'extrême sud-ouest de l'État. Leur site était à moins d'une heure de route, à l'autre extrémité de Lordsburg, et plus ils approchaient de leur destination, plus ils parlaient haut et fort, comme des gars de la campagne allant au bal, plutôt que comme des sexagénaires investis de responsabilités écrasantes. Ils entonnèrent *The Yellow Rose of Texas*, seule chanson de leur répertoire à pouvoir passer pour un hymne à la gloire du Nouveau-Mexique. Le chemin avait été long et difficile ; ensemble, ils avaient fait des voyages inconfortables, voire éprouvants, au Moyen-Orient ; fatigants dans le sud-ouest des États-Unis. Les tests de laboratoire et les formalités administratives avaient pu les séparer, mais à présent ils s'apprêtaient enfin à partager leur secret, l'immémorial secret du règne végétal, et à stupéfier le monde entier en offrant une énergie bon marché, propre et inépuisable. Par fidélité, et parce que c'était leur halte favorite, ils tournèrent au sud de l'échangeur d'Animas et se garèrent sur le parking poussiéreux du café Panther Tracks, à côté de la voiture de fonction du shérif local.

Dans la mythologie personnelle de Hammer, Animas était la communauté rurale la plus accueillante des États-Unis. Le jour où la ville aurait des trottoirs, disait-il, il cesserait de venir. Le café — le meilleur à l'ouest du Mississippi — était un hangar peint en blanc, percé de quelques fenêtres. Quittant la chaleur de ce début d'après-midi, ils s'arrêtèrent à la porte, le temps que leurs yeux s'habituent à la pénombre. Le shérif et un autre policier, seuls clients, bavardaient tranquillement devant leur tasse de café. Au Panther Tracks, on commandait non pas ce qu'on voulait mais ce qu'on vous proposait. Ce jour-là, des crêpes et du bacon. Le café était très dilué, comme on l'aimait dans le sud du pays. Pour tromper l'attente, Beard sortit son téléphone portable. Il avait reçu de nouveaux messages depuis son départ de l'hôtel dans la matinée, mais ne les avait pas ouverts. Le nom « P. Banner » attira aussitôt son attention : celui de sa cinquième ex-épouse, Patrice, désormais mariée à un stomatologue prénommé Charles, en adoration devant elle, presque autant que Beard neuf ans plus tôt. Elle était brièvement devenue directrice d'école avant de donner naissance à trois bébés en quatre ans. Elle qui, pendant toutes ces années, avait répété à Beard qu'elle ne voulait pas d'enfants ! Pas les siens, en tout cas. Détail intéressant, ce Charles, petit et gros, avait encore moins de cheveux que Beard et deux ans de plus que lui. Comme si les mariages étaient une suite d'épreuves corrigées.

Un an plus tôt, à Regent's Park, il était tombé sur elle et son fils, un garçonnet de constitution délicate aux cheveux bouclés comme ceux d'une fille. Elle fut aimable, et il la trouva toujours aussi belle. Assis sur un banc, ils bavardèrent un quart d'heure. Par des moyens détournés, il réussit à lui poser la seule question qui l'intéressait : était-elle encore une épouse volage ? Peut-être, laissa-t-elle entendre de manière tout aussi détournée, mais

lui n'avait aucune chance, si tel était le sens de sa
question.

Cher Michael,

*tu es sans doute au courant, mais dans le cas
contraire, il faut que tu saches que Rodney est sorti de
prison il y a cinq semaines. Il a tenté d'entrer en contact
avec moi. Il a toutes sortes d'idées folles que je ne veux
pas décrire ici. L'avocat de Charles a obtenu du tribunal
une mesure d'éloignement qui lui vaudra d'être arrêté
s'il me téléphone, m'écrit, ou s'approche à moins de cinq
cents mètres de chez nous. Je viens d'apprendre par des
amis d'amis qu'il est à ta recherche aux États-Unis. Peut-
être pour te remercier personnellement d'avoir témoigné
contre lui à son procès ! Quoi qu'il en soit; autant que
tu sois prévenu. Demain ce sont les vacances, et nous
partons tous pour les îles Shetland sous une pluie battante.*

Meilleurs sentiments,

Patrice

Mais oui, le fameux Turnip de l'hôtel Camino
Real ! C'était l'un des charmes de la loi anglaise
que de libérer pour bonne conduite les assassins à
la moitié de leur peine. Une recherche sur Internet
au nom de Beard mènerait facilement à Lordsburg
et au chantier. Et alors ? Malgré la climatisation, il
sentait le picotement de la sueur perlant sur sa
lèvre supérieure, et un poids sur sa poitrine
l'oppressait, le gênant pour déglutir. Les crêpes
arrivèrent, accompagnées d'un pichet de sirop
d'érable, d'une montagne de bacon grillé, et de
café pâle — offert par la maison, précisa aimablement la serveuse.

« Le nirvana ! » s'exclama Hammer en joignant les mains, encore d'humeur joyeuse, contrairement à Beard.

Celui-ci avait toujours su que ce moment viendrait, mais il n'y pensait plus depuis longtemps et croyait que Tarpin purgerait sa peine jusqu'au bout, que le temps atténuerait les rancœurs, que la prison l'adoucirait, et après tout c'était Patrice qui obsédait le maçon, elle qui l'avait accablé au procès. En fait, la véritable prouesse de Beard, chef-d'œuvre d'autosuggestion, était de croire plus ou moins que Tarpin, parce qu'il était violent, qu'il avait été jugé, condamné, et emprisonné avec d'autres assassins, se trouvait contaminé et donc coupable, et que, de surcroît, il en avait conscience et se résignait à son sort. Beard n'avait après tout tué personne, sa déposition était inattaquable, son témoin de l'Institut de physique impeccable. Au fil des ans, les événements survenus le matin de son retour de l'Arctique lui étaient apparus de plus en plus comme un rêve, impossibles à prouver et sans conséquence. Mais sous ces apparences, telle une strate de roches imperméables, gisaient d'autres hypothèses, non, d'autres certitudes, sur lesquelles, dans son existence trop remplie, il avait réussi à ne pas s'appesantir. Puisqu'il avait lui-même redouté que la police et Patrice le soupçonnent, lui, le mari jaloux, d'avoir tué Aldous, Tarpin se serait forcément dit la même chose. Qui d'autre aurait pu se servir de ses outils pour le compromettre ? Et que ferait un homme violent, injustement incarcéré, après avoir fréquenté le gymnase de la prison chaque jour pendant huit ans pour évacuer sa rage, le jour de sa libération ? Les vols bon marché pour Dallas étaient légion.

Tant que le shérif et son ami furent là, à la table voisine, Beard se sentit en sécurité. Pourtant, quand la porte du café s'ouvrit brutalement, cognant contre le chambranle, il sursauta, et la sensation d'oppression s'intensifia dans sa poitrine. Ce n'était qu'un groupe d'adolescents bruyants, trois garçons et une fille, qui voulaient des Coca. La présence des deux représentants de la loi ne les impressionna pas. Tous se saluèrent comme des membres d'une même famille. Deux policiers armés ne pourraient sans doute rien contre Tarpin. Peut-être était-il prêt à tuer Beard en public et à passer le reste de sa vie en cellule, avec la satisfaction morbide de s'être vengé. Dans ce pays les armes à feu étaient également légion, et aussi faciles à acheter qu'une canne à pêche.

« Tu as perdu l'appétit, Chef ? » Hammer avait fini ses crêpes. « Mauvaises nouvelles d'Angleterre ?

— Non, non, répondit machinalement Beard, bien qu'il ait vu au même instant, sous celui de Patrice, un message urgent de Melissa. Juste un problème à régler. Mais je n'ai pas très faim. Il fait trop chaud. Prends ma part. »

Il poussa son assiette vers Toby, qui entama sa seconde série de crêpes, tandis que lui-même, après quelques secondes d'hésitation, ouvrait le message de Melissa. Autant le lire avant de se faire tuer.

« Michael, appelle-moi, je t'en prie. Il faut que je te parle de l'autre soir. »

L'autre soir ? Il ne comprit pas tout de suite.

Puis il se souvint de Terry, l'amant symphonique. Ou bien Melissa avait plaqué Terry, ou bien elle allait l'épouser. Sur le coup, il ne put décider ce qu'il préférerait. Si la seconde hypothèse était la bonne, il se cacherait dans la caravane de Darlene. Elle ne ferait qu'une bouchée de Tarpin. À moins que le maçon ne les tue tous les deux. Il s'égarait, et n'était pas en état d'avoir une conversation à cœur ouvert avec Melissa. D'ailleurs il ne le serait jamais. Il fit défiler le nom des auteurs des vingt-sept autres messages — tous en rapport avec son travail, sauf un, et la plupart avec le domaine pur, exaltant, de la photosynthèse artificielle. Il ouvrit le message de Darlene.

« Viens vite ! Quelque chose à te dire !!! »

Il n'avait pas besoin de ces distractions. Il était encerclé : les femmes, l'avocat d'Albuquerque, un meurtrier du nord de Londres, les cellules malignes de son corps, tous conspiraient à l'empêcher d'offrir au monde son plus beau cadeau. Sans qu'il y puisse rien. Autrefois on le traitait de génie, et c'était vrai : un génie s'efforçant de faire le bien. Cet auto-apitoiement le rappela à la réalité. Toby et lui avaient rendez-vous l'après-midi même avec les ingénieurs pour une ultime inspection du chantier. Puis il ferait un discours devant toute l'équipe. Il fallait reprendre la route. Mais rouler vers Lordsburg signifiait se rapprocher de Tarpin. Le spectacle des crêpes de Hammer, ou plutôt le fait qu'il en mange une telle quantité, dégoulinant de sirop, avec ces tranches de viande et de gras de porc plus ou moins carbonisées, lui souleva le cœur. Marmonnant un mot d'excuse, il traversa le café pour se précipiter aux toilettes, croyant qu'il aurait les idées plus claires quand il aurait vomi. Il attendit, incliné tel un serveur zélé au-dessus de la cuvette en porcelaine. Quelle propreté étincelante, alors même qu'un détail dégoûtant, l'arabesque couleur chocolat des excréments d'un autre homme, aurait pu l'aider à se vider l'estomac. Mais rien ne vint. Il se redressa, se tamponna le front avec un mouchoir en papier. Que faire ? Soit il courait un danger mortel, soit il était un lâche, doublé d'un hystérique. Il revint sur l'information essentielle : Tarpin venait le voir. Que pouvait-il en sortir de bon ? À cet instant précis, peut-être le maçon était-il déjà occupé, sur le lit d'une chambre de motel dans la zone commerciale de Lordsburg, à graisser son arme. De toute évidence, il était motivé. Car d'un point de vue psychologique, logistique, voire financier, difficile pour un ex-détenu de parcourir le monde en avion. Il devrait mentir sur son passé criminel en remplissant sa demande de visa, mais personne n'en saurait rien. Il semblait donc irresponsable de ne pas s'affoler. Le plus raisonnable serait de s'éclipser, de prétexter la timidité pour laisser Toby s'occuper de la cérémonie d'inauguration, et de s'envoler pour São Paulo, par exemple, où Sylvia, une amie par ailleurs excellente physicienne, se ferait un plaisir de l'héberger. Il tira la chasse d'eau, se lava lentement les mains, essayant de prendre une décision avant de regagner sa table. Oui, bonne idée, São Paulo, mais il ne parlait pas portugais. Il ne pourrait pas y passer sa vie. Darlene lui manquerait. Mais alors quoi ?

Hammer, debout, réglait l'addition. Sur une assiette sale restaient quatre crêpes, deux morceaux de bacon de taille inégale et un cure-dents. Le pichet de sirop d'érable était vide. La minceur de ce type tenait du miracle. « On nous attend dans quarante minutes et il nous reste une cinquantaine de kilomètres, dit-il. En route ! »

Beard ne trouva rien à répondre ; d'un air morose, il sortit avec son ami dans la lumière aveuglante du parking et le suivit jusqu'à la voiture.

*

Ils se dirigèrent vers le nord entre des étendues recouvertes d'herbes sèches et rejoignirent l'autoroute, silencieux tous les deux, même si Hammer sifflotait quelques notes isolées en conduisant, comme s'il interprétait un morceau d'avant-garde. Beard était pourtant passé maître dans l'art d'éviter les pensées importunes ou angoissantes, mais, le moral en berne, il broyait du noir en contemplant la tache brun-rouge sur le dos de sa main, carte d'un territoire inconnu. Le compte-rendu de la biopsie était arrivé. Le docteur Eugene Parks avait confirmé le matin même qu'il s'agissait bien d'un mélanome, qui avait proliféré un demi-millimètre de plus dans les tissus environnants qu'il n'aurait souhaité. Il avait donné le nom d'un spécialiste de Dallas qui pourrait l'enlever dès le lendemain et commencer les séances de radiothérapie. Mais Beard voulait rester à Lordsburg pour l'inauguration ; il répondit qu'il repasserait avant la fin du mois, dès qu'il serait libre. Avec son habituelle neutralité bienveillante, Parks lui fit observer qu'il était irresponsable. Pas de temps à perdre, proche du point de non-retour, risque de métas-tases.

« Ne niez pas l'évidence, avait ajouté le médecin, faisant allusion à leurs conversations sur le changement climatique. Cette lésion ne disparaîtra pas sous prétexte que vous n'en voulez pas ou que vous n'y pensez plus. »

Ce ne fut pas la fin des mauvaises nouvelles, même si les autres étaient plus prévisibles. Après s'être mis torse nu, Beard reboutonnait sa chemise avec dépit. Le cabinet médical se trouvait au dix-neuvième étage d'un immeuble du centre d'El Paso — le même étage que celui de l'hôpital où sa mère était morte. Parks, dont la famille était originaire de St Kitts, avait une haleine mentholée, le visage noir luisant et parcheminé d'un vieux sage. Il tendait le cou à la manière d'une tortue et hochait gentiment la tête dès que Beard ouvrait la bouche. Il avait le même âge que son patient mais quelques centimètres de plus, et prétendait se maintenir en forme en allant nager entre six et sept le matin cinq jours sur sept, avant sa première consultation. Beard se voyait mal dans l'eau, ou même éveillé si tôt : jamais il ne pourrait égaler un tel exploit, ni consentir à de telles contraintes et à un tel inconfort pour faire baisser son indice de masse graisseuse.

Certes, le docteur Parks n'infligeait pas de sermons moralisateurs, mais il compensait par une franchise distante, presque insultante. À chaque nouveau symptôme, chaque nouvelle menace de catastrophe physique, il tendait un peu plus sa tête de tortue raisonnable et tapait doucement sur sa paume avec son crayon. Personne, déclarait-il, pas même Beard lui-même, ne choisirait de se promener dans un corps pareil. Il trimballait une bonne trentaine de kilos en trop, l'équivalent du paquetage d'un soldat. Ce surpoids faisait gonfler ses articulations, l'arthrose le guettait, son foie était hypertrophié, sa tension artérielle remontait, et il courait un risque croissant d'infarctus. Même pour un Anglais, son taux de mauvais cholestérol était trop élevé. De toute évidence, il avait des problèmes respiratoires, était candidat au diabète, multipliait les risques de cancer du rein et de la prostate, et de thrombose. Son unique chance — « chance », pas « vertu », nota Beard — était de ne pas fumer, sinon il serait sans doute déjà mort.

La tête et les épaules du médecin s'encadraient dans une baie vitrée donnant au sud, rectangle éblouissant de ciel voilé, annonciateur d'une chaleur matinale écrasante. De temps à autre, un avion le traversait, contournant la ville avant d'atterrir plus à l'est. Sur l'autre rive se trouvait Juarez, devenue la capitale mondiale du crime, où les gangs de la drogue se faisaient une guerre sans merci, massacrant au passage soldats, juges, policiers et autorités locales. Les cartels mexicains engageaient désormais de jeunes chômeurs texans pour ces tueries. Visiblement, la vie continuerait, avec ou sans Michael Beard. À écouter Parks énumérer ses perspectives d'avenir, il préféra ne pas mentionner l'apparition récente d'un symptôme classique : la sensation passagère d'avoir la poitrine prise dans un étau. Il passerait encore plus pour un irresponsable condamné par la médecine. Il refusait également d'avouer qu'il était incapable de boire et de manger moins, ou de faire de l'exercice. Impossible de s'infliger ça, il n'avait pas la volonté suffisante. Plutôt mourir que de se mettre au jogging, ou de se trémousser au son d'une musique funky dans une salle paroissiale avec d'autres épaves en survêtement.

Beard ayant vaguement promis de revenir avant la fin du mois, le docteur Parks tint à fixer une date. Mardi 23 ou jeudi 25 : à lui de choisir. Beard hésita, Parks insista, comme si c'était dans son propre sang que des cellules cancéreuses allaient circuler, en quête d'un nouveau lieu, d'un ganglion lymphatique où élire domicile. Beard avait opté pour la date la plus éloignée, conscient qu'il pourrait toujours appeler la secrétaire et annuler le rendez-vous.

À présent que Hammer cessait enfin de siffloter et traversait au ralenti le minuscule ghetto de Cotton City, le sanctuaire d'une obscure clinique de Dallas présentait davantage d'attrait. Mais Beard savait qu'il n'aurait pas le courage de s'enfuir. La journée du lendemain serait l'aboutissement d'un processus qu'il ne pouvait interrompre, lui qui attendait avec tant d'impatience ce moment triomphal où, au début de la soirée, la petite ville de Lordsburg, ses néons, ses bars à hamburgers et ses climatiseurs, aurait soudain un bilan carbone neutre, et où la civilisation américaine, qui incarnait les aspirations du monde entier, pourrait se perpétuer sans contribuer au réchauffement climatique. Ce voyage, long de huit ans depuis l'élucidation des calculs d'Aldous, et ponctué d'expériences de laboratoire, de schémas, d'ajustements, d'avancées, de tests grandeur nature, devait maintenant arriver à son terme. Les acclamations du public constitueraient l'étape finale. Celle où il y avait le plus à craindre de Tarpin.

Beard chercha un bulletin d'informations sur l'autoradio, et tomba justement sur l'interview percutante d'une attachée de presse de leur équipe expliquant que le rayonnement solaire et l'eau éclaireraient d'abord Lordsburg, puis toute la planète.

Hammer poussa un hourra. « Formidable ! J'ai bien briefé cette fille ! »

Beard et lui ne s'étaient jamais avoué, pas même en privé, qu'ils n'alimenteraient pas directement Lordsburg en électricité. Ils vendraient à une compagnie locale les kilowattheures représentant à peu près la consommation annuelle moyenne de la ville. Les électrons de leur centrale révolutionnaire grouilleraient anonymement parmi les autres.

« On sera tous là, déclara le présentateur. Sur la Route 90, à cinq kilomètres à l'est de l'Autoroute 70. Rejoignez-nous demain à dix-huit heures pour le compte à rebours, avant l'instant mémorable où Lordsburg montrera la voie à la terre entière ! »

Beard et Hammer se dirigèrent eux aussi vers l'est, puis contournèrent la ville par le nord, bifurquant à droite au bout de quatre ou cinq kilomètres pour gagner Silver City. Quelques minutes plus tard, ils atteignirent une colline, d'où on voyait l'ensemble du chantier. Beard avait souvent contemplé les installations durant les mois écoulés, alors que tout était déjà en place, que les essais se déroulaient comme prévu après les contretemps initiaux. Cet après-midi-là, pourtant, il éprouva un regain de fierté. Sensible à son enthousiasme, Hammer ralentit.

« Ça réchauffe le cœur, hein, vieux ? » lança-t-il, cachant sa propre émotion derrière une mauvaise imitation de l'accent cockney.

Les vingt-trois grands panneaux inclinés miroitaient discrètement sous un soleil implacable. Chacun était relié à un fouillis de tuyaux et de valves. Derrière eux, les cuves destinées à stocker l'hydrogène et l'oxygène ; à côté, les abris en parpaings du générateur et des catalyseurs. Les lignes à haute tension, sur leurs pylônes étincelants, en rejoignaient d'autres, soutenues par les poteaux de bois chancelants qui jalonnaient ces immensités semi-désertiques. Derrière les cuves, la station de pompage construite sur la source souterraine ; un peu plus loin, le bâtiment de brique flambant neuf qui abritait les ordinateurs.

La nouveauté, c'étaient les centaines de personnes (ouvriers, vendeurs, ingénieurs du son) qui s'affairaient, l'air important, et les centaines ou les milliers de drapeaux américains entourant les panneaux, là où aurait dû se trouver une clôture électrique ; ils ornaient également la gigantesque tente bleu pâle, la scène, le terrain, nivelé par les bulldozers, où se produirait la fanfare ; étaient artistiquement tendus sous forme de guirlandes au-dessus des tribunes réservées aux notables locaux, le long de l'allée entre les stands de restauration rapide et de boissons fraîches, ou de celle, adjacente, entre deux imposantes rangées de toilettes de chantier, ainsi qu'autour du parking, où s'alignaient déjà une bonne centaine de véhicules au lieu de dix habituellement, et où deux mille de plus étaient attendus. Pas un seul drapeau anglais en son honneur, nota Beard avec dépit, lui, l'initiateur du projet. Mais il garda ses réflexions pour lui et pensa à autre chose.

Sur un autre terrain entièrement défriché, sans drapeaux celui-là, étaient rassemblés les camions et les antennes paraboliques des chaînes de télévision et des stations de radio. À quelques centaines de mètres, sur un talus parallèle à la route, se dressait l'enseigne au néon annonçant LORDSBURG !, encore éteinte, mais aux mêmes lettres blanches que celles qui immortalisaient Hollywood en travers d'une colline de Los Angeles. Seul manquait le point d'exclamation, que des ouvriers étaient justement en train de hisser à l'aide de cordes.

Tandis que Beard et Hammer s'engageaient sur un chemin de terre et passaient sous un proscenium de bannières étoilées, une odeur de graisse frite, refroidie par la climatisation du véhicule, envahit l'habitacle et leur chatouilla les narines.

« Toby, tu es un génie ! »

Hammer hocha gravement la tête. « J'aime bien réunir des gens capables de faire des choses ensemble, mais c'est ton invention, Michael. C'est toi le génie. »

Rasséréné, Beard hocha la tête à son tour. C'était ça, l'amitié.

À peine furent-ils garés que des hommes en T-shirt et casquette de base-ball, certains munis de blocs-notes, accoururent dans un nuage de poussière : l'équipe de Hammer, une partie en tout cas, comprenant quelques ingénieurs hydrauliques, des informaticiens et autres techniciens. Beard avait fait les calculs, dessiné les maquettes et surveillé les essais de laboratoire, mais tout le reste, la réalisation grandeur nature, les plans, la production industrielle, la conception même de la centrale et sa construction, les tuyaux, les valves et le logiciel correspondant, n'était pas son affaire. Il connaissait les principes de base, détenait les brevets, mais n'aurait pu décrire le chantier en détail. Sur cette vaste plaine, il était une personnalité, presque une légende, et tout le monde le traitait avec le respect dû à son rang, avec cette politesse chaleureuse des Américains, mais personne ne venait le chercher pour qu'il jette un coup d'œil dans une tranchée ni qu'il arbitre un différend. Le Laboratoire national des énergies renouvelables de Golden avait examiné son prototype et confirmé qu'il fonctionnait avec la plus grande efficacité. Le reste était du ressort de cette sympathique équipe d'hommes pragmatiques qui attendaient Toby Hammer, lui-même ignorant de l'aspect technique et de ces fameux principes de base, mais ayant le souci du détail, de l'organisation et des ressources humaines.

Voilà pourquoi, alors que les deux associés descendaient de leur véhicule, échangeant poignées de main et tapes amicales sur l'épaule, Beard s'apprêtait à s'éclipser. La chaleur étouffante amplifiait l'attrait des odeurs de cuisine, de viande en train de griller sur les barbecues, qui arrivaient jusqu'au parking. Les nouvelles de Tarpin lui avaient gâché son brunch, mais il ne réussirait à se concentrer qu'après avoir arpenté cet éphémère boulevard du désert et fait un choix mûrement réfléchi. Toby, qui avait un pick-up en permanence sur les lieux, lui tendit les clés avant de traverser le parking avec son équipe pour rejoindre le chantier.

Moins de cinq minutes plus tard, Beard s'installait seul à l'ombre devant une table à tréteaux avec, dans une assiette en carton, de la poitrine de bœuf rôtie à la texane, accompagnée de trois cornichons géants, d'une montagne de salade de pommes de terre, et d'un gobelet géant de bière à la pression. En termes de production d'énergie, la centrale de photosynthèse artificielle de Lordsburg, connue des ingénieurs sous ses initiales CPAL, était quantité négligeable, un joujou, à peine un prototype. Assis là, pourtant, parmi les flots de fumée bleutée du poulet qui grillait sur le stand le plus proche, au son du country rock diffusé par les haut-parleurs et des exclamations enthousiastes des cuisiniers à l'annonce que vingt-quatre ouvriers affamés venaient manger un steak après avoir hissé l'enseigne LORDSBURG !, Beard se sentait au centre du monde. Quel délice, et pas seulement à cause de la nourriture, de se retrouver là, confortablement à l'abri des regards dans un obscur recoin de l'Amérique profonde, et de se dire que ce tintamarre, cette centrale, les camions des médias et bientôt les avions de chasse, les fanfares et une révolution industrielle imminente ne devaient leur existence au milieu des yuccas et des herbes sèches qu'à un projet conçu par lui huit ans plus tôt, sur le canapé crasseux d'un appartement en sous-sol à huit mille kilomètres de là !

Alors qu'il refermait les dents sur un quatrième morceau de cette succulente poitrine de bœuf, il éprouva une sensation qu'il n'avait pas connue depuis l'université, et qu'à l'époque il trouvait déjà extrêmement déplaisante. Il perçut une présence derrière lui ; avant qu'il ait pu se retourner, deux mains chaudes lui recouvrirent les yeux, lui enserrèrent le crâne, et une voix lui chuchota à l'oreille : « Qui c'est ? »

À gauche, un doigt lui rentrait dans l'hémisphère nord du globe oculaire et il n'osait pas se débattre. Il avait la bouche pleine de viande, mais, pétrifié, n'arrivait pas à déglutir. Il put juste articuler : « Tarpin ?

— C'est ta petite amie chinoise ? » Un éclat de rire, et soudain il fut libre.

Darlene, évidemment ; l'agacement de Beard se dissipa tandis qu'il se levait, avalant sa viande au plus vite pour l'embrasser. Comment pouvait-on ne pas aimer Darlene ? C'était une femme du Nebraska au grand cœur et aux formes généreuses, serveuse depuis toujours, mariée trois fois, mère de quatre grands enfants qui semblaient l'adorer ou avoir besoin d'elle, car ils l'appelaient constamment ; elle avait découvert le Nouveau-Mexique douze ans plus tôt et troqué son prénom de l'époque, Janet, contre Darlene. Après avoir vécu six ans dans une caravane au sud de la ville avec un routier hispanique qu'elle avait fini par jeter dehors, elle parlait couramment espagnol.

Elle avait reporté son amour sur Michael Beard. Lorsqu'ils firent l'amour pour la première fois, elle lui confia qu'il était son premier homme d'un certain âge. Enfin, son premier homme bien plus âgé qu'elle, rectifia-t-elle. Il n'aimait pas se dire que, comme lui, elle n'avait plus trop le choix. Après tout, il était un peu le héros de la ville, fêté par la chambre de commerce de la 2e Rue Est pour les emplois qu'il créait. Il ne faisait pas un si mauvais prétendant. Quant à elle, bien sûr, elle incarnait pour lui un vieux fantasme, la femme du peuple dans toute sa splendeur. Revendiquant cette appartenance sociale à la manière bon enfant des Américains, elle mâchait du chewing-gum toute la journée sans remords, la bouche ouverte, même en parlant, ne s'interrompant que pour l'embrasser. Elle ne lisait ni livres ni journaux, ni même les magazines, n'avait jamais mis les pieds dans une église, détestait encore plus que lui se nourrir sainement et, lorsqu'elle en inondait son assiette, aimait à rappeler la célèbre citation de Reagan selon laquelle le ketchup était un légume. Beard était déçu par son absence de sens religieux. Ça ne cadrait pas, mais elle n'en démordait pas. Elle n'était même pas athée, répétait-elle, ne cherchait même pas à nier l'existence de Dieu. Tout simplement, elle n'avait pas eu la « révélation ».

Ils s'étaient rencontrés un jour que Beard, ayant plusieurs heures à tuer avant un rendez-vous, avait pris la route pour explorer les environs de Lordsburg, tourné en direction de la ville fantôme de Shakespeare et, un peu désabusé, en proie à un vague désir réveillé par la douceur printanière, avait arpenté la rue principale, du saloon à l'ancienne épicerie générale en passant par le vieil hôtel Stratford où Billy le Kid faisait autrefois la plonge. Alors qu'il allait repartir, il était tombé sur Darlene en traversant le parking. Elle soutenait sa vieille copine Nicky, à la recherche d'un emploi de guide touristique, et qui venait de s'entendre reprocher son manque d'assurance et son incompétence. Celle-ci sanglotait sur l'épaule de Darlene quand Beard, avec l'instinct du prédateur, les avait rejointes pour demander gentiment s'il pouvait les aider. Darlene expliqua le refus scandaleux essuyé par son amie, tandis que Nicky s'efforçait de faire chorus. Maigre, couverte de taches de rousseur, le cheveu ras, elle bégayait en fumant cigarette sur cigarette, essayant d'avaler la fumée entre deux sanglots, et Beard conclut intérieurement que lui-même ne l'aurait employée pour rien au monde. Mais c'était sa troisième tentative en trois jours pour trouver du travail, aussi allèrent-ils ensemble dans la caravane de Darlene se consoler en buvant des bières et du whisky tout l'après-midi, Nicky offrant même de la cocaïne et du cannabis que lui et Darlene refusèrent. Pour s'attirer les bonnes grâces de Darlene, Beard promit de trouver quelque chose à Nicky sur le chantier — il tint parole et Hammer la licencia deux jours plus tard —, et quand elle fut partie retrouver ses enfants, Beard et Darlene firent l'amour dans la chambre voisine aux cloisons vernies imitant le chêne.

Il voyait Darlene chaque fois qu'il venait à Lordsburg. Ils aimaient se retrouver dans un bar de la 4ᵉ Rue, et la chambre de Beard à l'Holiday Inn abritait parfois leurs ébats, mais la plupart du temps ils se repliaient dans la caravane que Darlene maintenait impeccablement rangée. Derrière, il y avait un petit jardin avec deux citronniers dont elle s'occupait avec un soin maternel, des arbres juste assez grands pour qu'un couple puisse s'y asseoir à l'ombre et prendre un verre en fin d'après-midi. Après deux ou trois whiskys — dont elle partageait le goût avec Beard — elle riait beaucoup, très fort, et après deux verres de plus elle regagnait volontiers la fraîcheur de la caravane pour faire l'amour, au son ronronnant de la climatisation. Pour Beard, cette liaison représentait une renaissance sexuelle imprévue, des pics de plaisir stridents, proches de cette petite mort dont ses vingt ans lui avaient laissé le souvenir. Une éternité s'était écoulée depuis la dernière fois qu'il avait crié comme un fou en jouissant. Jamais il n'aurait cru éprouver des sensations si extrêmes avec une femme de cinquante et un ans au corps aussi flasque, enflé et fatigué, aussi bleui par les varices que le sien. Ce serait sans doute sa dernière occasion de connaître pareille extase, et il chérissait Darlene. De même qu'il rapportait à Melissa et à Catriona des cadeaux des aéroports d'El Paso ou de Dallas, il transportait en sens inverse des articles achetés à Heathrow pour Darlene. Dans une autre ville, un autre pays, on n'aurait vu en elle qu'une pocharde bruyante. À Lordsburg, elle était populaire et utile, et grâce à elle il finit par respecter la ville. En plus de son emploi de serveuse au Lulu Diner, qui l'occupait le soir, elle travaillait comme agent de service bénévole dans un lycée, nettoyant les classes et soignant les bobos. Deux semaines par an, elle accomplissait, toujours bénévolement, des tâches ingrates dans un camp de vacances pour enfants autistes sur les hauteurs de Gila. Deux ou trois fois par an tout au plus, un voisin ou un policier la ramassait inconsciente dans la rue et la ramenait dans sa caravane.

Au sens strict, Beard ne lui avait pas menti sur sa vie en Angleterre, sans lui avoir tout dit pour autant. Elle connaissait l'existence de ses cinq épouses, s'était esclaffée à la description du taudis de Dorset Square, qu'elle promettait de nettoyer et de remettre en ordre si seulement il voulait bien lui en donner l'occasion. Il n'avait pas soufflé mot, en revanche, de l'existence de sa compagne de Primrose Hill et de leur enfant. Darlene rêvait de l'accompagner en Angleterre, et il ne voulait pas l'encourager dans ce projet en refusant catégoriquement, ni se compliquer la vie en disant oui ; il s'en tenait donc à de vagues promesses. Au bout de dix-huit mois, la situation prit le tour habituel. Les extrêmes du plaisir et de la nouveauté s'émoussèrent, mais lentement, légèrement, avec plusieurs retours en arrière salvateurs. Dans le même temps, Darlene pensait de plus en plus souvent à l'avenir, à leur avenir, sujet délicat, car viendrait l'heure où la centrale fonctionnerait, où il n'aurait plus besoin de se rendre à Lordsburg, où il s'installerait dans une autre région du sud-ouest des États-Unis, à moins qu'il n'aille disperser de la limaille de fer au fond de l'océan près de l'archipel des Galapagos, ou exploiter ses brevets à travers la planète. Malgré cette divergence de vues problématique, il préférait ne rien faire. L'intimité de leurs rapports, la chaleur et les ombres du Nouveau-Mexique la reléguaient facilement au second plan. Le passé lui avait prouvé plus d'une fois que l'avenir apporterait lui-même la solution.

D'où sa joie de revoir Darlene, d'aller lui chercher une assiette de travers de porc, de salade de pommes de terre, de ketchup et de bière pression aussi monumentale que la sienne, et de rester attablé avec elle au son de cette musique sentimentale, des accords languissants de la guitare country, à échanger les dernières nouvelles. Ils étaient assis l'un contre l'autre et, évitant la sphère privée, il lui révéla les derniers scandales agitant son minuscule et vénérable royaume de l'autre côté de l'océan, dont les sujets, à court d'argent, devaient vider leurs poches pour payer les impôts grâce auxquels la classe dirigeante curait les douves de ses châteaux, construisait des logements pour ses domestiques, achetait des presse-pantalon et louait des films pornos. Désormais, dans les ruelles pavées et embrumées de villes d'une saleté répugnante, comme dans les chaumières pestilentielles des villages, la révolte grondait. Pour sa part, Darlene lui apprit la réintégration de Nicky aux Alcooliques anonymes, où elle avait redécouvert Jésus pour la quatrième fois ; elle avait renoncé aux drogues et à l'alcool vingt-deux jours auparavant, mais pas aux cigarettes, et gardé son emploi à la pharmacie, de justesse.

Son repas terminé, Darlene prit lourdement Beard par l'épaule et l'embrassa sur la joue. « Mais la grande nouvelle, c'est toi, mon chéri. Lordsburg est passé à NBC hier soir, et CNN a tourné hier dans la grand-rue, près de la station Exxon, et tout le monde parle de la journée de demain. Je suis tellement fière de toi ! »

Elle le couvait des yeux avec une expression qu'il ne lui connaissait pas, un air maternel et possessif qui le troubla vaguement. Mais il ne voulait gâcher d'aucune façon ce moment, ni la journée encore plus splendide dans laquelle il était contenu. Il embrassa donc Darlene, ils burent une autre bière et partagèrent une glace menthe-caramelchocolat. Puis ils se levèrent, s'embrassèrent à nouveau, s'étreignirent, et il lui promit de la retrouver une heure plus tard. Le devoir l'appelait.

Il traversa le chantier animé pour rejoindre la salle de contrôle, où toute l'équipe, rassemblée autour des consoles, attendait le discours de remerciements qu'il avait répété mentalement dans l'avion l'amenant de Londres. Hammer était debout près de lui, bras croisés comme un videur de boîte de nuit. Quelque part au-dehors retentirent des trompettes, une flûte, et les coups sourds d'une grosse caisse. La fanfare, tout ou partie, arrivait pour répéter.

L'équipe avait fait merveille, commença-t-il avec les intonations laudatives propres à exhorter les hommes, pour que ce qui n'était au départ qu'un rêve, puis un flot de calculs frénétiques, puis une batterie de tests de laboratoire, puis une liasse de plans, devienne réalité en plein désert. Ce qu'ils avaient construit n'existait nulle part ailleurs sur la planète, hormis sous forme d'expériences dans une poignée de laboratoires concurrents. Mais le processus de découverte et de développement dépassait de loin ce simple projet, aussi magnifique fût-il. L'hydrogène et l'oxygène de l'eau avaient été isolés pour la première fois en 1789, les principes de la cellule photoélectrique discutés dès 1839. D'innombrables biologistes et physiciens s'étaient dévoués corps et âme à l'élucidation de la photosynthèse. La découverte du photovoltaïque et de la mécanique quantique par Einstein avait joué son rôle, comme la chimie, la science des nouveaux matériaux, la synthèse des protéines : en fait, pratiquement toute la culture scientifique avait contribué d'une manière ou d'une autre à cette victoire qui était aujourd'hui presque la leur. Il y avait également une référence encore plus importante. Toutes les personnes présentes savaient que la plus grande prouesse, vieille de milliards d'années, à savoir la capture et la conversion de la lumière, la décomposition de l'eau par des formes de vie autonomes, avait généré l'oxygène de l'atmosphère et servi de moteur à l'évolution. Voilà d'où venait leur inspiration, le processus qu'ils avaient tenté de reproduire par des moyens techniques.

Beard inspira profondément, puis soupira bruyamment et montra ses paumes ouvertes en un geste faussement modeste.

« Pour cette raison je ne peux rien revendiquer personnellement. Comme Newton, je suis juché sur les épaules de géants, de centaines de géants, et j'ai servilement emprunté à la nature. Par chance, ma capacité à colliger m'a aidé à voir ce qui restait invisible pour d'autres, même si la porte était déjà entrouverte. J'ai alors compris qu'en imitant la photosynthèse on pouvait fabriquer à bon prix, efficacement et en grande quantité, de l'hydrogène, élément le plus répandu de l'univers, et qu'il pouvait alimenter notre civilisation, de même que ce magnifique processus a rendu possible la vie sur Terre en étant son principal fournisseur d'énergie. Aussi allons-nous maintenant disposer d'une énergie propre, inépuisable, et pourrons-nous commencer à nous éloigner de l'abîme, du désastre vers lequel nous courons à cause du réchauffement climatique. Certains prétendent que j'ai joué un rôle crucial, que rien n'aurait pu se faire sans moi. Qui sait ? Je dis seulement que j'ai eu la chance d'avoir certaines idées, de me trouver au bon endroit au bon moment, à une époque où le temps presse. Quelqu'un devait endosser ce rôle et ç'a été moi. L'essentiel, c'est que nous formons une équipe où chacun joue un rôle déterminant : chacun d'entre vous aura été un maillon indispensable. Et franchement, ce fut un privilège pour moi de travailler avec vous, d'apprendre à respecter vos compétences. Il faut également savoir que je dois tout, que nous devons tout à notre cher ami ici présent, véritable boule d'énergie, Toby Hammer ! »

Sous les applaudissements et les acclamations, Beard saisit le poignet de Toby, le griffant au passage, lui déplia le bras et le brandit comme sur un ring de boxe.

Sans un sourire, Hammer s'inclina tandis que les acclamations redoublaient. Malgré les cris réclamant « Un discours ! Un discours ! » il se déroba, lèvres pincées, et l'assemblée commença à se disperser.

Lorsqu'il ne resta plus que quelques hommes visiblement désireux de parler à Beard, Hammer fit non de la tête, leur désigna la porte en silence et, après un moment d'hésitation, ils sortirent un à un, laissant les deux amis seuls. Beard s'assit devant l'une des consoles, contempla un écran affichant trois courbes descendantes. Elles n'étaient pas identifiables, mais indiquaient sans doute la régulation des catalyseurs.

« Qu'y a-t-il, Toby ?

— Je n'en sais encore trop rien.

— Tu t'inquiètes toujours d'une éventuelle

absence de réchauffement ? Aujourd'hui, à Oro-grande, ils s'apprêtent à battre tous les records. »

Hammer ne sourit pas davantage. Adossé au mur près de la porte, les mains enfoncées dans les poches, il fixait un point au-dessus de la tête de Beard. « Ce Barnard a appelé, lâcha-t-il enfin. Cet avocat d'Albuquerque, qui représente Braby et le Centre en Angleterre. Il est en route. J'ai dit que je refusais de le voir tant qu'il ne m'aurait pas expliqué ce qu'il voulait. Et il a craché le mor-ceau. »

Il toussota bruyamment et s'approcha. Il posa la main sur l'épaule de l'Anglais.

« Michael, y a-t-il quelque chose concernant ce projet que je devrais savoir et que j'ignore ?

— Bien sûr que non. Pourquoi ?

— Ils portent plainte contre tes brevets.

— Braby ?

— Exact. »

Pendant quelques instants, Beard se tassa devant la console, sourcils froncés pour mieux fouiller dans la grisaille de son passé anglais. Il se remémora les poteaux en béton, l'odeur de bière venant de la brasserie en bordure d'autoroute, la boue entre les préfabriqués, les tables de fortune croulant sous des rêves plus fous les uns que les autres. Comme s'il se rappelait une existence bien antérieure à sa naissance, avant que les dinosaures ne fassent la loi, du temps où d'épais brouillards recouvraient les marais préhistoriques. Et mainte-nant que ces brouillards se dissipaient, il voyait. Comment ne l'avait-il pas prévu ? C'est ainsi que Braby allait s'introduire sur le marché américain des énergies renouvelables, désormais revitalisé, non pas en demandant des faveurs, sous forme de conseils ou de recommandations, mais par la force, au prix d'une procédure coûteuse. C'était de l'intimidation, une tentative d'agression. Sans doute Braby espérait-il un arrangement à l'amiable, pour toucher sa part des projets futurs. Sur la base de rien du tout.

Ragaillardi et soulagé, Beard se leva brusquement et, malgré un nouveau vertige, tapota le torse de Hammer comme pour tenter de réparer le raisonnement défectueux de son associé.

« Écoute, Toby. S'agissant de brevets, j'ai déjà vu ce genre de manipulation de la part d'institutions. Braby croit, ou fait semblant de croire, que j'ai réalisé mes travaux sur la photosynthèse du temps où j'étais au Centre, et que les droits d'exploitation leur appartiennent. Mais je n'ai pas commencé avant d'être installé à l'Imperial College, et là, Braby m'avait déjà viré. De toute façon, la définition de mon poste me laissait libre de poursuivre mes recherches. D'ailleurs, je ne passais qu'une fois par semaine au Centre. J'ai encore le contrat chez moi. Je te le montrerai.

— Ça pourrait nous ralentir, marmonna Hammer, toujours sombre et sceptique.

— Quand ils verront les dates, mon licenciement, mon contrat, ils battront en retraite. C'est nous qui les poursuivrons pour harcèlement, diffamation ou autres. Le Centre a encore moins d'argent que nous. Ils ont presque tout perdu à cause de cette éolienne ridicule qu'ils construisaient. Ça a fait scandale. Ils tournent avec un budget de misère. »

Beard remarqua que son associé se détendait un

peu. La faiblesse de la partie adverse avait quelque chose de réconfortant.

« Promets-moi qu'il n'y aura ni écueils ni mauvaises surprises, Michael, aucune cachotterie.

— Promis. Braby est un satané opportuniste. On le
renverra à coups de pied aux fesses de l'autre côté du Rio Grande.

— Barnard, lui, sera là dans un quart d'heure. »
Beard regarda sa montre en fronçant ostensiblement les sourcils. Il voulait passer un moment avec Darlene. Alors seulement, il pourrait affronter l'avocat.

« J'ai un rendez-vous en ville. Mais il peut venir me retrouver à l'Holiday Inn ce soir. Ou au restaurant d'en face. »

Tandis que Beard se dirigeait vers la porte, Hammer, penché sur son ordinateur portable, tapait déjà des courriels et parut à peine remarquer le départ de son ami. Retour à la normale.

*

Revigorant, de quitter l'air glacé de la salle de contrôle pour se retrouver dans la chaleur sèche de cette fin d'après-midi, de passer de la lumière électrique à un soleil doré, du murmure des serveurs au vacarme des préparatifs, à la cacophonie des deux séries de haut-parleurs diffusant de la musique country, et à la plainte aiguë d'une perceuse. Ce n'était pas seulement la perspective d'aller en ville avec Darlene qui animait Beard. Il se sentait requinqué, stimulé par l'indignation que soulevaient en lui les accusations maladroites et injustes de Braby. Elles donnaient encore plus de valeur au projet. Ce faux frère, qui lui avait tourné le dos alors qu'il était professionnellement au plus bas, voulait à présent sa part de gloire. Il ne l'aurait pas, et Beard s'en félicitait. Il traversa la foule d'un pas plus rapide et léger que d'habitude, ralentit devant un stand où étaient exposés des souvenirs patriotiques. Il aurait bien acheté un petit drapeau américain pour le brandir sous le nez de Braby avec une malice enfantine. Mais non. Qu'il moisisse plutôt avec son éolienne en fer-blanc dans la grisaille et l'humidité des confins du sud de l'Angleterre !

Il avait vingt minutes d'avance sur Darlene et se dirigea vers l'esplanade de fortune, les trilles cristallins de la flûte et les coups de trompe de la fanfare. Une vingtaine d'hommes en treillis, pas très jeunes pour la plupart, entouraient leur chef d'orchestre à l'ombre d'un auvent dans un coin du terrain nivelé par les bulldozers. Au sud, les ouvriers avaient fini d'ériger des tribunes presque à la verticale pour les notables et la presse. De nouveau, il s'émerveilla des miracles accomplis par Toby Hammer et ses courriels. Alors qu'il faisait le tour du terrain, les musiciens répétaient, non sans quelques fausses notes, une compilation de chansons des Beatles : il devait s'agir non pas d'une véritable fanfare militaire, mais d'un groupe de réservistes locaux amateurs de musique. La baguette blanche du chef d'orchestre lui rappela désagréablement l'amant de Melissa. Il était déjà tard à Londres, et elle devait attendre son coup de fil, mais ce n'était pas le moment.

Au son entraînant de *Yellow Submarine*, il se dirigea vers les tribunes dressées parmi les herbes sèches et les yuccas. Une silhouette solitaire y était assise au milieu de la rangée centrale : un Anglais comme lui, de toute évidence. À cause de la cigarette ? Des épaules étroites et voûtées ? Ou bien des chaussettes grises, des chaussures noires, de l'absence de chapeau et de lunettes de soleil ? Il y avait un petit sac de voyage à ses pieds, et il était penché en avant, le menton dans une main, regardant non pas la fanfare mais les hauteurs de Gila. Rodney Tarpin, bien entendu. Son vieil ami qui avait fait tout ce chemin pour venir lui régler son compte. Après le choc de la reconnaissance et quelques instants d'hésitation, Beard décida de le rejoindre, convaincu qu'il valait mieux l'affronter sur-le-champ, de sa propre initiative et en public, plutôt qu'être pris par surprise. Les mains de Darlene s'abattant sur ses yeux lui avaient servi de leçon.

La pente des tribunes était vraiment raide, et il s'arrêta au début de la rangée centrale pour souffler avant de la longer jusqu'à Tarpin. Avec une décontraction apparente, comme s'il n'avait pas vu approcher Beard ou s'en moquait, Tarpin continua de fumer en regardant droit devant lui, alors même que son ancien rival s'asseyait près de lui. Ce dernier n'osait pas ouvrir la bouche avant d'avoir repris son souffle, mais Tarpin ne semblait toujours pas s'apercevoir de sa présence. C'est ainsi qu'on ménage le suspense avant une rencontre cruciale, dans certains films, et Tarpin avait eu le temps d'en voir. Finalement, il n'avait pas dû passer ses huit ans de prison au gymnase. La détention l'avait rétréci. Ses bras et ses jambes étaient malingres, et le ventre de maçon qui dépassait naguère de sa ceinture se réduisait à une modeste bedaine. Même sa tête semblait plus petite, face de souris plus que de rat, et l'expression inquisitrice, aux narines frémissantes, avait disparu, remplacée par une attention passive pouvant passer, au crépuscule, pour du calme. Mais sous le soleil doré de cette fin d'après-midi au Nouveau-Mexique, il avait l'air d'une épave inoffensive, d'un clochard tirant fébrilement sur sa cigarette, pas vraiment le genre de type à vous gifler. Beard sentit son moral remonter et soupira d'aise. Ce malheureux taulard ne pouvait rien contre lui.

Son silence devenait ridicule. Beard prit sèchement la parole, comme s'il s'adressait à un employé rétif. « Alors, monsieur Tarpin, ils vous ont relâché ? Qu'est-ce qui vous amène jusqu'ici ? »

L'intéressé se tourna enfin, écrasa son mégot entre le pouce et l'index. Il avait le coin des yeux d'un blanc sale, comme enduit de jaune d'œuf, les ailes du nez et les pommettes couperosées. Lorsqu'il répondit, il laissa voir son incisive supérieure manquante, que le dentiste de la prison avait omis de remplacer.

« Je me suis dit qu'en m'asseyant là, vous me verriez forcément.

— Eh bien ?

— Il faut que je vous parle, monsieur Beard. J'ai quelque chose à vous dire, une question à vous poser. »

Les craintes de Beard se réveillèrent. Il ne quittait pas des yeux la main de Tarpin, le sac à ses pieds. « D'accord. Mais je n'ai pas beaucoup de temps. »

En contrebas, la fanfare jouait laborieusement sa partition. Les derniers accords de *Yesterday* firent place à une interprétation enjouée et martiale de *All You Need Is Love*. Dire que des millions de jeunes gens poussaient autrefois des hurlements hystériques en écoutant pareilles mièvreries !

« Dans ce cas j'irai droit au but. Premier point : je n'ai pas tué Thomas Aldous.

— Vous l'avez déjà dit au procès.

— Tant pis si vous ne me croyez pas. Personne ne me croit. Je m'en fiche, parce qu'en fait je l'aurais tué à la première occasion. C'est bien le problème. J'avais demandé à Patrice de le faire si elle trouvait le moyen d'y arriver sans avoir d'ennuis. Et je lui avais juré que, si elle le descendait bel et bien, j'étais prêt à aller en prison à sa place. Elle n'a rien répondu, mais elle a dû prendre un de mes marteaux un jour qu'elle était chez moi, et le tuer pendant qu'il dormait sur son canapé.

— Attendez... Pourquoi diable Patrice aurait-elle voulu tuer Tom Aldous ?

— Je comprends que ça vous choque, monsieur Beard. Je sais que vous avez divorcé, mais c'est quand même la femme que vous aimiez, et ça n'a rien d'agréable, hein, d'apprendre que c'est une meurtrière. Elle le détestait. Elle ne pouvait plus s'en débarrasser. Elle lui avait demandé de la laisser tranquille, mais il refusait de partir. J'ai fait ce que j'ai pu, mais il était costaud, le salaud... »

Beard avait quasiment oublié qu'il connaissait la vérité et était responsable des malheurs de Tarpin. Il savait à peine quelle objection soulever en premier. « Elle vous a vraiment dit qu'elle le détestait ? Qu'elle voulait se débarrasser de lui ?

— Plus d'une fois.

— Elle répétait pourtant à tout le monde qu'elle l'aimait ! »

Tarpin se redressa avec une certaine fierté. « C'était après, pour que j'aie un mobile, voyez-vous. La jalousie ! J'aurais fait n'importe quoi pour elle.

— Pour l'amour du ciel, mon vieux, pourquoi n'avoir pas plaidé coupable et écopé d'une peine plus légère ?

— Un petit malin d'avocat m'a assuré qu'il me ferait acquitter et je l'ai cru.

— Donc vous aviez tout combiné à l'avance ?

— Impossible de la contacter après la mort d'Aldous. Ensuite on m'a arrêté. On a dû improviser au jour le jour sans pouvoir communiquer. Mais on savait ce qu'on faisait. »

La fanfare, elle, avait fait tout ce qu'elle pouvait pour les Beatles et se reposait. Les trompettistes secouaient sur le sable du désert la condensation contenue dans leurs instruments. Le chef s'éloigna, un cigare à la bouche.

« Mais, reprit Beard, si vous étiez allé en personne voir Aldous, vous auriez sûrement pu lui faire assez peur pour qu'il n'y revienne pas. »

Tarpin eut un rire amer. « J'ai bien essayé. Dès le début. Je suis allé chez lui à Hampstead, avec une manivelle pour l'impressionner. Il me l'a arrachée des mains, m'a fait faire un vol plané dans son jardin, démis une vertèbre, brisé une rotule, enfoncé la tête dans son étang, luxé une épaule. Sans oublier ça. Regardez. »

Il désigna le trou entre ses incisives.

Beard ne put s'empêcher d'être fier de Tom Aldous. Quel physicien ! « Juste retour des choses pour l'œil au beurre noir de Patrice, dit-il.

— Je me suis excusé, monsieur Beard, répliqua Tarpin, vexé. Plutôt deux fois qu'une, si vous voulez savoir. Et à la fin, Patrice a accepté mes excuses.

— Donc vous êtes allé en prison à la place de ma femme. Est-ce qu'elle est venue vous voir, vous a envoyé de superbes lettres de remerciement ?

— Ça aurait fait bizarre, non, de rendre visite au meurtrier de son amant ? Au bout d'un an, j'ai commencé à lui écrire. Tous les jours. Jamais eu de réponse. Rien en huit ans. Avant ma libération, je ne savais même pas qu'elle était mariée. »

Le pauvre nigaud s'absorba dans la contemplation des collines entourant Lordsburg. Devant ce spectacle, Beard se réjouit de n'être jamais tombé vraiment amoureux. Surtout si ça avait cet effet-là sur la raison. Il n'était pas passé loin avec Patrice, et quel idiot ça avait fait de lui ! Étant donné les circonstances, c'était impossible, mais il aurait aimé questionner Tarpin sur l'arme du crime, ce marteau à tête étroite. Avait-il réellement oublié l'existence du sac à outils resté à Belsize Park ? Quel imbécile, mais quelle heureuse coïncidence !

« Je pense tout le temps à elle, et vous êtes le seul à qui je peux me confier. On a tous les deux aimé la même femme, monsieur Beard. On pourrait dire que notre sort est lié. Elle ne veut pas que je l'approche, refuse même de me parler cinq minutes au téléphone. Mais je l'aime toujours. »

Il répéta cette dernière phrase avec plus de force

encore, si bien que deux ouvriers passant devant les tribunes levèrent les yeux dans leur direction.

« Je devrais avoir de la rancœur, lui en vouloir de m'avoir largué comme ça. Je devrais lui tordre le cou, mais je l'aime, et le seul fait de le dire à quelqu'un qui la connaît me fait du bien. Je l'aime et, si je devais cesser de l'aimer, ce serait arrivé depuis longtemps, quand j'ai compris qu'elle ne me donnerait plus jamais de nouvelles. Je l'aime, je l'aime...

— Mettons les choses au point, intervint Beard. Vous avez fait tout ce chemin, vous avez caché votre casier judiciaire aux services d'immigration, uniquement pour me dire que vous aimez toujours mon ex-femme ?

— On n'était que deux sur l'affaire, si vous voyez ce que je veux dire. Vous êtes le seul à qui je peux révéler, en étant sûr qu'il comprendra, que Patrice a tué Aldous, et que c'est moi qui ai payé en sacrifiant huit ans de ma vie. Par ailleurs, je vous dois des excuses pour le traitement que je vous ai réservé quand vous êtes venu chez moi. J'étais stressé, voyez-vous, à cause de Patrice, qui passait ses soirées avec Aldous pour ne pas le contrarier. Mais je regrette vraiment de vous avoir donné cette gifle.

— Je crois qu'on peut passer l'éponge », dit Beard.

Les excuses de Tarpin n'étaient cependant pas totalement désintéressées. « Je suis venu pour une autre raison. J'ai beaucoup réfléchi. Je dois faire quelque chose de mon existence. Je ne vais pas passer les dix prochaines années à penser à Patrice. Je veux prendre un nouveau départ, monsieur

Beard, loin de Patrice. J'ai vu un reportage à la télé sur votre projet. Vous êtes le seul à connaître la situation et je sais que vous comprendrez. Je vous demande un emploi. J'ai toujours des compétences : plomberie, électricité, maçonnerie, gros œuvre. Je suis même prêt à ramasser les ordures s'il le faut. Je sais travailler. »

Les pensées de Beard se bousculaient dans sa tête. Il avait trouvé quelque chose pour Nicky, l'amie de Darlene, même si elle n'avait tenu que deux jours. Il existait des moyens pour contourner le statut de travailleur clandestin. Et ce type était un doux dingue qui méritait sans doute qu'on lui donne sa chance. Hélas pour lui, Beard venait de revoir, le cœur serré, ces sombres journées où il regardait, de la fenêtre du premier étage, sa femme longer l'allée du jardin dans sa robe et ses chaussures neuves, pour rejoindre sa Peugeot et son rendez-vous du soir. Huit ans de prison ne suffisaient donc pas ? Tarpin n'avait-il pas purgé sa peine ? Sans doute ne serait-elle jamais complètement purgée, conclut Beard en se levant, la main tendue, et en reprenant un ton supérieur :

« Merci de votre visite, monsieur Tarpin. Je ne sais pas si je crois à votre histoire, mais j'ai apprécié de l'entendre. Quant à vous trouver un emploi, en fait, vous avez eu une liaison avec ma femme, vous l'avez incitée à tuer mon plus proche collègue, à moins que vous ne l'ayez réellement tué vous-même, qui sait ? Tout compte fait, je n'ai pas vraiment le sentiment de vous devoir une faveur. »

Tarpin se leva à son tour, mais ne serra pas la main de Beard. « Vous refusez ?

— Oui. »

En une minute, il passa de la supplique à l'agressivité. « Parce que j'ai été l'amant de votre femme ?

— Pour l'essentiel.

— Mais vous ne l'aimiez pas. Vous baisiez avec toutes celles qui passaient à votre portée. Vous ne vous occupiez pas d'elle. Alors qu'elle pouvait être rien qu'à vous, c'est vous qui l'avez détournée de vous. »

En colère, il ressemblait davantage au Tarpin d'autrefois, joues rouges et face de rat. Il était décharné, mais gardait peut-être un peu de la force des maigres. Même vieilli et rétréci, il restait plus jeune et plus grand que Beard.

« Ce n'est pas moi qui cherchais une aventure, poursuivit-il avec véhémence. Patrice m'a fait des avances pour se venger de vous. J'avais mes propres problèmes. Mon épouse était partie avec mes enfants. Vous avez détruit votre mariage tout seul. Cette femme magnifique ! Vous lui avez brisé le cœur ! »

Redoutant un accès de violence, Beard reculait discrètement le long de la rangée. Contrairement à Tom Aldous, il ne savait pas briser une rotule. À bonne distance, il lança : « Il y a des policiers près de la route. Fichez le camp tout de suite, sinon je les invite à discuter de votre visa touristique. Dans cette partie du pays, ils ne sont pas très patients avec les travailleurs clandestins, vous savez.

— Salaud ! Espèce de lâche et de salaud ! »

Beard descendit des tribunes au plus vite, puis s'éloigna à grandes enjambées. Même après avoir atteint l'autre extrémité de l'esplanade, alors qu'il se repliait vers le stand du barbecue texan, il entendait encore les cris : « Sale con ! Lâche ! Traître !

Je t'aurai ! » D'honnêtes citoyens tournèrent la tête vers Tarpin, et Beard essuya quelques regards réprobateurs. Quelques minutes plus tard, s'étant trompé de direction, il se retrouva dans la somptueuse allée bordée de toilettes de chantier vertes, se glissa tant bien que mal à l'intérieur de l'une d'elles et s'y installa durablement. Quand il ressortit et regarda autour de lui, il aperçut au loin, sur le bord de la route, Tarpin qui faisait de l'auto-stop.

Il était en retard pour son rendez-vous avec Darlene, mais comme il se sentait épuisé, mourait de chaud et avait mille choses en tête, il prit son temps. C'était Tarpin, et non Aldous, l'amant dont Patrice ne pouvait se débarrasser, et elle avait inventé toute cette histoire pour s'épargner un nouvel œil au beurre noir. Mais ce qui avait mis fin aux violences, c'était la correction infligée par Aldous. Même si Beard avait étranglé Aldous de ses propres mains, Tarpin se serait accusé du meurtre, aveuglé qu'il était par son délire obsessionnel. Le passé de Beard était souvent incontrôlable, pareil à un fromage trop fait et malodorant qui coulerait dans, ou sur le présent, mais ce souvenir particulier avait acquis une fermeté raisonnable, celle du parmesan plus que de l'époisses. Il réfléchissait à cette métaphore — qui lui ouvrait l'appétit — et le barbecue texan était en vue quand son téléphone portable vibra dans sa poche. Melissa, lut-il sur l'écran. Elle l'appelait avant de se coucher. Lorsqu'il porta le téléphone à son oreille, il entendit toutefois un moteur de voiture et, en bruit de fond, Catriona qui chantait.

« Chérie, dit-il aussitôt, sans lui laisser le temps de parler. J'ai essayé de t'appeler.

— On était dans l'avion. »

Pour s'enfuir avec le chef d'orchestre en emmenant leur fille, pensa-t-il aussitôt. « Où es-tu ? demanda-t-il avec agacement, s'attendant à ce qu'elle lui mente.

— On vient de quitter El Paso. »

Il s'interrompit pour encaisser. « Comment ça ? Je ne comprends pas.

— On est en route. Catriona est en vacances, Lenochka s'occupe des magasins, et, comme tu le sais, il y a quelque chose dont ta fille et moi aimerions discuter avec toi.

— C'est-à-dire ? » Sans savoir pourquoi, Beard se sentit coupable. Qu'avait-il encore fait ?

« Une certaine Darlene m'a appelée pour m'annoncer qu'elle et toi alliez vous marier. Avant, ta fille et moi aimerions donner notre avis. »

C'était donc ça. Dans sa mémoire, cet épisode était aussi vague qu'un rêve à demi oublié, mais il avait bel et bien eu lieu quelques semaines plus tôt, dans la chambre de la caravane. Darlene n'en avait pas reparlé depuis.

« Crois-moi, Melissa, il n'y a rien de vrai là-dedans, dit-il comme s'il pouvait ainsi la faire repartir vers Londres et se libérer pour la soirée.

— Attends, il faut que je prenne une sortie... Il y a autre chose que tu dois savoir avant qu'on se retrouve. Terry...

— Oui.

— Il n'existe pas. J'ai tout inventé. Histoire de sauver la face, et c'était ridicule. Ça n'a fait qu'aggraver les choses.

— Je vois... »

Il voyait même très bien. Elle venait de désinventer Terry, et il était censé faire la même chose pour Darlene. Catriona continuait à chanter ou à crier en bruit de fond.

« À très vite, dit Melissa. Et tu es à nous. » Elle raccrocha.

Il resta planté là, appuyé à un poteau surmonté d'un haut-parleur. Muet, Dieu merci. Autour de lui le chantier se vidait à mesure que le soleil déclinait, que les ouvriers finissaient leur journée et se dirigeaient vers le parking. Dans ses souvenirs, Darlene et lui faisaient l'amour en pleine chaleur un après-midi, après avoir bu plus que de raison ; la climatisation poussée à fond cliquetait comme un détenu tapant sur les barreaux de sa cellule. Quelques secondes avant qu'il jouisse, Darlene lui avait pris les testicules à pleines mains, lui avait demandé de l'épouser, et il avait dit, crié même : « Oui ! » Peut-être était-ce à cause de cet abandon, de la folie même de ce « oui » qu'il avait joui. Comment pouvait-il être sincère alors qu'il avait toujours refusé d'épouser Melissa ? Personne n'irait croire à la parole d'un homme dans un moment pareil ! Le problème était que Darlene avait découvert son autre vie et, en femme culottée qu'elle était, elle lui forçait la main. Rien de nouveau sous le soleil.

Il sortit la commande d'ouverture des portes de la voiture, dont la solidité rassurante semblait contenir tous les kilomètres qu'il aurait voulu mettre entre lui-même et Lordsburg. Le plus raisonnable serait de disparaître, de trouver un motel en bordure d'autoroute à Deming, d'éviter Darlene et

Melissa toute la journée du lendemain pour se concentrer sur son événement historique et planétaire, et de les affronter ensuite seulement, ensemble ou séparément. Tout, sauf le soir même. Se dirigeant vers sa voiture, il éprouva néanmoins une immense tristesse à l'idée de perdre l'heure qu'il avait promis de passer avec Darlene. Le vieux parlement de son moi était en proie à la division et au tumulte. La voix éloquente de l'expérience couvrit le brouhaha pour suggérer que se refuser un défoulement si longtemps attendu nuirait à sa concentration. Il ignora cette voix et continua de marcher. Parfois il fallait faire des sacrifices pour la science, pour le bien-être des générations futures.

Alors vint la délivrance. Il avait à peine fait trente pas qu'on l'appela par son prénom. Surgie de sous l'auvent du barbecue texan distant d'une centaine de mètres, Darlene courait vers lui dans l'allée en agitant les bras, et il fut soulagé. Ils iraient directement à son motel. La décision ne lui appartenait plus.

Curieusement, elle ne lui demanda pas pourquoi il était parti dans la direction opposée. Bras dessus, bras dessous, ils longèrent l'avenue des toilettes de chantier vertes pour rejoindre le parking. Quand ils l'atteignirent, elle préféra laisser là sa propre voiture et monter dans la sienne. Aucune raison de refuser, à ceci près qu'il serait en sa compagnie le lendemain matin en plus du soir même. Sans doute ce qu'elle avait en tête. Tandis qu'il roulait vers Lordsburg, elle glissa la main sur ses cuisses et le caressa tout le long du chemin en lui racontant ce qu'elle lui ferait une fois dans la chambre. Dans un état second, incapable de réfléchir, il s'engagea sur l'allée du motel, se gara devant sa chambre habituelle, passa mécaniquement annoncer son arrivée à la réception. Bientôt ils allongèrent leurs gros corps nus et surexcités sur des draps frais, derrière la porte fermée à double tour. Dix ans auparavant, du temps où il croyait pouvoir retrouver un corps de jeune homme grâce à un peu d'exercice, il aurait été le premier à éprouver du dégoût pour le pneu autour de sa taille, son triple menton en accordéon, les bourrelets de la femme qu'il caressait, l'odeur de foin humide qui émanait de leurs aisselles, de leur entrejambe, du creux de leurs genoux, autant de recoins noyés dans la graisse qui voyaient rarement l'air ou la lumière. Et pourtant le plaisir demeurait intense. Darlene était une maîtresse ingénieuse et attentionnée qui suçait, léchait, titillait, l'attirait généreusement en elle, mais, au moment de jouir, il sut se retenir de la demander en mariage.

Ensuite ils restèrent étendus côte à côte. En appui sur un coude, le couvant du regard, elle joua avec les quelques touffes de cheveux qui survivaient derrière ses oreilles. Il avait les yeux clos.

« Michael ? murmura-t-elle. Mon chéri ?

— Mmm...

— Je t'ai déjà dit que je t'aimais ?

— Oui... » Il pensait avec une étrange lucidité à son vieil ami le photon, à un détail dans les notes d'Aldous sur le déplacement d'un électron. Peut-être existait-il un moyen de produire une seconde génération de panneaux meilleur marché. De retour à Londres, il rouvrirait ce dossier poussiéreux. « Oui, répéta-t-il, comblé.

— Michael ?

— Mmm...

— Je t'aime. Tu sais quoi ?

— Mmm...

— Tu m'appartiens tout entier, jamais je ne te laisserai partir. »

Il rouvrit les yeux. Troublant, après l'amour, que les femmes ne puissent pas instantanément se défaire de leur personnalité intime préludant aux ébats amoureux, mais se complaisent dans une continuité de sentiment oppressante. Lui, au contraire, se réjouissait de la redécouverte d'un noyau intérieur impossible à partager, de la préservation de cette petite partie très privée qui rapprochait le plus l'homme — comparaison ridicule ? — du fœtus. Dix minutes plus tôt, il avait la sensation d'appartenir à Darlene. Mais là, il étouffait à l'idée d'appartenir à quiconque, à l'idée que quiconque puisse appartenir à autrui.

Contrarié, il accusa. « Tu as appelé Melissa.

— Bien sûr que oui ! Plus d'une fois.

— Et tu lui as dit qu'on allait se marier ?

— Évidemment. »

Entièrement nue, elle avait sorti de nulle part un chewing-gum — elle n'en mâchait jamais quand ils faisaient l'amour — et ses maxillaires reprirent tranquillement leur mouvement circulaire, tandis qu'elle-même lui souriait avec bienveillance, attendant son coup de colère avec jubilation.

« Comment t'es-tu procuré le numéro ? » Question idiote, mais la jovialité de Darlene l'avait désarçonné.

« Michael ! Tu l'as appelée de chez moi quand

j'étais au travail. Tu crois que ça ne laisse pas de trace sur une facture téléphonique ? »

Alors qu'il allait répondre, elle éclata de rire et le saisit par le coude.

« Tu sais ce qui est arrivé quand j'ai appelé ce numéro pour la première fois ? Une petite voix d'enfant m'a répondu et, juste pour être sûre, j'ai demandé : "Je peux parler à ton papa, mon chou ?", et tu sais ce qu'elle m'a répondu ?

— Non.

— Le plus sérieusement du monde : "Mon papa est en train de sauver le monde à Lordsburg." Tellement mignon. »

Impossible d'avoir ce genre de conversation tout nu. Il alla chercher un peignoir dans la salle de bains, et fut surpris à son retour de la trouver en train de se rhabiller. Elle avait encore l'air radieux. Assis sur une chaise près du lit, il la regarda enfiler sa jupe, se pencher en grognant pour se chausser.

« Darlene, que les choses soient claires. Il n'est pas question qu'on se marie. »

Elle s'attacha les cheveux devant le miroir près du téléviseur. « Il faut que je rentre me doucher et me changer. Je donne un coup de main pendant une heure au lycée ce soir. Mais ne t'en fais pas. Nicky quitte la pharmacie dans dix minutes et elle me conduira. »

Elle était prête et vint s'asseoir près de lui, au bord du lit. Avec un sourire attristé, elle lui caressa le genou. Il regrettait déjà de la voir partir. Était-ce du narcissisme, cet appétit pour une femme si volumineuse ? De Maisie à Darlene, son existence avait suivi une courbe ascendante.

« Écoute, dit-elle. La liste de ce que tu dois

savoir. Premièrement, tu n'es pas totalement bon, et moi non plus. Deuxièmement, je t'aime. Troisièmement, je croyais que tu étais marié. Tu n'en parlais pas ; je ne posais pas de questions. On est adultes et consentants. Quatrièmement, j'ai découvert en discutant avec Melissa qu'il n'y avait pas de Mme Beard. Cinquièmement, tu as dit plusieurs fois en faisant l'amour que tu voulais m'épouser. Sixièmement, j'en ai conclu qu'on allait se marier. Tu auras beau crier et trépigner, ma décision est prise. Je t'aurai à l'usure. Pas d'échappatoire possible, monsieur Prix Nobel. La diligence part, et avec toi dedans ! »

Elle était si joyeuse, si bien disposée, d'un optimisme si indéfectible. Si *américaine*. Il éclata de rire et elle aussi. Ils s'embrassèrent, longuement.

« Tu es magnifique, répondit-il, mais je ne t'épouserai pas. Ni toi ni une autre. »

Elle se leva, prit son sac. « Alors c'est moi qui t'épouserai.

— Reste encore un peu. Je te reconduirai.

— Pas question. Je viens de me rhabiller. Tu me mettrais en retard. Je te connais. »

À la porte, elle lui envoya un baiser et disparut.

*

Il resta sur sa chaise, hésitant à appeler Hammer pour savoir comment s'était passée l'entrevue avec l'avocat. La conversation serait plus facile pour lui s'il prenait d'abord une douche. Il aurait bien vérifié si la chaîne locale couvrait correctement le projet, mais la télécommande se trouvait à l'autre extrémité du lit, sous l'un des nombreux oreillers, et il n'avait pas envie de bouger, pas encore. En proie à un accès de léthargie, il aurait aimé aller, ou, mieux, être doucement transporté sur un brancard dans une autre chambre, où le lit serait fait, où ses vêtements ne glisseraient pas de la chaise, où le contenu de sa valise ne serait pas répandu sur le sol. Impossible. Il était dans cette chambre-là, dans ce monde-là. Il irait donc se doucher. Pourtant il ne se leva pas. Il pensait à Melissa et à Catriona qui se rapprochaient de lui sur l'autoroute, roulant vers le couchant, et se félicita d'avoir eu la sagesse de ne pas prévenir Darlene de leur arrivée. Elle voudrait qu'ils aillent dîner tous ensemble pour parler d'avenir. Il se demanda dans quel motel Tarpin était descendu, puis se rappela qu'il aurait dû se réjouir du lendemain, ce qui le ramena à Hammer. Il dressa alors la liste soporifique des complications de la soirée, si bien qu'au moment où l'on frappa à sa porte, d'un coup de poing ou de pied retentissant, sa stupéfaction se traduisit par un bond instinctif hors de sa chaise et par une douleur fulgurante dans la poitrine. À nouveau, deux coups violents ébranlèrent le contreplaqué.

« D'accord ! J'arrive. »

L'ouverture de la porte aspira la chaleur sèche de l'asphalte à l'intérieur de la chambre, et Hammer apparut sur fond de ciel orangé, suivi d'une imposante silhouette en costume.

« Pas besoin de demander la permission, dit Hammer d'une voix atone. On entre. »

Au fond de la pièce, Beard haussa les épaules. À quoi bon s'excuser de l'état de la chambre ?

Blême, le visage sévère, Hammer fit les présentations de la même voix éteinte. « M. Barnard. M. Beard. » D'habitude, c'était : « Le professeur Beard ».

Celui-ci échangea une poignée de main avec l'avocat, désigna le lit défait, seul endroit où s'asseoir, et se réinstalla sur sa chaise. Barnard, muni d'un porte-documents, lissa le drap d'un geste méticuleux, sans doute inquiet à l'idée que des sécrétions corporelles puissent tacher son costume de soie gris. Hammer était à côté de lui et les trois hommes formaient un cercle étroit, tels des enfants complotant dans leur chambre par un après-midi pluvieux.

Massif, la mâchoire carrée, les lèvres minces, le nez chaussé de lunettes à lourde monture, un mètre quatre-vingt-dix au moins et à l'étroit dans sa chemise, Barnard faisait d'abord l'effet, à sa façon de jucher son porte-documents sur ses genoux, chevilles rapprochées, d'un gentil garçon dans un corps de brute, sorte de Clark Kent vaguement penaud. Près de lui, Toby semblait en état de choc. Un tremblement inhabituel agitait sa main droite et il ne cessait de déglutir bruyamment, ce qui faisait chaque fois remonter sa pomme d'Adam. Dans ce genre de circonstances, il aurait normalement échangé un coup d'œil entendu ou ironique avec Beard. Les avocats... Or il évitait le regard de son associé. Sans quitter des yeux ses mains jointes, il déclara : « Michael, ça se présente mal. »

Durant le silence qui s'ensuivit, Barnard eut un hochement de tête compatissant et attendit, avant de prendre la parole d'une voix un peu trop haut perchée pour sa carrure : « Je commence ? Comme vous le savez, monsieur Beard, mon cabinet a reçu l'ordre, à partir de l'Angleterre, d'enquêter sur divers brevets qui vous ont été accordés. Je vous épargne le jargon juridique. Nous aimerions parvenir rapidement à un arrangement raisonnable. Nous souhaitons dans un premier temps que vous annuliez l'événement prévu demain, car il porte préjudice à notre client. »

Mentalement, à la manière d'une caméra sur un rail, Beard inspecta son appartement de Dorset Square en quête de la pile où se trouvaient ses anciens contrats de travail. « Quel genre de préjudice ? demanda-t-il avec un large sourire.

— Doux Jésus, murmura Hammer.

— En l'an 2000, mon client a photocopié pour son usage personnel les trois cent vingt-sept pages d'un document que nous savons être en votre possession. Il s'agissait de notes prises par M. Thomas Aldous avant sa mort, alors qu'il était employé par le Centre de recherche sur les énergies renouvelables près de Reading, en Angleterre. Cette copie a été examinée par des experts de renom, les physiciens les plus cotés dans leur domaine — parmi lesquels le professeur Pollard, de l'université de Newcastle —, qui ont également étudié vos différentes demandes de brevets. D'après leurs conclusions, dont M. Hammer ici présent a pu lire quelques extraits, nous avons toutes les raisons de croire que ces demandes de brevets reposaient non pas sur vos propres recherches, mais sur celles de M. Aldous. Le vol de propriété intellectuelle à pareille échelle est un délit grave, monsieur Beard. Le propriétaire légal des travaux de M. Aldous est le Centre. C'est clairement spécifié dans son contrat de travail, dont vous pouvez prendre connaissance par vous-même. »

Beard affichait toujours le même sourire satisfait, mais intérieurement il encaissa cette menace, ou cette contrariété, sous la forme d'un désagréable emballement de son rythme cardiaque, pareil à un roulement de tambour syncopé, qui le perturba au point qu'il perdit sans doute connaissance une ou deux secondes.

Puis son cœur se remit à battre normalement, et lui-même, apparemment de retour dans la pièce, répondit d'un ton étrangement catégorique : « Bousculer la journée de demain porterait un grave préjudice à nos propres intérêts, ainsi qu'à ceux de cette localité, et c'est bien sûr hors de question. De toute façon, c'est pratiquement impossible. » Il se pencha pour ajouter, sur le ton de la confidence : « Vous avez déjà essayé d'annuler une démonstration aérienne de l'US Air Force, monsieur Barnard ? »

Personne ne sourit.

« Mon deuxième point est le suivant, poursuivit-il. Si je me souviens bien, la page de couverture du dossier de Tom Aldous portait la mention : "Confidentiel. À l'attention exclusive du professeur Beard." Je considère que cette confidentialité n'a pas été respectée. Troisièmement, avant la mort de M. Aldous, lui et moi avons travaillé intensément sur la photosynthèse artificielle. Il venait souvent chez moi, si souvent, d'ailleurs, que comme chacun sait il comptait partir avec ma femme. Quand nous collaborions, c'était moi qui pensais et parlais, et Tom qui notait. En ces temps démocratiques, monsieur Barnard, le monde scientifique reste extrêmement hiérarchisé, rétif à tout égalitarisme. Trop de compétences et de connaissances à acquérir. Avant de devenir des savants fous, les chercheurs expérimentés en savent objectivement plus que les autres. Aldous venait de décrocher son doctorat de physique. On pourrait dire qu'il me servait de secrétaire. Raison pour laquelle ce dossier m'était destiné, à moi et à personne d'autre. J'ai des dizaines, si ce n'est des centaines de pages de notes personnelles sur le sujet, toutes soigneusement corrigées et datées, et très certainement antérieures au dossier Aldous. Si vous tenez vraiment à gaspiller les maigres ressources du Centre dans un procès, je tiens ces notes à votre disposition. Mais c'est vous qui devrez payer les frais de justice, et je demanderai conseil sur la possibilité de porter plainte contre M. Braby en personne pour diffamation. »

Le dos voûté de Toby Hammer s'était un peu redressé et, tandis qu'il écoutait son ami, une lueur d'espoir brillait, ou commençait à briller dans ses yeux.

L'avocat, lui, continua plus ou moins sur sa lancée. « Nous avons des lettres d'Aldous à son père, dans lesquelles il évoque ses idées, et son intention de vous les soumettre sous la forme de ce dossier. Il souhaitait que vous utilisiez votre influence pour obtenir des subventions. Nous savons par différentes sources qu'à l'époque vous ne vous intéressiez qu'à un nouveau modèle d'éolienne.

— Monsieur Barnard... » Beard adoptait le ton de la remontrance discrète, mais ferme. « Toute ma vie, j'ai consacré mes recherches à la lumière. Depuis l'âge de vingt ans, où j'ai appris par cœur le poème de Milton qui lui est dédié. Il y a environ vingt-cinq ans, j'ai reçu le prix Nobel pour mon apport à la découverte du photovoltaïque par Einstein. Ne venez pas me dire que je ne m'intéresse, ou que je ne m'intéressais alors qu'aux éoliennes. Quant aux lettres de Tom, il ne serait pas le premier jeune homme ambitieux à exagérer la portée de ses recherches pour impressionner un père qui le soutenait encore financièrement. »

Il s'enveloppa dans son peignoir et rassura Hammer d'un signe de tête.

Barnard ne fit aucune concession. Il se contenta de passer au point suivant. « Le document suivant ne joue pas un rôle central dans l'affaire qui nous occupe, il ne fait que confirmer le préjudice. Nous avons la transcription d'un discours que vous avez prononcé à l'hôtel Savoy, à Londres, en février 2005. Nous avons découvert qu'il s'inspirait largement de divers paragraphes du dossier de M. Aldous. »

Beard haussa les épaules. « Paragraphes eux-mêmes inspirés de mes recherches.

— Nous disposons également de notes prises par M. Aldous durant l'année précédant votre rencontre : elles prouvent tout l'intérêt qu'il portait au réchauffement climatique, à l'écologie, au développement durable, ainsi qu'à certains calculs, proches de ceux qu'il a développés dans ce dossier. Et avant de me dire, monsieur Beard, que là aussi l'idée venait de vous, alors qu'il ne vous connaissait pas à l'époque, soyez informé que notre cabinet a épluché chaque conférence, chaque émission de radio, chaque interview, chaque tribune dans la presse, chaque cours que vous avez donné à l'uni-

379

versité, et il n'y a pas un mot concernant la photosynthèse artificielle, pas la moindre allusion de votre part au changement climatique ni aux énergies renouvelables durant les mois et les années précédant la mort de M. Aldous, et l'arrivée de son dossier entre vos mains. Pas vraiment ce que l'on attend d'une célébrité comme vous, ayant plusieurs découvertes marquantes à son actif dans ce domaine, n'est-ce pas, monsieur Beard ? »

Hammer s'était de nouveau tassé sur lui-même, mais Beard finit par se mettre en colère. Que faisait ce bouffon d'avocat dans sa chambre, assis bien droit sur le lit où, moins d'une heure plus tôt, Darlene reposait dans toute sa gloire ? Il se leva d'un bond, rabattant d'une main son peignoir sur la partie la plus intime de son anatomie, braquant de l'autre un index accusateur sur le visage de Barnard. « Le changement climatique ? Vous oubliez un peu vite que je dirigeais ce Centre longtemps avant de faire la connaissance de Tom Aldous. Pas de victoire, pas d'honoraires, c'est ça, monsieur Barnard ? Vous comptiez vous enrichir ? Eh bien portez un message de ma part à votre M. Braby. Dites-lui que je sais reconnaître un opportuniste minable quand j'en vois un. On a réussi quelque chose de formidable ici, et il espérait prendre le train en marche. Il est d'ailleurs bien naïf, s'il s'imagine qu'un tribunal croira un jeune diplômé capable de concevoir seul ce type de projet. Demain, notre centrale alimentera Lordsburg en électricité propre et bon marché. Que M. Braby suive les opérations à la télévision, et on en reparlera au procès ! »

Barnard s'était levé lui aussi, et il serrait son

portedocuments contre sa poitrine en hochant la tête. Quand il reprit la parole, ce fut d'une voix vibrant d'émotion — indignation, fierté, ou un mélange des deux. « Il y a un dernier développement dont vous devez être informé. M. Braby n'existe plus. C'était l'anniversaire de la reine le mois dernier, et, pour marquer l'occasion, elle l'a invité à devenir pair du royaume. Il s'appelle désormais sir Jock Braby. »

Exaspéré, Beard poussa un gémissement et porta ostensiblement la main à son front. L'affolement se lut dans les yeux de Hammer. Si Braby avait le soutien de la reine, comment pourraient-ils gagner un procès en Angleterre ?

« De la foutaise, Toby, dit Beard. Ne l'écoute pas. C'est la liste de distinctions honorifiques conférées par la reine le jour de son anniversaire. Elle ne choisit pas, n'est au courant de rien, et ils se battent tous pour être dessus, tous les arrivistes et les ratés du monde des sciences et des arts, les hauts fonctionnaires qui veulent se pavaner en espérant se faire passer pour des membres de la petite noblesse. »

Un nouveau silence suivit cette diatribe, puis Barnard soupira et contourna le lit pour se rapprocher de la porte. « Doit-on en déduire, monsieur Beard, que Sa Majesté a oublié de vous distinguer ?

— Ce n'est pas à moi de le dire », répliqua l'intéressé.

Barnard prit son porte-documents par la poignée et le laissa se balancer au bout de son bras. Toby avait fini par se lever à son tour. « Eh bien, au nom de sir Jock Braby et du Centre de recherche sur les énergies renouvelables, je vous mets une dernière fois le marché en main. Si vous acceptez d'annuler l'événement médiatique de demain et de reconsidérer la question des brevets, nous serons pour vous des collaborateurs indulgents, qui vous trouveront sûrement un rôle à jouer dans le développement de cette technologie appartenant au Centre. Dans le cas contraire, nous ferons aussitôt geler toute exploitation par décision de justice, en attendant que le problème soit résolu. »

Hammer se tourna vers Beard comme s'il allait mettre un genou en terre. « Ça peut prendre cinq ans, Michael. »

Beard secoua la tête. « Non, Toby. Je refuse.

— Le gouvernement britannique est prêt à se montrer généreux, du moins dans cette affaire, ajouta Barnard. Il tient à ce que le Centre possède ces brevets, et à ce qu'une part honnête des bénéfices revienne au contribuable. »

Hammer empoigna les revers du peignoir de Beard. « Écoute, on doit beaucoup d'argent. Personne ne voudra signer avec nous tant que cette histoire ne sera pas réglée. On n'a pas les moyens de s'offrir un avocat. »

Beard écarta les mains de Hammer. « C'est nous qui avons fait tout le boulot. En admettant qu'on se rende à leurs arguments, on aura de la chance s'ils nous gardent pour nettoyer les toilettes.

— Messieurs, je crois pouvoir assurer que nous avons mieux à vous offrir. Et Toby Hammer a raison. Dès que notre querelle juridique sera sur la place publique, personne ne voudra traiter avec vous. Il est certainement dans votre intérêt qu'il n'y ait pas de scandale demain.

— Je vous le demande le plus poliment possible, dit Beard. S'il vous plaît, partez. »

Pinçant ses lèvres minces, Barnard tourna les talons et ouvrit la porte. Au-dessus de son épaule, le ciel orangé du désert virait au jaune pâle, puis à un vert lumineux.

Hammer, d'ordinaire imperturbable, laissa échapper une plainte aiguë. « Il faut continuer à discuter, Michael ! Attendez, monsieur Barnard, je vous accompagne. »

L'avocat inclina la tête avec regret. « Si vous voulez, mais c'est la signature de M. Beard qu'il nous faut. » Il sortit dans le crépuscule, aussitôt suivi de Hammer. La porte claqua derrière les deux hommes et leurs voix s'éloignèrent sur le parking, celle de Toby soudain stridente, implorante, réclamant du temps, avant de céder la place au murmure insistant de Barnard.

Beard était à nouveau affalé sur sa chaise, hésitant à se doucher. Cet épisode lui faisait l'effet d'une pièce en un acte jouée rien que pour lui. Dans l'immédiat, il restait insensible à ses éventuelles conséquences. Un mur gigantesque semblait l'empêcher d'avancer et de voir plus loin. Ses pensées étaient au point mort. Unique préoccupation : Melissa et Catriona arrivaient moins d'une heure plus tard et il devait s'habiller pour les accueillir. Après plusieurs minutes d'hébétude, il alla dans la salle de bains, se mit sous la douche et attendit, l'esprit vide, à peine conscient, laissant l'eau brûlante tambouriner sur son crâne. Un bruit lui fit sortir la tête de la cabine et il tendit l'oreille. On frappait à la porte, une fois, deux fois. Le silence revint, puis son téléphone portable se mit à sonner sur la table de chevet tandis qu'on frappait toujours, de plus en plus fort. Hammer l'appela plusieurs fois par son prénom. Sans doute une tentative désespérée pour le convaincre de devenir le larbin de Braby.

Il se réfugia sous la douche et, une fois certain que son ami était parti, il s'extirpa de la cabine et entreprit de se sécher. L'eau chaude sur sa peau avait fait merveille. Il se sentait revigoré, savait ce qu'il fallait faire. Tout était dans la manière. L'inauguration du lendemain devait avoir lieu comme prévu. Il serait probablement privé de ses retombées, mais le monde entier verrait ce qu'il avait accompli. Il terminerait en beauté. À moins qu'il ne persuade quelqu'un de riche de financer sa défense en échange d'une part de ses gains. Leurs invités les plus importants étaient déjà dans les hôtels d'El Paso ; certains traverseraient Silver City. Le soleil se lèverait, les panneaux produiraient à partir de l'eau les gaz qui alimenteraient les turbines, et l'électricité jaillirait sous les yeux du monde sûrement ébahi. Rien ne devait interrompre la compilation des Beatles ni le vol à basse altitude des avions de chasse.

Une serviette-éponge nouée autour de la taille, il regagna la chambre en sifflotant *Yellow Submarine*, fouilla dans sa valise, prit une chemise, qu'il débarrassa du carton et de la cellophane de la blanchisserie. Le crissement de l'emballage réveilla une autre sensation stimulante : son appétit. Ayant renoncé à son brunch, qu'il avait remplacé par un déjeuner, il lui manquait un repas et il entendait combler ce déficit. Il trouva un caleçon et des chaussettes propres — dire que jadis il les enfilait debout ! —, déplia son plus beau costume infroissable. Bien entendu il s'habillait pour Melissa. À cette idée, alors qu'il s'aspergeait d'eau de toilette devant le miroir de la salle de bains, il retourna dans la chambre et consacra quelques minutes à remettre le lit en état. Mais à la pensée de Darlene, de l'endroit où Melissa et Catriona dormiraient, de ce qui allait se dire, son esprit se cabra comme un cheval ombrageux et partit dans une autre direction. L'alcool. Le restaurant d'en face n'en servait pas. D'une poche intérieure de sa valise, il tira une flasque argent et cuir remplie de genièvre, le gin néerlandais, suffisamment bon pour être consommé à température ambiante et pouvant passer pour de l'eau. Il y goûta, mit la flasque dans sa poche. À la porte il s'arrêta quelques instants, but une longue gorgée et sortit.

C'est toujours un moment délectable, inconnu dans les îles Britanniques, que celui où, douché, parfumé, vêtu de propre, on passe de la fraîcheur climatisée à la chaleur lisse, invincible, des soirées dans le sud des États-Unis. Malgré le halo artificiel des néons de la zone commerciale, les grillons ou les cigales — il ne faisait pas la différence — continuaient à chanter. Pas d'argent à gagner en les faisant taire. Aucun moyen d'éteindre ni de franchiser le demi-cercle parfait de la lune au-dessus de la station-service.

Ce soir, pourtant, son plaisir était gâché. À une centaine de mètres de la porte de sa chambre était garée une Lexus noire, au volant de laquelle s'installait Barnard. Et, debout côté passager, avec le même sac à ses pieds, Tarpin attendait pour monter dans la voiture. En ouvrant la portière, il aperçut Beard, eut un petit sourire, et fit le geste de se passer l'index en travers de la gorge, tel un couteau. Le moteur démarra, les phares s'allumèrent, Tarpin monta avec son sac, la voiture fit marche arrière et sortit du parking. Ahuri, Beard la regarda s'éloigner et resta longtemps immobile après qu'elle eut disparu. Puis il haussa les épaules, alla demander à la réceptionniste de prévenir Melissa, de lui indiquer l'endroit où elle pouvait le rejoindre, traversa la route et arriva au Blooberry en ayant partiellement retrouvé sa bonne humeur. Il ne se laisserait pas abattre.

Il aurait pu démontrer que, pour l'accueil et la qualité de la cuisine, il n'existait nulle part dans le pays meilleur restaurant que le Blooberry Family Restaurant. Spécialité : le steak dans le filet servi au petit déjeuner. L'athée invétéré lirait certainement avec curiosité et intérêt les tracts posés sur la table près de l'entrée : « Un foyer heureux », « Un mariage d'amour », ou, plus proche des préoccupations de Beard, « Protéger la planète ». Près de la caisse, la boutique de souvenirs où, en dix-huit mois, il avait acheté plus de deux douzaines de T-shirts pour Catriona. La salle à manger était spacieuse ; les serveuses ressemblaient toutes à des cousines de Darlene, aussi enjouées qu'elle. Des policiers venaient manger là après leur service, des agents de la police des frontières, des routiers, des auto-stoppeurs solitaires au visage émacié, et bien sûr des familles hispaniques, asiatiques ou blanches, souvent au complet, occupant trois ou quatre tables rassemblées. Même bondé, le Bloobery restait néanmoins calme et digne, comme quelqu'un qui attend tranquillement qu'on lui apporte son verre. L'endroit était d'un anonymat reposant. Pas une seule fois l'une des serveuses joviales n'avait traité Beard comme un habitué. L'Interstate 10 était proche et les clients défilaient.

Par un heureux hasard, la nourriture lui convenait. En attendant qu'on lui trouve une place, il n'eut pas besoin de réfléchir à ce qu'il choisirait : il faisait toujours le même repas. Inutile de prendre des risques. On le conduisit vers une banquette dans le recoin le plus à l'écart. Pour patienter jusqu'à l'arrivée de son entrée, il versa une rasade de genièvre dans son verre, l'avala comme si c'était de l'eau et se resservit. Plus rien n'allait, mais il ne se sentait pas si mal. Au moins ce Terry n'existait plus. Mais était-ce une si bonne chose ? Melissa et Darlene : un véritable gâchis. Il ne voulait pas l'assumer, ne voulait même pas y penser. Or il faudrait assumer. Et ce pauvre Toby. Il faudrait l'appeler, lui expliquer pourquoi l'inauguration devait avoir lieu comme prévu, mais impossible dans l'immédiat d'affronter une nouvelle discussion.

Pour ne pas penser à sa commande — un quart d'heure de retard, contre moins de cinq minutes d'habitude —, il consulta son téléphone portable, découvrant deux messages qui lui arrachèrent une exclamation de joie. Le premier était une proposition informelle d'un vieil ami, ancien physicien devenu consultant à Paris. Un consortium de compagnies d'électricité souhaitait que Beard contribue, par sa « vaste expérience des technologies vertes, à orienter la politique énergétique vers le nucléaire au bilan carbone neutre ». À la clé, un confortable salaire à six chiffres, plus un bureau dans le centre de Londres, un assistant de recherche et une voiture. Évidemment. Ça pouvait se défendre. Le taux de CO_2 dans l'atmosphère continuait d'augmenter et le temps pressait. Au fond, il n'existait qu'un moyen éprouvé de subvenir à grande échelle aux besoins d'une population mondiale toujours plus nombreuse, et ce rapidement, sans aggraver le problème. Beaucoup d'écologistes respectés s'étaient rangés à cet avis : le nucléaire semblait la seule façon de s'en sortir, un moindre mal. James Lovelock, Stewart Brand, Tim Flannery, Jared Diamond, Paul Ehrlich : tous des scientifiques et des hommes de valeur. Étant donné la gravité de la situation, un accident isolé, une fuite radioactive constituaient-ils la pire menace ? Sans bruit, le charbon ajoutait quotidiennement au désastre, avec des conséquences sur la planète entière. Or les vingt-huit kilomètres de zone d'exclusion autour de Tchernobyl n'étaient-ils pas devenus la région la plus riche d'Europe centrale en termes de biodiversité, avec des taux de mutation chez les espèces végétales et animales dépassant à peine les normes — quand ils les dépassaient ? D'ailleurs, le mot « radiation » n'était-il pas synonyme de rayonnement solaire ?

Le second message était un appel à prendre la parole devant un groupe de ministres des Affaires étrangères réunis pour la COP 15, la quinzième Conférence de Copenhague sur le changement climatique en décembre de la même année. Il était sur la même longueur d'onde, se dit-il, ce qui faisait sans doute de lui l'homme de la situation. Il serait là. Son entrée arriva : des losanges de fromage orange plongés dans de la pâte à beignets, puis roulés dans le sel et la chapelure avant d'être frits, et servis avec une sauce crémeuse d'un vert très pâle. La perfection, et en si grande quantité. Dès qu'il n'y eut plus de serveuse en vue, il se versa le reste de genièvre. Il mangea rapidement et, alors qu'il terminait ses trois derniers beignets en se demandant si certains n'étaient pas fourrés aux champignons plutôt qu'au fromage, son téléphone portable vibra près de son assiette.

« Toby ?

— Écoute, j'ai une série de mauvaises nouvelles pour toi, mais le pire vient d'arriver il y a quelques minutes. »

Beard nota l'agressivité contenue qui pointait dans la voix de son ami.

« Vas-y.

— Quelqu'un a démoli les panneaux à coups de marteau. L'un après l'autre, rangée après rangée. Ils ont volé en éclats. On a perdu tous les catalyseurs. Les circuits électroniques. Tout. »

Beard eut du mal à réaliser. Il écarta son assiette. Du travail de maçon. Barnard avait dû le payer combien ? Deux cents dollars ? Moins ?

« Quoi d'autre ?

— On ne se reverra pas. Je ne supporterais pas ta vue, Michael. Mais autant que tu saches. J'ai pris contact avec un avocat de l'Oregon. Je vais intenter une action en justice pour échapper à des dettes qui sont en fait les tiennes. Nous, toi, devons déjà trois millions et demi de dollars. La journée de demain nous en coûtera un demi-million de plus. Tu n'as qu'à aller toi-même sur le chantier expliquer la situation à tous ces braves gens. Par ailleurs, Braby va te poursuivre pour récupérer tout ce que tu détiens, ou pourrais détenir. Et au Royaume-Uni, le père de ce chercheur mort a convaincu les autorités de porter plainte contre toi, pour vol et pour fraude essentiellement. Je te déteste, Michael. Tu m'as menti et tu es un voleur. Mais je n'ai pas envie de te savoir en prison. Alors ne remets pas les pieds en Angleterre. Va dans un pays qui n'a pas signé d'accord d'extradition.

— Autre chose ?

— Seulement ça : tu mérites à peu près tout ce qui va t'arriver. Alors va te faire foutre. » Et il raccrocha.

Cette fois, Beard ne se cacha pas pour secouer sa flasque au-dessus de son verre. Deux gouttes tombèrent. La serveuse attendait au ras de son coude, une assiette bien remplie à la main. C'était une adolescente solennelle, avec une queue-de-cheval impeccable et un appareil dentaire orné de petites perles en verre multicolores. Ce qu'elle avait à dire lui coûtait beaucoup.

« Monsieur, la consommation de... d'alcool est interdite dans ce restaurant.

— Je l'ignorais. Je suis absolument désolé. »

Elle retira l'assiette contenant les trois beignets froids et posa devant lui le plat principal. Quatre blancs de poulet sans la peau, entre lesquels étaient intercalés trois steaks minuscules, le tout entouré de bacon, nappé d'une sauce au fromage et au miel, et accompagné de pommes de terre au four grillées, elles-mêmes fourrées de beurre et de fromage à la crème.

Beard les contempla longuement. On disait toujours que le Brésil était la destination idéale pour qui voulait éviter une extradition. Devait-il prendre un billet d'avion et se faire héberger par Sylvia ? C'était une femme aussi ravissante qu'intéressante. Ça n'aurait rien de désagréable. Mais non, impossible. Pour se consoler, il saisit son couteau et sa fourchette, mais son attention fut aussitôt attirée par la lésion, le fameux mélanome sur le dos de sa main. Apparemment plus étendu que la dernière fois qu'il l'avait regardé, et d'un marron-violet agressif sous les néons du Blooberry. Allait-il vraiment s'en occuper, de ça et de tout le reste ? Probablement pas. Que ça suive son cours. Il n'irait pas davantage sur le chantier le lendemain parler à des gens en colère. Pas plus qu'il ne sauverait le monde.

Il reposa ses couverts immaculés. Ce qu'il aurait vraiment aimé, c'était aller seul dans un bar et s'asseoir au comptoir avec un whisky. À pied, la 4ᵉ Rue n'était pas loin, mais il prendrait la voiture. Alors qu'il allait demander l'addition à la serveuse, il entendit un brouhaha à l'autre extrémité du restaurant. Il se retourna et vit Melissa, les joues empourprées, dans l'une de ses robes caribéennes aux tons éclatants, de grosses fleurs vertes sur un fond rouge et noir. Elle passa sans s'arrêter devant le panonceau UNE HÔTESSE VA VOUS PLACER, suivie de près, contre toute attente, par Darlene, et toutes deux avaient l'air furieux et les cheveux en désordre comme si elles s'étaient battues à l'entrée. Elles le cherchaient. À plusieurs mètres devant elles marchait Catriona, avec un sac à dos de petite fille donnant l'impression qu'elle portait un koala cramponné à ses épaules. Bien avant les deux femmes, elle aperçut son père et courut vers lui, impatiente de le récupérer, criant quelque chose de confus, bondissant entre les tables serrées. Quand Beard se leva pour l'accueillir, il sentit son cœur gonfler de manière inhabituelle, mais il se douta, en ouvrant ses bras à sa fille, qu'on ne le croirait pas s'il tentait d'expliquer que c'était de l'amour.

Discours d'introduction du professeur Nils Palster-
nacka de l'Académie royale des sciences de Suède
(traduit du suédois)

Majesté, Altesses, Mesdames et Messieurs,

Si vous pouvez me voir aujourd'hui devant vous, c'est grâce aux photopigments de vos yeux qui captent la lumière. Si nous sommes tous bien au chaud, malgré le froid glacial qui règne dans les rues de Stockholm, c'est grâce aux feuilles des forêts du carbonifère qui ont capté le rayonnement solaire avec leurs pigments photosynthétiques, et nous ont laissé un résidu sous la forme du charbon et du pétrole. Voilà deux exemples simples de la façon dont l'interaction du rayonnement solaire et de la matière a rendu possible la vie sur Terre. À la fin des années quarante, Feynman et Schwinger sont parvenus à une meilleure compréhension physique de cette interaction ; en 1970, pour la plupart des physiciens, le chapitre était clos, et l'exploration des fondamentaux s'orientait soit vers une échelle cosmique, soit vers des phénomènes enfouis dans les profondeurs de l'atome. Une surprise les attendait pourtant.

Les conférences de Solvay tiennent une grande place dans l'histoire de la physique. Durant celle de 1972, en pleine séance de l'après-midi, un cri s'éleva au fond de la salle. Toutes les têtes se tournèrent vers Richard Feynman, qui brandissait une liasse de papiers. « Magique ! » s'écria-t-il, puis il s'avança vers le premier rang, pria l'orateur de l'excuser et monta sur scène. En cinq minutes d'argumentation passionnée, gestes à l'appui, il expliqua qu'un problème qui l'avait longtemps laissé perplexe venait d'être résolu par un jeune chercheur du nom de Michael Beard.

Ce moment « magique » des conférences de Solvay est bien sûr entré dans l'Histoire, et l'on comprend aisément pourquoi Feynman trouva si séduisantes les idées contenues dans le dossier de Beard. Elles montraient que certains graphiques décrivant l'interaction de la lumière et de la matière obéissent à un nouveau type de symétrie subtile qui simplifie grandement les calculs. Pour l'homme de la rue, la mécanique quantique s'intéresse à l'infiniment petit ; il est vrai que seuls de petits systèmes à très petite échelle maintiennent facilement leur cohésion, dans la mesure où ils peuvent s'isoler de l'environnement. La théorie de Beard révéla néanmoins que les phénomènes survenant lorsque le rayonnement solaire interagit avec la matière se propagent de manière cohérente à une échelle supérieure à celle de l'atome ; de surcroît, la façon dont ils se propagent ressemble aux graphiques d'évolution d'un système complexe, aux organigrammes dont un ingénieur pourrait se servir pour représenter le fonctionnement d'une raffinerie pétrolière, par exemple, ou les étapes successives d'un programme informatique. Cela a tellement transformé notre compréhension de l'effet photoélectrique que l'on parle désormais de colligation Beard-Einstein, source de fascination pour tout physicien, et qui inscrit résolument les travaux de Beard dans la continuité de la thèse révolutionnaire énoncée par Einstein en 1905.

Grâce à son génie de vulgarisateur, Feynman a inventé un petit jeu convivial pour démontrer les principes à l'origine de la colligation. Il faut six ceintures ou lanières tressées ensemble selon un motif attirant. Six personnes prennent alors deux extrémités chacune, et soumettent le résultat à l'inspection de l'assistance. Tout le monde peut vérifier qu'un nœud inextricable a été réalisé, et qu'il n'y a aucun espoir de le défaire tant que les participants n'auront pas lâché les extrémités qu'ils tiennent. Ceux-ci exécutent ensuite une sorte de danse folklorique avec leur voisin, opération qui semble accroître la solidité du nœud. Mais à un signal donné, tous les participants tirent sur leurs extrémités et, à la stupéfaction générale, les ceintures se séparent. Le plaid de Feynman est devenu un classique pour tous les professeurs de physique, et sans doute n'existe-t-il pas un seul étudiant de première année de physique qui n'ait participé à cette joyeuse mêlée, certains y rencontrant même leur futur conjoint.

Nous voyons là l'essence topologique du concept de Michael Beard : l'action du groupe (l'exceptionnel groupe Lie E8, l'un des résidents les plus encombrants du royaume platonicien) qui démêle et chorégraphie les interactions complexes de la lumière et de la matière, les décomposant en une suite d'étapes logiques. C'est l'action réciproque de ces opérations qui constitue la magie essentielle, le pouvoir de la baguette de l'enchanteur, et cela nous rappelle Einstein décrivant la théorie atomique de Bohr comme la plus haute forme de musicalité dans la sphère de la pensée. Pour citer le philosophe Francis Bacon :

> On atteint l'Harmonie la plus belle et la plus suave lorsque chaque Morceau ou Instrument ne s'entend pas seul, mais comme une Colligation du tout.

Professeur Michael Beard, le prix Nobel de physique vous a été décerné cette année pour votre importante contribution à notre compréhension de l'interaction de la matière et du rayonnement électromagnétique. C'est pour moi un honneur que de vous transmettre les félicitations les plus chaleureuses de l'Académie royale des sciences de Suède. Je vous demande maintenant de vous avancer pour recevoir votre prix Nobel des mains de Sa Majesté.

REMERCIEMENTS

Je remercie David Buckland et Cape Farewell de leur invitation à participer à une expédition au Spitzberg en février 2005 : ce roman a vu le jour dans un fjord pris par les glaces. Le docteur Graeme Mitchison du Centre de calculs quantiques de Cambridge m'a généreusement prodigué ses conseils en mathématiques et en physique. Toutes les erreurs qui pourraient subsister sont donc de mon seul fait. C'est également lui qui a eu la gentillesse de retrouver la citation mentionnée lors de la remise du prix Nobel à Michael Beard. Je dois également des remerciements au professeur John Schellnhuber, directeur à Potsdam de l'Institut de recherche sur l'impact du changement climatique, et à Stefan Rahmstorf de ce même Institut ; à Doug Arent, à James Bosch et au professeur John A. Turner du Laboratoire national des énergies renouvelables de Golden au Colorado ; à Malcolm McCulloch du Département des sciences de l'ingénieur à Oxford ; au professeur Mike Duff de l'Imperial College ; à Philip Diamond de l'Institut de physique ; à Tim Garton Ash, et, comme toujours, à Annalena McAfee. Merci à Dan Boekman de m'avoir prêté une maison au Nouveau-Mexique, à Greg Carr de m'avoir reçu chez lui à Sun Valley dans l'Idaho. Je suis redevable à d'innombrables ouvrages et articles sur la climatologie et les questions s'y rattachant, ainsi qu'à un échange entre Steven Pinker et Elizabeth Spelke sur Edge.org. J'ai surtout une immense dette à l'égard d'*Einstein*, la magnifique biographie de Walter Isaacson.

DU MÊME AUTEUR

Aux Éditions Gallimard

L'ENFANT VOLÉ (« Folio », n° 2733).

LES CHIENS NOIRS (« Folio », n° 2894).

SOUS LES DRAPS et autres nouvelles (« Folio », n° 3259).

PSYCHOPOLIS et autres nouvelles. Nouvelles extraites de *Sous les draps* (« Folio 2 € », n° 3628).

DÉLIRE D'AMOUR (« Folio », n° 3494).

AMSTERDAM (« Folio », n° 3728).

EXPIATION (« Folio », n° 4158).

SAMEDI (« Folio », n° 4661).

SUR LA PLAGE DE CHESIL (« Folio », n° 5007).

SOLAIRE (« Folio », n° 5480).

Dans la collection Folio Junior

LE RÊVEUR, *illustrations de Anthony Browne*, n° 944.

Aux Éditions du Seuil

LE JARDIN DE CIMENT.

UN BONHEUR DE RENCONTRE (« Folio », n° 3878).

L'INNOCENT (« Folio », n° 3777).

Aux Éditions Henri Veyrier

PREMIER AMOUR, DERNIERS RITES.

Composition Nord Compo
Impression Novoprint
à Barcelone, le 04 septembre 2012
Dépôt légal : septembre 2012

ISBN 978-2-07-044831-9./Imprimé en Espagne.

243177